福建思想文化大系

总主编　张帆

庐隐全集

卷三

王国栋　编

海峡出版发行集团
THE STRAITS PUBLISHING & DISTRIBUTING GROUP
福建教育出版社

图书在版编目（CIP）数据

庐隐全集．第3卷/王国栋编．—福州：福建教育出版社，2015.9

（福建思想文化大系/张帆总主编）

ISBN 978-7-5334-6774-6

Ⅰ．①庐…　Ⅱ．①王…　Ⅲ．①中国文学—现代文学—作品综合集　Ⅳ．①I216.2

中国版本图书馆CIP数据核字（2015）第048338号

策划编辑　苏碧铨　祝玲凤

责任编辑　祝玲凤

装帧设计　季凯闻

目　录

1929 年

1930年

1929年

夜的奇迹之一[①]

宇宙僵卧在夜的暗影之下，我悄悄地逃到这黝黑的林丛，——群星无言，孤月沉默，只有山隙中的流泉潺潺溅溅的悲鸣，仿佛孤独的夜莺在哀泣。

山巅古寺危立在白云间，刺心的钟罄，断续的穿过寒林，我如受弹伤的猛虎，奋力的跃起，由山麓窜到山巅。我追寻完整的生命，我追寻自由的灵魂，但是夜的暗影，如厚幔般围裹住，一切都显示着不可挽救的悲哀。吁！我何爱惜这被苦难剥蚀将尽的尸骸？我发狂似的奔回林丛，脱去身上血迹斑斓的征衣，我向群星忏悔，我向悲涛哭诉！

这时流云停止了前进，群星忘记了闪烁，山泉也住了呜咽，

---

① 庐隐在此之前预告将出版散文诗集《夜的奇迹》。以下该集各篇依发表时间先后，编者均加上序号。

一切一切都沉入死寂！

我绕过丛林，不期来到碧海之滨，呵！神秘的宇宙，在这里我发现了夜的奇迹！

黝黑的夜幔轻轻的拉开，群星吐着清幽的亮光，孤月也踯躅于云间，白色的海浪吻着翡翠的岛屿，五色缤纷的花丛中隐约见美丽的仙女在歌舞。她们显示着生命的活跃与神妙。

我惊奇，我迷惘，夜的暗影下，何来如此的奇迹！

我怔立海滨，注视那岛屿上的美景，忽然从海里涌起一股凶浪，将岛屿全个淹没，一切一切又都沉入在死寂！

我依然回到黝黑的林丛，——群星无言，孤月沉默，只有山隙中的流泉潺潺溅溅的悲鸣，仿佛孤独的夜莺在哀泣。

吁！宇宙布满了罗网，任我百般扎挣，努力的追寻，而完整的生命只如昙花一现，最后依然消逝于恶浪，埋葬于尘海之心。自由的灵魂，永远是夜的奇迹！——在色相的人间，只有污秽与残刻，吁！我何爱惜这被苦难剥蚀将尽的尸骸——总有一天，我将焚毁于我自己郁怒的灵焰，抛这不值一钱的脓血之躯，因此而释放我可怜的灵魂！

这时我将摘下北斗，抛向阴霾满布的尘海。

我将永永歌颂这夜的奇迹！

（本篇最初发表于1929年1月《华严月刊》第1卷第1期）

《夜的奇迹》出版预告[①]

《夜的奇迹》(散文诗集)

我们都知道庐隐是小说家，却不知她同时也是诗人。她的小说不知引出多少人的眼泪，然而这更深刻、更美丽、更内心的散文诗恐怕比她的小说更能动人罢。庐隐是遭了恶运的人，她的不幸，悲哀，愤慨，与她的追求，希望，幸福，在这部《夜的奇迹》里有着显明的描绘。因为诗就是真情流露的场所。凡喜爱她的小说的人，更不能不看这册诗集！

(本篇最初发表于北平华严书店 1929 年 1 月《华严月刊》)

---

① 本篇出版预告由庐隐亲自执笔。1929 年 9 月，因经济不支，庐隐与诗人于赓虞合办的华严书店停业，原预告的散文诗集未能出版。五年后，庐隐还在续写《梦——夜的奇迹之一》，这是她唯一想写完而“未完”的作品集。

素　心　兰

——夜的奇迹之二

我踯躅于寒山冷壑间——那时松涛无声，月残星疏；奔注于山溪中的碧流，发出潺潺的朝歌，但，白云不语，群岫沉默！

在那纷披俊藤的悬崖畔，密翠成丛，在丛底我寻觅到一朵素心兰，如深山中的牧羊女，美妙天然——那正是生命的象征，我理想之光！

我拨开藤萝，铲除荆柯，用宝贵的金剪，将她采下，仅仅只有箭，箭上仅有一朵，孤傲幽默的扎挣于万绿丛中。

朝旭的霞光下，荼蘼含着轻妙的巧笑，玫瑰带着醉人的丰姿，然而我只爱这朵素心兰，而今我用泪液将她灌溉，我用心血将她培养，我将她栽在白玉盆中，唉！朋友！这是一个奇异的礼赠，愿她永远滋荣于你玮奇高贵之灵宫！

（本篇最初发表于1929年1月9日《河北民国日报》周刊《鹗》）

狂 风 里

“你为什么每次见我，都是不高兴呢？……既然这样不如……”

“不如怎样？……大约你近来有点讨厌我吧！”

“哼！……何苦来！”她没有再往下说，眼圈有点发红，她掉过脸看着窗外的秃柳条儿，在狂风里左右摆动，那黄色的飞沙打在玻璃上，发出沙沙的声音，凌碧小姐和她的朋友钟文只是沉嘿着，屋内屋外的空气都特别的紧张。

这是一间很精致的小卧房，正是凌碧小姐的香闺，随便的朋友是很不容易进来的，只有钟文来的时候，他可以得特别的优遇，坐在这温馨香闺中谈话，因此一般朋友有的羡慕钟文，有的忌恨他，最后他们起了猜疑，用他们最丰富的想像力，捏造许多关于他俩的恋爱事迹！在远道的朋友，听了这个消息，尽有写信来贺喜的，凌碧也曾知道这些谣言，但她并不觉得怎样刺心或是暗暗欢喜，她很冷静的对付这些谣言。

凌碧小姐是一个富于神经质，忧郁性的女子，但是她和一般朋友交际的时候，她很浪漫，她喜欢和任何男人女人笑谑，她的词锋常常可以压倒一屋子的人，使人们感觉得她有点辣，朋友们给她起了一个绰号叫辣子鸡——她可以使人辣得流泪，同时又使人觉得颇可亲近。

但是在一次，她赴朋友的宴会，她喝了不少的酒，她醉了，钟文雇了汽车送她回来，她流着泪对他诉说她掩饰的苦痛，她说“朋友！你们只看见我笑，只看见我疯，你们也曾知道，我是常常流泪的吗？”

“唉！我对什么都是游戏，……爱情更是游戏，……”

她越说越伤心，她竟呜咽的哭起来！

钟文是第一次接近女人，第一次看见和他没有关系的女人哭；他感到一种新趣味，他不知不觉挨近她坐着，从衣袋里掏出自己的手巾替她擦着眼泪，忽然一股兰麝的香气，冲进他的鼻观。他觉得心神有些摇摇无主，他更向她挨近，她懒慵慵的靠在汽车角落里，这时车走到一个胡同里，那街道高低不平，车颠播［簸］得很厉害，把她从那角落里颠出来，她软得抬不起的头就枕在他的身上了。他伸出右臂来，轻轻的将她揽着，一股温香，从她的衣领那里透出来；他的心跳得更厉害了，悄悄的吻着她的头发，路旁的电灯如疏星般闪烁着，他竟恍惚如梦。但是不久车已停了，车夫开了车门，一股冰冷的寒气吹过来，凌碧小姐如同梦中醒来，看看自己睡在钟文的臂上，觉得太忘情，心里一阵狂跳，脸上觉得热烘烘的，只好装醉，歪歪斜斜的向里走；钟文怕她摔倒，连忙过来扶着她，一直送她到这所精致的卧房，才说了一声“再会!”然后含着甜蜜的迷醉走了。自从这一天以后，钟文便常常来找凌碧，并且是在这所精致卧房里会聚。

这一天正午的时候，天色忽然阴沉起来，不久就听到窗棂上的纸弗弗发发的响，院子里的枯树枝，也发出瑟瑟的悲声。凌碧小姐独自在房里闲坐，忽见钟文冒着狂风跑了进来，凌碧站起来笑道：“怪道刮这么大的西北风①，原来是要把你刮了来!”

钟文淡漠的笑了一笑，一声不响的坐在靠炉子的椅上，好像有满怀心事般。凌碧小姐很觉得奇怪，曾经几次为这事，两人几乎闹翻了脸!

他们沉嘿了好久，凌碧小姐才叹了一口气道：“朋友是为了彼此安慰，才需要的，若果见面总是这么愁眉不展的，有什么意思呢？……与其这样还不如独自沉嘿着好!”

钟文抬头看了凌碧一眼，哝了一声道：“叫我也真没话说，……自然我是抓不住你的心的。”

凌碧小姐听了这话，似乎受了什么感触，她觉得自己曾无心中作错了一件事，不应该向初次和女人接触的青年男人，讲到恋爱；因为她自己很清楚，她是不能很郑重的爱一个男人，她觉得爱情这个神秘的玩意，越玩得神秘越有劲——可是一个纯洁的青年男人，他是不懂得这秘密的，他爱上了一个女人，他就要使这个女人成为他的禁脔，不用说不许别人动一下，连看一眼，也是对他的精神有了大伤害的。老实说钟文是死心蹋

---

① 怪道，犹怪不得。

地的爱凌碧，凌碧也瞧着钟文很可爱，只可惜他俩的见解不同，因此在他们中间，常常有一层阴翳，使得他俩不见面时，却想见面，见了面却往往不欢而散。

今天他俩之间又有些不调协，凌碧小姐一时觉得自己对于钟文简直是一个罪人，把他的美满的爱情梦点破了，使他苦闷销沉，一时她又觉得钟文太跋扈了，使她失却许多自由，又觉得自己太不值。因此气愤愤的责备钟文。但是钟文一说到“她不爱他了，”她又觉得伤心！

凌碧小姐含着眼泪说道：“你怎么到现在还不了解我吗？……我就是这么一个奇怪的女人，我并非不需要爱，但我不是时时刻刻都需要它，我最喜欢有淡雾的早晨，我隔着淡雾看朝阳，我隔着淡雾看美丽的荼蘼花，在那时我整个的心，都充满着欢喜，我的精神是异常的活跃。唉！钟文这话我不只说过一次，为什么你总不相信我呵！”

钟文依然现着很忧疑的样子，对于凌碧小姐的话似解似不解，——其实呢，他是似信似不信，他总觉得凌碧小姐另外还爱着别的男人。

其实凌碧小姐除钟文以外虽然还爱过许多男人，玩弄过许多男人，但是自从认识钟文以后，她倒是只爱他呢，不过钟文是第一次尝到爱，自然滋味特别浓，也特别认真；而凌碧小姐，因为从爱中认识了许多虚伪和其他的滑稽事迹，她对于神圣的爱存了玩视的心，她总不肯钻在自己织就的情网里，但是事实也不尽然，她有时比什么人都迷醉，不过她的迷醉比别人醒得快而剪绝，她竟能有放下屠刀立地成佛的本领。

钟文永远为抓不住她心而烦恼！这时他听了凌碧小姐似可

信似不可信的话，他有点支不住了，他低下头，悄悄的用手帕拭泪。凌碧小姐望着他叹了一口气，彼此又都沉嘿了。

窗外的风好像飞马奔腾，好像惊涛骇浪，天色变成昏黄，口鼻间时时嗅到土味，吃到灰尘；凌碧小姐走到窗前，将窗幔放下来，屋子里立刻昏暗，对面不见人，后来开了电灯，钟文的眼睛有点发红，凌碧小姐不由得走近身旁，抚着他的肩说道：

“不要难过吧！……我永远爱你！”

钟文似乎不相信，摇头说道：“你不用骗我吧！……但是我相信我永远爱你！”

“哦！钟文！你这话才是骗我的！……我瞧你近来真变了，你从前比现在待我好的多，因为从前总没有见你和我生过气——现在不然了，你总是像不高兴我。”凌碧小姐一面说一面似笑非笑的瞧着他，钟文“咳！”了一声也由不得笑了，紧紧的握住凌碧小姐的手说道：“你真够利害的！”

“我！我就算利害了？……你真是个小雏儿，你还没遇见那利害的女人呢！”凌碧小姐回答说。

“自然！我是比较少接近女人，不过对于女人那种操纵人的手段，我也算领教了！”钟文说着，不住对凌碧小姐挤眼笑，凌碧小姐忽然变了面容，一种忧疑悲愤的表情，使得钟文震惊了。他不知不觉松了手，怔怔的望着凌碧发呆。停了些时，凌碧小姐深深的叹了一口气道：“钟文……我在你心目中，不知还是个什么狐狸精，或是魔鬼吧！”

钟文知道自己把话说错了，真不知怎样才好！急得脸色发青，在屋里踱来踱去。

凌碧小姐也触动心事，想着人生真没多大意思，谁对谁也不能以真心相见；整天口袋中藏着各种面具，时刻变换着敷衍对付。觉得自己这样掩饰挣扎，茫茫大地就没有一个人了解，真是太伤惨了！她想到这里也由不得悄悄落泪。

这时狂风已渐渐住了，钟文拿起帽子，一声不响的走了。

凌碧小姐望着他的后影，点头叹道："又是不欢而散！"

（本篇最初发表于 1929 年 1 月 10 日《河北民国日报·副刊》第 32 号，1933 年 3 月收入中华书局初版《玫瑰的刺》集）

云萝姑娘[①]

这时候只有八点多钟，园里的清道夫才扫完马路。两三个采鸡头米的工人，已经驾起小船，荡向河中去了。天上停着几朵稀薄的白云，水蓝的天空，好像圆幕似的覆载着大地，远远的景山正照着朝旭，青松翠柏闪烁着金光，微凉的秋风，吹在河面，银浪轻涌。园子里游人稀少，四面充溢着辽阔清寂的空气。在河的南岸，有一个着黄色衣服的警察，背着手沿河岸走着，不时向四处瞭望。

云萝姑娘和他的朋友凌俊在松影下缓步走着。云萝姑娘的神态十分清挺秀傲，仿佛秋天里，冒霜露开放的菊花，那青年凌俊像貌很魁武［梧］，两道利剑似的眉，和深邃的眼瞳，常使

① 邵洵美在《〈庐隐自传〉代序——庐隐的故事》中说：在庐隐作品里“最容易找到她自己。《云萝姑娘》也几乎是从她日记里演化出来的”。

人联想到古时的义侠英雄一流的人。

他们并肩走着，不知不觉已来到河岸，这时河里的莲花早已香消玉陨，便是那莲蓬也都被人采光，满河只剩下些残梗败叶，高高低低，站在水中，对着冷辣的秋风抖颤。

云萝姑娘从皮夹子里拿出一条小手巾，擦了擦脸，仰头对凌俊说道："你昨天的信，我已经收到了，我来回看了五六遍。但是凌俊，我真没法子答覆你！……我常常自己怀惧不知道我们将弄成什么结果，……今天我们痛快谈一谈吧！"

凌俊嘘了一口气道："我希望你最后能允许我，……你不是曾答应作我的好朋友吗？"

"哦！凌俊！但是你的希冀不止作好朋友呢？……而事实上阻碍又真多，我可怎么办呢？……"

"云姊！……"凌俊悄悄喊了一声，低下头长叹。于是彼此静默了五分钟。云萝姑娘指着前面的椅子说："我们找个坐位，坐下慢慢的谈吧！"凌俊道："好！我们真应当好好谈一谈，云姊！你知道我现在有点自己制不住自己呢！……云姊！天知道：我无时无刻不念你，……我现在常常感到作人无聊，我很愿意死！……"

云萝在椅子的左首坐下，将手里的伞放在旁边，指着椅子右首让凌俊坐下。凌俊无精打彩坐下了。云萝说："凌俊！我老实告诉你，我们前途只有友谊，——或者是你愿意作我的弟弟，那么我们还可以有姊弟之爱。除了以上的关系，我们简直没有更多的希冀。凌弟！你镇住心神。你想想我们还有别的路可走吗？……我实在觉得对你不起，自从你和我相熟后，你从我这里学到的便是唯一的悲观。凌弟！你的前途很光明，为什么不向前走？”

“唉！走，到那里去呢？一切都仿佛非常陌生，几次想振作，还是振作不起来，我也知道我完全糊涂了……可是云姊！你对我绝没有责任问题。云姊放心吧！……我也许找个机会到外头去飘泊，最好被人一枪打死，便什么都有了结局……”

“凌弟！你这话越说越窄。我想还是我死了吧！我真罪过。好好的把你拉入情海，——而且不是风平浪静的情海——我真忧愁，万一不幸，就覆没在这冷邃的海底。凌弟！我对你将怎样负疚呵！”

“云姊！你到底为了什么不答应我，你不爱我吗？……”

“凌弟！完全不是那么回事，我果真不爱你，我今天也绝不到这里来会你了。”

“云姊！那末你就答应我吧！……姊姊！”

云萝姑娘两只眼睛，只怔望着远处的停云，过了些时，才深深嘘了口气说：“凌弟！我不是和你说过吗？我要永远缄情向荒丘呢！……我的心已经有了极深刻的残痕……凌弟，我的生平你不是很明白的吗？……凌弟，我老实说了吧！我实在不配受你纯洁的情爱的，真的！有时候，我为了你的热爱很能使我由沈寂中兴奋，使我忘了以前的许多残痕，使我很骄傲，不过这究竟有什么益处呢！忘了只不过是暂时忘了！等到想起来的时候，还不是仍要恢复原状而且更增加了许多新的毒剑的刺剽……凌弟！我有时也曾想到我实在是在不自然的道德律下求活命的固执女子……不过这种想头的力量，终是太微弱了，经不起考虑……”

凌俊握着云萝姑娘的手，全身的热血，都似乎在沸着，心头好像压着一块重铅，脑子里觉得闷痛，两颊烧得如火云般红。但是一句话也说不出来，只一口一口向空嘘着气。

这时日光正射在河心，对岸有一只小船，里面坐着两个年轻的女子，慢慢摇着画桨，在那金波银浪上泛着。东边玉蛛桥上，车来人往，十分热闹。还有树梢上的秋蝉，也哑着声音吵个不休。园里的游人渐渐多了。

云萝姑娘和凌俊离开河岸，向那一带小山上走去。穿过一个山洞，就到了那园子最幽静的所在。他们在靠水边的茶座上坐下，泡了一壶香片喝着。云萝姑娘很疲倦似的斜倚在藤椅上。凌俊紧闭两眼，睡在躺椅上。四面静悄悄，一些声息都没有。这样总维持了一刻钟。凌俊忽然站起身来，走到云萝姑娘的身旁，低声叫道："姊姊！我告诉你说，我并不是懦弱的人，也不是没有理智的人。姊姊刚才所说的那些话，我都能了解，……不过姊姊，你必定要相信我，我起初心里，绝不是这么想。我只希望和姊姊作一个最好的朋友，拿最纯洁的心爱护姊姊。但是姊姊！连我自己也不明白，我什么时候竟恋上你了，……有时候心神比较的镇定，想到这一层就不免要吃惊……可是又有什么法子呢，我就有斩钉断铁的利剑，也没法子斩断这自束的柔丝呢。"

"凌弟！你坐下，听我告诉你，……感情的魔力比任何东西都利害，它能使你牺牲你的一切，……不过像你这样一个有作有为的男儿，应当比一般的人不同些。天下可走的路尽多，何必一定要往这条走不通的路走呢！"

凌俊叹着气，抚着那山上的一个小削壁说："姊姊！我简直比顽石还不如，任凭姊姊说破了嘴，我也不能觉悟……姊姊，我也知道人生除爱情以外还有别的，不过爱情总比较得是一件重要的事情吧！我以为一个人在爱情上若是受了非常的打击，他也许会灰心得什么都不想作了呢！……”

“凌弟，千万不要这样想，……凌弟！我常常希望我死了，或者能使你忘了我，因此而振作，努力你的事业。”

“姊姊！你为什么总要说这话？你若果是憎嫌我，你便直截了当的说了吧！何苦因为我而死呢……姊姊，我相信我爱你，我不能让你独自死去。……”

云萝姑娘眼泪滴在衣襟上，凌俊依然闭着眼睡在躺椅上。树叶丛里的云雀，啾啾叫了几声，振翅飞到白云里去了。这四境依然是静悄悄的一无声息，只有云萝姑娘低泣的幽声，使这寂静的气流，起了微波。

“姊姊！你不要伤心吧！我也知道你的苦衷，姊姊孤傲的天性，别人不能了解你，我总应当了解你……不过我总痴心希冀姊姊能忘了以前的残痕，陪着我向前走。如果实在不能，我也没有强求的权力，并且也不忍强求。不过姊姊，你知道，我这几个月以来精神身体都大不如前，……姊姊的意思，是叫我另外找路走，这实在是太苦痛的事情。我明明是要往南走，现在要我往北走，唉，我就是勉强照姊姊的话去作，我相信只是罪恶和苦痛，姊姊！我说一句冒昧的话……姊姊若果真不能应许我，我的前途实在太暗淡了。”

云萝姑娘听了这话，心里顿时起了狂浪，她想：问题到面前来了，这时候将怎样应付呢？实在的，在某一种情形之下，一个人有时不能不把心里的深情暂且掩饰起来，极力镇定说几句和感情正相矛盾的理智话……现在云萝姑娘觉得是需要这种的掩饰了。她很镇定的淡然笑了一笑说："凌弟！你的前途并不暗淡，我一定替你负相当的责任，替你介绍一个看得上的人……人生原不过如此……是不是？"

凌俊似乎已经看透云萝的强作达观的隐衷了，他默然的嘘了一口气道："姊姊！我很明白，我的问题，绝不是很简单的呢！姊姊！……我请问你，结婚要不要爱情……姊姊！我敢断定你也是说'要的'。但是姊姊，恋爱同时是不能容第三个人的……唉，我的问题又岂是由姊姊介绍一个看得上的人，所能解决的吗？……"

这真是难题，云萝默默的沈思着。她想大胆的说："弟弟！你应当找你爱的人和她结婚吧！"但是他现在明明爱了她自己……假若说："你把你精神和物质划个很清楚的界限。你精神上只管爱你所爱的人，同时也不妨作个上场的傀儡，演一出结婚的喜剧吧……"但这实在太残忍，而且太不道德了呵，……所以云萝虽然这么想过，可是她向来不敢这么说，而且当她这么想的时候，总觉得脸上有些发热，心头有些红肿，有时竟羞惭得她流起眼泪来！

"唳！这是怎么一个纠纷的问题呵！"云萝姑娘在沉默许久之后忽然发出这种的悲叹的语句来，于是这时的空气陡觉紧张。在他们头顶上的白云，一朵朵涌起来，秋风不住的狂吹，云萝姑娘觉得心神不能守舍，仿佛大地上起了非常的变动，一切都失了安定的秩序，什么都露着空虚的恐慌。她紧张握住自己的颈项，她的心房不住的跳跃，她愿意如絮的天幕，就这样轻轻盖下来，从此天地都归于涅［湮］灭，同时一切的纠纷就可以不了自了。但是在心里的狂浪平定以后，她抬头看见凌俊很忧愁的望着天。天还是高高站在一切之上，小山，土阜，和河池一样样都如旧的摆列在那里，一切还是不曾变动。于是她很伤心的哭了。她知道她的幻梦永远是个幻梦，事实的权力实在庞大，她没有法子推翻已经是事实的东西，她只有低着头在这一切不自然的事实之下生活着。

太阳依着它一定的速度由东方走向中天，又由中天斜向西方，日影已照在西面的山顶，乌鸦有的已经回巢了；但是他们的问题呢还是在解决不解决之间。云萝姑娘站了起来说：“凌弟！我告诉你，你从此以后不要再想这个问题，好好的念书作稿，不要想你怯弱的云姊，我们永远维持我们的友谊吧！……”

“哼！也只好这样吧。——姊姊你放心啊，弟弟准听你的话好了！”

他们从那山洞出来，慢慢的走出园去，晚霞已布满西方的天，反映在河里，波流上发出各种的彩色来。

那河边的警察已经换班了，这一个比上午那一个身体更高大些，不时拿眼瞟着他们。意思说：“这一对不懂事的人儿，你们将流连到什么时候呢！……”

云萝姑娘似乎很畏惧人们利尖的眼光。她忙忙走出园门坐上车子回去，凌俊也就回到他自己家里去。

云萝姑娘坐在车子上回头看见凌俊所乘的电车已开远，她深深的吐了一口气，心里顿觉得十分空虚，她想到一个人生活在世界上只要灵魂没有和身体分离，同时感情也不能和灵魂分离，那么缄情向荒丘又怎么作得到呢！但是要维持感情又不是单独维持感情所能维持得了的呵！唉！空虚的心房中，陡然又生出纠纷离乱的恐怖，她简直仿佛喝多了酒醉了，只觉得眼前一切都是模糊的，不久到了家门口才似乎从梦中醒来，禁不住又是一阵怅惘！

这时候晚饭已摆在桌上，家里的人都等着云萝来吃饭。她躲在屋里，擦干了眼泪，强作欢笑的，陪着大家吃了半碗饭。她为避免别人的打搅，托说头痛要睡。她独自走到屋里，放下窗幔，关好门，怔怔坐在书案前，对着凌俊的照片发怔。这时候，窗外吹着虎吼的秋风，藤蔓上的残叶，打在窗棂上，响声瑟瑟，无处不充满着凄凉的气分。

云萝姑娘在秋风憭栗声里，嘘着气，热泪沾湿了衣襟，把凌俊给她的信，一封封看过。每封信里，都仿佛充溢着热烈醇美的酒精，使她兴奋，使她迷醉，但是不幸……当她从迷醉醒来后，她依然是空虚的，并且她算定永久是空虚的。她现在心头虽已有凌俊的纯情占据住了，但是她自己很明白，她没有坚实的壁垒足以防御敌人的侵袭，她也没有柔丝韧绳可以永远捆住这不可捉摸的纯情……她也很想解脱，几次努力镇定纷乱的心，但是不可医治的烦闷之菌，好像已散布在每一条血管中，每一个细胞中，酿成暗愁的绝大势力。云萝想到无聊赖的时候，从案头拿起一本小说来看，一行一行的看下去。但是可怜那里有一点半点印象呢，她简直不知道这一行一行是说的什么，只有一两个字如“不幸”或“烦闷”，她不但看得清楚，而且记得极明白，并且由这几个字里，联想到许许多多她自己的不幸和烦闷。她把书依然放下，到床上蒙起被来，想在睡眠中暂且忘记了她的烦闷。

不久，云萝姑娘已睡着了。但是更夫打着三更的时候，她又由梦中醒来，睁开眼四面一望，人迹不见，声息全无，只有窗幔的空隙处透进一线冷利的月光，照着静立壁间的书橱，和书橱上面放着的古磁花瓶，里边插着两三株开残的白菊，映着惨淡的月光益觉瘦影支离。

云萝看了看残菊瘦影，禁不住一股凄情满填胸臆。悄悄披衣下床，轻轻掀开窗幔，陡见空庭月色如泻水银，天际疏星映漾。但是大地如死般的沉寂，便是窗根下的鸣蛩也都寂静无声。宇宙真太空虚了。她支颐怔坐案旁，往事如烟云般，依稀展露眼前。在她回忆时，仿佛酣梦初醒，——她深深的记得她曾演过人间的各种戏剧，充过种种的角色，尝过悲欢离合的滋味。但是现在呢，依然恢复了原状，度着飘零落寞的生活，世界上的事情真是比幻梦还要无凭……

她想到这里忽见月光从书橱那边移向书案这边来了，书案上凌俊的照片，显然的站在那里。她这时全身的血脉似乎兴奋得将要冲破血管，两颊觉得滚沸似的发热。“唉！真太愚蠢呵！”她悄悄自叹了，她想她自己的行径真有些像才出了茧子的蚕蛾，又向火上飞投，这真使得她伤心而且羞愧。她怔怔思量了许久，心头茫然无主，好像自己站在十字路口，前后左右都是漆黑，看不见前途，只有站着，任恐怖与彷徨的侵袭。

这时月光已西斜了，东方已经发亮，云萝姑娘，依然扎挣着如行尸般走向人间去。但是她此时确已明白人间的一切都是虚幻。她决定从此沉默着，向死的路上走去。她否认一切，就是凌俊对她十分纯挚的爱恋，也似乎不足使她灰冷的心波动。

从这一天起，她也不给凌俊写信。凌俊的信来时，虽然是充溢着热情，但她看了只是漠然。

有一天下午，她从公事房回家，天气非常明朗，马路旁的柳枝静静的垂着，空气十分清和。她无意中走到公园门口停住了，园里的花香一阵阵从风里吹过来，青年的男女一对对在排列着的柏树荫下低语慢步。这些和谐的美景，都带着极强烈的诱惑力。云萝也不知不觉走进去了。她独自沿着河堤，慢慢的走着。只见水里的游鱼一队队的浮着泳着，残荷的余香，不时由微风中吹来。她在河旁的假山石旁坐下了，心头仿佛有什么东西压着，又仿佛初断乳的幼儿，满心充满着不可言说的恋念和悲怨。她想努力的镇定吧，可恨她理智的宝剑，渐渐的钝滞了，不可制的情感之流，大肆攻侵，全身如被燃似的焦灼得说不出话来。于是她毫不思索的打电话给凌俊，叫他立刻到公园来。当她挂上电话机时，似乎有些羞愧，又似乎后悔不应当叫他。但是她忙忙走到和凌俊约定相会的荷池旁，不住眼钉着门口，急切的盼望看见凌俊傲岸的身体，……全神经都在搏搏的跳动，喉头似乎塞着棉絮，呼吸都不能调匀，最后她低下头悄悄的流着眼泪。

（本篇最初发表于1929年1月10日《小说月报》第20卷第1号，后收入《灵海潮汐》集）

文学家的使命

我是嗜好文学的，也曾多时努力于文学的创作；然而我却不是文学研究家，对于文学，我没有深湛的理论，关于别人的深湛的文学理论，我所涉猎的也极有限。因之我对于文学的知识，与其说是由学习得来的，勿宁说是由经验得来的，更为确切些。

文学家对于人类社会，究竟负有何种使命？在我平日提笔创作时，对于这个问题，就不曾思索过。我只觉得我要创作的动机：有时是为了回顾既往的生命伤痕，不知不觉发生感喟与悲叹的呼声；有时是为了不满足现实，而憬憧于未来的乐园，写出瑰奇的理想；有时发见生命的真意义，以某种事实为象征，写出极兴奋和突进的生命的波动；有时是为大自然的伟丽所惊吓发出赞美与歌颂；有时为了一种同情而悲哭而狂呼……

将我创作的动机归纳起来，可以说只是为了表现我自己的生命而创作，至于这些作品所收的效果，也许有时要出我意料之外的有意义。譬如说我看见一个人力车夫，在狂风暴雨之下，拉着车子，在那泥泞的路上扎挣，而坐车的人们，还是怒容满面，嫌他拉得慢，我便想到这个人力车夫，他怎么就该这样受苦难？他也有灵魂，他也有智慧，而人们对他为什么特别残刻呢？如果有一天，运命也是一样的播弄我，使我也落到这步田地，其痛苦将如何？——这时我的意识上有了一种极痛苦的感觉，似乎我也正是那个人力车夫，不知不觉心酸落泪，这种的热烈的同情，真占据在我灵魂深处；直到从街心回到我的家里以后，心头还似乎有所梗塞，无论如何排遣不开，只得坐下来，伸纸拈毫将这件事的印象，——我的灵魂所体验的情绪，不加丝毫掩饰与造作，很忠实的描写出来，当这篇稿子完成的时候，我被压迫的心灵，便渐归平静，并且感到舒适与欢喜。

关于描写一个人力车夫的经过既如上头所说。那么，我的动机当然只是要发泄我自己对于人力车夫的同情而描写而创作，这就是我唯一的目的了。除此以外什么都没有。但是看我那篇文章的人，有的或者要加我以尊严的头衔，说我这篇文章大有益于世道人心，是一篇打破社会制度，革命的文学作品。因之我就是最可钦佩的，最时髦的革命文学家了。倘若果真有这么一天，我是被人们这么恭维的时候，我除了受宠若惊之外，还要汗流浃背，因为问良心，我当时就没有这么尊严的想头。

说到这里我不免连带想到我们伟大的作家易卜生来了。他写《傀儡家庭》，当时许多新妇女认为他是为了提倡妇女运动而写那个剧本的，都到他面前大恭维他一顿，但是她们所得到易卜生的回答，可是太出人意外了。易卜生说：“我只为作诗而写

《傀儡家庭》的。”那些妇女听了这话，都不免暗暗称奇，然而这却是真正的作家，对于文学的态度呢！

创作只是因为创作，这种原理并不是很神秘而深奥的，只要我们能明白什么是文学，和文学家对于社会人类所负的使命，就知道因创作而创作是很自然的结果。

什么是文学，各家对于文学的定义，说法很多，我们用不着陈列古董似的，逐条列举，只要在各家的说法中归纳出文学几个必具的条件就够了：

一、文学的四要素

二、文学的普遍性与永久性

以上两个条件，是文学的基本原则，下文当逐条论之：

一、文学的四要素　就是说凡是文学，不可缺少思想，感情，想象，形式四个要素。所谓思想就是作者的人生观，宇宙观等，但是一篇作品中，仅有作者的人生观宇宙观，这只是一种知识，只能使人知，这是哲学科学的职能，而文学乃是使人知而且感的东西，文学是把知的作用的直觉，附贴到情上的，所以文学的根本精神，就是同情，没有同情的作品，是不会与人发生关系的，使达人由醒而醉，使俗人由醉而醒，都不过是同情而发出来的奇异的光彩。所谓同情，就是超于自身利害之外的“大我”之情，与拘束于个人得失“小我”之情不同。诗人之作诗是发于情，即诗序所说：“情动于中，而形于言”。这个情便是极伟大的同情，乃抉千万人心灵深处共有的情感而唤起，这种情感就是文学的生命，所以看了别人受痛苦，仿佛是自己受一样，这种与宇宙合一的伟大情感而写成的作品，自然具有丰富的感人之力，自然可以成为人我心灵交通的一道桥梁，自然是我与宇宙万有间的一把锁匙了。这种作品，定能使读者有“先得我心”之感了。

文学由感情而成立的，但同时也就是由想象而成立的，因为同情是想象的产物，或副产物。所以王尔德批评列颠狱官的没有同情，而说：“那人连一点想象力也没有的。”意思就说虽然没有受痛苦，但是看了别人的痛苦可以体验出那苦痛的滋味，这种的体验是想像也就是同情，二者之间的关系是极密切的。兰斯肯虽分想象为三种：一、联想的想象力，二、洞察的想象力，三、冥想的想象力，然而总须与同情相溶洽，才能写出最优良的文学作品。

至于形式对于文学也极重要，前三者——思想，感情，想象——是文学的内在精神，而形式是属于外表的，这个内在的精神是否能完全表现出来，那就全看外形的巧拙了。

二、文学的普遍性与永久性　文学的四要素中的感情、想象诸原则，也就是文学的永久性与普遍性的根据点，文却斯德（C. T. Winchester）说“文学是含有不朽的兴味的著作”。这种兴味就是根据于诉于人的感情之力，这种力是随时可以唤起人们感兴的。所以大文学家优良的作品，可以百读而不厌，这就是文学的永久性；然而这种诉于人类的感情之力，绝不是特殊的个人之私情，乃人类共通的情。文却斯德又说：“各人的感情是瞬间的，个别的，而人类一般的感情却是共同的东西，所以为共同者就是超越时间空间，以及人人都能共感共有的话。”所以千古常新的文学，一定不是某种主义的奴隶，也不是某种思想的工具。

文学的本质是打破一切因袭与束缚，是完全自由的东西，它是要努力，将重重物欲所遮掩的真相，暴露于人间的，所以它才能万古常新，不然荷马时代的东西，为什么到今日还是一样的使人感兴呢？韩退之的《秋怀》诗说：“……作者非今士，相去时已千，其言有感触，使我复凄酸。”这也是文学有永久性的证明。

文学如果只有时代兴味，而没有越超时间空间及国民性等的独立精神，这种文学就失去它万古常新的效能，换句话说，就是没有永久性与普遍性了。这种文学就象一株凌霄花，将随它所倚附的禁种树而并逝，——离去它的时代，它就没有存在的可能。譬如英人 Pamfret，他是为时代的趣味而作诗的人，当然虽然是名重一时，被人尊重为最伟大的诗人，但不过百年就寂然无闻。

我们对于什么是文学——即文学的根本原则既然明白了，那末文学家对于社会究竟应当负有何种使命，当然也可以迎刃而解了。

文学家诚然是社会的先趋［驱］者、预言家，他与时代发生极密切关系，他可以统一人们的感情，并引导着趋向同一的目标去行动，譬如意大利之所以能收统一之效，有人归功于但丁（Dante）的一部《神曲》。法国的卢梭与福禄特尔对于法国革命也有极大的影响；他如歌德对于德国帝国之成立，其力量不亚于俾士麦，这些事实我们都不能否认。但是他之所以能成为先趋［驱］者，预言家，必须有独立不拔的精神，才能不受社会的因袭之束缚，不为利害而顾虑，并且努力打破一切的因袭与束缚，抛却一切利害的顾虑，在这虚伪残刻的社会，而培植上美丽的生命之花，这就是文学家唯一的伟大的使命，否则宛转因物，又怎配作先驱者、预言家呢！

世俗的一般人，对于文学家不是把他们崇拜如一尊神秘的偶象，就是把他们看成一个不足轻重的吟风弄月的骚人墨客，——只为风雅点缀而无益于社会，这当然是错误的，——但是有一些虚伪的文学家，他们实在有可以予人攻击的弱点，他们不是作些无病呻吟的假文学，就是引人到堕落的路上去的满足粗鄙的肉欲的作品，再不然就是迎合时好，作些应时小卖的作品去投机，这种人根本他自己就没有认识他自己的灵魂，他又怎么配表现自己的人格呢？他们的灵魂正在阴影中麻木的睡着了，他们所发出来的欢喜与悲伤，都不是从他们灵魂深处抉发出来的，只是些浮浅的含糊的梦呓，这种梦呓当然没有活跃的生命力的，要想发生诉于人的感情之力的效果，又怎样可能呢？

这一种人，他们自甘堕落，固可勿论。还有一种人，他们倒也并不甘于灵魂的堕落，但是他们没有真正的认识文学，因之他们不从文学的根本上努力、培植，唯注意文学的形式派别，什么写真，浪漫，理想等主义的分歧。这种思想便占据他们的全心灵，每一举笔，先把自己安放于某种主义的束缚之中，而不能充分的发展自己的灵性。这种作家绝不能作社会的先驱者，预言家，他只是忠于模仿别人的创作，而自己不能创作，这是有貌无神的作品。所以伟大的作家，在他们心里，绝对没有主义没有派别，他们只知为创作而创作。

自然，作家也是一个人，而且是一个社会的人，又焉能不受社会生活的影响？我们无论翻开那一个作家的作品，我们可以从那作品里看出作者的时代，作者的地方，以及作者的国家，然而这并不与越超时间空间的问题相矛盾的，因为前者所说的是文学的基本原则，后者所说的是作品自然发生的效果，这种效果是不期然而然的，这种的表现是无害于根本的共同的情感，而永久存在于日光之下的。这一点我们可以打一个譬喻来说明，例如有甲乙两个人，一个是极富一个是极贫，这两个人的形式上当然有许多不同的地方，但是无论怎样差别，根本上他们都是人，这句话谁也不能反对吧，同时他是某甲，同时他也是人；同时他是某乙，同时他也是人。文学家所取的材料，不妨有各种各式，并且越要描写得特别真切，特别恰合，所描写的每个人越有区别越有个性越好。但是切不可忘了他们都是人，他们有人共有的情感，作家若果明白这一点的奥妙，那么他创作的时候，自然不甘拘虚于某一种方式之下，而甘为某一种主义所屈伏了，也不甘为某种主义工具了。并且越不存心宣传什么，只赤裸裸的表现自己的生命，表现自己的全人格，而他的效果，也许具有绝大的动人的力，越与人类的生活发生密切的关系，这正是因为他们的文学作品，乃是因纯粹的艺术冲动而创造出来的，不受浮沉时代表面的小潮流和漩涡所卷没。这种作品可以使我们忘记我们窒息的时代，消失我们不纯洁的观念，更清楚的认识我们的灵魂，使我们的生活更向上去努力，这才是实感与表现混合的结晶，是向上的优秀的艺术。

因之，我们有志于文学的人们，又应当努力的去生活，努力的把自己的生命力扩大起来，对于社会的真实的要求，加以充分的体验，有了相当的涵养，自然而然可以产生最好的文学。

并且我们还应当注意对于真正的文学的阻碍力，正似乎魔鬼般，变幻出种种迷人的色彩，极力的引诱我们，使我极自由的灵魂，被拘于人间极残刻的牢狱中，就是一般人，所呼号的文学应有主义，文学应当加上革命的头衔，使凡作家都困顿于这种时代趣味之下，满纸都只是造作的不真实的痕迹，把文学独立的上进的精神完全埋煞，不去努力创作更伟大真实的作品，只是与浅薄的人间厮混，这是人类文化的大劫运。——自从世界商业化之后给予文学的毒害，已经是不浅了，若果再加上些别的束缚与桎梏，文学的前途将更黯淡了，所以我们爱好文学的人，应当把文学从那可怕的漩涡中救出来，而使它恢复原有的光耀，而增进它的光耀，这就是文学家唯一的使命了。

（本篇最初发表于 1929 年 1 月《华严月刊》第 1 卷第 1 期）

归　雁[1]

三月四日

北方的天气真冷，现在虽是初春的时序，然而寒风吹到脸上，仍是尖利如割，十二点多钟，火车蜿蜒的进了前门的站台，我们从长方式的甬道里出来，看见马路两旁还有许多积雪，虽然已被黄黑色的尘土点污了，而在淡阳的光辉下，兀自闪烁着白光。屋脊上的残雪薄冰，已经被日光晒化了，一滴一滴的往下淌水。背阴的墙角下，偶尔还挂着几条冰箸，西北风抖峭的

① 这部自叙传小说真实地道出纫菁（庐隐）和剑尘（瞿冰森）从知情而友情而爱情终至绝情的心路历程。作者把自己丧夫后悲痛与矛盾的日记，毫无保留地奉献给读者。茅盾说“这是她叫人敬重的一点”。

吹着。我们雇了一辆马车坐上，把车窗闭得紧紧的，立刻觉得暖过气来。马展开它的铁蹄，向前途驰去，但是土道上满是泥泞，所以车轮很迟慢的转动着。街上的一切很逼真的打入我们的眼帘，——街市上车马稀少，来往的行人，多半是缩肩驼背的小贩和劳动者——那神情真和五六年前不同了，一种冷落萧条的样子，使得我很沈闷的吁了一口长气。

马车出了城门，往南去街道更加狭窄，也很泥泞，马车的进度也越加慢了。况且这匹驾车的马，又是久经风霜的老马，一步一蹶的挣扎着，后来走过转角的地方，爽性停住不动了；我向车窗外看了看，原来前面的两个车轮，竟陷入泥坑里去了。一个瘦老的马夫，跳下车来，拚命的用鞭子打那老马，希望它把这已经沦陷的车轮，努力的拔起，这简直等于作梦，费了半天的精力，它只往上窜了一窜便立着不动了。那个小车夫，也跳下车来，从后面去推动那车辆，然而沦陷得太深又加着车上的分量很重，人，箱子大约总有四五百斤吧，又怎样拔得起来呢？因此我们只得从车上下来，放在车顶上的箱子也都搬了下来，车上的分量减轻了，那马也觉得松动了，往前一挣，车轮才从泥水里拔了出来，我们从新上了车，这时我不禁吐了一口气——世途真太艰难了！

车子又走了许久，远远已看见一座耸立云端里的高楼，那是一座古老的祠堂，红色的墙和绿色的琉璃瓦，都现出久经风日的灰黯色来。但是那已经很能使我惊心怵目，——使我想起六年前的往事，那是我母亲带着我们兄弟姊妹住在楼的东面——我姑妈的房子相邻比的那所半洋式的房子里，每天晨光照上纱窗的时候，我们就分头去上学，夕阳射在古楼的一角时，我们又都回来了，晚上预备完功课时都不约而同齐集在母亲的房里，谈讲学校里的新闻，或者听母亲述说她年轻的时候的遭遇，呵！这时怎样的幸福呢，然而一切都如电光石火转眼就都逝灭了。这番归来的我，如失群的迷羊，如畸零的孤雁，母亲呢，早到了不可知的世界，因此哥哥妹妹也都各自一方，但是那高高的白墙，和蓝色的大门，依然是那样嶷立于寒风淡阳里。唉！我真不明白这短短的几年，我竟尝尽人世的难苦，我竟埋葬了我的青春，人事不太飘渺了吗？我悄悄咽着泪。车已到门前了，我下车后我的心灵更感到紧张了，我怔怔的站在门口，车夫替我敲门，不久门开了，出来一个三十多岁的男仆向我上下打量了一番，问道："您找谁？"我镇定我的心神，告诉他我的来历。他知道我是侄小姐，立刻现出十三分的殷勤，替我接过手里的提箱。正在这时候，里面又出来一个四十多岁的女仆，我看她很面熟，但一时想不起她姓什么，她似也认得我，向我脸上注视半天，她失声叫道："您不是侄小姐吗？怎么几年不见就想不起来了呢？"我点头道："太太在家吗？""在家呢！快请里边去！"她说着便引着我进了那个月洞门，远远已看见姑妈站在阶沿等我呢。我一见她老人家——两鬓上添了许多银丝，面目添了不少的绉纹，比从前衰老多了，不禁一阵心酸，想到天真是无情，永永用烦苦惨伤的鞭子，将人们驱到死的路上去。——母亲是为烦苦忧伤而逝了，唉！这残年的姑妈呵！不久也是要去的，——我的泪涮涮的流下来了！我哽咽着喊了一声"姑妈"心里更禁不着酸凄了，泪珠就如同决了口的河水滚滚的打湿了衣襟，姑妈也是红着眼圈，颤声道："天气冷！快到屋里坐去，只怕还没有吃饭吧？"说着用那干枯的瘦手牵着我进去——屋里的火炉正熊熊的燃着，一股热气扑到脸上来，四肢都有了活跃的气，心呢，也似乎没有那么孤寒紧张了。我坐在炉旁的椅上，姑妈坐在我的对面的小床上，她用那昏花的老眼看了我许久，不禁叹道："我的儿！我几年不见你，竟瘦了许多，本来也真难为你！那一年你母亲病重，听说你在安徽教书，你哥哥打电报给你，你虽赶回去，但是已经晚了，……你母亲的病，来得真凶，听说前前后后不到五天就完了，我们得到电报真是好像半大空打了一个霹雷，……"姑妈说到这里也撑不着哭了，我更是忍不住痛哭，我们倾泻彼此久蓄的悲泪，好久好久才止住了。姑妈打发我吃了些东西，她又忙着替我收拾屋子，我依然怔坐在炉旁，心思杂乱极了。正在这时候，忽听见院子里，许多脚步声和说话声；跟着进来了一大群的人，我仔细的一认，原来正是舅母表嫂表弟表妹们，他们听说我来了，都来看我。我让他们坐下后，我看见大舅母是更苍老了，表嫂也失却青春的丰韵，那些表弟妹都长大了。唉！一切都变了，我心里忽感到一种说不出的滋味：又是怅惘，又是欣慰，他们也都细细的打量我，这时大家都是想说话，然而都想不起说那一句话，因此反倒默默无言了。

晚上姑妈请我吃饭，请他们做陪，在大家吃过几杯酒，略有些醉意的时候，才渐渐的谈起从前的许多事情来。后来她们谈到我的爱人元涵的死，我的神经似乎麻木了，我不能哭，我也不能说话，只怔怔的站着，我失了魂魄，后来我的舅母抚着我的肩，一滴滴的眼泪，都滚落在我的头发上，我接受了这同情的泪，才渐渐恢复的情感。我发见我的空虚了，我仿佛小孩般的扑在舅母的怀里痛哭，后来我的表妹念雪将我扶到床上睡下，她坐在我的身旁安慰我道："姊姊！千万不要再伤心了，事情已经到了这个地步，只好扎挣点，保重你有用的身体吧——其实人世也没有永永不散的筵席，况且你对于元哥也很可以了，听说他病了一个多月，都是你看护他，他死时，也只有你在他跟前。他一定可以安慰了，——现在你应当保重自己，努力你的事业才是，岂可以把这事放在心里，倘若伤坏了身体，九泉下的元哥一定也不安的，……你这次来，我本想请你到我们那里去住，不过我们那里也比不得从前了，自从父亲去世以后——真树倒猢狲散——没有作主的人，又加着我们家里的情形太复杂，所以一切都特别凌乱，因此我也不愿请你去；你暂且就住在姑妈这里吧，好在我们相隔不远，我可时时来陪伴你，唉！说起来真够伤心了，这才几年呵！……"念雪的眼圈红了，声音带着哽咽，我将头伏在枕上也是泪如泉涌。

今夜念雪因为怕我伤心，没有回去，就住在我这里，夜午醒来，看见窗前一片月光，冷森的照在寂静的院子里，我翻来覆去的睡不着，搅得念雪也醒了，两人又谈了半夜的话，直到月光斜了，鸡声叫了，我们才又闭上疲倦的眼皮打了一个盹。

三月五日

今天天气很清明，太阳也似乎没有昨天那样黯淡，看见浅黄色的日光，射在水绿色的窗幔上，美丽极了。从窗幔的空隙间，看见一片青天，澄澈清明，没有飘浮的云，仿佛月下不波的静海，偶尔有几只飞鸟从天空飞过，好像是水上的沙鸥。我正在神驰的时候，听见壁上的自鸣钟响了十下，我知道时候不早了，赶紧翻身坐起，念雪早已打扮好了。

吃完了早点后，我就打电话通知朋友们来了，当然我是希望他们来看我，下午果然文生，萍云都来了，他们告诉我许多新消息。文生并且已替我找好了事情——在一个书局里当编辑，萍云又告诉我某中学请我教书，当时我毫不迟疑的答应了，因为我自己很明白像我这样的心情，除了忙，实在没有更好的安慰了。

文生我们已经五年不见，他还是那样有兴趣，不时说些惹人笑的滑稽话，不过他待人很周到，他一眼就看出我近来的窘状，临走时他望我留下三十块钱。但是我因此又想起元涵了，他若不死我何至如此落魄——到处受别人的怜悯的眼光的注视呢！唳！元涵!!

文生走后，莹和秀来了，这是我幼年的好友，我们曾共同过着青春的美妙的生活，因此我们相见时所感到的也更深刻。在彼此沉默以后，莹提议逛公园，我也很愿意去看看久别的公园；到公园时，柳枝依然是秃的，冷风也依然是砭人肌骨，只有河畔的迎春，它是吐露了春的消息，青黄色的蕊儿，已经在风前摇摆弄姿了。我们沿着马路，绕了一圈，大体的样子虽还依稀可认，但是却也改变了不少，最使我触目的是那红绿交辉的十字回廊，平添了许多富丽的意味。那山上的小松树也长高了，河畔上的土墙也拆了，用铁栏杆作了河堤，我们在小茅亭里可以看见缓缓的春波，不休的将东流去，我们今天谈得高兴，一直到太阳下山了，晚霞灰淡了，我们才分途归去。

到家时舅母家的王妈正在那里等我呢，因为舅母今晚请我吃饭，我稍微歇了歇就同王妈走去了。

到了那里，表嫂们正围在炉旁谈天，见我进来都让我到堂屋坐——我来到堂屋只见桌上已摆了许多的糖果和瓜子花生。我们都坐好后，我舅母告诉表嫂说："今晚谁都不许提伤心的话，总得叫菁小姐快活快活。"念雪表妹听了这话就凑趣道："今晚我们吃完饭，还得来四圈呢，菁姊好久没和我打牌了，一定也赞成，是不是?"我没有说什么，只笑了笑。吃饭的时候她们要我喝酒，以为叫我廾廾心，那里晓得是酒到愁肠愁更愁?我喝了十杯上下就有点支持不住了，心幕被酒拉开了，一出出的悲剧涌上来，我的眼泪只在眼皮里乱转。但是最后我忍住了，我将咸涩的泪液悄悄的咽下去，她们看出我的神气不好，劝我去歇一歇，我趁着这个台阶忙忙的出了席，走到我表嫂屋里睡下，用被蒙住头悄悄的流泪，好久好久我竟睡着了，醒来时已经十二点了，他们打发马车送我回来。路上静寂极了!

三月六日

这几天的生活真不安定，亲友请吃饭，一天总有一两起，在那盛宴席上，我差不多是每泪和酒并咽的，然而这是他们的善意，我也无法拒绝，因此整天只顾忙碌，什么事都作不了。

今天上午文生请我到他家里吃便饭，没有喝酒，因此我到吃了一顿安适的饭。回家以后我告诉看门的：今天无论谁来都回绝他——只说我出去了，我打算今天下午定定心，写几封信——姑妈替我收拾的屋子幽雅极了，一间长方形的屋子，靠窗子摆了一张三尺来长的衣柜，柜面上放着两盆盛开的水仙，靠西边的墙角放着一盆淡白的梅花，一阵阵的香气不住的打入鼻孔。我静静的坐在案前，打算给南方的哥哥妹妹写信，但是提起笔，还没有写上两三句便写不下去了。心里只感到深切的怅惘，想到我离开上海的时候，哥哥送我上火车，在那汽笛尖利的声响里，哥哥握住我的手说：“你既是心情不好，暂且到北京去散散也好，不过你那一天觉得厌倦的时候，你那一天再回来，我希望你不要太自苦……保重身体努力事业……”妹妹呢，更是依恋不舍的傍着我，火车开时，我见她还用手巾拭泪呢。唳！一切的情景都逼真的在眼前，然而我们是已相去千里了。况且我又是孤身作客，寄栖在姑妈家里，虽说她老人家很痛爱我，然而这也不是了局呵！前途茫茫，我将何以自解呢？唉！天呵！

我拭着泪把几封信勉强写完，忽接到我二哥哥寄来的快信——我来京的时候他同我的二嫂嫂都在宁波——所以他们并不知道我来，不过我临走的时候曾给他们一封信。

二哥的信上说：“……我接到你的信，知道你到北京去了，我很不放心，你本是个多愁善感的人，况且现在又在失意中，到北京住在舅舅家里，又是个极复杂的环境，恐怕你一定很难过。去年舅舅死后情形更坏了，至于姑妈呢，听说近来生意也不好，自然家境也就差了。你岂能再受什么委曲，所以我想你还是到宁波来吧，你若愿意请即电复，我当寄盘川给你，唉！自从母亲死后，我们弟兄姊妹各在一方，我每次想到就不免伤心，所以很希望你能来，我们朝夕相聚，也可以稍杀你的悲怀，你觉得怎样呢……”

我接到这封信，我的心又立刻紧张起来，我明知道二哥所说的都是实情，然而我才息征尘，又得跋涉，我实在感到疲乏；可是不走呢，倘若将来发生不如意事又将奈何？我真是委曲不下，晚上我去找文生和他谈了许久，但是结果他还是劝我不走，当夜我就写了一封长信覆我二哥。

今天疲乏极了，十点钟就睡了。

三月七日

今天早起，文生打电话叫我十点钟到某书局去，——经理要和我细谈，我因怯生就请文生陪我去，他已答应我九点多钟来。打完电话，表妹就来了，她说星痕下午来看我，我答应在家候他，不及多谈什么话，文生已经来了，我们一同到了书局的编辑处，遇见仰涤、玄文几个熟人，稍微应酬了几句，不久经理出来和我们相见——他坐在我的对面，态度很英爽，大约三十多岁，穿着一身靛青哔叽呢的西服，面貌很清秀，额上微微有几道绉纹，表示着很有思想的样子。他见了我，说了许多闻名久仰的客气话后，慢慢就谈到请我到书局编辑教科书的事情，并告诉我每天八点钟到局，四点钟出局的办公规约，希望我明天就去工作，我暗想在家也是白坐着，就答应他，明天可以去。

我们由书局出来，文生到东城去看朋友，我就回家了。吃完午饭姑妈邀我同去市场买东西，回来的时候已经三点多了，心想星痕一定早来了，因忙忙跑到屋里，果然星痕正独自坐在案前，翻《小说月报》呢。她见我进来抬头向我看过之后，用着慨叹的语调说道："你瘦了！"我握她的手，久久才答道："你也瘦了！"她眼圈一红低声道，"本来同是天涯沦落人，你，你瘦我安得不瘦？"我听了这话更觉凄伤，只垂头注视地上的枯枝淡影，泪一滴一滴的泻下，星痕只紧紧握住我的手嘘了一口长气，彼此就在这沉寂中，温理心伤。

今天我们没有深谈，自然星痕她也是伤心人，她决不愿自己再用锥子去刺那尚未合口的创痕，因此只得缄默的度过这凄凉的黄昏，天快黑的时候她回去了。

三月八日

昨夜是抱着凄楚的心情安眠的，梦中走到一所花园，正是一个春天的花园，满园的红花绿草开得璨烂热闹，最惹人欣羡的是一丛白色的梨花，远远望去一片玉白，我悄悄的走到梨树下面的椅子坐下。忽见梨树背后站着一个青年男子，我心里吃了一惊，正想躲避，只见那男子叹息了一声叫道："菁妹！你竟不认识我了呵！"我听那声音十分耳熟，想了一想正是元涵的声音，我心里不觉一惊失声叫道："你怎么来到这里？……这又是个什么地方呢？"元涵指那一丛玉梨说道："这里叫作梨园，我为了看护这惨白的玉梨来到这所园中，……""为什么别的花都不用人看护呢？"我怀疑的问道，元涵很冷淡的说道："那些都是有主名花，自然没人敢来践踏，只有这玉梨是注定悲惨飘泊的命运，所以我特来看护她。"我听了简直不明白，正想再往下问，忽见那一丛梨树，排山倒海似的倒了下来，完全都压在我的身上，我吓醒了，睁眼一看四境阴黯，只见群星淡淡的幽光闪烁于人间。唉！奇异的梦境呵，元涵这真是你所要告诉我的吗？你真不放心你的菁妹吗？天呵！这到底是怎么一件事呢！我又大半夜没睡觉了。

天色才朦胧我就起来，今天是我第一天走入陌生的环境去工作，心情是紧张极了，我想那书局里的同事，用锋利的眼光注视我，分析我，够多么可怕呢?！所以我脚踏进公事房的时候，我禁不住心跳，我真像才出笼的一只怯鸟儿，悄悄的溜到我的公事桌前的椅上坐下，把白铜笔架上的新笔拔了下来，蘸得满满的墨汁，在一张稿纸上，写了“第一课”三个字，再应当写什么呢？一时慌乱得想不出来，只偷眼看旁边许多同事，一个个都在销磨灵魂呢，什么时候将灵魂销磨成了灰时，便是大归束了。有时他们也偷眼瞧瞧我，从一两个惊奇的眼光中，我受了很深的刺激，只觉得他们正在讥笑我呢！似乎说，“你这么个女孩儿，也懂得编辑什么吗?”本来在我们的社会里，女人永远只是女人，除了作人的玩具似的妻，和奴隶似的管家婆以外，还配有其他的职业和地位吗？我越想越觉得他们这种含恶意的注视使我难堪，我只有硬着头皮，让他们爱怎么想就怎么想吧——我如同傻子似的坐了一上午，什么也没写出来，吃午饭的时候就溜了，下午也懒得去，打电话去请了半天假。

三月九日

今午到公事房去，恰好碰见仰涤了，他替我绍介了许多同事，情形比昨天好得多了，我的态度也比较自如了。

我们都一声不响的用心构思，四境清静极了，只听见笔尖写在纸上涮涮的声音，和挪动墨水瓶，开墨盒盖的声音。但是有的时候，也可以听见一种很奇特的声音，好像机器房的机器震动的声音。原来有一位三十左右的男同事，他每逢写文章写到得意的时候，他就将左腿放在右腿上面，右脚很匀齐的点着地板，于是发出这种声音来了。我看了看他那种绉眉摇腿的表情惹起我许多的幻想来，我的笔停住了，我感觉到人类的伟大，在他们的灵府里，藏着整个的宇宙呢。这宇宙里有艳凄的哀歌，有沉默深思，可以说什么都有，随他们的需要表现出来，这真是奇真［赘字］迹呢；但同时我也感到人类的邈［藐］小，他们为了衣食的小问题，卖了灵魂全部的自由，变成一架肉机器，被人支配被人奴使，……唉！复杂的人间，太不可〈思〉议了。

下午回家的时候，接到星痕请客的短笺，我喜极了，拆开看见上面写道：

> 菁姊！我今天预备一杯水酒替你洗尘，在座的都是几个想见你的朋友——那是几个不容于这世界的放浪人，想来你必不至讨厌的，希望你早来，我们可以痛快的喝他一个烂醉。
>
> 星痕

在短笺的后面，开明宴会的地点和时间，正是今日午后六点钟，我高兴极了，我觉得这两天在书局里工作，真把我拘束苦了，正想找个机会痛快痛快，星痕真知趣，她已窥到我的心曲了。

六点钟刚打我已到了馆子里，幸好星痕也来了，别的客人连影子都不见呢。星痕问我这几天的新生活，我就从头到尾的述说给她听，她瞧着这种狼狈像不禁笑了说：“你也太会想了。人间就是人间，何必深思反惹苦恼！”我说：“那你只好问天，为什么赋与我如是特别的脑筋吧！”星痕点了点头没有说什么。

半点钟以后客人陆续的来了，共有七个客人，除了我和星痕外都是三十以下的青年。其中有几个我虽没会面，却是早已闻名，只有一个名叫剑尘的，我曾经在一个宴会席上见过一面，经星痕替我们彼此介绍后，大家就很自然的谈论起来。我们仿佛都不懂什么叫拘束，什么叫客气，虽然是初会，但是都能很真实的说我们要说的话，所以不到半个钟头，彼此都深深认识了。只有一个名叫为仁的我不大喜欢他，——因为他是带着些政客的臭味——虽然星痕告诉我他是学政治的，似乎这是必有的现象，然而我觉得人总是人，为什么学政治，就该油腔滑调呢？

今夜我喝了不少的酒，并且我没有哭——这实在出我所意料的，我今夜觉得很高兴，饭后星痕陪我回来，她今夜住在我这里。

三月十日

今天在公事房里编了一课书，题目是《剿匪》，我自己觉得很满意。晚上回家的时候，接到剑尘给我一封信，他问我昨天醉了没有，并安慰我许多话，唉！苦酒还是自己悄悄的咽下好，因为在人面前咽苦酒是苦上加苦的呵！

晚上我给剑尘写回信，我不想多说什么，无奈提起笔来便不由自主的写了许多，其中有几句我觉得很有记下来的必要，我说“我自己造成这种的运命，除了甘心生活于这种运命中有何说?！——况且世界上还有比我所处更凄楚的环境的人，因为缺限［陷］是这个世界必有的原则呵！……”

凄苦的命运是一首美丽的诗，我不愿从这首诗里逃出，而变成一篇平淡的散文呢；但是剑尘他那里知道呵！我青春的幻梦已随元哥消逝了，此后，此后呵，就是这样凄楚悲凉的过一生吧！

三月十三日

唉！这几天真颓丧，每日行尸走肉般进公事房，手里的笔虽然已写秃了，但我自己都不明白，我为什么要这样压搾自己，将一个活人变成一座肉机器，只是为了吃饭呵！太浅薄了！当我放下笔的时候，就不禁要这么想一遍，我感到彷徨了，日子是毫不回头的，一天一天逝去，而且永不回来的逝去，我就随着它的逝去而逝去，也许终此生永远是这样逝去，天！你能告诉我有什么深奥的意义吗？唉，我彷徨极了。

下午剑尘打电话来，说熙文请我到便宜坊吃饭，我真懒得去，但是熙文一定坚持要我去，他知道今天是星期六没有什么事，我没法拒绝，只好勉强去了。

熙文今天请了十位客人，都是些什么博士学士太太，那一股洋气，真有些咄咄逼人的意味，我和他们真是有点应酬不来，我只俯着窗子看楼下的客人来往，而他们在那里高谈阔论，三句里必夹上一句洋文，我越听越不耐烦，心想这才是道地的人间，那洋而且俗的气味，真可以使人类的灵魂遭劫呢。

我一直沉默着，到吃饭的时候，我也是一声不响的拚命喝酒，我愿意快些醉死，我可以苏息我的灵魂，因此我一杯一杯的不断的狂吞，约莫也喝了二十几杯，我的世界变了，房子倒了似的乱动，人的脸一个变成两个三个，天地也不住的旋转，我什么都不知道了！

不知道过了多少时候，我清醒了，睁开眼一看，那些博士学士都走了，只剩下熙文和他的夫人汝玉坐在我的左边，剑尘站在我的跟前。他们见我醒来，汝玉用热手巾替我擦脸，我心里一阵凄酸，眼泪流满了衣襟，熙文道："这是怎么说呢？唿！"汝玉也怔怔的看着我叹气，剑尘跑到街上去买仁丹，我吃过仁丹之后略觉好些，汝玉扶我下楼，送我上了马车，剑尘陪我回来。

到家我吐了，吐后胸口虽是比较舒服，但是又失眠了，——今夜真好月色，冷静空明，照见窗外树影，有浓有淡，仿佛是一幅美丽的图画。月光渐渐射进屋来，正照在书案上的一角，那里摆着元哥的一张遗像，格外显得清秀超拔，但是这仅仅是一张幻影呵！我的元哥他究竟在那里呢？此生可还能再见一面？唿！天！这是怎样的一个缺憾呵！——万劫千生不可弥补的一个缺憾！唉！元哥，我的青春之梦，就随你的毁灭而破碎了，我的心你也带走了！但是元哥你或者要怀疑我吧！有时我扮得自己如一朵醉人的玫瑰，我唱歌我跳舞……这些，这些，岂不都可以使你伤心吗？但是元哥这只是骗人自骗的把戏呵！盛宴散后，歌舞歇时，我依然是含着泪抚摸着刻骨的伤痕呢，元哥你知道吗？聪明的灵魂！

三月十六日

今天下午我正想出去看文生，忽然见邮差站在我的门口，递给我一封信，我拆开看道：

纫菁！

你既是知道你的命运是由你自己造成的，那么你为什么不造一个比较更好的命运呢，为什么把自己永远沉在悲哀的海里呢？……我以为一个人，既是已经作了人，就应当时时想作人的事情，……但是你一定要问了：究竟什么是人应当作的事情呢？这自然又是很费讨论的一个问题，况且处在现在一切都无准则的年头，应当作什么事就更难说了。不过我觉得我们总当抱定一个宗旨，就是不管作什么事，都用很充分的兴趣去作，生活也应当很兴趣的去生活，如此也许要比较有意义些。

昨晚我送你回家以后，我脑子里一直深印着你那悲惨的印像，——你的脸色由红转白，由白转青，满头是汗，眼泪不住的流，站既站不着，坐又坐不稳，躺在藤椅上，真仿佛害大病的神气，我真不知怎样才好，纫菁！你太忍心的摧残自己了。

我不明白你为什么这样狂饮，借酒浇愁吗？而我不敢相信你的深愁是酒可以浇掉的，——并且你每喝酒每次总要流泪的，唉！纫菁！那么你的狂饮，是想糟蹋自己吗？那犯得着吗？纫菁！我并不是捧你，以你的能力，的确很能作点有益社会国家的事，不但应当为自己谋出路，更当为一切众生谋出路。我们谈过几次话，我深知道你也并不是这样想，不过你总打不破已往的牢愁，所以我唯一的希望你，不要回顾过去的种种，而努力未来的种种，纫菁！

你能允许我吗？

我看完了剑尘的信，我感激他待我的忠诚，我欣羡他有过人的魄力，但是我也发愁我自己的怯弱，唉！我将怎样措置我这不安定的心呢！

三月二十日

日记又放下几天不记了，原因是这几天没有心情，其实有的时候也真无事可记，你想吧！世界上那一个不是依样画葫芦的生活着——吃饭睡觉跑街，反正是这一套——自然我有的时候是为了懒呢。

自从那次在便宜坊喝醉了以后，三四天以来头痛，腰酸，公事房也三四天没去。唹！这种颓唐的心身真不知怎样了局。但是仔细的想一想又似乎用不着叹气，就这样一直到死也何尝不是大解脱呢，总之解脱就是了，管他别的呢！

近来不知道什么原故，我的思想紊乱极了，好像一匹没勒头的奔马，放开四只铁蹄上天入地的飞奔，坐也不是走也不是。有时感到凄凉，但也不愿去找朋友谈，有时他们来看我，我又觉得讨厌，唹！可怜的心情呵！

下午被剑尘邀去逛公园，我们坐在河池畔，看那护城河的碧波绿漪，我又不免叹气，剑尘很反对我这样态度。本来我有时也觉得这种多愁善感是无聊的，世界本来就是这样的——从古到今是展露着缺憾的，如果不能自骗，不能扎挣，就干脆死了也罢；如果不死呢，就应当找出头——这些理智的话，也曾在我的脑里涌现过，并且我遇见和我诉说牢愁的人，我也会这样的教训他一顿，不过到了我自己身上，那就很难说了。

今天剑尘很劝了我许多话，他希望我打开一切的束缚，去作一番伟大的事业，他的态度诚恳极了，我不能说没受感动，并且我也相信国家是需用人才的时候，不论破坏方面，建设方面，在在都得人才——说到我呢，虽是自己觉得很渺小，但我也没看见比我更伟大的，如果我觉得自己是伟大的，也许就立刻变成伟大了。

我们没有系统的谈了许多话，虽然得不到结论，然而我心里似乎痛快点了。回家时已经是沿路的电灯和天上的群星争耀了。

三月二十一日

今天我从公事房回来后，独自坐在院子里的丁香树下，树枝已经发青了，地上的枯草也长了绿芽，人间已有春意，西方的斜辉正射在墙角上，那枯黄的爬山虎，尚缀着一两张深黄色的残叶，在斜辉中闪光。晚霞一片娇红，衬着淡蓝色的天衣，如晚妆美女。

我的心——久已凝冷的心，发出异样的呼声，自然，这只有我自己明白，……唉！我真没想到我竟是如此懦弱，我看见我胸膛中的心房在颤动，我的彷徨于这含有诱惑的春光中。

燕子已经归来，而丁香还不曾结蕊，桃枝也只有微红的蓓蕾，蛰虫依然僵伏，但温风已吹绉了一池春水。我怯弱的心池也起了波浪。

独自坐在这寂寞的庭院里，听自己的心声哀诉，这惆怅，烦恼真无法摆布，无情无绪地走进卧房，披上一件银灰色的夹大衣，信步踱进公园的后门，在红桥畔，看了许久的御河碧漪，便沿着马路来到半山亭，独自倚住木栏看流霞紫氛，抬头忽见紫藤架下，一双人影，那个穿黑衣服的女郎很像星痕，正低着头看书呢，在星痕的左边坐着一个少年，那脸的轮廓似乎在那里见过——一时想不起来，我正对着他们出神呢，星痕已经看见我了，她含笑向我招手，我连忙下去，他们也迎了来，星痕说："你怎么一个人来了?"我笑道："本没打算逛公园，一人坐在家里闷极了，不自觉的便从后门来了——这自然是我家离公园太近的缘故。"星痕笑了笑又指着那个少年说道："你们会过吗?"我正在犹疑，只听那少年说道："见过见过，上次你请客，我们不是在一桌吃饭吗?"我听了这话陡然记起来了，原来他正是星痕的好友致一，新近我很听见人们对他俩的谈论，说是他俩的交情已经很深了，我想到这里又不禁把致一仔细打量一般，见他长颀的身材，很白净的脸皮，神气还不俗，不过很年轻，好像比星痕小得多。

我们来到御河的松林下坐着，致一去买糖果请我们吃，我就悄悄的向星痕道："那孩子还不错，——人们的话也许不是无因吧?"星痕听了这话，脸上立刻变了神色冷笑道："别人怀疑我罢了，你怎么也这样说，我的心事难道你还不清楚吗?——我的心早已随飞鸿埋葬了，……"自然我也相信星痕不至于这样容易改变她的信念，不过爱情这东西有时候也真难说，并且我细察星痕的举动，有时候迷醉得不能自拔，所以我当时没有再往下说什么，我只点了点头表示我明白她的意思就完了。恰好致一买了东西回来，我们饱餐后又兜了一个圈子就回去了。

三月二十二日

这一天过得平淡极了，差不多没有什么事可记，晚上接到一个远方的朋友的信。他里头有一段话说：

> 纫菁！我真不明白世界为什么永远是奏着这哀音呢？呵！我真感到灰心！——昨夜我去看一个亲戚的病，那晓得他的病象已经很危险了，他的太太脸色焦黄的呆呆的站在床前，他的大女儿雅玫低头垂泪，灯光是那样惨淡的，一切都沉入恐怖与寂寞，我慢慢推开门进去，他们只是垂泪呜咽，床上的病人正在发喘，和上帝争命呢，我不忍走开，过了半点钟那病人两眼向上一翻便去了！永远的去了！她们惨号，雅玫竟昏蹶过去，大家手忙脚乱，仿佛宇宙都颠倒了，我心头只觉发梗，后来我只得暂且离开她们，唉！你想人间每天都演着这种可怕的惨剧——我们总有一天也是逃不掉这个劫数的，哝！……

我看完这封信，我忽然生出一种奇异的感想，我觉得人生既是谁也不能逃此大限，那么在有生之年，为什么不尽量快乐呢？为什么自己压扎呢？……我从今以后应当毫无顾忌的去追求快乐才是。

三月二十七日

我病了一个星期，不知辜负了几许春光，今天早晨起来，已经看见窗前的丁香了，浅紫色的那一株已经开得很茂盛。我掀开窗幔，推开玻璃，一阵温香透过来；精神兴奋了不少，春真是宇宙的骄子！

下午剑尘来看我，在我家里吃过晚饭后，新月的清辉，已经照在地上，我们很高兴，一齐走出门口，沿着马路踱到公园去，这时桃花已经开残了，我们走过桃花林，踏着憔悴的花瓣，来到沿河的小山石旁，我们并肩坐在一块平坦的白石上，河里的月影，被暖风吹动，光荡波扬，我们的身影也倒映在水里，四境清幽温馨，我们都似乎沉醉于美的幻梦里。剑尘仰头看着繁星，说道："纫菁！……怎么样可以使天地翻一身呢？"我蓦听这话，简直不明白他的意思，我只向他怔怔的注视，他见我这样，不禁微微的笑道："你忘了你前天对我说的话吗？"我陡然想起来，——原来前天夜里剑尘来看我的病，我们曾谈到将来的命运，我曾告诉他，我愿意维持我现在的样子一直到死，他说："永远不会改变吗？"我说："要改变除非等天地翻了一个身。"当时说过我也就丢开了，不想他今天又提起这句话，我不免暗暗心惊，我是从蚕茧里扎挣出来的困蚕，难道现在还要从新作个茧把自己装在里面吗？天呵！我又走错路了！

这一晚上，我的心灵不安极了！我们从公园出来，各自分道回家，他临去时低头叹着气，我虽然没有什么表示，但是也够了，在归途上我是一直含着眼泪的，我知道我自己太浅薄，虽是经过多少磨难，然而我是强不过自然，它时时布下迷局挖下陷井，使我沉溺，使我自困。唉！天呵！我将怎样自救呢？

到家时已经很晚了，姑妈他们都睡了，我独在院子里，不知呆立了多少时候，后来起了风，一股飞沙扑面打来，我才如梦初醒，怅然回到屋里睡了。

三月二十八日

今天下午，我被朋友邀去听讲演，听说是一个某党的领袖，演讲中国时局问题。

我们走进会场的时候，已经有不少的人在座，我忙在后排的椅子上坐了。不久就听见掌声如雷，在这热烈的掌声中，走进一个三十多岁的男人；态度十分沉着，下面的听众也都屏气无声，会场里的空气严重极了。他将中国时局分析得很清楚，一种爱国爱民的精神，使得我震惊了，我好像处惯囚牢的犯人早已失却知觉，但是经他一拨撩，我才感到我自己所处的境地，是污秽，是耻辱，唉！伟大的英雄呵！我不禁向他膜拜了！

听完讲演回来，血液一直在沸腾着。

三月二十九日

的确！一个人若处在被人们真心倾服的时候，他的人格就立刻伟大了千万倍，而且同时觉得任何事都有意义了，由这一点可以认识人类的伟大处，但同时也可以明白人类究竟是太有限的。

今天忽然想到这个问题，当我站在讲堂上给学生讲授时，由不得，就想从她们的眼光中，态度上，去体验她们对我的心，结果我是失败了，她们没有什么表示，我告诉她们什么，她们照样的作了，很平淡的作了，没有惊喜，也没有怀疑，唉！我是机器，她们也是机器。

今天一直不高兴，对于人生又起了疑念。

四月一日

人类的思想比什么都复杂，并且无时无地不受外界的影响；我独坐发闷，不免又想起，我上半年流落的生活来，那时我在某大学当指导员，领着五六十个少女，住在荒郊的寄宿舍里，她们都是青春的骄子，每天早晨钟声响后，在楼前的绿草路上，可以看见他们一个个打扮得如仙女般，陆续到大学校去上课。有时可以嗅到种种的粉香，在这时候，我骄傲如牧羊女儿，——这一群可爱的驯羊都在我看护之下。

他们走后，一所大洋楼，只留下我一个人，开开窗子，看见荒郊上的孤坟，虽然才过清明，但也没有纸钱的灰痕，唉！那一坏［抔］黄土下，正不知埋的是谁——这样萧条可悲！

人生真是一个漂零的旅客哟！什么事业，什么功名，真不过一个梦呢，说来真够伤心！明知生死只隔一线，但有时真解脱不了，——唉！谁知我的心情呵！恐怕只有元哥——你聪明的灵魂，是已经看透我撩乱的心了！

四月三日

今天是星期日，绝早便到北海，剑尘已经在御桥畔等我了。这时候园里开遍了芍药牡丹，我们坐在柳阴下的长椅上，温风时时吹拂我们的薄衣，真是满目春光，不由得勾起我日来的怅惘，我悲悼这烂霞似的美景，转眼便成过去，也正如那已葬送青春的男女，希望之火，冰冷了，只剩下被尘世所荼毒的残余——肮脏浓［脓］血之躯，还转动于人间。唉！天，这是多么刻苦的刑罚呢？

剑尘握了我的手，很惊疑的问道："纫菁，你今天又为什么这样不高兴呢！"我勉强咽住我凄楚的酸泪掩饰道："没有什么。"我立刻低下头。我装作看河里的游鱼，我的眼泪一滴滴流在地上。剑尘见了我这样难过，他不期然也叹着气，我们沉默了许久。最后我们便站起来，约剑尘去吃点心，吃完我就回家了。剑尘不放心一直送我到门口，唉！真罪过，为了我这个不幸的人，使剑尘无形中，受了许多苦楚，每次想起我真是对他不住呢！

四月四日

昨夜又失眠了，今天头脑暴痛，也不能出门，中午接到剑尘的信，他说：

菁姊！昨天你为什么那样不高兴？我几次抬头，看见你在咽泪，我心里真难过，我不知为什么，我感到悲哀了！

唉！菁姊！我送你回家以后，我在回来的路上，一直怅怅的，菁姊！你又为什么事伤心呢！我时时刻刻惦着你，惦着你呵！

菁姊！你的身世我是明白的，——凄苦悲凉——但是这又有什么法子呢？那是已经摆定的局面，白白的伤感，又有何益！而且菁姊，你的身体又既然这样虚弱，若果再这样煎熬，怎能支持？唉，菁姊！我真不敢深想下去。希望你凡事看开一点，若果你不讨厌我的话，我愿将我赤子纯洁的心来爱护你，使你在寂寞的世界上，得到一点安慰，菁姊！你接受我的诚意吧！

唉！剑尘！我怎能不感激他？我譬如一只无家可归的孤雁，蒙他这样诚挚的待我，还有什么不接受的呢！但是天呵！你太恶作剧了，你既给我一个缄情葬荒丘的环境，你为什么又给我一个纯真的爱！唳，我徘徊，我苦闷，我跑到无人的郊野痛哭；我的神志完全混乱了！

四月五日

今天东风特别温暖，薄棉袄已经穿不住了，院子里的藤树也开了花，香气特别浓厚，一群一群的蝶蜂绕着花心采花粉，我站在阶前看花，轻衫被风吹起襟角，飘洒如仙，我很想骑上一匹神驹，去到没有人烟的春山上，看美丽的春之女神，她把世界装得这样漂亮，她自己不知怎样沉醉欢欣呢——我正在遐想时，忽听见壁上的钟敲了几下，已到上公事房的时候了，无可如何，只得抱起书报稿纸去上工，唳！人生好景能有几次，况且每每又为生活问题所耽搁？不能尽兴欣赏，真是“秋月春花等闲度”了！

今天心里很愁闷，晚上虽然又是好月色，但是意兴慵懒也无心赏玩，而且心里还有点怕看月光，最后，仍旧回到房里去睡了。

四月六日

星痕许久不见了，我正想去看她，下午她恰好到公事房来找我，她告诉我，今天在北海里有一个聚会，——因为今天是月望，致一和剑尘预备夜里在北海划船。

我收拾了书报，星痕和我慢慢走到北海，这一路都种着槐树和杨柳，槐花的香气，很好闻；柳梢轻轻拂在我们的肩上，真是人在画图中。

到北海的时候，更是春江浪缓，遍山开着紫色的野兰花，花畦里有木芍药，有牡丹，有月季；到处都是清香扑鼻，我走到濠濮园的时候，只见致一、剑尘笑着迎了出来！我们在万绿丛中的茶座上坐下，举目一望，草绿花红，流水缓潺［潺湲］，在河的当中，驾着一道石桥，我和星痕走到桥上站了许久，星痕说这里诗意很厚，她让我作诗，我说一时那里有诗，留着诗情回家去写吧，彼此一笑而罢！

致一从山上采了一朵野兰花，他含笑道：别看这花倒也有些香味。星痕道：“春神本来是一视同仁，她要不香蜂蝶也不光顾了。”我们正说着剑尘也来了。大家又说笑了许久，太阳已经西斜了，我们便到仿膳吃饭，我和星痕都喝了几杯酒，心里又都有些怅怅的。我们出了仿膳，就到船屋去雇了一只船——是一只白色的小划子，我们上了船，恰好陆萍也赶来了，在船上我和星痕分配他们三个的工作，剑尘把舵，致一和陆萍划船，我坐在船头，星痕坐在船尾，不久船已驰到河心，荷梗才有半尺多高，浮萍散飘在水面上，我和星痕都采了不少。天色渐渐晚了，月儿也慢慢高起来，照得水面如同泻银一般，四面静悄悄没有什么声音，我们仿佛睡在母亲的摇篮里，舒服极了，远远忽发出铁笛的声音来，那声音非常凄凉清越，星痕低低的唱着《送春归》的哀调，我们都有些伤感——真是心情萦绕着绮丽的哀愁呢！

十点多钟，我们从船上下来，游兴未阑，又约着大家，上了白塔，这时月光比以前更空明皎洁，我们从白塔上俯视古城，万家灯火彷若天上星辰，那些房屋和梳子齿儿般排列着，我们站在白塔顶上，地高风大，吹得我们夹衣如蛱蝶似的飞舞。我这时低头往地下看，忽然发生了奇想，——倘若这时我用白色的绸帕，蒙住头向下一跳，不是什么都完了吗？人类真太藐小了！想到这里又不免叹气！致一说道时间不早了，回去吧！但是陆萍一声不响的睡在白石上，剑尘说：“回去睡吧！看回头着了凉！”陆萍仍是不理，似乎脸上还有泪痕，我们也不敢再向他看，致一和剑尘勉强把他拉起来，才一同下了白塔，各自回去了。

四月七日

昨夜玩得太高兴了。——也许心情是过分的奋发，因之今天似乎起了反动，事情是懒得作，心灵里萦绕着一种微妙的哀感，不时想到昨夜飘浮海心，对月噙泪的情景，从早晨起，一直怔怔的坐在房里，——今天又是星期，书局不办公，有了空闲的时间，免不得万种闲愁兜上心来，更觉得苦闷的时光，无法排遣了。

下午接得致一的信，那孩子真聪明，在昨夜绮丽哀凉的情景里，他了解了人间的悲哀，他的信上说："昨夜的情景太凄凉了，我看着你和星痕的一双泪影，深深的了解人间的哀愁，我虽没有你们那样的难过，但是心情也感到从来所未有的惆怅。"

我把致一的信从头到尾看了两遍以后，我莫明其妙的落下泪来，——这一个黄昏便在悄声咽泪里销磨尽了。唉！

四月八日

最近我常常感觉到我心情的消沉，不是好现象，有时候和星痕谈起彼此都不免叹气。我们几次想变换我们的生活，但是到处都插不下脚去，不消沉又将奈何！可怜！我们谈来谈去都无结果，最后星痕说道："纫菁！我们还是忍着吧！……你看露文跑到南方去，形式上似乎比我们热闹，其实还不是一样潦倒。……"自然星痕年来的心情，自不免过分的颓唐，在她的眼光里看过去，世界上也真没有什么事可作呢……我本来也是最不喜欢活动的人，我的脾气，倔强乖僻，和一般人周旋不来，从前在学校的时候已经对处世有所惧慑，现在到社会上来生活，更是走一步怕一步；况且现在的情形，比从前更坏更复杂，——就是作一个教员吧，也不能像从前那样安适，往往三四个月拿不到薪水，因之生活屡屡起恐慌，精神自然也就更痛苦了。

今天和朋友们谈到救国，整顿民生的问题，……在他们激昂慷慨的态度里，使我久已压熄的灵焰，又渐渐重燃起来，我恨不得立刻放弃一切，到前敌去，——我想像匹马奔驰于腥风血泊中的生活，一腔热血几乎喷了出来，但是惭愧，这又有什么用呢!? 几分钟以后，一切又都缓和了。我真是怯弱无用的人呢!

下午我站在院子里，看晚霞，小翠，我的表妹，递给我一封信，正是剑尘的，我倚着葡萄架，遥对着流霞，将信拆开看了，他说：

> 菁姊：前天晚上北海之游，真美妙极了，可是你大约又勾动了心伤吧！我一直惦着你，不知道你现在的心情如何？我希望你好好的扎挣吧！你的身体不好，最大的原因，还是心情的抑郁，——昨天我听致一说你病了，我真不放心，现在好了吗？……

唉！我如痴如呆的望着半天流霞出神，手里的信已掉在地下，小翠正蹲在葡萄架下采野菜花呢，她不提防到吓了一跳，抬头望了我一眼，把信递给我道：“怎样!? ……这信不要了吗?”我摇了摇头，把信放在衣袋里，走回屋里，——小翠看了我这样子诧异极了，一声不响的跑到上房找姑妈——大约总是告诉姑妈什么去了。唉！聪明的小翠，你知道我的心事吗?

四月十日

今天接到超西从英国寄来的一封信，他说：

> 纫菁吾友：我自从去国以后，生活完全变更了，心情也不同了，近来到各大图书馆念书，很感兴趣，——并且发见了几本在国内买不到的绝版中国书，真如同哥伦布发现新大陆的欢欣，所以我打算天天到图书馆去抄一份，预备将来带回来。
>
> 你近来的心情怎样?我时时念着你。有时候我独自跑到公园，坐在芭蕉树的巨影下，常常默想国内的朋友，不知近来怎样?尤其是你那清瘦的身影，时时浮上我的心头，使我不禁叹气！……日子也真快，元哥已死了三年了，回想当年我们住在上海的时候，几个人没有一天不在一处谈笑捣乱，你还记得我们曾组织过改革社会团?成立会是在松社开的，当天兴高采烈聚餐以后，还拍了一张照片，现在这张照片还在我的书架上放着，但是像上的人，都不是从先的样子了，元哥与绍哥死了，其余的平和琦也都没有消息，唉！真是往事不堪回首呢！
>
> 我有时想到我们这些人，若果还像从前那样勇敢热诚，今天的国事，或者不至糟到如此地步！哝！我想着真不免

痛哭，元哥他实在是我们友人中最有才略担当的，偏偏短命而死，真叫人愤愤难平呢！

超西的信好像是一把神秘的锁匙，将我深锁的灵箱打开了。已往的事迹，一件一件展露在眼前，尤其使我痛心的是永远不能再见的元哥。我拿起他的遗像，我轻轻的呼唤，但是任我叫干了喉咙，从不曾听见他一声的回应。唉！我哭了，——真的，两三个月以来，今天是最难过了。我紧紧握着自己的手，心也绞成一团，唳！我无力的睡倒了。

四月十一日

昨夜是低咽着，流了一夜的泪，今天心里觉得发闷，头目作痛，我恐怕又要病了。公事房不能去，请表弟打电话去告假，我只凄楚的躲在床上。下午星痕听见表弟说了，她不放心，立刻跑来看我，她坐在我的床沿，怔怔的看着我叹息，她也说不出话来，只是握了我的手垂泪。姑妈见了这种样子，也禁不住用衣襟拭泪，小表妹只是怔怔的望着，四围的景象真凄凉极了。

星痕今夜没有回去，我们对谈对哭的又闹了一夜，不过心情倒比较舒服了，黎明时，我们都沉沉的睡去。

梦中我看见元哥了，他还是生前一样沉嘿无言的望着我，眼角似乎尚有泪痕，他凄楚着说道："菁！我苦了你！……"他嘘着气，同时听见窗棂里呼呼的风鸣，真是可怕的鬼境呢！我吓醒了，睁眼看见窗户幔上，已射上晓日的光辉，星痕还睡着呢。我悄悄披上衣服下床，走到穿衣镜前，看见自己憔悴的瘦影，心头兀自酸梗，唉！命运之神呵！我永远是你手下的俘虏！

四月十二日

两天没到公事房办公了！不免积下许多应办的事情，整整料理了一个上午。编辑教科书，有时真感到干燥，没有兴趣，尤其因为我的心，正是时时涌起波浪的海，我拿着笔不知写什么好，只感到自己是生于梦幻中，——理智的工作譬如是断续的警钟，一声响动，也能从梦幻里醒来，但是钟声一停，便又恢复原状。

有时作得不耐烦，就想放下笔，辞别这单调的公事房，永不再进去，但是想到吃饭的问题，这个决心又动摇了。唉！渺小的人类往往为了物质的生活，而牺牲了意志的自由，在这种环境之下，人间那里还有伟大！

下午回家，接到剑尘的电话，约我明早到北海去玩，——今天人很觉疲乏，不到九点就睡了。

四月十三日

今天天气特别晴明，当我还没起床的时候，已看金黄色的太阳，照在东边的墙上，窗前的藤花，一穗一穗的都开了，颜色是浅紫——这是我生平最喜欢的颜色，所以每年藤花开时，我是有工夫就向它饱看，直到香消色退，它是软疲得抬不起头来，我也不忍再去看它，只是每日从外面回来时，经过藤萝架，偶尔踏着那飘零花瓣时，总要为它不幸的命运叹气。

但是这时候却是藤花的黄金时代，叶子有的是深碧如翡翠，有的淡绿如美玉，花穗倒悬着，如美人身上的绣香囊，娇丽可爱。那浓郁的香气，更是使人迷醉，我从床上下来，便推开纱窗，怔怔的望着藤花，我醉于它的丽色，我醉于它的温香，这时我如高贵的王子，我感到幸福了。

我坐车到北海去，经过金鳌玉蛛的时候，已看〈见〉北海的绿漪清波，远远的白塔，和景山都罩于紫气朝雾中，我进了北海的大门，就沿着北边那条山路前进，一群白羽如雪的鸭，正浮在水面，真是“白毛分绿水，红掌荡青波”，我不觉看呆了。后来布谷鸟在树上，“快快布谷，快快布谷”的叫着，才把我唤回人间，我提起青油小伞，向前走去，看见园里的一草一木，都娇媚的披上新装，在含笑欢迎我呢！

我数着自己匀齐的步伐，不知不觉已来到红色牌楼的石桥上了。远远已看见剑尘站在漪澜堂旁边的山坡边等我，那半山腰的木芍药开得灿烂如锦，我们就在半山的藤椅上坐下谈话。剑尘报告他这几天的工作，又报告我关于时局的几种消息，我只嘿嘿的听着，后来他又谈到那夜在月下荡舟的情景，心里又起了莫名所以的怅惘，后来他又再三问我的病状，我告诉他已经好了，他似乎不相信只注视着我的脸道：“纫菁！你又在骗我了，看你的两个眼窝，是那样陷入，而且又围着一圈灰色……唉！叫我也没办法！我几次劝你看开些，我也知道这是白说……我深知道你的烦愁，绝对不是几句话所能劝慰得来的，……我自己的能力又薄弱，……但是纫菁！……”他说到这句上便顿住了，眼圈红了红，我更觉得难过，眼泪禁不住滚了下来。

在回来的路上，我一直是咽着眼泪坐在车上，我近来觉得剑尘待我太好了。这一方面固然使我得到安慰，但是另一方面呢？我自己的事情，我自己是明白的，……唉！他要是希望从我这里得到人生幸福，那末我更是对不起他，我是不幸的人，我所能给人的，只有缺陷悲哀……唉！天呵！你太播弄我了！

可怜剑尘他是英秀挺拔的青年，但是我怀惧，我恐慌，——我是怯弱无用的人，总有一天，我自己把持不住，不定什么时候，我将让他看到我赤裸裸的心——那是一颗可怕的足以诱惑他的心，然而天知道，这不是我故意造成的罪孽，只是我抗不过运命的狡狯，我们彼此都是命运的俘虏。

现在我还是努力的扎挣，我还能咽着泪拒绝他纯洁的爱，所以近来他虽在说话时，或信中有所表示，我只是背人滴够了泪而后掩饰着——正像我真一无所知的样子。

可怜我宛转的心谁又明白！人们只觉得我是受过大阵仗的，一定能如老僧般一无所动，但是事实又那里如此简单！我近来为了这可怕的前途，不知又绞了多少血泪，戳了几处心伤，——明明知道蚕子作茧，终是自缚，而明知故犯，甘作愚钝。唉！可怜！

我们黄昏时才由北海回来，到家后心神一直不安，我写了一封信给剑尘道：

剑尘：你想吧！一只孤零的疲雁，忽然在这冰天雪地的古城中，停在枝枯叶落的梧桐树上，四境是辽廓得找不到边际，没有人烟，没有村落，你想这孤雁将如何的忍受这凄凉！

但是剑尘：你要知道，如果它是永远永远被造物所弃，让它孤栖的僵死在这广漠的荒郊，也倒有了结果；然而就是这一点希望它都得不到！结果它被一个旅人，捉下来放在檀木雕成的鸟笼里了。那是旅人的善意，它本当感激，从此忠忠实实的作个依人小鸟，不也就完了吗？无奈它天生成的不羁之性，况且心创难平，因之它几次想悄悄的逃避，到底又放不下待它忠诚的旅人，而且前途也太孤凄了。唉！从此它将彷徨歧路，它将自己焚毁自己。

剑尘！这只孤雁真值得可怜呢！唉！聪明的剑弟！我不敢再在你面前装英雄了，我实在是一个平庸的人，我有人所应有的情感，我一样的易被人所感动，不过我们遇见太晚了，只这一点便足铸成我们的终身的大憾！我们将永远辗转于这大憾之下，直到我们的末日来临……

四月十四日

今天到公事房去，表面上虽然是作了不少的事，可是心神仿佛野马般放开四蹄，不知跑到那里去了。时时想到黯淡无光的前途，——荆棘遍径的前途，以后是迈一步险一步，这可怎么好呢！我想到凄迷的时候，手里的笔落在纸上，墨汁污湿了稿纸，在这黑团当中，我似乎看见魔鬼在狞笑，我不禁气塞咽喉，浩然长叹，同事们都惊奇的向我注视，我被他们冷严的眼光所恐慑，才慢慢的镇静了。

下午回家，觉得心灰意懒四肢疲弱，放下蚊帐悄悄的睡了，但是那里睡得着，只觉思绪万端，如怒潮如白浪，不止息的搅扰着，中夜才朦胧睡去。

四月十五日

恹恹心情仿佛一只困鹤，低头悄立于芭蕉荫下，无力展翅便连头也懒得抬起来，唉！病又乘隙来侵，怎样好!？今天公事房又不能去，只静静的睡着，有时掀开幔帐，看看云天过雁，此心便波掀浪涌。

下午剑尘打电话来，我告诉他我病了，他很焦急立刻跑来看我。

今夜是极美的星夜，天上没有一朵浮云，碧澄澄的天衣上，满缀着钻石般的繁星，温风徐徐的吹拂着，我披上夹衣，同剑尘在白色茶花丛前的长椅子上坐了，我无力的倚在椅背上嘿嘿注视着远处的柳梢，——那是轻盈柔软的柳条，依依于合欢树间，四境幽寂，除了星群的流盼，时时发出闪电似的光华外，大地是偃息于暗影中了。

寂静中我听见自己心弦的颤动，同时我也听见剑尘心弦的幽音了。我们在沉嘿中过了许久，剑尘银钟般爽朗的声音，忽然冲破了寂静，他说：

“菁！我告诉你一件可笑的消息，……那文学教授在打你的主意呢?”

“这本是我早已预料到的笑话，……但是你从那里听来?”我向剑尘追问。

剑尘微微笑了笑，他并不回答我的话；又过了许久，他又说道："你知道除他以外还有人也作此想呢?"

这确是我所未之前闻的事，不觉惊奇的问道，"真的吗?……谁?请你赶快告诉我吧!"剑尘低了头道："我不告诉你，你自己猜去吧!"我有些焦急了，"我真想不出还有什么人在……"剑尘不等我说完，他忽然向天长叹，——这实在是很明显的暗示，我的心抖颤了，我不愿意再往下问，于是我们又沉嘿了。

剑尘走后我兀自在院子里坐了许久，直到夜露浸湿了我的衣裳才回到屋里睡下。

四月十六日

今天扶病到公事房作了一上午的工，回家来，已经神疲力倦，正打算睡下休息，忽然张妈拿进一封信来，看是剑尘的笔迹，我手发抖，我心发颤，忙忙拆看道：

> 菁姊：昨夜在你家小园里的谈话，我知道你是想不到的——当时我还有许多话。但是我怕你怪我唐突，所以不敢说。不过菁姊！隐瞒又有什么用呢，求你还是让我说了吧！
>
> 我明明知道，我所希望于你的……无论如何是办不到，但我自己也不晓得，何以我会发生这类愿望——等于幻想的愿望。
>
> 菁姊！我自己也不明白为的是什么？先是同情于你，后是可怜你，最后是——这句话我不该说，不过不说也是

事实。菁！你原谅我吧！——最后我是爱你！唉！菁！我明明知道自己是幻想，但我也不能不让你知道，即使现在不说，我以后也得设法使你知道。

其实你过去的残痕，我知道得很清楚，别人可以作这种幻想，按理说，我怎么也不该有这些幻想——而且幻想能成事实的，从来所未有过。然而菁！我告诉你，幻想虽然是幻想，但是我无论如何，你是不能阻止但底去爱比呵垂斯的呵！幻想虽然是幻想，但是你无论如何是不能阻止我的心幕上印上你的印象呵！这种的幻想我也不敢奢望它能成为事实，菁！我们就走到这里为止吧！不过我最后还要告诉你，菁姊：你的印象已经很深很深的印在我的心幕上了。这也许是我们生命史上一点痕迹吧！

唉！真是罪孽，——剑尘终于赤裸裸的向我表白了，我今后将怎样处置呢？剑尘呵！我对不起你，我将终身对你负疚！

我的眼泪湿透了信笺，我的心将碎于惨酷的命运的铁拳下，我伏在床上，我嘿嘿的祷告了。但是那里有神的回声呢！

四月十七日

夜和死般的寂静，便连风吹树叶的声音也不容易听见。只有暗影里的饥鼠，在啮啃木头，发出一些刺耳的声音来。我倦倚在窗前的藤榻上，——我的心伤正在暴烈呢。唉！可怜由战场上逃归的败兵哟！我的心弦正奏着激烈的战曲，然而我已经没有勇气，没有力量了。最后我将成为敌人的俘虏！

唉！我真浅薄！我真值得咒咀［诅］！我永远不能赶出心头的矛盾的激战！

现在更糟了，不知什么时候，连一些掩饰能力也失却了。今晚在淡淡的星光下，我一切无隐的向他泄露了。我迷惘得忘了现实，我只憬憧在美妙的背景里，我眼里只有洁白的花；热烈的情感。——如美丽的火焰似的情感，笼照了整个的宇宙，温柔舒适，迷醉。但是我发现了我的罪恶，我不应当爱他，也不配承受他的爱，我的心是残伤的，而他的呢——正是一朵才绽蕊的玫瑰，我不应当抓住他，但是放弃了他吧，然而天知道这是万分不自然的，我也曾几次想解脱，有时他的信来，我故意迟些回信，打算由我的冷淡而使他灰心，可是我又无时无刻的不希望他的信来，每次从街上回家，头一件就是注意到书桌上的信，如果桌上是空的我便不自觉的失望，心神懊丧得万事都没心作，必等到他的信来了我才能恢复原状。唉！这是多么可怕的迷恋呵！

这几天我的精神苦痛极了，我常恨我自己不澈底，我一面觉得世间的一切可咒咀［诅］，一面又对于一切留恋着，有时觉得人间万事都可以拿游戏的态度来对付，然而到了自己身上，什么事都变成十分严重了，唉！这心情真太复杂了。因此我的喜怒无常，哀愁瞬变，比那湖面上的天气，变得还快，但是心情虽然是如此，为了生活，整天仍是扎挣于车尘蹄迹之中。未免太可怜了！

四月十八日

人真太神秘了，最聪明也就是最糊涂，比如一个人对于某一件事情已经看到结局了，但是没有走完这条路，他总不肯就止步的，我早已推测到剑尘和我的恋爱是不能成功的，按理我就不应当再往前走。可是事实上又不是这样，我觉得心灵中有一种不可抗的力，时时支配着我，在心波平定的时候，还有自制的能力，不过微风过处，又吹起一池波浪！

今天我很有决心，——打定主意到此以后不再给剑尘写信，纵使有必需写信的时候，我也再不说一句感情话，慢慢的使他冷下去，……但是太可耻了，今午接到剑尘的信后，我又不能自禁的给他写了信。自然这也许是因为剑尘的信太有力了，他说：

敬爱的菁姊：我看见你昨天的信，不知为什么，我觉得你信中的每一个字，都似利锥般，在我心头狂刺，我看到第三遍时我不禁流下泪来。菁姊！你只知道你是一只飘零的孤雁，所以不愿意我来同情你，爱护你——你的意思是我们俩的境遇太差远了，其实你错了，菁姊！你真错了，……唉！我不忍说……可怜我也只是一个落魄的旅人呵！我走遍了郊野，我爬尽了山峦，然而我依旧是孑然一身，我到如今——除了你没有第二个伴侣，不幸你再弃我不顾，叫我怎样惨凄呢？

我也很清楚你的心——你确是茹忍着苦辛呢，但是我也不敢有非分的希望，我只求你让我将我一腔热烈的同情，贡献于你的面前，你收纳了吧！

唉！我流出了怯弱的眼泪还有什么?！现在我顾不得许多了，暂且骗骗他和我自己吧！说来真够伤心了。

今夜我依然给剑尘写了回信，而且是一封情辞绮丽的信，封上信时，我觉得羞惭，我恨我自己呢！

四月十九日

今天我到学校去，恰好遇见星痕，她紧锁着双眉，泪光盈盈的对我说："整天这样，失了知觉似的混着，真不知如何是了?"我默然无言，我本想劝她看开点。可是这话我觉得碍口，我们不是只有应酬而无真情的朋友，我不能对她说那不关痛痒的安慰话，她的身世和心情我很清楚，我的不能安慰她，正如同我不能安慰我自己是一样的情形；所以当时我只有叹气，后来我将要走的时候，我咽了咸涩的眼泪说道："星痕，想法子自己骗骗自己吧！"她瞧了我一下，眼圈红了，拿起粉笔盒子，低着头到课堂去了。我直看着她伶仃的瘦影，转过夹道，我才黯然的回家去了。

今天家里真寂静，姑妈也出去了，我独自坐在书房里翻了几页书，心头觉得闷闷的，便信步到后院的小花园里看看。只见葡萄架已经搭好了，嫩绿的葡萄在温风里摆动，丁香桃杏都已开残了，满地残红碎紫，使人不忍细看。我正在替花悲伤的时候，忽然间一阵风过，又吹落了不少丁香花朵，洒在白色的衣襟上。我将它兜起来，都倒在金鱼缸里，那些金鱼都受了一惊，蓦然沉到缸底去，后来看见没有别的动静，才又慢慢的浮上来，摆动着它那美丽的金色尾巴，在花下游来游去。

我觉得有些倦了，回到屋里，姑妈也已经回来了。

四月二十日

昨夜作了一个怪梦，梦见我独自一个人，不知怎么跑到乱山错杂的荒野去，而且天又是十分阴沉昏暗，我站在十字路口，四境沉寂，没有人，连飞鸟也都绝迹。我正在惊慌失措的时候，忽听见远远有哀乐的声音，——还有人唱着送葬的挽歌，远远的有许多人向这边走来，恍惚有人告诉我，他们是替元哥送葬的。我听了这话，果真相信是这么回事，心里一阵凄酸，我望着那些人哭了。正在万分凄楚的时候，忽见我死去的朋友伊文在我肩上拍了一下，叹道："走吧！跟我们一同走吧！这种世界究竟有什么可留恋的，而且你又是这样孤寒？……"我听了真伤心，想道"果然！活着究竟有什么意义，还是同他走吧。"我正要迈步的时候，忽然听见有人拦阻我道："走不得，你还有多少事呢?"我踌躇了，伊文似乎鄙视我的抛不下，他冷笑着推了我一下，叹道："早呢！早呢！你的梦醒!"我被他一推冷不防摔了一跤，便惊醒了。睁眼一看原来是一个梦。为了这奇怪的梦，我怅惘了大半夜，我恨我自己愚钝，不知什么时候才是大解脱呢!

我的梦虽然奇怪，但是细想起来，也并非无因，可怜我平日就是在生和死的矛盾中生活着。

近来的心情，似乎有点异样，比较从前更复杂，从前只是一味的咀［诅］咒人生，感觉得四境的冷寂，但是我还很镇定，如同冻成坚冰的湖水，永远不起波浪。近来呢！似乎坚冰已经解冻了，心底的残灰又从新燃烧起来——那里来的燃料，天呵！我知道——然而这不过是毁灭自己的结果呵！

不幸我又跑到歧路上来了，前面是乱山丛杂，后面是虎吼狼号，我不能停在十字路口，然而我也找不到我应走的道路！这真太可怜了，自己几次踏践着自己的足迹，恨不得扯碎宇宙的一切，使之都化归乌有，不然我是将要死于矛盾的生活中，万劫不回呵！

四月二十二日

今天是星期日，比较清闲，天气又特别好，太阳照在翡翠色的葡萄叶上，光芒四射，杜鹃鸟在海棠花荫，不住哀啼，风是温馨得使人沉醉，我起床后，随便擦了脸，覆额的短发飘拂在肩上也无心梳掠，只呆呆倚着门槛出神。

这些日子，我实在变了一个人，我的心由冷漠而温暖，现在又由温暖而沸腾了，唉！灵的火焰，灼灼的烧着了，怎么好，我有些沉醉了。好像喝了毒酒后的沉醉，我竟失却自制的能力。

午饭后剑尘来看我，我们坐在丁香花下的椅子上，这时小园中的一切，都似浴后美女，娇慵无言，便是鸟儿也似乎有了些春困，蜷伏在叶底，四境阒寂，我们就在这阒寂中，迷醉了，剑尘从丁香树上摘下一小簇丁香花来，插在我的衣襟上笑道："有花堪折直须折，莫待无花空折枝。"我听了这话心里禁不住一阵悲惘，想到人生数十年，除了衰老病死，得意的时期真太短促了；况且像我这样的身世，自己打碎了青春的梦，便连那短促的得意也失却了，这时我的心抖颤着，我不禁流下泪来！剑尘很诧异的望着，他自然不明白，我这突如其来的悲感；他握住我的手，安慰我道："纫菁！不要伤心吧！以前的一切都算是昨天死了，现在我们好好的快乐，好好的生活吧！"我只点点头，我不愿多说什么，尤其在剑尘面前；我不忍深说什么，因为我深明白他是十分热烈的希望我因他而振作，我也希望我能从他那里得到刹那的迷醉，使我灰色的生命，偶尔也放些光芒。这时我的心弦颤动了，眼前的一切都变了形色，一张温柔的绮丽的情网展开了，我如同初恋的少女，迷醉于爱的醇浆里，我无力的倚在剑尘的怀里；他好像是牧羊人，骄傲而得意的抚摩着我这只驯羊。

我听见剑尘心弦的颤动，它弹出神秘的音调，他轻轻的说道："纫菁！我从你那里认识了生的伟大和美丽，所以设使我离开你，我便失却生的意义了。"

我蓦然受了良心的责谴，我错了，我不应当故设陷阱使他深溺呵！我陡然抬起头，我离开他温暖的怀抱，我抱住梨花的树干，我呜咽了！

剑尘如同堕在五里雾中，他莫明其妙的望着我，最后他叹着气将我送到房里，……直到深夜他才走了。

四月二十三日

今天早晨我到公事房的时候，在路上遇见许多马队，和背着明亮刺刀的步兵，和警察，压定五辆木头的囚车奔天桥去。路上的行人，如一窝蜂般跟在后面看热闹，来往的车马都停顿了，我的车便在一家干果店的门前停着。那些马队前面，还有一队兵士，吹着喇叭，那音调特别的刺耳动心，我真有生以来头一次听见，简直是含着杀伐和绝望愁惨的意味，使我不自主的鼻酸泪溢。兵队过去了一半，那五辆囚车络续着来了，每一辆囚车上有四五个武装警察，绑定一个犯人，在犯人后面背上插着一根白纸旗子，上面写着抢匪一名李小六，那是一个三十多岁的男子，面容焦黄，样子很和平，并不是我平日所想像的强盗——满脸横肉凶眉怒眼的那样可怕。又一辆囚车上是一个灰色脸的病夫模样的人，此外还有两辆囚车被人拥挤得看不清，最后一辆囚车上是绑着一个穿军装的人，他把头藏在大衣领里，看不清楚，听路上的人议论，那是一个军官呢！不知犯了什么罪……囚车的左右前后都是骑马的兵队密密层层跟着，唯恐发生什么意外，其实人到了这个时候，四面都是罗网，那里还扎挣抵抗呢？

这一大队过去了，我又坐上车子到公事房去。在车上不住想这些囚人就要离开世界，不知他们在这一刹那是咒咀［诅］世界呢？还是留恋世界？是忏悔呢？还是怨恨？我很想从他们脸上的表情窥察他们的心，但是我看不出他们有特别的表示，还很平常的，也许他们是真活够了，死在他们也许认为是快乐的归束，我虽这么想，而我不敢深信我的话是对的。因为我自己的体验，死，实在是无可奈何的事情，除非我不知道我什么时候死，忽然出其不意的死了。那也许没有什么苦痛。否则预备去死的那一段时间，又是多么难忍的苦痛和失望呵！

我的思想乱极了，在公事房里办着公，依然魂不守舍，一直惦记着早晨那一出人间的惨剧，我真觉得烦闷，为什么人总是那样自私呢！这几个被枪决的囚犯，是为了他们的自私而作出杀人放火的事情，现在大家又为了大家的安逸——自私——而枪决了他们，这世界上都是些偏狭的人类吗？唉！我为了这个要咒咀［诅］世界的人类了。

四月二十五日

现在是将近暮春的天气了。我起得很早，七点钟的时候已经到书局去了，在城门洞里我遇见一个奇异的老人，头发须眉都白得像一把银丝，被温风吹得四散飘扬，一张发红光的圆胖脸十分精神，手里拿着四五十份报纸，向着走路的人叫道“买报呵，买报！”接着就唱起朱买臣的《马前泼水》来了。我的车子从他面前走过，看见他含笑高唱我不禁怔着了，觉得这真是一个奇异的老人，虽然已经有了一把子年纪还是这么有兴趣，同时我不免伤悼自己入世虽然只有二三十年，已经被苦难销磨得毫无生趣了。为了这意外遇见的老人，又使我怅然终日。

下午致一来看我，他近来意兴也很萧条，我们谈些不关紧要的话，大家都像有什么心事似的。我忽然想到星痕。我要问致一他们的近状，但我很明白，这就是使致一很难过的原因，我何忍再去撩拨他，后来致一对我发了半天牢骚，他说他觉得烦闷觉得苦恼，他觉得近来内心和外形的不妥协，往往外面越冷静心里越沸腾，这一颗心好像海洋中的孤舟一刻不能安定……他说着凄然了，我也无法安慰他，只有陪他垂泪，后来致一看见我桌子底下放着一杯［瓶］玫瑰酒，他拿来打开接连喝了两茶杯，那神气凄楚极了，我不忍看下去，夺过酒杯来藏到别处去了。但致一已经醉了，他伏在椅背悄悄的垂泪，我将他扶在沙发上睡下，我掩了门回到卧房里，心神也十分不快，不免把那瓶里的余酒一气喝完，昏昏有些想睡，不知不觉睡着了。醒来的时候已将近黄昏了，致一还睡着没有醒，我把他叫起来，让他喝了两杯浓茶似乎好些了，又坐了些时，就走了。

四月二十七日

昨夜睡的很不安稳，头半夜一直作着可怕的梦，后半夜又失眠了，睁着眼看月亮，先是清光照在我的墙壁上，后来渐渐移到窗子上，最后看不见月光。天已经快亮了，疏星在灰蓝的天空闪烁着，远远的公鸡唱晓了，不久老仆人起来扫院子，宿鸟也都起来，站在枝头孜孜的叫唤。而我呢，还是白睁着眼无论如何都睡不着，头部觉得将要暴裂似的痛。

今天公事房又去不了，只得打电话去请假，下午接得剑尘的信，他说：

> 菁姊，我告诉你一件很悲惨的事情，前天我由你家里回来已经是深夜了，可是还有一个人坐在我的书房等我——他是我中学时的同学，他见了我对我说：“姓史的祖父快死了，希望我明天去看看他，他家里很贫寒，实在很可怜。”我想姓史的也是我朋友的兄弟，——虽是我的朋友已经死了，但是看见他兄弟这样的境遇，自然应当去看看他。

昨天早晨我由东四牌楼乘电车，到了那条街找了许多时候，才找到他的那条胡同，真狭窄极了，况且他又是住在一个大杂院里，一家七八人只住一间破房子，他的祖父又正病着，一家大大小小都围在那老人的床前，等候医生呢。那位姓史的正在院子里，一张破桌上抄书呢——因为他家里现在就靠他抄书得几个钱过活，这情景真够悲惨了。我见了他几乎落下泪来。

他见了我脸上的颜色更惨淡了，他低声告诉我说，他祖父的病恐怕没有什么指望了，若是早晚发生了意外，钱是一个也没有着落呢！他说着眼圈红了，我真不知怎样安慰他才好。当时我摸摸衣袋，通身只剩一块多钱，我就把那钱塞在他手里，说道："我今天手边没带什么钱，这一点先送给你零用吧，以后我再替你打算一点。"他接了钱，对我谢了又叹道："当年祖父也曾作过总督，谁想到下场是这样凄凉呢！"我听了这话真是更难过了，忙忙告别走了。到家以后心里一直发闷，想到世界上可怜的人太多了，可惜自己又没有能力，遇见这种事情只有难过一阵子算了，唉，菁姊，世界难道永远这样黯淡吗？……

我看完剑尘的信，心里更是烦上加烦恨不得立刻死了，便什么都看不见听不见了。

我也懒得写回信，没有吃晚饭我又睡了。

四月二十八日[①]

今天心情依然不好，早晨看报，知道智水被枪决了[②]。我更禁不住伤心，智水我认识他很久了，我很相信他是一个有志趣有作为的青年，但是他的结果是这样悲惨，怎样不叫人愤恨呢？唉！什么叫作正义，什么叫作人道，谁又是英雄，谁又是反叛，反正是自私的结果呵！那一个倒霉便作了枪下之囚；走运呢，叛徒立刻又成了伟人了，唳！上帝呵！望你发个慈悲把宇宙毁灭了吧！

我愤恨了一阵，又想到智水身后的可怜了，他的妻也是我的朋友，今年才二十三四岁吧，他最大的儿子也只有六岁，小的一个还未满周岁呢。智水这一死，这一家寡妇孤儿又将何以聊生？我想到这里真不知怎样才好，什么事也作不下去，吃完午饭，我就跑到智水家里去看他的夫人……唉，天呵！这是一种什么世界呢？太阳失了往日的光色，风发出悲怒的呼声，我才迈进他们家的门槛时，我的眼泪便泻下来了，我的两腿似乎有千斤重，简直抬不起来了！我的心忐忑的跳着，他的夫人满身缟素，伏在灵桌上哀哀的哭，我一把掣住她，什么话也说不出来，只有放声痛哭！最伤心是他的六岁的儿不住声叫着“爹爹呵！我要爹爹!”我将他抱在怀里，他的热泪都滴在我的手背上，唉！我的心真仿佛碎了，这那里是人间呢，简直森罗地狱

① 史载，李大钊即于这一天遭奉系军阀张作霖绞刑杀害。

② 智水，指恩师李大钊。

也不过如是吧！

我到晚上才回家，深夜时我又找到智水送我的一本书[①]——那是我们第一次见面时他给我的纪念品，那里知道这本书真成了我毕生纪念智水的唯一纪念物了！我看了这本书不免又想到人事太无凭了！

一夜又没好生睡。可怜的菁！呵！一重重的刺激，接二连三的向我侵袭，怯弱的心又怎么担负得起。唉！……

五月六日

连日心情不好，身体也失却康健，终日卧床昏睡，日记也间断了五六天，在病里剑尘时常来看我，他的热情使我暂时忘了形体上的苦痛，但是当他离开我的时候，我的心受了更深的谴责。

今天早晨他敲着我的房门的时候，我为了他那惯熟的声音，我流泪了，我转过脸去，闭上眼睛，装作睡着了；他轻轻开了门进来，见我睡着，他就悄悄的坐在对面的椅子上，我等到咽下了泪液拭干了泪痕，才装作初醒的样子。睁眼向他点头招呼，他走到我的床前，看了我半天，他叹了一口气道："纫菁！今天你的脸色更憔悴了，神情更黯淡了，唹！……难道我真不能安慰你吗！"我听了这话，不禁眼圈又红了，我转过头去。

四境现出可怕的死寂，我装作睡着了，听见剑尘轻轻的离

① 庐隐在《吊英雄》诗中也提到此书，"一字字都似凝泪，一行行如溅桃花血"。

开我的屋子，他叹着气出了房门，我知道他走了，我才敢呜咽的哭……唉！天呵！这真是太惨酷的刑罚呢，我那里是不需要安慰的，剑尘以赤心来爱护我安慰我，我那能拒绝，但是天已诏示我悲凉的前途了，我那敢任情！当热情如怒火在我心里焚烧的时候，我自己替自己浇下一桶冷水，我自己用剑扎伤我自己，我喝自己的鲜血！唉！这一切一切只有我自己明白……可怜我已是这样压制自己了，而结果，剑尘还是受了我的影响，他现在的态度完全变了，从前他是很积极的，似乎不大明白悲哀的意义，然而自从认识了我，他感到人间的缺陷，他觉得自己的不幸，他前几天的信里有一段话道："菁姊！我近来也常常感到烦闷，所有的朋友，只看到我的表面，他们都认为我是乐观的人……其实我内心的苦痛是说不胜说呵！不过除了你没有懂得我的人罢了……"唳！剑尘大［太］不幸了！我辞不得拉人下水的嫌疑……最使我惭愧的是一面要想追求生命的火花，一面自己又来扑灭它，这是多么矛盾的思想呵！

五月八日

今天已经起来了。下午星痕、致一、剑尘都来看我，并邀我到公园散散心，我答应了他们，吃完点心以后，我们便到公园去，这时已经是暮春天气，满地落红，残英碎瓣，因风飘零，真是春色阑珊花事了啊！我不免又想到人间花草太匆匆，不知不觉又是悲从中来，唳！真太脆弱了哟！可怜的灵魂！我自己慢慢的叹息着，但是星痕已看出我的神色来，她不由的也叹了一声，这时我们已来到荷池畔，致一露着有意撩拨的神气，对我道："呵，纫菁！你看流水落花春去也，天上人间。"剑尘听了这话，笑道："得咧！得咧！你几时也学会了这一套！"致一明白剑尘不愿意他惹我们难过，想到刚才所说的话，也不免有些后悔，因此东拉西扯的说些笑话，剑尘也是拿腔作势的谈了些作人的大道理。他们这样傀儡似的扮演，惹得我们又可笑又伤心，星痕不时拿眼瞟着我，我们的心灵正交通着呢，所以当两个人四目相对时，那一种无名的凄酸都冲上心来，眼泪打湿了眼睫毛。

我们在河畔坐了许久，才离开它，经过那条最热闹的马路到后门去。那时我们看见马路两旁坐了许多的人，当我们走过他们面前的时候，人们的眼光似乎都在我们身上激射，星痕悄悄说："纫菁！你信吗？……也许有人正在羡慕我们是青春的骄子，幸福的宠儿呢。"我道："这是可能的，而且我们也并不希望他们了解，是不是？"致一和剑尘听了这话，都说："你们也真是太神经过敏了。"我们不禁也笑了！

我回来以后记了今日的日记，也就睡了。

五月十日

这几天的生活已比较安定，每日按时到公事房去办公，下午没事的时候，不是找朋友谈谈，就是看些要出版的文学书，一切都很平淡的过去。

下午剑尘来看我，我们谈得很痛快，他说："纫菁！我们真是弱者，你想吧！现在的这种社会，我们自然对它表示不满，按理我们应当打破这个社会的组织，而创造一个新的，比较差强人意的才是，但是我们仔细的想一想，我们镇日的咒咀［诅］现社会，可是同时我们还是容纳这个现社会，甘心生活于现社会之中，这不是弱者是什么？……”剑尘这一段话很使我受感动，我从来不大相信我是弱者，因为我的思想，是对一切反抗过；不过事实呢，我是屈服于一切。从前，我曾作着理想生活的梦，我要找一个极了解我而极同情于我的人，在一个极美丽的乡村里过一种消闲单纯的生活，……最初是因为找不到同调毁灭了我理想的一半，现在以至于将来，假使有了这么同调的人，我又顾虑别人的不了解，或者要加以种种恶意的猜疑，卑鄙的毁谤，最后还是去不成。我太没出息了。为什么我要受环境的支配呢?!……不过我相信只要是一个人，不论是天才，或是平庸，谁都不能从环境的镣铐下面逃亡的。……不过天才是时时感觉得那镣铐的压迫，时时想逃亡——时时作着逃亡的梦，而平庸的人呢，他们渐渐的习惯了，不感觉镣铐是镣铐，最后他们与镣铐作了好朋友；天才与平庸之间，所差的不过这一点，要说逃出，谁也办不到，除非是死的时候。

五月十二日

这两天的心情又变了，实在最近一个月来，我虽然也常伤心，但是恍惚中还有一件东西，可以维系我——那就是剑尘纯挚的“爱”，但是现在，现在，我的梦又醒了，使我梦醒的原动力，与其说是受外面冷刻的讽刺的打激，不如说是我先天的根性是如此，——我的根性是飘浮的云，又是流动的风，我时时飘浮，我时时流动，有时碰到山岬［岫］中，白云也可以暂时安定，有时吹到山谷里，风也可以暂时息止，但是这仅仅是暂时的，不久云依然要冲出山崕［岫］，风也仍旧要逃出山谷，恢复它的自由，——我的灵魂本来就是这样一个不可捉摸的东西，剑尘固定的“爱”怎能永远维系得住我？到了这个时候，一切一切都失了权威。

晚上作了一首诗：——

> 晨风不住的吹，吹起灵海里的悲浪，我咒诅，咒诅这惨酷无情的剧场！
>
> 个个粉饰自己，强为欢笑舞蹈于歌场。
>
> 不幸这幻梦，刹那便完，最后人类了解那刻骨的悲伤！吁！这时候呵！爱情的桂冠也遭了摧残！翼覆下的一切，从此都沉嘿无言！
>
> 只有我的咒诅，仍充溢于这惨酷的剧场！

我把这首诗寄给剑尘去了，但是当我将信放在信筒里的时候，又不免有一点后悔……我知道剑尘他虽然很同情我，一切都肯原谅我，而同时他也最关心我的言谈举动，他比我站的地方要牢固得多，他的见解是比较冷静而理智的，因此我这首诗对他更是一个大打激了。唉！我越想越后悔，只得打电话给剑尘，告诉他我那首诗是写着玩，请他看过之后就烧了，或者根本就不用看吧！信差送到时就立刻烧了，但是他说他不能不看，最后他应许我无论如何，他不以这首诗介怀的。打完电话以后，我又不免可怜自己的不澈底。

今晚月色非常清明，我在院子里坐到夜深才去睡觉。

五月十五日

天气渐渐燠暖起来，热烈的太阳光，炙得窗前的藤叶，都软弱得低了头，人们呢也都是十分困倦的，扎挣着一直等到黄昏将近的时候，一切的生物才恢复了活泼的精神。

六点钟的时候，星痕来了，她手里拿着一束鲜花，穿着一身缟素，衬着静穆淡白的面容，一种脱然冷淡的表情，使我震惊了。真的，我每次看见星痕，我的灵魂都得到一种特别的启示呢。

她放下手里的浅红芍药，向我道："你这时候有工夫吗？……"我点头道："怎么样？你要我陪你到南郊去吗？""是的。"星痕说完叹了一口气。我说"好吧！我也觉得这几天太沈闷了，出去玩玩也许痛快些！"

不久我们到了南郊，这时的斜阳，温柔的照着一望无际的碧草。一阵阵的清风，吹干了身上的汗液，身体上一切的压迫都轻松了，这时候的灵魂也得了自由，不必为着身体的痛苦而撑持了。

我同星痕顺着一条土道来到坟园。那里有许多坟墓，有的是土堆起来的，坟头上已长了野草，有的上面新添了土，旁边有纸钱的残灰。有的建筑得很讲究，坟是用白石砌成的，坟前树着白色的石碑，碑上的字都糁着石青，颜色碧绿。星痕走到这座坟前叹了一口气，将鲜花放在石碑前，怔怔的静立着，我偷看她的脸，十分悲惨，一滴滴的眼泪直泻下来，流到坟前的土里去。我的心也正绞着酸辛的情绪，我不能安慰她，只有陪她落泪。

她哭了许久，才渐渐止住了，这时天色渐渐黑下来，郊外的地方，人少坟多，再加着晚风吹过碧苇，发出凄凉肃杀的声音，使得我们不禁胆寒；只得忙忙找着我们的车子回来。

我约星痕到我家来玩玩，她似乎很难过的拒绝我，我知道她的脾气也不愿勉强她，我们的车子进了城时就分路了。

今晚我独自坐在葡萄架下看北斗，寂静的小园中，时时听见蟋蟀的鸣声，不知不觉又惹动了我的愁绪，想到今天和星痕郊外悲楚的神情，胸头犹有余酸，我想着我和星痕两个人，真可以算是一对同命的可怜虫，这个世界上除了我没有人了解她；除了她也没有人了解我，我们常常把自己粉饰得如同快乐之神，我们狂歌，我们笑谑，我们游戏人间，但是我们背了人便立刻揩着眼泪。有许多朋友对我说："纫菁！你原来是这样活泼，而多情趣的人呵！但是在你作品里，我所认识的你，却和你正相反，到底那一个是真的呢？……"我听了这话，常常只有一笑，因为我不愿意对不了解我的人解释我自己，而且这是我仅有一点虚伪的幸福，我只要作得到，我总把自己扮饰得比谁都高兴，比谁都快乐，在这个世界上，能够多骗得一个人羡慕我，我就比较多一分的幸福。假使有一个人，为了我的快乐而妒忌我，我更感到幸福了。我最怕人们窥到我的心，用幸灾乐祸的卑鄙的眼光怜悯加之于我的时候，那比剐了我还要难过，因之我从来不愿向人类诉苦，我永远装作快乐的面孔，对于伤心的事情，似乎都不足引起我的注意。——除非那一个伤心人能了解我，那末都等到欢筵散后，舞台闭幕的时候，我可以找到她，我们一同流泪，一同掏出心的创伤彼此抚摸。……无论如何，我总不肯向幸福的人的面前叹一口气，我总得装得我比他更幸福，我总得挫了他骄傲的气焰，我要看他如小羊般服服贴贴的跟着我，直等到他向我恳求怜悯的时候，我才心满意足，用鄙夷不屑的冷笑报复他，使得他十分难堪后，我才丢下他扬长而去。

我记到这里，忽然想到星痕给了我一个绰号，她说“纫菁！……你是一碗辣子鸡！”我现在觉得还不够，将来总有一天，我将变成最辛辣的红而多刺激性的辣椒腐呢！

五月十七日

可笑！我不是决心要作辣椒腐吗？我要人人见了我眼泪就辣出来，但是这只能希望于不了解我的人，可不足为知我者道呢！

在知我者的面前，我是失却一切造作的能力，这时我又成一只小羊了，需要她的温存和抚爱。

下午我同剑尘逛北海，我们站在全园最高的白塔上，风很狂放的向我吹，白云变着各种形态，向我头顶飞过去。娇艳的晚霞，横卧在西方的天上，淡淡的眉月，在万绿隙中向人间窥探；远山发出紫色的光来，这时四境真美极了。我忘了现实，只憬憧于美丽的幻景中，我仿佛一个女王般的伟大而丰富。

不久暮色悄悄的包围了大地，灰色的天空，闪烁着万点繁星，夜渐渐的逼近人间，我们便离了白塔下山找我们的归路。

一路上明月眷恋的送着我，一直送我到了家，它犹是不肯舍去，在窗外一直看着，直到我入了神秘的梦境后。

五月二十日

人真是太懦弱——我更是懦弱中的更懦弱者——因之我今天又受了不可忍的打激，直到如今我的心还是流着受伤的血。

今天在一个朋友家里吃晚饭，在座的熟人很多，致一也是一个。饭后我们在院子里闲谈，致一忽向我报告说："纫菁！你知道有人在说你的闲话吗？"我脆弱的心弦紧张了，紧张得将要绷断了，但是我还极力镇定，装作不在乎的样子冷笑道："我早知道总有这些不相干的闲话……但是你是从那里听来的，他们又是怎么个说法呢？……"致一道："自然我也知道那是不相干的话，但是人类浅薄的多，……所以也很讨厌呢……""哦！到底是怎么一件事呢？你早点说罢！"我的心不住的跳，我有点沉不住气了。致一笑道："他们说你和剑尘发生恋爱……并且说你们快要结婚了。……其余还有些轻薄话，也不必说了，我听了都觉得可气。……"

我听了这话，虽是极力不去介意它，但是不能，……我的眼圈红了，致一见我很难过的样子，他赶忙安慰我道："我早已替你辩白过了，……随他们说去吧！又有什么关系呢，——那些人真太爱管闲事了。"我们正谈到这里，萍云他们走过来，我们只得不再谈下去了，我怔怔的坐着，心里一阵一阵的酸梗上来，我想人们这样议论我们，自然不是什么善意的议论。唉！真是不幸，现在我又成了众矢之的了！

我知道这个闲话，一定传得很久了，前天见着星痕，她曾对我说："纫菁！你要留意你的前途，现在人们都对你重视，完全是为了你能扎挣于苦厄的命运中，如果你要是在人前现露了怯弱，便立刻要被人鄙视了。”当时我听了这话不明白所指，现在我才清楚了。唳！是的，我为了要得到人们的重视，我只好永远扎挣于苦厄的命运中，还有什么可说！还有什么可说!!

五月二十三日

今天我在巽姐的家里，见着美生，她还是从前那样的娇艳，流光催老了一切，但是没有损害她的分毫，——那一双含情的俏眼，细而且长的翠眉，含着愉悦的笑容，呵！一切一切都和七年前一样，——她幸福的梦，也和七年前一样的沉酣，当然这不免使我忌妒——不过忌妒又何济于事！最后我只有恨天，为什么在所有的人群中，偏让我有点特别！唉！天，它给我的一双夜莺的眼，永远追求人们所忽略的夜之神秘。它给我的是琉璃球的头脑，我看透一切事实的背景，因此我无论在什么样的好环境里，我只感到不满足，我总是不断的追求，所以我的好梦比谁都容易醒。唉！而今呵！我造成我自己为一首哀艳的诗歌，我造成我自己为一出悲剧中的主人。

我们今天谈得很有趣，——本来今天这样的天气，槐花的清香，时时刺激人们麻痹的脑筋，合欢树开着鲜艳的红花，时时向人们诱惑——自然这是很合宜谈讲许多浪漫事迹的环境，最初是巽姐的一声长叹，引起美生一篇有趣的议论，她说：“巽姐！这正是良辰美景奈何天，赏心乐事谁家院！……”巽姐看着我凄然的一笑，我不由得对她说道：“只为你如花美眷，似水流年!”巽姐听了这话不禁也低吟起来，美生就借着这个心的空隙，直攻进来，说道："巽姐！快一点找一个爱人吧！不要辜负了你的青春呵!"这句话又引起我一个特快的意想。我细细将巽姐上下打量了一番，觉得巽姐的确很美，——身材窈窕如玉树临风，五官又非常清秀，真好像日光下的一朵玉簪花，但是最后我发现了一点缺陷，就是巽姐的脚，是缠过的，现在虽然放了，但仍然有包缠的痕迹，我不禁笑道："巽姐！你如果是一双天足就十分美了!"巽姐摇头道："还好我不是天足，不然岂不更可惜了吗!"美生听了这话也不禁叹了一口气说道："巽姐!人生不过几十年，何必自苦如是，我看你和纫菁都应当找个结束!"美生说到这里，停了一停，又向我问道："纫菁！……听说你和剑尘很好！……那么你们就赶快结婚罢!"巽姐听见美生的话，也回过头来看看我。唉！这时我心里不由得一阵凄酸!我想到世界上的人尽多，为什么能了解我的人，却这样少——简直少得等于零呢！美生和巽姐总算和我比较相处得久，而他们还是这样不清楚我，别人就更难说了，我一直含着泪嘿然无言，美生还是再三的要问我究竟，后来我忍着悲痛答道："美生你放心吧！纵使天下的有情人都成了眷属而我也是除外的，……我和剑尘不能说没有感情，但是我愿意更深刻的生活下去，我不愿把一首美丽的神秘的诗歌而加以散文化……"美生点头道："自然你也有你的道理，不过剑尘他未必也这样想吧!"这话真正的又是很利害的戮［戳］了我的心，我说："哝！……如果剑尘也作此想，那么缺陷的人间，至少也有一件美满的事情了！可是现在呢……我是无意中伤害了一个青年，我只想取得人心的热情，我却没有防备其他的事实……而且剑尘的环境又是个非结婚不可的，……现在他是比从前憔悴了消瘦了，哝!

美生我近来正为这些事情焦愁呢！……”美生想了一想道：“纫菁！……我有一句肺腑之言对你说，我想你一定能够采纳，……我想你既是不能和剑尘结婚，你就应当疏远他些，不然将来的结果真不堪深想！”我听这话真是感激得流下泪来，“我何尝心里不是这样想呢，但是天呵！我的心是空落落呵！”巽姐见我哭了，她也陪着我落泪，后来我实在不能再支持了，我就辞了她们回家，到家后我又喝了半瓶葡萄酒，泪痕酒滴把一件白色的绸纱弄得斑斓不堪。……直到了苦酒在心里燃烧时，我无力的躺下了，天呵！真太惨［残］忍了哟！

五月二十五日

这两天心情坏极了，真好像是一所战场，在那里偃卧着惨白无血的死尸，满场都是殷黑色的血污，呵，多可怕的战场呵！……可怜这就是我的心哟！我不愿和剑尘结婚……我打算疏远他，但是真可羞呵！我一面替他介绍他的配偶，而我一面暗暗的揩着眼泪。我常常想：假使有一天剑尘和他的妻站在礼堂里行婚礼的时候，我心里的剑尘也就同时离开了我，这时我成了沙漠中的旅行者，而且是黄昏时唯一踯躅于沙漠中的旅人，说不定什么时候飞沙将我掩埋了，唉！这样的运命我又怎能抵抗得了呢……可怜我竟因此疲惫了！但是我还不能不拭干了眼泪，写这封是泪是墨，不容易辨认的信，给剑尘。

我写道：

剑弟！……我已经撕碎了我们理想的幻影了，人间只有事实——这些事实自然要逐件的解决，那么你的婚姻也正是应当即刻解决的一件事情，唉！剑弟！你父亲的银须，雪亮的在胸前飘拂着，母亲的双鬓，也似晨霜般的闪烁着，呵！他们老了！他们希望他们的爱子赶快成家，不但那是他们的责任，也就是他们劬劳抚育所换来的一点报酬，因此剑弟！千万不可违背他们的话，他们对于你的事情真够伤心了！我记得前夜，我在你家里吃饭，我同你妹妹坐在堂屋里说闲话，你的母亲，提起有人和你作媒的事情……你母亲为了你屡次的否认，她非常伤心，她叹着气对我说："菁小姐，你不知道，我也老了，其实也管不了许多，不过我两个眼没有闭上，一口气没有断，我总不能不问他们的事，再说剑尘也已经二十五六了，也是该成家的时候了，那里承望他张家不要李家不行，将来不知要娶个什么样子的呢！……也许我看不见这个媳妇了，……"唉！剑尘！她老人家的话，真使我听着伤心，当时我看了她老人家那种悲凄的样子，我真恨不得跪在她的面前痛哭，我将对她忏悔……哝！剑尘！我真觉得我是你母亲的罪人，我真对不起她！所以你如果想使我的灵魂被赦免的话，你赶快顺从母亲的意思结婚罢！剑弟！你为了你一双年迈的父母，为了你可怜的菁姊！你在人间扮演一出喜剧罢！

你的菁姊

呵！多谢上帝，给了我绝大的勇气，叫我写了这封信，但信是发了出去，我呢！深深的感到人间的寂寞了，……眼前除了一片广大无边的沙漠外一无所有，唉！我禁不住跪在母亲的遗像前，向她哀哀的低诉，似乎她的眼也凝着泪向我看着，……呵！母亲！你如果有灵，你快些来接引你这可怜的女儿吧！

六月一日

我现在又感到心的空虚了，有时虽然剑尘的纯情依然使我沉醉，然而天呵！我不敢不自己打破这个幻影，因为我很明白，这终于是一个自骗的幻影呵！我想在这种可怕的情形下，只有设法忘了我自己，像一个喝毒酒的醉人，——虽是酒醒的时候，更要感到空虚与冷漠——不过时间总可以减少一些呵！生命在我没有恩惠，只有仇怨呢！

我实在想不出更好的法子，——除非我是忍着心痛扮演一出又可悲又可怜的滑稽剧！……然后使剑尘恨我，卑视我，从此我在他纯洁的心里，失掉从前的地位，因此也许可以增加我一些勇气！疏远他。

这两个月以来，我摒绝了一切无聊的酬应，我疏远了许多泛泛的朋友，——我起初很想对自己的生命忠实些，换句话说就是平心静气的作人，然而现在，现在，一切都变动了，我才晓得我这样的人，就不能对我的生命忠实，我就不配平心静气的活下去，实在的，我是更深的认识了我自己，认识了天给我安排的宿命。

我今天的心绪乱极了，我的心绞结着种种不能清理的情绪，我好像是一个失了方向的旅行者，独自站在满目黄沙的旷野，眼看着落日只剩了一些淡淡的余辉，而我还是找不到一个躲避风沙猛兽的地方，只有看着黑暗的大翅膀，从我头顶上盖下来，那时候我将如死尸般偃卧在沙漠上，我失却了一切反抗的力，只有任运命的尖刀在我身上狂刺，我的血便如鲜艳的桃花般，一点一滴的染了我的衣服，染了黄色的沙土，直到我的血流干，我的死尸成了白腊的时候，天虽有些亮了，然而我已经等不得了！

不过我也有一个愿望，我不敢向宿命求赦免，我不敢向人间求怜爱，我只愿把绞刑改成枪毙，使我早一些归来，……呵！我常常幻想着一个可怕的将来，——我耽延我的生命直到“老”找到我的时候，那我比现在更要难堪……现在我虽是遍体疮痍，然而我还能扮饰得自己如春之女神，我的力量尚足诱惑一般浅薄的人们，使他们追逐着我，向我唱出欢乐歌调，虽然这只是使得人们听了肉麻的粗俗的歌调。然而形式上也比较得热闹些了，……可是到了老来的时候，我连扮演的力量也没有，诱惑的力量也失去了，那么那些浅薄的人们也都远远的躲着我了，呵！到这个时候呵！不但心是寂寞得不能形容，身也将枯寂得如同到了鬼境，唉！这怎么能再忍受得了呢？……这个可怕的幻影时时在我眼前涌现，使我心里觉得有快死的必要……可是我生性更是脆弱得可怜，积极的自杀，无论如何我是没有勇气的，——而且我一想到自杀时那种的狞状，我的什么心都歇了，我还是让运命慢慢的消磨吧！总有一天生命的火灭了，我自然可以闭目安静的死去，并且我也算和星宿奋斗了一场，最后虽是失败，也可以无愧于心了。

呵！天！我现在是决定间接的自杀，我想尽能糟蹋我自己的方法，烟酒不是最伤身的吗？然而现在爱它，我要时时刻刻的亲近它，熬夜不是最伤身的吗？现在我每夜都要到歌舞场中，或者欢宴席上，消磨夜的时光，总之怎样能使我生命的火，快些熄灭，我便怎样去作。

六月三日

今天我又毒醉了，醉得失了知觉，——

黄昏的时侯，我到报馆去找致一、萍云，恰好遇见莫君和锡——这是我最近才认识的朋友，莫君是一个有孩子气的大人，他的相貌非常有趣——好像痴呆同时又是特别的深刻，最有趣是他说话的语气和腔调，滑稽有趣，但是有时言浅意深，使人笑口才开，立刻又感到深心的打激，至于锡呢，平日我们谈话的机会不多，不过今天听见萍云说他的过去——有诗意的哀艳的过去，因此帮助我对他不少的了解——他是一个深于情的伤心人呢！我们谈得很有趣，谈到前几天莫君请我们吃饭，我和萍云的酒，都不曾尽量，我对他说："莫君！一个人是那样希望刹那的沈醉，而且忘掉暂时的痛苦，这种人是怎样的可怜，你为什么偏偏忍心不让他醉，——连这一点微小的愿望都不许他满足呵！真使我永永不能忘记你的残忍……"莫君听了我的话，绉起那一双浓眉，细眯着眼，叹了一口气说道："呵！纫菁！何必呢！……下次一定请你痛饮如何。"锡说："纫菁！我今天请你痛饮，……你可以尽量好不好？"萍云没有等我答言就接着说道："真的吗？……锡，我虔诚的恳求你一定履行你的约言，今天谁也不许阻止我们！让我们这些可怜人醉一醉吧！"锡说："一定！一定！……不过也不要闹得太狼狈了呢！"萍云说："管他呢！狼狈又怎样，我们反正是消磨精神，零卖灵魂的呵！"锡似乎很脆弱，禁不起再深的打激似的。他低下头，嘿嘿的注视着地板。后来他又仰头吟道："举杯消愁愁更愁……"致一这时只坐在旁边微微的笑着"唉"了一声道："你们这都是干什么的？……要喝酒就走吧！时候也不早了，恐怕巽姐和美生都已经去了呢！"我们被他的话所提醒，才都从牢愁的梦里醒来，如疯子般狂叫狂跑的来到大门口，坐下车子到长盛楼去。

我们到那里坐了一坐，美生和巽姐就来了，于是大家点菜，而我和萍云两个人的心却不在菜上，只预备如鲸鱼吞江海似的大喝一场，如果能够就此把世界吞下去了，也许人间的缺陷也同时消逝了！

不久伙计摆上冷荤碟子，跟着两瓶花雕也放在桌上，先是锡替我们每人斟了一杯，美生和巽姐还斯斯文文的没有端起杯子来，而我和萍云彼此高举玉杯，厮看着了叫一声"喝"，一杯酒便都干了，跟着又是第二杯，我们俩人不过每人七八杯，已经把两斤花雕弄光了，萍云对着锡叫道："快些来酒！锡今天晚上可不能再失信的，……谁要不让我们喝够了，你瞧着，我们有本事把这桌子全推翻了。"锡忙应道："喝吧！喝吧！不用着急，有的是酒！"美生瞧了我们那近于疯狂拚酒的样子，几乎吓呆了！在她的生命里只有温柔与甜密［蜜］，她从来没有尝过这种辛辣的味道，也没有看过这种悲惨的样子，……她拉着巽姐的手说道："这是为什么？唉！我看了真难过，你快叫她们不要喝吧！"巽姐摇头说："她们已经疯了，那里管得住呢，……唉！来！让我也陪你们喝一杯。""好！巽姐你也许比我们幸福些，不过你能陪我们这一杯酒，我们要深深的感谢你呢！"美生的脸色都变了，她呆呆瞧着我们，锡也是陪着我们一杯一杯的吞下去，莫君只把紧酒壶说，“慢慢的！你们要喝酒可以的，何必这样拚呢？……呵！纫菁、萍云！——”我和萍云这时已经喝了二十几杯了，大约总有三四斤酒罢！菜一碗一碗的摆在桌上，谁也顾不得吃了！后来萍云对我叹道：“毒醉吧，菁！……至少可以忘去你一切的伤痕！……哓！什么梦都作过了，而什么梦也都已经醒了哟！”我听了萍云的话，好似听见半天空一声焦雷，把我从醉昏昏的世界里抓出来，摔在冰凌枒杈的深渊里，我感到刻骨的冷硬，我觉得非常的痛苦，我无力的倒在一张藤椅上，我辛酸的眼泪便从那一双紧闭的眼里流出来，……我看见母亲惨淡的面靥了，我听见元哥长叹的声音了，一切过去的悲哀，又都一幕一幕重现眼前，而目前的一切现实，反倒模糊得如从重雾摸索前尘，只见一片茫茫，什么也看不见了。

不知什么时候，她们把我扶上汽车，也不知什么时候，我是睡在自己的床上。……在我醒来时，我头涔涔的痛，我的口干得像要冒火，低头一看，出门时所穿的衣服也不曾脱，大襟上满了黄色和血色的斑点，大约是醉后吐的残痕，其中还有许多水点，大约是眼泪了，我为了自己这样狼狈的样子，由不得又流出辛酸的泪来。……隐隐的看见窗外的星光，和在星光下树影的摇摆。呵！光那样幽碧而烂烁，影子呢是那样捉摸不定！夜之神哟！你现示着我可怜的心的象征呢！……我追寻着这幽光暗影下的一切，不知什么时候入了梦。

六月五日

这两天以来，害了酒病，什么事都不能作，全身的骨节酸痛！动弹不得，心里呢，也是怅怅如同失了什么，唉！这是刹那沉醉后的报酬呵！

下午剑尘有电话来，我告诉他我病了，他似乎已经知我是因为拚酒而病的，当他用那种又似怨愤，又似怜惜的音调说道，“纫菁何必那样糟蹋自己?”……我什么话也再说不出来，我怔在电话边，如同失去了知觉，好久好久，才被电话那面“突突”的声音震醒了，我只说了一句“没有什么事了挂上吧!”……我也不等他的答覆便挂上耳机，跑到屋里，不禁痛苦的哭起来。“唉！天，我何必那样糟蹋自己?!”……我也曾想过真是何必呢? 无奈我无法忍耐这缓刑的长时间的难过，还不如我自己用力刺伤自己的心，也许痛苦可以减少一些。可是天下的事太复杂了，我所感受的也太复杂了，我现在好像困于轇轕杂乱的网罗里，我真不知道怎样可以逃出这可怕的环境。唉！只好让它去吧！不必求解脱也总有一天自然解脱的。

今天下午依然扮饰得如娇艳的玫瑰似的，去赴友人的盛筵。……反正不到那一天——手足僵硬得没有办法了，脸成了枯腊脂粉也涂不上了，我总得打起精神来扮演的。

六月八日

美酒高歌，我又厌倦了，不但厌倦，我简直对于这一种生活发出诅咒的呼喊了，可怜我寂寞的心，更寂寞了！我的心弦，永远弹着孤独的单音，我静静的听，甚至整夜不睡静静的听，——我希望万一能发见谐和我这单音的歌调。然而那有——这只是永永远远的幻想啊！我将永远弹着单音，直到我死去吗？然而我总不甘心，我还要奋勇的敲开人们的心门，我不信我永远是站在人们心门之外的。

我近来的行为，也许是更无羁了。我自己可是并不觉得，不过据剑尘说，我近来的态度大大的变了；他为了我这种不可捉摸的态度很伤心，他怀疑我对他有什么不满意，他畏惧将要从我心里失去从前的地位，他那种因疑虑而憔悴的精神，真使我难过！他有时很气愤我对他的不忠实，我也不愿意申辩，因为我怕申辩之后，更显然他的不了解我。——我不是更要感到寂寞了吗？而且我故意疏远他的一片隐衷，他那里知道，他近来见了我总是露着怨愤的颜色，唉！可怜我也只有咬着牙忍受吧！

近来我的心是分外空虚，而我的思想却如乱麻般在心底交萦着，我的灵魂，它是多么狼狈啊！因此我现在的生活更不安定了。我好像一个渴极饿极的夜莺！我捉住玫瑰的枯瓣，用力的吮吸，我看见萤虫的绿光，我以为是深夜的露珠，我拚命的抓住，……及至明白我的错误时，又将怎样失望呢！我，渴得几乎发了狂，心头的火焰看它高起来，一尺一尺的向上高去，最初看见我血淋淋的心被它烧干，渐渐成了灰，以后我的全身慢慢的都变成冰冷的灰了。唉！天啊！这是多么残忍的荼毒呢！

昨夜我几乎通夜没有安眠，我对着满天星斗卜我的未来的命运。我对着黑影问我未来的休咎。然而无效！它们永远是沈嘿着，冷淡的看着我！我愤恨极了！从床上跳了起来，把绿色的窗幔撕碎了；一片一片的飘在地上，然而一切仍然是那样冷淡，——没有同情，这时我才明白我真正是世界上的孤独者，我禁不住发抖，我悄悄的倒在地下，也不知道经过多少时候，我是失了知觉。及至我醒来时，世界已经变了，夜早不知躲到什么地方去了！明晃晃的阳光，射在我的身上，啊，好惭愧我依然还扎挣于人间！

六月十日

我真没有方法使我自己安静，我甚至不敢一个人独坐在房里，因为我的心是太纷乱了，它好像一架风车一般不住的鼓荡着，我真是支持不了，我无“目的”的坐上车子到街上乱跑，当车夫拉起车把问我到“那里去?”我怔住了，只得胡乱答应道“上西单牌楼吧!”车夫如飞的跑了，不一刻就到了西单牌楼，我惘然的下了车，站在电车站旁，车夫以为我是等电车的，就说道：“您上那儿去，我再拉您去不好吗?”我摇摇头拒绝他了，他只好扫兴的走开了，我等他走远了。我又跳上一部车子说：“到天桥去。”到了天桥，我又坐着车子回到家里，当我走进我自己的房门的时候，我不禁掉下泪来，世界这样小，我跑了半天依然还在我的屋里!?而且我跑了半天，我怎样什么也没得到，依然是空虚的。……

下午睡在床上，仿佛失了知觉，直到太阳下了山，夜幔盖住了阳光，我才渐渐的醒来，我照着穿衣镜，慢慢的看见了我的形体，我飘泊的灵魂，才又回到这可嫌憎的躯壳里来。

吃完晚饭的时候，姑妈问我今天一天到什么地方去了?我瞪着眼注视着姑妈，我不知道怎么样回答才好。姑妈见了这种样子，露着惊奇的眼光，向我脸上打量，我被这种探索的眼光所惊吓了，我不禁打了一个冷战，我撒谎了，我说“我去找巽姐玩去了，……此刻不知为什么头很痛呢!”自然这话可以把她们对付过去，不过姑妈很聪明，她好像知道我有说不出来的苦衷，她连忙应了一声，低下头吃饭不再看我，但是我觉得，她的眼还不时偷偷的瞟着我呢。

六月十二日

天呵！我耐不住了——暗愁的压迫使我失了常态，这时我想从这个压迫底下逃亡，我去找那些不相干的人玩，素日我最看不上的，那些只有躯壳没有灵魂的人，现在我似乎离不了他们，天天和他们厮缠着，于是看电影，吃馆子，一天天的接着这样鬼混下去，也许他们是故意的敷衍我，然而我现在不管这些，我总认为他们陪着我玩，是再好没有了。

我现在不愿意看见比较了解我的人，因为我正扮演着一出神出鬼没的滑稽戏文，我不愿谁用灵的光，来点破我所创造出来的愚迷，所以我好几天不见剑尘，他有时来看我，我也淡淡的不大同他说话。他自然是摸不清我的心，因此他恼怒了，也是冷淡的对待我，但我好像一点不觉得似的，好像这种冷淡是很自然的。

今天他来看我，一走进门我只冷冷点头让他坐下，他默默的望着窗外的天出神，我呢，低头看一本新买来的小说，大家都像有什么芥蒂似的，屋里的空气，和我们的心，都是一样的紧张。然而我们是一直的沉默着，后来他站了起来，拿着帽子预备回去，他含着怒愤对我说：“纫菁！你也稍稍给我留一点余地。”他的话自然是指着我近来的态度了，不过他又那里知道我的苦衷呢?!当时本想分辩几句，然而再想一想，一个人既然找不到能了解自己的人，而偏去向他解释，太没有意思了。因此我只淡然的苦笑，并不去理他，他自然更是含着愤恨，最后他长叹了一声，头也不回的去了。他刚走，我的眼泪就禁不住流下来，我把门用力的推上，“砰”的一声响，震醒我自己因伤愤所迷失的灵魂，四面一看，我才更清楚的认识了我自己，认识了我现在的地位呵！天！我太孤单了哟！

晚上我接到剑尘派专差送来的信，我的心忐忑不宁，我怕——那冷酷的讽刺，我把信拿到手里很久很久我的心只是不停的抖颤。我不敢拆开来看，我睡在床上，我努力的镇定我的心，我好像立刻要绑赴法场的罪囚，我想像那将要来的荼毒。唉！我真恨不得把我的灵魂，赶快离开这个世界！

我睡的时间也许没有我觉得的那样长久，当我起来拆信时，我仿佛听见报时的钟声只打了九下，送信来的时候大约是八点四十分，可是天知道我恐惧战兢的心，好像经过一个可怕的长世纪呢！现在我把信拆开了，我往下一字一字的念了。他说：

菁姊：(请你恕我还是这样称呼你)

你是知道我的为人的，我不愿意在平淡无奇的生活里鬼混，我更不愿意在虚伪欺骗里生活。如果是个极相得的朋友，只要他曾经有一次欺骗我，而被我知道的时候，我就不愿意再和他交识，我情愿没有朋友，一个人永远孤独，我不愿勉强敷衍面子。

我的为人虽然没有一点长处，虽然只是一个平淡无奇的人；自然我不配得到社会任何人的赏识与了解。不过倘使有人要能以国士相许的时候，我也很能忠诚的为这人服务，无奈这都等于梦想，从来就没遇到这一种幸运！

我自己也许没有确定的见解，然而是非恩怨我是懂得的，只要别人不以虚伪相加，我也绝不会以虚伪待人；否则要耍手段我也不见得不会。

我平常虽然很理智，但同时我也有热烈的感情，我也是很易受刺激的，所以当我看见你和别人亲近，而把我置之脑后的时候，我的心就如同受了极剧烈的弹伤，我当时的气愤，和灰心，我自己真也形容不出，大约我那苍白的面色，和失望的神情，你也不至于没有见吧?！哝？纫菁！你难道真这样忍心吗?

唉！世界上的事情变化得太利害了！但是我真想不到你的变化，更是不可捉摸的呵！纫菁！最后我只希望你不要忘记了自己的前途，好好努力你的事业……酣歌宴舞，固然可得到刹那的快乐，但是你要想到欢宴有散的时候，舞台也有闭幕的时候呵！再见吧！菁姊！

剑尘

这封信是看完了，当时我心情的剧变，比夏天的云的变化还要厉害，我一时觉得伤心，一时又觉得气愤，一时又觉得委曲，一时又觉得世界上的人太浅薄了，我有些鄙视他们，这种多料的毒剑，刺伤我的心，我看着那一滴一滴的鲜血，由胸前流了下来，那血总有一天把我飘起来，送到天为我预备好的坟墓里去，那便是我的归宿。

六月十三日

昨夜睡不着，心里是满着绝望的凄调，在夜深人静的时期，我悄悄的坐了起来，天上有点薄薄的凉云，星宿在凉云后面静静的闪视，我跪在母亲的遗像前，虔诚的祈祷，我告诉母亲我坎坷的运命，但是母亲只含愁凝注着我，她再不肯用温柔的声音诏示我，那时我怎样需要安慰呵？我如同恶虎得不到食物般，由悲哀而变成狂愤，我用怒火燃烧着的眼光，注视母亲的遗像，我要把我还给她，我再不愿意扎挣了！然而我忽见我母亲的眼里，似乎流出泪来，星光闪在玻璃框上，是那样静默幽深，我的愤火低下去了！我抱住我的头痛哭……最后我失了知觉……

今天早晨心口作痛，又犯了肝气病，然而我不愿意爱惜这无用的身体，现在我就希望它一天一天的破损，等到那一天成了灰，我的灵魂便解脱了！

下午想到回剑尘一封信，怎样的写法呢？他的信是那样的有刺……唉！可是同时我想到这种由愤恨而淡忘的情形，本来就是我的计划，现在第一步已经作到了，不是可以骄傲了吗！为什么倒因此而怨恨呢？唉！太愚蠢了哟！……可是剑尘的性情我是很清楚的，他有时可以作出出人意表的激烈行为，因此我这封回信更难写了！我只得暂时先缓和他紧张的心吧！唉！纫菁！一劫未平一劫又起！然而，然而这是天心呵！反抗又有什么用处呢！

我扶枕给剑尘写信，——我的眼泪是一直不曾干过，我写道：

剑弟！

我病了！我心口痛，头晕，然而这都不算什么，可怜我的心是受了毒镖的射击！我的心是得了可怜的伤损！现在我是睡在床上给你写这封信。唉！剑尘！请为了我的苦难，特别的原谅我，——冷静些听我凄楚的诉说：

剑弟！你说我近来态度变了，不错！真的变了！但是我所以变的原因，乃由于我的苦闷所迫成的，我怯弱，我没有伟大的扎挣力，我受不了苦闷的锤子的打击，我要想从那里逃亡，——逃亡的唯一方法，就是毫不顾忌的浪漫，然而不幸！你是爱我太深了！你所希望于我的太大了！结果我的浪漫，就变成你最深刻的苦闷了，唛！剑弟！你对我的诚挚，我虽粉身碎骨也难图报于万一，我何敢亦何忍使你过分难堪！不过近来我的心境太坏了，因此我们每次见面，差不多都是不欢而散，——我的心太郁抑了，我只有设法消遣，因此我对我自己的生命，开始不忠诚，我欺骗我自己，……也许这要影响到对你的态度——你所说的欺骗了。

可是剑弟！我求的是刹那的遗忘我自己，我求的是暂时苏息我苦楚的灵魂，那里知道，这又是铸成今日彼此苦痛的原因，当然是我对不起你！不过请你再认清我的身世，——我是塞外的一只孤雁，我是被幸福摒弃的失望者，我不希望在人间有悠久的岁月，因此在这短促的生命里，我希冀热闹些，为的这日子比较容易混些，况且我也不愿任何人对于我沉迷太深，以致防害他们将来的幸福，因此我不愿用愚笨的忠城对待我的朋友；尤其是我认为好的朋友。

我自从觉悟到这一点，我变了我处世的态度，我要疯狂，我要浪漫，我要热闹我自己，同时我也要蹂躏我自己，总之越快收束越好！

剑弟！世界上对我最忠诚的是你，所以我最后希望你认我是你的亲姊妹，——一个可怜飘泊的姊妹，你原谅她，你包容她吧！

你看见我和别人亲近，你自然要感到气闷，不过你看明白我对别人的态度，更明白我的委曲的心事，呵！剑弟！我知道你绝不忍以鄙视的眼光对待我，以残酷冷笑讽刺我了！

唉！剑弟！各人都有前途，而我的前途呢也许是有的，然而那只是孤单黯淡的前途呵！到倦鸟各归林的时候，我还是独自踯躅于荒郊。剑弟！像这样的人你又何忍过严的责备她呢！

剑弟！我不恨别的，我只恨命运太播弄人了，我永生都是命运手中的泥；但是剑弟！你太不幸了，我对你将终生负疚，我只祷祝你将来有一快乐的家庭，好好的生活，那时候我或者可以免除一些罪孽。

剑弟！我现在是你阶前待罪的囚犯，我只求你大量的赦免我吧！

我也知道这个世界，绝不是我的世界，总有一天我将由这个世界逃亡，我现在是更深一层的感到悲凉了，我不敢希冀任何人的温存了，我愿生命愈短促愈好，我实在不能忍受这残酷的折磨！剑弟！我虽然是你认为虚伪不堪的怪物，但是这封信我确是含着凄楚的眼泪写的，你相信否？我没有请求的权力，只愿将来我死后，能因为了这封可怜的信，你少恨我几分吧!!

纫菁

六月十六日

这两天的空气燥闷极了，太阳闪着灼炙的热光，人的体温抵抗不了外面的高热，感到十分的疲软，更加上我狼狈的心情，真是内外交攻，我简直没有扎挣的力量了。下午美生邀我吃饭我也拒绝了，——往日我能够压抑住悲伤，在人生的舞台上扮演，今天我觉得我失去了这种能力，我只感到心底的凄酸，我只看见我破裂的心房，不停的流着血滴，……镇日昏沉的睡在床上，看着窗前的藤叶，在风中涌起碧浪，——我便直觉到我孤独的飘浮海心，无援的悲伤，在这种绝望的时候，我只希望世界发生剧烈的变动，我或者可以在一切经常的束缚中逃出来，然而这只是些无益于事实的空想，造物主那肯轻易释放了他的罪囚呢！

晚上剑尘有电话来，他说他接到我的信了，他很难过，他要想即刻到我这里来谈一谈，我听了这话禁不住心酸落泪，我实在怕见他，我不愿使他看见我可羞的怯弱，我不愿使他看见我冷寂空虚的心，这时我是在追求生命的意义，但同时我是避免我所追求到的东西，我回答他今天时候太晚了，明天再谈吧，他怅叹的挂上了耳机，同时我的心感觉到不安和压迫！

六月十七日

今天剑尘绝早就来了，他憔悴的神色和微红的眼圈，很鲜明而剧烈的刺激我的神经，我全身不住的发抖，我怔怔的望着他，我连请他坐都忘记说了，他抬头望着我，也许他已看出我的狼狈，也许他正在后悔他对我过甚的责备，他挨近我的身傍，很温和的抚着我的肩说："纫菁！不要难过吧……今天我们好好的谈一谈！"我听了这话，心里凄酸更克制不住，我不禁伏在他的怀里呜咽起来，他就势坐在我身傍的沙发上，颤声说道："请你原谅我吧！你要知道我的心也够难堪了，这几天我什么事都提不起兴趣去作，……你想吧，一件顶心爱的东西，忽然间不见了，我怎么不伤感，同时我又看见这个心爱的东西，为旁人所得，我怎能不怨愤，当然我不免要想到你忍心，而责备你了！……但是纫菁！你的苦楚我也很清楚，不过你这样放浪，就真能逃出苦闷的压迫吗？嗐！你的身世本来是很凄凉了，但为什么自己还要找悲苦来受呢！我希望你不要只希图一时的癫狂，一时的兴趣而造成终生更深的痛苦！"

唉！剑尘的话何尝不对，但是他太理智了！他只能以平常的眼光，来定我的价值，他那里知道我的癫狂，有更深的意义呢！……这时我真想告诉他，我的心是怎样的需要他，……然而我不敢！我用力压下我激荡的感情，我冷然的说道："将来的痛苦怎么样，我现在没有余力去预料；我只望眼前稍微松动一些！……生命在我绝无可恋，也许因此可以很快的收束也难说……总之剑尘！你是认错了人，我们绝不是这世界上的好伴侣……如果你对我有伟大的同情，你只当我是你的姊姊！我希望你始终帮助我，但我不愿你爱我——因为我们的方向不同，既然宿命是如此，我们就应当早些分手……今天我极诚恳的求你……你快些找一合意的伴侣，把你纯洁完整的情爱贡献于她，……到那时候，我敢担保我们的友谊更可以维持到永远……而且也使我这飘泊无定的孤雁，有一个依傍的所在……剑尘你答应了我吧！你看！我是怎样的狼狈，你还忍心不赦免我吗？……”

剑尘怔怔的听着我哀婉的诉说，他的热泪溅到我的头发上了，很久很久他不能回答我的话，他只叹了一口气说：“呵！难道说这就是我们的收场！……”我不愿意再去挑动他的心，故作得意的神态说道：“剑尘！这样的收场不也很好吗？……我觉得天下的事情能留些有余不尽的缺陷，是最有意味的，我们好好保留着这一段美丽的而哀伤的印像吧！……”

我们谈到这里，彼此的心情似乎都超脱些，我们已经跳出人间的羁靡［縻］，而游心于神秘之境了！这时我们不感到悲伤，也不感到欣悦，我们只感到飘洒和泰然。

六月二十日

唳！我真算得可怜，……变把戏的人，是骗看把戏人的钱，他自己虽然知道这完全是假的，而看把戏的人却能满足他们的好奇心，而发生欣悦，在这种欣悦中两方就都有了意义，但是假若变把戏的人，变出把戏自己看，这其间是含着滑稽的悲哀，我不幸现在就是自己变把戏自己看，并且妄想从这里得些安慰，唳！太笨了哟，我在剑尘面前，幻想出种种超然的美丽的影子，我虽是想安慰他，其实我是更想安慰自己，昨天剑尘在我这里谈话，我说到许多奥妙美丽的生活，我强把灵和肉分开，我说我们的形迹虽然终久要隔离的，然而我们的心灵可以永远交绕，我说这话的态度非常真切，剑尘也许受了我的催眠，他也曾一度向这条路上追求，他说："好吧！我们的关系仅此而止，我们了解了超然之爱……我们可以向一般的俗人骄傲了。"他虔信我的幻想的态度使我惊奇了，当时我也受了他的催眠，我狂喜得流出欣悦的泪来。然而天知道，这是太滑稽而可怜了！我送剑尘出去，我独自转来，院子里静悄悄的一片通明的月光，从淡雾里透出来，照着我伶仃的身影，夹竹桃的温香，一阵阵由风里吹过来，我如同喝了醇酒般，心身都感到疲软，我斜身坐在碧草地上，隐约看见草隙中的小虫跳动，忽然间我感到寂寞了，我觉到这种美丽的风景，是不宜孤独赏鉴，这时我的灵魂发出饥渴的呻吟，我急切的追求和协的音调……但是很快的，我就觉得这种的追求是永远无望的。

这是［时］一阵夜风穿过藤幔，发出膨［澎］湃的叶浪声，同时我也听见我心海激潮的声音了，呵！什么超然的美，我是需要捉住那美的一切，我用我的心眼捉住他们过，然而同时我的手也想捉住他们，可是捉来捉去都是空的，因之我感到不满足，在这种心神恐慌的时候，我忽然看见藤幔背后，有一双洁白而柔嫩的手，我不问他是谁，我发狂似的跳了起来，将他牢牢的捉住，唉！这是怎样柔滑的！……不知那一个英雄的手呵！我将他这双手按着我剧烈跳动的心房，同时我希望他低声的叫我……温柔的叫我，但是我等待了许久，还是寂然，我不禁抬起头来看他，唉！怎么美丽的英雄不见了，再看我手里握住的是一朵白色的茶花，我羞愧我悲愤，我咒诅这美丽诱人的幻影。我不敢再在这种神秘的境地逗留了。我回到屋子里，在明亮刺人的灯光下，我逐件的再认尽现实界的一切，唳！一切都是粗糙的，一切都是污浊的，我站在穿衣镜前，看见我那可憎的形体，我真不能再向他逼视，我如同遇见鬼似的，急忙跑开，我全身发冷，我如同发了疟疾似的，上下牙齿战战有声，我用夹被蒙上我的头，昏昏沉沉不知过了许多时候，才入了梦境。

六月二十三日

唉！天呵！这是真的吗？……这是想到的事情吗？星痕死了！今天早晨我到医院去看她的时候，她已经失去了知觉，我握住她枯瘦如柴的手，那手是冰冷的，我由不得打了一个寒噤，就在这个时候，她喉间响了一声，两只眼珠便不动了，她怔怔的向上翻着的眼，好像在追求什么，我赶快放下她冰冷的手，我看她漆黑散乱的头发，我看她无血的口唇，我看她僵硬没有温气的尸体，……然而我不信她是死了。死到底是什么东西？它一向藏在什么地方？它为什么忽然光临到她？呵！死！我知道了它的伟大，它是收束一切的英雄，它是人类最后的家，然而死是有一双黑色的大翼，当它覆盖在某一个人的身上时，这个人便与生隔离了，然而是谁给它这一双黑翼呢……哦！我的思想杂乱极了！我站在星痕的尸旁一直想着这些问题，剑尘拭眼泪，致一顿脚痛哭，然而我没有一滴眼泪，我一点都不感觉得心酸，我只感到神秘，我只感到死时候的伟大！“真奇怪，她平常那样爱哭，今天则不哭了。”致一和剑尘悄悄在议论我！我听了这话也很想：“哭吧！人人都哭我为什么不哭?”但是我无论怎样努力想哭，可是还没有眼泪，我也想我真有点奇怪，怎样平日心一酸，眼泪便如泻的流下来，今天却这样麻木呢？我真有些不好意思，我悄悄的躲开了，我坐上洋车回家，我的心神一直是麻木的，到了家里，我刚一走到院子里，我忽然间想起星痕素日的行动来了，我坐在书房里，只要听见急促的皮鞋声，就是她来了，我一定放下笔跑去欢迎她，有的时候我觉得在人生的道上跑得太疲倦了，我就跑到她的面前求些安慰，……难道说这一切从此便不会再有了吗？难道说她死了就更不能活了吗？难道说从此再不能听见她的温和的说话了吗？难道说从此就不能看见她潇洒的丰容了吗？……我问……唳！我向空虚上苍问，然而那里有回音呢！唳呀！我才知道死是这样残酷的，我抱住她的遗像放声痛苦［哭］——我失去的灵魂我觉得它已经回来了，我能感觉到别人所感到的悲喜了，我才明白我的灵魂是超脱了，现在我自己恋着这个臭皮囊，又把灵魂寻了回来，使它受折磨，唳！星痕呵！你的死又在我心上插上一把利刃了！

六月二十七日

今天是星痕出殡的日期，我失了魂似的跟着她的灵棺去到庙里，许多人都围着她的遗像哭！——尤其是那些天真的学生，她们流着纯洁的热泪，深深的感动了我，——平时看不到的同情，在这一刹那间我是捉到了，为什么一个人在生的时候，所得到的同情，绝没有她死的时候的伟大呢……我想到这里不禁发出鄙视的冷笑，人总是人——浅薄利己是人的本性，彼此都在人生的舞台上充一个角色的时候，唯恐失却了个人的利益，互相倾轧。等到一个人死了，他是离开了人生的舞台，这时候他绝不能有所争夺，因之便可以大量的去赞美他惋惜他。唉！真是太无聊了！

我看着许多人在拭着眼泪，我怀疑他们的眼泪是真因惋惜死者而流的，我看见他们的眼泪含有利己的成分呵！我对于人间的一切怀疑了，我看见人和人中间的隔阂了，谁说人的心是相通的?

我忍不住剑镞的穿刺，我不愿再在人群中停驻，因为人越多越足映出我的孤单来，我只得悄悄的逃开。

我抱着漠漠深哀的心情，回到我凄清的书房里，我的头发晕，我的眼发花，我的耳壳里轰轰的发响，我要发狂了！

七月五日

这几天以来，我的精神发生剧烈的变化，我的心太不安定了，我憎厌所有的人类，我要想逃避，今天我拟想种种逃亡的方法，吃安眠药水吧……触电吧……但是我太没有勇气了！我不能自己来收拾生命的残局，只有等待自然的结果……好在我的身体已经渐渐的衰弱了，好像是将终的蜡泪再让它滴几滴也就要熄灭了。

今天黄昏的时候，天气骤然起了变化，太空遮满了阴云，气压非常的低，似乎将要压着人们的眉梢，不久就听见树叶上面雨点淅沥的声音，雨势越来越紧，檐前的铁管里的水涌了出来，院子里积成了一个小池塘，约有两点钟的光景雨止了，凉风习习的吹着，赶散了天空的薄云，太阳如浴后美女，停在西方的天上，一道彩虹卧桥似的横亘天际，一切的生物都从困闷压抑中苏醒，真是太美丽了！我站在廊子上看彩虹，听风吹柳枝，涮涮飘落的残雨声，一切的烦闷都暂时隔离，我沉醉了。

七月八日

今天是我的姑丈生日，姑妈从昨天就忙着收拾房屋，又从花厂买来许多月季和玉兰花，每一个花瓶里都插上了，芬馨的花气充溢了四境。表妹们都收拾得齐齐整整，我看着她们欣悦的忙碌着，我也仿佛有些兴奋。我也换了一件漂亮的衣裳，很消闲的坐在藤椅上，屋子里的一切都似乎含着微笑，到处都充溢着喜气，最初我沈醉于其中，但是不久我发见我的寒怆，我是没有父母的孤儿，——看见人家骨肉团聚的快乐——虽然他们待我也和家人一样，但是我总感到我在这一群之中是个例外，他们越待我好，我越觉得自己的单寒似乎到处需要人们怜悯的眼光，后来我仍然躲到自己的房间去。

下午客人来得更多了，而且她们是那样不知趣，不管人心里高兴不高兴，偏偏问长问短，我又不能不应酬，唳！在这种概不由己的时候，只好像傀儡似的，扮演吧！

十二点多了客人才算散尽，我惘然的坐在屋里的藤椅上，我感觉到四境的压迫一天一天重起来，生命还有多少时候，我虽然说不定，不过这种日渐加重的压迫，恐怕我是扎挣不得了，唉！我想逃……

七月十二日

这些日子多半是在昏沉的状态中度过，烟抽得可怕的多，有时一连气抽十几枝。鼻管里常常出血，姑妈几次婉言相劝叫我戒烟，我知道她的好意，但是天呵！姑妈呵！恕我不能接受你们的好意，我这种失了主宰的心，好像一个无家可归的流浪者，如果不借烟酒的麻醉，那么，这悠悠长日，又将怎样发付呢！

剑尘近来有些怨我，或者也许在恨我，……自然他是不了解我，近来他的行为褊急得使我流泪，人真是太浅薄了，为的是爱一件东西，必要据为己有，否则爱将变为怨恨！

读法国小仲马的《茶花女》，——我有些看不起亚猛了，他那样蹂躏马克，看着她死灰色的脸而发出有毒的笑——其实马克的牺牲他那里体谅到分毫，直到他知道个中曲折，后悔时——但已经晚了！晚了！

唉！我现在也只有盼望在我死的时候，或者可以得到别人一滴忏悔的眼泪罢了。

七月二十四日

事情是越来越离奇，今天我和剑尘在一个朋友家的宴会席里遇见了，他的态度是那样辛辣，他故意作出得意的颜色对一般的来宾说："近来我得到了教训——金钱实在是万能的，尤其是恋爱缺不得这个条件……"他说这话的时候，轻鄙的眼光不住的扫射着我。呵！我几乎昏了过去，我觉得全身作冷，我悄悄的逃到回廊上，装作看缸里的金鱼，那不能克制的泪水便滴在水缸里，幸喜他们都没有看出，不过致一有些疑心，他走到我的背后说："喂！纫菁！你干什么呢?"我勉强答道："看金鱼。"自然那声音是有些发颤，致一拉着我的左臂说："去吧！到那边看看荷花去。"我只得惘然的跟着他走了。

荷花果然开得很茂盛，而且气味异常清香，然而我流着血的心，正像那艳丽的红花瓣。我觉得我所看见的不是荷花，只是我浴血的心，我全身又在发寒战，致一怔怔的望着我，低低的叹了一声说道："你们葫芦里倒［到］底卖的什么药呢，怎么剑尘说话总好像有刺似的。"

我听了这话，我只好苦笑着走开了！……

七月二十五日

我真不明白人间的友谊是怎样发生的，——昨夜我为探究这个问题，通夜不曾安眠，我很渴望从这里找到一些人间的伟大和纯洁，然而太不幸了，结果我的答案是：友谊就是互相利用，而这个利用又必须是均衡的，如果那一天失掉均衡，那一天友谊就宣告死刑。唉！人与人的关系是这样组成的，人类真太可怜了！

我近来的思想总是向使自己更为孤独的方面跑，致一说我是变态，但我自己以为与其说是变态，不如说是有计划的，因为只有这样，我才能够超脱，我才能够作出好像伟大的事情，近来我能对剑尘这样冷淡，真要多谢这种思想的帮忙，我能鄙视一切众生，我才能逃出作茧自束的命运，不过这种思想究竟能维系我到什么时候，我是毫无把握的。

我最近的生活，表面上是异常的孤寂，不过精神的变化也最为剧烈，在我眼前展露着无数的道路，然而我并没有选择到一条，不过在无数的路口上徘徊，盘旋，最后我恐怕是徒劳而死，——死于矛盾冲突中。

我听见两个绝对不同方向的魔鬼在呼，喊，同时他们又用尽技巧来诱惑我，我怕同时我又迷恋，在他们的搏斗中我看见生命的火花在闪烁着，可是我这样脆弱的心身怎能负荷这繁巨的重担，最后我倒了，倒在泥泞污秽的沟涧中，拖泥带水，呵！我的两腿抖颤，我一步也不能走了，我的呼吸急促，天呵！我要发狂了！我要发狂了，谁能救一救我呢……

七月三十日

今天下午我无意中遇见一个朋友——她从前和我同过学，是一个很深刻的人，一般人都觉得她脾气有些乖张，而我觉得她很合脾胃，她很直爽，有些带男性，她对于我是很关心的，常常问到我的生活，所以她今天看见我第一句话就问道："你近来的心境好吗?"我说："现在很平静，每天很规则的工作休息。"她听了这话似乎有些不相信，接着又问道："果真能如此吗？……那我白替你难受了一场。"我听了这话莫明其妙的动了心，我似乎预感到一种不幸的打激，又要临到我身上了。我很诚恳的握住她的手道：“请你明白告诉我吧，你究意又听到什么消息?”这时我的脸色有点发白，我听见心跳得非常快，说话的声音也有些发抖，她自然多少明白我内心的空虚，无论话说得怎样漂亮，也是掩饰不来的，她极力的先劝解我一番，然后她报告我一个使我难受的消息。她说：“剑尘已经有了爱人，你应当知道了吧!”这真是一根锋利的针，恰恰刺在我的心上，但是我不愿意把自己心里的矛盾现示给她，我极力镇定，故意作出非常冷淡的情形说道：“这我虽不大清楚，但是我却早已预料到了，而且可以说正是我计划的成功，但不知是怎么个始末，你明白的告诉我吧!”她叹了一口气道：“剑尘那个人利害起来真够人怕的，但是殷勤起来却也比任何〈人〉都会，前天我去看电影，在电影场遇着他同着一个年轻的女人——那个女人也并不漂亮，不过皮肤还白净，他们俩坐在一处作出非常亲热的表示，剑尘对她是十三分的柔情，当时我很奇怪，而且我又替你设想，自然我有些不满意剑尘……不过你说是你的计划那就当别论了，不过男人总是男人，……”“其实这种事情我也早听惯看惯了，只要他快乐，我就安心了!”我对她说过这话以后，就连忙设法躲开了，我不愿我的怯弱被她看出。

回到家里，我的心一直在隐隐作痛，我想到人情真是太不可靠了，我常梦想一个牺牲自己，而成全别人的伟大情感之花，能有一天在我面前开放，结果呢梦想永远是梦想，没有一个对象是值得我给她这样的神奇的礼赠，同时也没有人肯给我这种礼赠，在这个世界除了求利避害之外，没有更多伟大的事情了，我真有点对于自己的愚笨发笑，在世界奔波了二三十年究竟追求到什么？我是从母亲怀里赤裸裸而来，最后我还是赤裸裸而去，除了身上心上所刻镂的伤痕没有更多的东西了，呵！我怨恨吗？……谁值得我的怨恨！

八月五日

八月十五日

今天下午我独自到南郊去看星痕的新坟，当我走到人迹稀少的旷野时，我的心有些酸梗，这是我半年来常同星痕游憩洒泪的地方，曾几何时她已作了古人，在累累群冢上又添了一座新坟，人生真太不可思议了！

她的坟前有两株茂密的白杨树，在这将近黄昏的淡阳里，发出瑟瑟的声音，我站在白杨树下凝视她安息的佳城，我仿佛看见她腐烂的尸体和深陷的眼窝，孤露的白牙，我禁不住有些发抖，远处丛苇在风里摇拽，似乎万千的阴灵都在那里出没，况且斜阳更淡了，夜幕渐渐往下沉，使我不能再留恋了，我只低声叫着“星痕”以后，便匆匆的回来了。

到家时，空庭寂静，只听见墙阴蛙声咕咕，我坐在绿藤荫下，遥望天空星点渐繁，晚风习习，这时，我心里有着不可说的惆怅，唉！落魄的归雁呵！我为追求安慰而归来，我为休息灵魂的剑伤而归来，但是我所得到的是什么？——唉！更深的空虚更深的剑伤罢了！

夜深了，衣上似乎有些露滴，但月已高高的升到中天，很清晰的照着我寒怆的瘦影，我的视线在模糊的泪液中闪动，我的心正流着新创的血滴！……

八月十七日

今天萍云来看我，我们坐在回廊下面闲谈。热风带来阵阵玉簪花的香气，蜜蜂环绕着我们嘤嘤的叫，天气是多么困人，我们都似乎跋涉远路的旅人，感到心身的疲倦，萍云侧身躲在宽仅及尺的木栅杆上，我只靠着柱子看地上婆娑的树影，我们这样嘿嘿的度过了一个下午，后来萍云提议去看电影，我没有反对，因为我也正在找消闲这无聊长日的方法。

不久我们就坐在黑暗的电影场里，今天演的片子，是一出悲剧，情节非常凄楚，再加着那悲感刺心的音乐，我们都为悲情所鞭打，脆弱深忧的心流出不可制止的热泪来了。

休息的时候，我偶然回头，蓦然使我一惊，唉！天呵！只有你知道，我这时所受的槌击，是怎样的惨酷，这时我的头嗡嗡的作响，我的心如用钢绳绞紧，我用死力握住萍云的手，我的身体不住在打颤，萍云惊奇的望着我，一面低声安慰我道："纫菁！不要伤心吧！忽然间你又想到什么了？"我只摇摇头道："萍云！我不能忍受了，让我们离开这地方吧！"萍云听了这话，知道一定有点缘故，她便也回头张望，最后她看见剑尘了，他是同着一个妙年的女郎坐在一起，萍云这时站了起来道："纫菁！镇静些把你的眼泪擦干，为什么要叫别人看出你脆弱的心，你应当装作很高兴的样子。"

我听了萍云的话，不知从那里冲起一股勇气来，我果然咽下酸泪，并在眼角两颊上扑了粉，装作很高兴很专心的样子看看电影。

当电影散了的时候，我们故意慢慢的走，萍云看见剑尘已经走得很远了，她才叫我说：“走吧！菁!”我们出了电影场，萍云替我叫好车，并且她也陪着我回来。

唉！可怜这一夜我们都没有睡，我们彼此谈讲着苦厄的命运，磨消这可怕的长夜。

九月一日

我自从电影场受了深刻的打击后，我一连病了十几天，在这十几天里，只有萍云时来看我，她大约总是每天九点到十点的时间来，在她来的时间，我虽然还不时的流泪，但那已经要算我最幸福的时候了，她走了以后，我便更沉入冷漠的苦境，虽然用着一个老妈子，然而她是那样麻木可厌，我看见她的脸就要感到苦闷的压迫，所以除非万不得已，我从不叫她到屋里来。

我的病情，据医生话是因忧郁而起的，后来又加上胃病，吃了东西就要呕吐；在这种情形下我很希望死神的来临，后来我姑妈请了一位中医，吃几剂药之后竟又好了，唉！大约是磨折还没受完吧！

今天算是大好了，居然又看见阳光，又呼吸室外的空气，没有前途的我，还是得准备去碰壁吧！

九月三日

九月五日

这几天气候渐渐凉了，清晨我起来的时候，看见藤叶在秋风里颤动，我的心感到秋意了。秋日的蔚蓝色的天，比任何时候都皎洁，都高爽，风也是很和温的触着我的皮肤。

下午的时候，我去找巽姐，但是她出去了，我便去找陆萍，他正在写文章，见我去了，他放下笔说道：“你今天不来我正想找你去呢!”我问道：“有什么事情吗？……”他笑了笑道：“也没有什么事情，不过听说你病了许久，我老没得工夫去看你，今天我没到学校上课，想着写完这篇文章去看你，很好你先来了，你到底生什么病呀?”我听了这话心里有些发酸，我默然的答道：“胃病。”

我不愿意他再问我什么，我便拿起一本小说来看，他呢，对着他自己的文稿出神，这时候已近黄昏了，屋里的光线非常黯弱，我们都沈嘿着，忽听门外有皮鞋声，门开了，致一举着活泼的步伐走进来，屋里的空气顿时热闹起来，致一要我请他吃炒栗子，我叫车夫去买，这时候致一坐在我对面，忽然他凝注着我的脸说道：“纫菁！你怎么瘦了？”

陆萍没有等我答言，瞟了致一一眼道：“嘿！你别废话吧！老实等着吃栗子吧!”

致一很聪明，便笑了笑不再说什么。

我们吃着新炒的热栗子，栗皮便作了武器，致一开始用栗皮抛击我，——当然我知道他的用意，他是想变换变换空气，果然很有效力，我顿时忘了一切的伤痕，也用栗皮还击，陆萍在旁边看着我们笑。正在这个时候，剑尘推门进来了。我仿佛触了电似的，全身不由得打了一个寒颤，悄悄的退到墙角的椅上坐了。

最近我和剑尘之间，似乎是竖起一座石屏，我们久已不通信，不见面了，有时无意中遇到——像今天的这种情形，大家也都是嘿然无言。

屋里现在是有着可怕的冷寂，没有灯光，没有月影，只在模糊的光线中，浮动着几个人影。

剑尘这时是用愤怒和卑视的眼光扫射着我，并且不时发出沈重的叹息，我只有低着头嘿嘿的忍受，几次我的心是燃烧着热情，我要想把我坦白的心，在剑尘面前披露，但是我不敢，我的理智不应许我，同时我不知为什么，我不能静嘿了，我的心将要从我的胸膛中跳出来，于是我跑到了琴边，唱起苏东坡的《满江红》来，而且我是非常高兴，非常活泼，好像春天花园中的小鸟，致一见我这样高兴，他也真高兴起来，便随着我的声音唱，我们正在耍得迷离惝恍的时候，忽听见“拍”的一声响，大家不约而同的怔住了，只见剑尘把一根文明棍，从中间撅成两节，然后对着致一冷笑道：“你的兴致倒真不错呵！……这个年头的人们真没有什么说头……”

致一莫名其妙的望着他，陆萍低头无言的看着墙上的照片，我呢伏在琴上哭了。

过了些时，剑尘叹了一口气，拿着帽子愤愤的走了，我心里受着非常的压迫，到这时候我怎么也忍耐不住了，我呜咽的痛哭，致一再三的安慰我，陆萍只有悄悄的叹气。……

九月八日

我近来是走到荆棘的路上来了，不断的血滴在使我非常惊吓，我再也不能扮演了，今天我思量了一早晨，结果我决计走，虽然我明知道，此去依然飘泊，前途也未必就有光明，不过这眼前的荼毒也许是可以避免。

我正预备到书局去辞职，忽然剑尘来找我，这时我的心禁不住怦怦的跳，我用抖颤的手开了房门让他进来，我的视线不敢向他脸上注射，只低声问道："你从那里来?"他的声音也似乎有点发抖道："从家里来。"隔了些时，他接着说道："我早想来和你谈谈！呵，纫菁！这些日子我们的形迹却是疏了，可是我对你的心还是一样，可不知道你对我如何?……你最近的生活怎样呢?……你的心情没有改变吗?……"我听了这些话，真不知道怎样回答，过了许久我才勉强答道："我还是这样，反正是销磨时光……"我说到这句，我的心禁不住冲上一股酸浪来，我低下头去。

剑尘不住用锐利的目光打量我，后来他又说道："当然你总觉得我不了解你，在以前也许是事实，不过最近我却似乎明白些了，……朋友们聚在一处谈话，偶尔谈到你，有人说你不久要和某人订婚，我虽然有些怀疑，但是我想你也不过像演剧似的，演完就算，未必真有这事吧?……"

唉！天呵！现在我应当对他说什么，我能把我一向委曲向他面前倾吐吗?……如果我这样办了，谁知道以后将要发生什么结果呢！我还是继续我的计划吧！但是这两个月以来我总算受尽了苦痛，我还有勇气再负担吗?

这种纠纷和冲突在心里交战了很久，最后理智是告诉我应作的事情了，我对剑尘说："……一个人的命运，有时候可以自己创造，有时候是要凭造物主的意旨，所以现在我不能确实答覆你，我将来要作的是什么事情。总之你现在既已有了光明的前途，你好好的追逐。至于我呢，现在不脆弱了，不顾忌了，……实在的我近来的思想却比从前进步了，这一点你大约也看得出，从前我虽不喜欢这个社会，但是我还不敢摒弃这个社会，现在我可不管那些了，我想尽量发展我的个性，至于世俗对我的毁誉我不愿意理会，并且我也理会不了许多，所以近来我虽听见人们在谈论我，我也绝不能为这事动心，我已经没有力量为了讨别人的欢喜而扎挣了！”我这时的心真兴奋极了，我好像已经把人类社会的一切摔碎了，我傲然望着云天，似乎我现在是站在云端里呢！

剑尘听了我的话，看了我的样子，他似乎觉得惊奇，他笑道：“你的思想的确改变了，既然这样我也就放了心，现在我把我近来的生活告诉你：从前你不是有一封信劝我结婚吗？当时我心里怎么想，不必说你一定很明白了，……不过我呢，事实上最迟两年内也非结婚不可，后来恰好有一个亲戚替我介绍密司秦——这个人你大约许见过，她虽然年纪很轻，但还没有现在一般小姐们的习气，并且彼此感情也很好，……大约我的问题不久也就可以解决了。……并且她很想见见你！”

“见见我吗？”我不由得有些惊吓的问他。

“是的，见见你；我想你一定很愿意，是不是？”

“对了！我很愿意见见她……的确的，我时时刻刻祝祷你们的幸福，因为至少可以补救人间的缺陷于万一……”

“既然这样礼拜天萍云请我们吃饭，就在那里，我替你们介绍介绍。”

“好吧！……”我不能再说下去了。

剑尘走后我怔怔的好像才从梦里醒来！

九月九日

呵！我的心现在是装着万重的悲伤，我的两眼发花，我的耳朵发聋，我的心满了新的剑镞。

呵！我掀开窗幔，院子里浮动着黑暗的鬼影，一切的人类正在沉酣的睡着，——秋凉的树叶是多么清爽多么美丽，然而我现在摒弃了睡魔，捣碎了幻梦，我现在只感到梦醒后的惘怅，它好像利剑尖刺痛我，又好像铅块紧压着我。

想到今午在萍云那里吃饭，他说我有尤三姐的风度，不错，前此我的确还能粉饰自己如一朵玫瑰，香甜辛辣，有时又像是夏夜的素馨，使人迷醉，但是现在我不愿意再骗自己了。

我把数月来的日记，从头读了一遍，我除了自恨愚钝还有什么可说！

好了现在一切都有了结局，最初使我残灰复燃的是剑尘，现在扑灭我心头火焰的也是剑尘。

唉！我要见密司秦吗？不，不，那是比任何刑罚都难忍受，我没有勇气！没有勇气！

今天是礼拜六；唉上帝呵！我决不能再迟延了，让我在明晨日出之前，离开这个地方吧！

我的日记也可以从今天起告一段落。

归雁！归雁！而今负荷着更重的悲哀去了——去了！

（本篇最初分别发表于1929年1月至8月《华严月刊》创刊号至第8期，停刊未完；1930年6月，由神州国光出版社印行单行本；1932年12月再版）

畸侣先生

时代确是由沉闷中向前进展了。死气迷漫的灰城，隐隐看出潜伏中的跃动，青年人们更是兴高采烈；用满腔的热诚，来欢迎这个新时代。那时驻扎在灰城的背晦的军队，都收拾起行装，作无抵抗的退让了。因之灰城里的居民，都不免起了恐怖，有钱的绅士们，早都纷纷往南边去，有些搬到瑞金大楼和东交民巷去。

消息越来越紧了。自从那一夜大元帅出关以后，灰城里的市民，家家戒严，除非有不得已的事，谁也不肯无故出门闲走。黄昏以后，更是家家闭户，街市上冷清极了。有些神经过敏的预言家，散布了许多惊人的谣言，胆小的市民，都没了主意。他们心里想，至少总得有点乱子瞧，最使他们发愁的，就是在乱的时候，买不到吃的东西，所以有一部分的中产阶级的人们，买下米，煤，咸菜等贮蓄着。

在一天黎明的时候，全市的市民，都在睡乡里，果然听见隐隐有炮火声。于是个个捏着一把汗，预备接受这不可思议的惊恐，铺户也只开着半扇门，而伙计们还不时在门口张望。这时恐怖的疑云，是满布着灰城了。

但是那炮声响过一阵后便沉寂了。据人们探听来的消息，——是两军在芦沟桥起了一阵小冲突，现在已经平安无事了。不管这个消息确不确，可是人心似乎已镇定些了。

下午，市民们走到从前的元帅府门口，都感到异样的冷落，——那两扇威严的铁门，紧紧关闭着。二门两旁的石狮子也似乎睡着了。

这一种异常的沉闷和冷落，使得市民们的心特别不安，真不晓得前途要发生什么事故呢？个个都睁着惊奇的眼，一天一天的期待着，但是在一个礼拜以后一切都在悄默无声转变了。当市民们抬头看见青天白日满地红的旗子在晨风里飘扬时，都不由得吐了一口气。心想，这可好了！

南军进了灰城以后，维持治安已经负责有人，因之一切秩序也慢慢的恢复了。同时有一种新气象，随着南军到了灰城，最使市民羡慕的，就是那一班时代的伟人在政治舞台上扮演得真够热闹了！连日子都显得格外短了，虽然这时正是长日恹恹的夏天。最热闹的，要算是西车站的食堂，和中央公园的来今雨轩，不时有新贵们在那里宴会。这种宴会里面，常含着极严重的意义；讨论那几个该打倒，那几个该拥护。所以有一部分人的命运，都在这肴核杂陈，杯盘狼藉中受了判决。这些新鲜的事实，使得站在旁边侍候的Boy，也都感觉到时代的确大大的转变了；不仅是换了两面旗帜，和贴些蓝地白字的标语而已。

在这时候，那位著名的诗人畸侣先生，他虽然仍是沉默无言，坐在他的书房里写他的诗，但当他放下笔，向云天遐想的时候，他也似乎感到异样。正在一天的下午，——暴风雨过去之后，他拉开书房后窗的绿纱幔，可以看见邻家的小花园里的风景。他立刻觉得园子的东西都变了样，——小盆里的石榴树，原来是放在假山底下的，现在却倒在莲花池畔。垂柳的嫩枝也刮折了，那折枝正压在才含苞的素心兰上面，那兰蕊低着头，似乎在那里呻吟。畸侣先生看到这里，不禁叹了一口气，自言自语道："这也是一个大变动呵！"

正在这时候，忽听门口有人问道："畸侣先生在家吗？"他回转身开了门，只见一个穿中山服的青年，走了进来，他仔细看了一看，原来正是他的朋友王华。他们坐下以后，王华露着很得意的神色，问道："畸侣，新时代已经来了！你也应当出去活动活动呵！"

"是的！我并没有一天忘了活动。"畸侣很深沉的说着。

"自然啰，我也相信你是很积极的，不过现在的事情，并不是想想就能成功的，总要去干。像你整天躲在屋里，就是时时刻刻不忘活动，也活动不起来！并且天下的事情，表面虽然有许多不同的现象，骨子里还不是那么回事？……就拿我个人说吧！南军初到的时候形势也很窘，架不住我努力一干，现在咱们虽算不得一等大人物，但也尽有活动的余地呢！……所以我告诉你：天下的事本是天下人作，不过要看谁能利用机会，就是谁的天下。……"

畸侣听了王华的话，点头道："哦！我明白了！现在就是机会主义的世界呵！但是可惜机会不来找我，也就没有什么办法。”

王华不禁哈哈大笑道：“畸侣，怪不得人们都说你不合时宜，好象什么事都值得引起你的愤憾似的。你不用忙，再磨练个三年五载，我准保你再不动火了，……我老实告诉你说吧，人就没有一个有出息的。你不要梦想光明！就是这么一回事罢咧！”

畸侣不愿再说什么，只勉强的笑了一笑。王华也觉得话不投机说不下去，因告辞走了。畸侣送王华走后，心里总觉得闷闷的，拿起笔写两句诗道：

“我愿咽下这玉杯里的苦酒，

我只有孤独的走完这崎岖的旅途。”

他写到这里，再不能续下去了。因为眼泪已滴在诗笺上，视线也模糊了。他悲叹着，放下手里的秃笔，无目的的拿了帽子出去了。

这时天气特别燥热，马路上炎日如火般的照着，天空片云不存。畸侣靠着路旁马樱树的荫影走着，心头闷压得几乎出不来气。转了几个弯，已到了王华的家门口，想着进去歇歇再走吧！正往里走时，忽听汽笛不住的响，一辆空汽车停在王华门口，远远已见王华戴着帽子，穿着大褂似乎要出门的样子。他笑向畸侣道：“你来得正巧！再迟一步，我就要出去了。”畸侣问道：“门口的汽车，就是你叫来的吧？……为什么近来这样挥霍起来？……”王华仍哈哈笑道：“唉！你不知道，这个年头，不这么着就不行！……他妈的！我总共剩了百八十块钱，这几天的工夫，已经用去一半了。真的，我现在真感到金钱的万能。……”

畸侣怔怔的望着王华，仿佛不甚了解他的话似的，停了会儿，他才说道："你要出去吧？我走了。"

"不忙，你有什么事情吗？……这样吧！明天晚上到你那里去细谈……"

"也好！你忙你的去吧！我没有什么事情。"畸侣说着已同王华来到门口，畸侣雇了一辆洋车去了。同时王华也坐上汽车，汽笛响了儿声就不见了。

畸侣回到家里，心里感到抑闷，头部似乎要爆裂，没有吃晚饭就睡下了。但是辗转了半夜，还不曾入梦。这时天空悬着一钩淡月，波光如水般的映射着粉墙。唉！这时的宇宙，真是充满了悲寂，他对于一切都感到失望。他绝对想跳出这个大时代了。

天刚有一点发亮，畸侣先生已经起来了，把所有的信札诗稿都装在一个小皮箧里，预备远行，——作一个天涯的流浪者。

正预备走的时候，忽然又想到王华，于是他写了一封信道：

朋友！

我彻底明白了，这个世界里头绝对找不到我栖止的地方。但是我并不悲哀，——并且我相信这是一件可庆幸的事呢！

这世界里有的是人希求功名，然而我只愿探求灵魂的宝藏，我已决定作天涯的流浪者。

再见吧，朋友！愿灵光常普照着你！

畸侣留言。

畸侣把信交给了房东，叫他转交王华，然后他提着竹篋，在晨光中走了。

（本篇最初发表于1929年2月2日《真美善》杂志“女作家号”，由上海真美善书店出版）

星　　夜

——夜的奇迹之三

在璀灿［璨］的明灯下，华筵间，我只有悄悄的逃逝了，逃逝到无灯光，无月彩的天幕下。丛林危立如鬼影，星光闪烁如幽萤，不必伤繁华如梦，——只这一天寒星，这一地冷雾，已使我万念成灰，心事如冰！

唉?！天！运命之神！我深知道我应受的摆布和颠连，我具有的是夜莺的眼，不断的在密菁中寻觅，我看见幽灵的狞羡，我看见黑暗中的灵光！

唉！天！运命之神！我深知道我应受的摆布与颠连，我具有的是杜鹃的舌，不断的哀啼于花荫。枝不残，血不干，这艰辛的旅途便不曾走完！

唉！天！运命之神！我深知道我应受的摆布与颠连，我具有的是深刻惨凄的心情，不断的追求伤毁者的呻吟与悲哭——

这便是我生命的燃料，虽因此而灵毁成灰，亦无所怨！

唉！天！运命之神！我深知道我应受的摆布与颠连，我具有的是血迹浪籍的心和身，纵使有一天血化成青烟。这既往的鳞伤，料也难掩埋！咳！因之我不能慰人以柔情，更不能予人以幸福，只有这辛辣的心锥时时刺醒人们绮丽的春梦，将一天欢爱变成永世的咒诅！自然这也许是不可避免的报复！

在璀灿［璨］的明灯下，华筵间，我只有悄悄逃逝了！逃逝到无灯光，无月彩的天幕下。丛林无光如鬼影，星光闪烁如幽萤，我徘徊黑暗中，我踯躅星夜下，我恍如亡命者，我恍如逃囚，暂时脱下铁锁和镣铐。不必伤繁华如梦——只这一天寒星，这一地冷雾，已使我万念成灰，心事如冰！

（本篇最初发表于 1929 年 2 月《华严月刊》第 1 卷第 2 期）

美丽的姑娘

——夜的奇迹之四

他捧着女王的花冠，向人间寻觅你——美丽的姑娘！

他如深夜被约的情郎，悄悄躲在云幔之后，觑视着堂前的华烛高烧，欢宴将散。红莓似的醉颜，朗星般的双眸，左右流盼。但是，那些都是伤害青春的女魔，不是他所要寻觅的你——美丽的姑娘！

他如一个流浪的歌者，手拿着铜钹铁板，来到三街六巷，慢慢的唱着醉人心魄的曲调，那正是他的诡计，他想利用这迷醉的歌声寻觅你，他从早唱到夜，惊动多少娇媚的女郎。她们如中了邪魔般，将他围困在街心，但是那些都是粉饰青春的野蔷薇，不是他所要寻觅的你——美丽的姑娘！

他如一个隐姓埋名的侠客，他披着白羽织成的英雄氅，腰间挂着莫邪宝剑；他骑着嘶风啮雪的神驹，在一天的黄昏里，来到这古道荒林。四壁的山色青青，曲折的流泉冲激着沙石，发出悲壮的音韵，茅屋顶上萦绕着淡淡的炊烟和行云。他立马于万山巅。

陡然看见你独立于群山前，——披着红色的轻衫，散着满头发光的丝发，注视着遥远的青天，噢！你象征了神秘的宇宙，你美化了人间。——美丽的姑娘！

他将女王的花冠扯碎了，他将腰间的宝剑，划开胸膛，他掏出赤血淋漓的心，拜献于你的足前。只有这宝贵的礼物，可以献纳。支配宇宙的女神，我所要寻觅的你——美丽的姑娘！

那女王的花冠，它永远被丢弃于人间！

（本篇最初发表于1929年2月《华严月刊》第1卷第2期）

病　　中

一

白云静悄悄从头顶上飞逝，枯藤的秃枝在微风里轻轻舞动，小麻雀一阵阵掠过绿纱窗前，景色是如是的荒凉！我可怜的心呢，她又是装在疲弊的病躯之中，同时这病痛的身子，是负载着一颗疮痂百结的心，唳！……

梅花已经开了，岑寂苦闷中，还亏她以色香安慰我，然而掀开我的心幕的，也是她。昨夜陈妈侍候我吃完药，她去睡了，我拧灭了电灯也打算睡的，无奈胃口一阵阵作呕，四肢酸疼，辗转反侧，直到午夜还不曾入梦；这时屋子里照满了清澈的月光，矮几上的梅花的倩影，很明显的反射在白银色的粉壁上，案上摆着梅的遗像[1]，禁不住一股酸辛，冲上我的心头——想到她那夜挣命于凄冷的月光下，与人间诀别的一刹那，是如何的令人心灰意冷——想到她今夜独处荒凉的古寺里，听黄彪狂犬[吠]，罄钹繁响，将如何的凄动魂魄！——而且春就要来到人间，枯萎的藤枝上，照旧开出娇丽的花儿，杨柳也是款摆腰枝，得意于春风里，就是地上的青草，郊外的白杨也都恢复它们的青春，然而去年死去的梅呢，她的青春是永久埋葬，她是永远绝迹于人间了，唉！渺小的人类呵！

二

朦胧中，觉得眼前有万道金蛇在飞绕，睁眼细看原来朝阳从窗隙射入，正射在我的脸上，我叫陈妈把窗幔放下，心神似乎宁静些，拿起床头一本《红楼梦》看了两页，正是“病神瑛泪洒相思”那一段，又不因不由惹起我的悲感来！我放下书，那眼泪就如开了闸的水般竟泻湿了枕衣，脑子里又想出春申江上的两幕悲剧——我想到母亲死的时候，她转着无光的眼，看着我们兄妹们说：“我的责任也算完了，你们现在都已成人——不过我想我辛苦了一辈子，本想再活几年，享点你们的福，然而现在是不能了！……”唉！天啊！真的母亲只替我们作尽奴隶，受尽辛苦，却未曾享受到我们一星半点的奉养，——父亲死后，二十几年，全是母亲独自支撑，等到我们成立了，母亲就走了，哀[唳]！可怜的母亲啊！你的儿女将终身对你负

---

① 梅，指石评梅。

疚呢！

春申江对于我的印象真太坏，母亲死后的第三年涵又死了，那一出悲惨的戏文，我真不忍深说——我们住的地方，是离城市遥远的一个海滨，那一座高楼就巍立于松声海涛中，是一个风凄露冷的环境；况且家里的人又少，每逢涵出去工作时，只剩下我和未满周岁〈的〉萱常感到四境空寂，有时萱同奶妈出去玩时，只剩下我一个人，开了临江的那一扇玻璃窗，便满耳松声，一目苍凉，时时惹起我身世之感！

在涵死后的第二天，我由医院回家，刚进那院子的黑漆门时，我的心仿佛被利刃屠割，真是无处不显出惨苦的暗示，我一直迷惘着将东西收拾起来，第二天，我就离开那里了。但是在我的心灵上，这一切已经成为永不可磨灭的印象了。

身体越苦痛，灵魂越灰色，对于前途，简直不敢有所希望，所以在病中，所浮上观念界来的，都是些悲苦的往事。

三

病里恶梦特别多，晚上我才睡着，就觉得我独自站在海边上，海的对岸有一座青翠的山，山上迷漫着白云，白云的上面一片娇红，仿佛美人的醉靥；我正在凝视，忽见在白云后面，涌起一个火球，似乎旁边有人告诉我那就是太阳，但是那个火球从山后白云里腾起，一直飞到半天空，我细看那火球上刻着六条龙，我警［惊］奇极了！不免用手一指，嚷着那是什么东西？就在那一声里，那个火球忽然变成黑白驳杂的颜色渐渐沉到海里去，立时天昏地暗，我不知什么时候上了一只海船，那船就在惊涛骇浪中波动，吓得我出了一身冷汗，——再看那海水如同黑墨的颜色，浪头掀腾，更觉怵目惊心，我暗想这可完了，一定要沉在海底去了！我正在绝望的时候，忽见先前沉在海底的太阳又慢慢腾起，停在半天空，发出万道霞光。世界立刻由黑暗变成光明，我所乘坐的船，也不知在什么时候已拢了岸。靠在一片碧草芊棉的陆地傍，而且遍地开着美丽的香花，映着淡黄色的太阳，闪闪放光。我心里一高兴就醒了，而梦里情境，都历历如在目前。梦本是更神秘的人生，我自然猜详不透个中因果。不过，我觉得我的梦可以象征我的命运，我一生都是在惊涛骇浪中讨生活，我无时无刻不受命运的颠倒，大约等到船拢岸时，也就是我灵魂得救的时候了。

四

在病中最容意［易］忆念亲人，然而谁是我的亲人呢？我抬头望着万里云天，我无所发见，只有院子里的老槐树上，新近迁来一窝乌鸦，只有一只老鸦，领着许多小鸦，在那树上存身。我对着那乌鸦不禁想起我天涯的寡嫂来，——哥哥是争不过命运，刚刚壮年就这样抛下一切去了，可怜的嫂嫂领着一群幼小的侄子、侄女，度着凄凉苦难的岁月，唉！这情况我每逢想到就不免痛澈心脾，而且哥哥生时是怎样的爱护我安慰我，现在，唳！……病榻凄凉，我只有梦中投在母亲的怀里痛哭了！

五

我想到我凄苦的命运，我愿意病，而且我愿意因病而死；然而只要我想到萱我便希望我至少还得再活十五年，唉！天！你对我太惨毒了！一面逼我溺于海心，一面又用绳子将我系住，可怜这负伤犹战的战士，什么时候才是我唱凯歌的时候呢——或者永远没有这一天，最后还是被敌人掳去的俘虏。天呵！如果这样，我誓用我郁怒的愤火，毁灭这世界呢？

六

一天到晚睡在病榻上，思虑纷至沓来，不过欢乐的事情，绝不会涌现于痛苦的心灵上，所感到的只是些寂寞，悲凉，愁苦的往事；便是昏睡中，也作不着一个好梦！

平常健康的时候，并感不到作客苦，而生了病，这种感觉便特别敏锐，总觉得自己太可怜，好象秋风里的一片落叶，真不知飘零何止呢！幸亏隆常来看我[①]，并且替我请医生买药，那种无私纯洁的友谊和忠诚，使我感动，使我忏悔——原来人间不尽是空虚与诈伪的，在迷漫的浓雾下还闪烁着一线光明呢！从此我应当将人类从新来估价，唉！伟大的真情呵！

…………

今天天气晴明极了，风也比较温和了，窗前的枯藤，虽然

① 隆，当指李唯建。

仍是秃枝，但是没有平常那么暗淡。我拉开窗幔，黄金色的太阳光射在墙上，藤枝摇掩［曳］的影子，不住在墙上波动。天空是一片蔚蓝，世界上已隐隐有些春意了，我静坐在书案前，心安神逸。不过想起病中的一切，心头犹是如梗。把它拉杂记下来，作为这次“病”的纪念吧！

（本篇最初发表于1929年2月28日《河北民国日报·副刊》第65号）

空　虚

——夜的奇迹之五

在深夜白云已经眠于幽谷，宇宙披上黑色的大衣，沉沉睡去，这古亭上，只有我怔立凝眸［盼］。夜游之神呵！请你指示我：这个广大的空虚，是青天，是碧海，——怎都一样的不见涯涘?

我正如那渺小的孤舟——比水鸥还要渺小，扎挣于恶浪汹波中；但是命运之神啊！最后，谁能逃出你的掌握！

——可怜这渺小的孤舟终如雨雹打碎浮萍，只有缄默的向海里沉浮！

空虚——宇宙的一切，都无法使她充实。

吁！这广大的空虚——是青天，是碧海，怎都一样的不见涯涘！

（本篇最初发表于1929年3月1日《河北民国日报·副刊》第66号）

漠　然

——夜的奇迹之六

现在我是失落了心，我将告诉你些什么消息？唉！朋友！一切，一切，都只是使我漠然！

当然，这时正是寒雪朔风的冬日，婆娑的树影是干秃严肃，潺缓［湲］的碧波是凝如明镜①，宇宙整个沉于冷寂，何处寻觅那已失落去的心，那是一颗如僵蝉般平静的心！

但是天呵！我怕春风一旦吹到人间，我怕春神的翅儿扇动我平静的心！那时宇宙的一切，一切都从冷寂中跃起。她们的欢声，她们的笑靥，将使我如遭毒虫的啮噬，苦痛！伤惨！

我将不能如僵蝉般的平静，我已寻觅到我失落的心，我将不能漠然！

---

① 潺缓，缓，当作湲（yuán）。潺湲，形容水缓慢流动。

现在我是失落了心，我将告诉你些什么消息？唉！朋友！一切，一切，都只是使我漠然！

（本篇最初发表于1929年3月5日《河北民国日报·副刊》第68号）

恋　史

傍晚的时候，她们都聚拢在葡萄架下，东拉西扯的闲谈。今天早晨曾落过微雨，午后才放晴，云朵渐渐散尽了，青天一片，极目千里，靠西北边的天空，有一道彩桥似的长虹。风微微的吹着，葡萄叶子格外翠碧，真是清冷满目，景致幽雅极了。

她们谈些学校的近况，谈来谈去，都觉平淡无奇，谁也鼓不起兴来，小良忽然提议报告各个人初恋的历史。

这确是新颖的题目，惹得在座的人都眉开眼笑的期待着，——仿佛期待名角出台的情形。可是谁〈都〉不愿意先说，你推我让的，最后仍是无结果。小良她是提议的人，理应她自己先说，可是她最是有名的小鬼头，当大家拥着她的时候，她两只眼不住的东瞧西看，远远看见徽笙往这边走呢，她高声叫道："徽笙快来!"又回头轻轻对她们说，"你们不要作声，我知道徽笙有很好的恋史，回头我们大家要求她说……"果然大家的注意点，立刻转到徽笙身上去。

“你们作什么呢?”徽笙含笑说。

“快来吧！我们知道你有很美妙的恋史，正预备请你来说给我们听呢，可巧你就来了!”她们一壁说一壁将徽笙围在坎心，然后大家都在四下里的石头上坐下了。

徽笙也就坐在一张小石桌上，看见人［大］家都凝神息声的期待她的讲述呢。笑道：“你们真要听恋史吗？……可是我说完了我的，你们亦得说你们的。”

“那是当然的。你就说你的吧?”竹韵挤着眼含笑说。

“好吧！我就说：这是一段很神秘的恋史呢!”徽笙说完，稍微顿了一顿，便开始讲述她的恋史了！

“大约是前年吧！在一个冬天的早晨，正降着鹅毛片似的大雪，我从家里到学校去，这一段路程比较得远，我坐在四面用篷布幔罩的车子里，不时听见呼呼的北风：卷着雪片，打在车篷上，一阵阵作响。车夫拖着车子，踏着雪沙沙的前进。我觉得气闷极了。就从书包里拿出一本新买的杂志来，任意的翻翻，忽看到上面有几首恋歌，写得十分美丽：字里行间，充满了燃烧的热情，我由不得沉沉如醉，拿着那本书思想起来。

“我记得我念过一篇西洋小说——写一个贵夫人，和一个诗人作邻居：她开了窗户，就可以看见那诗人所住的屋子。白天的时候，她不好意思去看，每到晚上，那位诗人就伏在他的书案上写诗，他的面影正好映在淡绿色的窗幔上，很直的鼻梁，倩笑似的嘴角；颀长的眉梢，蜷曲的头发，都很清楚的表现出来，那贵夫人就坐在墙角下的一张沙发上，尽量的欣赏，不知不觉心头暗暗生了爱苗，非常热烈的爱上那位诗人了。于是她背着她的丈夫，为那位诗人写了不少的恋歌，真仿佛但丁和比特丽斯的故事——那诗人始终没有知道这回事，虽有时偶然看见贵夫人，凭窗遥盼，但觉得她那一种尊严的神色，那里还敢存丝毫非分之想呢？

“有一天晚上，贵夫人依然开了那扇窗，坐在墙角的沙发上，等待那美丽的倩影，然而终至于杳无消息。贵夫人心里很感到怅惘，一夜失却心似的过了。第二天早晨，细细打听，才知道那位诗人已搬走了。贵夫人不禁哭了。

“我回想到这里。不知不觉又把那本杂志上的恋歌念了两遍。觉得这恋歌里的情节，和那篇小说差不多，并且情感似乎比较得更热烈些。我细看作者的署名是寒星——这个名字我似乎在别的杂志上，也曾见过，不知道他到底是男性还是女性，可是我知觉里总想她是女人。

“后来我到学校图书馆里，打算再找一两篇寒星的东西看，可是我因为功课太忙，也就没有看成。过了一个多月，有一天我同两个朋友，到陶然亭去看雪景，我们站在小山阜上，忽见远处有一个穿棕色的呢西服的青年，低着头在一坐新坟旁边徘徊：那是一座西式的坟茔。四面植着苍松翠柏，绿色枝叶上，满缀着银色雪花。那少年就倚在一株小松树旁，嘿嘿的站着，有时仰起头，对着那彤云凝闭的天空，仿佛在祈告似的。不禁惹起我们的好奇心来，不久那少年走了，我们就跑到那坟旁去看，只见坟前立着一座石碑，正面题着漱泉女士之墓，背面题着两句诗，旁边署名寒星——那诗句正是恋歌里择下来的。

“这时候我心里发生一种不可名言的情绪，似乎惊喜，又似乎悲凉，我怔怔的站在白雪地上。默想适才那个青年的行动，奇怪他的印象，竟是很深刻的印在我心膜上了。

“但是从那一次见面以后，又经过半年，我虽整天来往于十字街头，而总没有遇见他的机会。我曾暗暗打听他的来历，可惜朋友里没人认识他，我也只得算了。

“然而这莫名其妙的恋感，仍然逢到机会便向我侵击，我每次独自坐在院子里，听草虫嘤嘤的叫唤，或看清幽的月光的时候，他便上了我的心头。有时我散步在夜来香的花丛里，我更是如迷如醉的恋念着他——这样美妙的星光，温馨的气味，最适合情人低语密诉的环境；然而我是孤独着数遍星点，望穿了银河，他在那里？——又怎能使他知道我是在热烈的恋念着他？但是我又设想他若果真知道，这宇宙里，有一个女儿是真诚的爱着他，不知他心里作何感想？也许他因已有情人了，他要拒绝我的爱，那时我的痛苦必致不克支持，因之我又怕他知道我的心；还是不要戳破这个谜，让我独自参详吧？

“可是有一天——大约是四五月天气吧？风是温馨得使人迷醉；窗前满挂着紫色藤花，拂动着丝丝的柳条；情景是特别的美妙，精神也格外松散，热烈的情流，好像决了口的黄河：滔滔奔赴，心里一阵阵怅惘，如同失掉了什么东西般，——真正良辰美景奈何天，——最后我找到一张淡红色的花笺，写了一封不想投递的信：

“‘寒星！美妙的寒星！你曾经捣碎我青春的心。你曾经扰乱了我安甜的梦境！寒星啊！这宇宙里有了你，我将永永如饮酿醴般的迷醉了。这地界上有了你，我将被情感之火焚炙成了灰烬，我若再能看见你——就是一分钟也好，但是……’

“我的信只写到这里便不能再往下写了，将信看了两遍，叹着气把它又烧了。正在十分懊脑［恼］的时候，吟春来找我去逛公园，这时公园里，到处是开遍了锦绣灿烂的花。仿佛是艳装的美女。阵阵微风吹来各种温香：更使人懒洋洋抬不起头来。我们在两株海棠树下的铁椅上坐了。彼此沉嘿着，两眼不住的送往迎来，有时看见美丽的少女，我们也就与那些轻薄儿般品头评足的乱说取笑。

“远远来了两个少年，有一个穿着咖啡色的哔叽洋服。非常面熟，我陡然想起正是陶然亭畔曾经一面的那个寒星。——也就是我天天恋念的爱人，我的心不住的狂跳，两颊如火般的灼炙起来。吟春很诧异我的态度，她一直问我为什么。我如失了灵魂似的，怔怔望着从我们面前走过去寒星的背影，好久好久我才恢复了知觉，吟春说：你到底有什么心事？何妨告诉我呢，我想想这种神秘的恋史，不能随便告诉人，恐怕闹得对方知道了，究竟不好意思，所以我始终掩饰不肯对她说。当夜从公园回家以后，我独自怔怔的坐了一整晚，有时我流泪，有时我微笑，有时我愤恨，心绪复杂极了，我自己都不知是什么滋味？

“天气是渐渐热了。人本来就比平日懒倦，再加着心头焚着情感的火，更觉得无精打彩，精神一天坏似一天。渐渐弄到爬不起来，请了医生来看说是忧思过甚，肝气不顺，——病象虽有些说着，可是他那里晓得这是心病，不是药品可以医治的呢！

“病里天天记日记，写上许多热情的伤感的话。每天写完了，心里好像是松快些，有时也写小诗，其中有一首我还记得是：

‘美妙神奇的碧火之焰，从它闪烁的火舌里毁灭了愁情，炙销了爱念；只有一点无力的残灰，任他沉于海底，飘到天心！

唉！吾爱！可怜我没有勇气向你泄漏这秘密！

‘好吧！爱人！让我悄悄的迷醉，好像蔷薇醉于骄阳，永远沉嘿，永远美丽！

‘吾爱！我感谢你，在你深邃的眼瞳里，我认识了爱，了解了神秘！

‘吾爱！世界如果有多情的英雄，那英雄便是你！

‘吾爱！我愿变一只蝴蝶，飞到你的身边，我更愿变一阵清风，直扑向你的心里。’

“我病后的第七天，吟春来看我，她送我一束白茶花，另外还替我带了新出版的杂志，我翻开第一页看见一行大字写道：‘艺术家寒星逝世！’下面登着他的遗像，我如同失了魂似的怔住了。半天半天我才回过气来，我便伏在枕上痛哭。吟春似乎也猜到几分，她一面安慰我，一面坚问我的经过，我不能再隐瞒了，就把这事情的原末，告诉她了。吟春虽觉得这段恋史太神秘了，然而她也觉得有些怅惘，怔了半天她没有说什么，临回去的时候她是叹着气。

“理想的情人，好像昙花一现即逝，我经过极痛苦之后，才渐渐清醒了，觉得这种迷恋，实在太无味。这样一想心倒宽了，病也渐渐好了。我的恋史也就算告一段落，不过还有一些余波，就是在我病好后的一天绝早，霞光正满布于东方的天空时，我曾作了一首哀悼的诗，并拿了一束鲜花，到陶然亭的鹦鹉冢畔的高坡上，祭奠了一番，并且放怀痛哭了一次。于是这一段事实，便永远成了过去的历史了。”

徽笙述说完，在座的听众，虽然很满意，但同时大家心情也有点怅惘，东山上新月的淡光，照在她们的素颊上，更觉得黯淡，各人都惹起自己的心事，于是都悄悄的散了。

寂寞的葡萄架，依然悄悄站在月影下。

繁星满布了天空，

一切都沉入夜的幽寂！

（本篇最初发表于1929年3月7日《河北民国日报·副刊》第70号，1933年3月收入中华书局初版《玫瑰的刺》集）

乞　丐

太阳正晒在破庙的西墙角上，那是一座城隍庙。城隍的法身，本是金冠红袍，现在都剥落了。琉璃球的眼睛也只剩下一个，左边的眼窝成了一个深黑穴孔，两边的判官有的折了足，有的少了头。大殿的门墙都破得东歪西倒，只有右边厢房，还有屋顶，墙也比较完整。那是西城一带乞儿的旅馆，地下纵横铺着稻草。每到黄昏以后，乞儿们络续的提着破铁罐，拿着打狗棒，抖抖索索的归来了。

西南角的草铺上，睡着一个三十多岁的男乞，从破铁罐里掏出两块贴饼子，大口的嚼着，芝麻的香气，充溢了这间厢房。

“老槐，你今天要了多少钱？……”睡在他对面的乞儿含笑的问。

他咽下满口的火烧，然后咂了咂嘴笑道：“嘿！老马！够兴头的，今天又是三十多吊！……你呢？”

“我吗？也对付！差两大子三十吊！”老马说完也得意的笑了，从袋里拿出两个窝窝头，和一块咸菜吃着，黄色玉米面的渣子落了一身。他慢慢拾起来放在嘴里，又就着铁罐子喝了两口水，打了个哈欠，对老槐道：

“喂！老槐！这营生你干了几年了？”

“几年？我算算看。”老槐凝神用手指头点了点道：“整整四年咧！”老槐说完又叹了一口气道：“别看干这个，虽说不体面，可是我老娘的棺材木却有着落了。去年我寄回老家整整五百块钱，我叫我爹置上十来亩地，买两个牲口，我瞎妈和老爹也就有得过了。”

“真是的，这比做小买卖，还强呢，你别看站岗的老龙穿着象是个样，……骨子里可吃了苦头了！昨日我听说他们又两个月没发饷啦！老龙急得没法儿……”老马感叹着说。

“可不是吗？……这个年头的事真没法说，你猜我怎么走上这条道……这几年我们老家不是闹水灾就是闹兵荒，……我们原是庄稼人，我和我爹种着五亩地，我妈我们三口儿也够吃的了。谁想那一年春夏之交发了大水，把一尺来高的麦子全都淹了！我们爷儿们没的过了，我妈天天哭，把双眼睛也哭瞎了，我爹又害病，我到处挪借，到底不是长法子。后来我爹想起我表兄在京里开杂货店，叫我奔了他找个小事作。于是又东拼西凑的弄了几块钱，作盘缠来到京里。唉！真倒运，找了三天，全城都找遍了，也没找着我表兄。摸摸兜里一个制钱也没了①，肚子又饿上来，晚上连住的地方也没有，我就蹲在一家墙角里

---

① 制钱，明清由朝廷监制通行的铜钱。

过了一夜，幸好还是七月初的天气不冷，不然又冻又饿，还不要命？……天刚刚发亮，我就在马路上发怔，越想越没法儿，由不得痛哭。后来过来一个扫街的老头儿，他瞧着哭得怪伤心的，就走拢来问我怎么了。我就把我的苦处一五一十对他说了。……喂！老马！那老头儿倒好心眼，他说：‘那么着吧！你就随我到区里去，我荐你作个扫街的吧。’我想了想，也实在没别的法子，就答应跟他去。到区里说妥了一天一毛钱，——这几天吃两顿窝窝头也就凑合吧！从第二天起，我每天早晨，天刚亮就到东大街扫街，晚半天还得往街上洒水。按说这种生活不能算劳苦，可是这会子东西真贵，一毛钱简直吃不饱。挨了两个月以后，谁想到区里又欠薪，连一天一毛钱，也不能按时拿到，这我可急了。有一天我只吃了一碗豆汁，那肚子饿得真受不了……我站在街角上，看见来往的车马如飞的驰过，那车影渐渐模糊起来，屋子象要倒塌似的，眼前金星乱飞，我不知什么时候竟饿死过去了。后来我不知怎么又活过来，四围站了许多人，一个警察站在旁边，皱着眉向那些看热闹的人道：‘那个是积德的！多少周济点吧！’于是就听见铜子敲在石头上叮叮咄咄的响。一个卖豆汁的给我一碗豆汁，我就吃下去，以后精神好多了，扎挣着站了起来，向那人道了谢。我就拿着五吊多钱到小店里吃了一顿。口袋里又只剩下一吊来钱了，看看天又快黑下来，我想着这神气是再不能过了，厚着脸皮要饭去吧。第一天我就躲在小胡同里，看见穿得整齐的先生们太太们走过时，慢慢踱到他们跟前：‘可怜吧！赏一大花！’有的竟肯给，可是有的人理也不理的扬着脸走开，有的还瞪着眼骂‘讨厌！……’可是老马！咱们也只能忍着，谁叫咱们命运不济呢！……”

“哼！老槐！什么命运不济的，只恨我们没能力，没胆量。你不用说别的，张老虎从前不也跟咱们似的，这会子人家竟置地买屋子阔着呢！”老槐听见老马这话，由不得叹了一口气道：“罢呀！张老虎虽是阔了，那孽也就造得不小，他把人家马寡妇的家当抢了来，听说他还把人家十七岁的姑娘给祸害了，这是什么德行！？……阔也是二五事，不定那一天犯了事，叫他吃不了，兜着走……那样还不如咱们穷得舒心！”

“得了，老槐！咱们别谈论别人，你再接着说你的！”老马仰着身子睡在草铺上，对老槐说。

老槐果然又接着说下去道：“头一个月我也不知道我要了多少，反正除了我吃的还剩下四块钱，我赶忙托了个乡亲，带回家里去了。第二个月我要的更多了，而且脸皮也厚，大街上公馆门口都去……这会子每月好的时候，除了吃还能富裕［余］二十多块钱呢，比干什么买卖不好！”

“正是这话了！这个年头那有什么好事轮到咱们……老槐，再混两年在老家里置三四十亩地，你自然要回去，可是我是无家无业的呢！……”老马说到这里心里有些伤凄，老槐也似乎心里有点怅怅的，想到千里外的瞎妈和老了的爸爸再也提不起兴致了。

夜慢沉沉的垂于宇宙，这破庙里，只有星月的清光，永不见人间的灯火。这些被人间遗弃的乞儿，都渐渐进了睡乡，老槐和老马也都抱着凄怆的心情睡去了。

（本篇最初发表于 1929 年 3 月 20 日《华严月刊》第 1 卷第 3 期）

春的警钟

——夜的奇迹之七

不知那一夜，东风逃出它美丽的皇宫，独驾祥云，在夜的暗影下，窥伺人间。

那时宇宙的一切正偃息于冷凝之中，东风展开它的翅儿向人间轻轻扇动，圣洁的冰凌化成柔波，平静的湖水唱出潺溅的恋歌！

不知那一夜，花神离开了她庄严的宝座，独驾祥云，在夜的暗影下，窥伺人间。

那时宇宙的一切正抱着冷凝枯萎的悲伤，花神用她挽回春光的手段，剪裁绫罗，将宇宙装饰得嫣红柔绿，胜似天上宫阙，她悄立万花丛中，赞叹这失而复得的青春！

不知那一夜，司钟的女神，悄悄的来到人间！

那时人们正饮罢毒酒，沉醉于生之梦中，她站在白云端里敲响了春的警钟。这些迷惘的灵魂，都从梦里惊醒，呆立于尘海之心，——风正跳舞，花正含笑，然而人类却失去了青春！

他们的心已被冰凌刺穿，他们的血已积成了巨澜，时时鼓起腥风吹向人间！

但是司钟的女神，仍不住声的敲响她的警钟，并且高叫道：

“青春！青春！你们要捉住你们的青春！

它有美丽的翅儿，善于逃遁，

在你们踌躇的时候，它已逃去无踪！

青春！青春！你们要捉住你们的青春！”

世界受了这样的警告，人心撩乱到无法医治。

然而，不知那一夜，东风已经逃回它美丽的皇宫。

不知那一夜，花神也躲避了悲惨的人间！

不知那一夜，司钟的女神，也不再敲响她的警钟！

青春已成不可挽回的运命，宇宙从此归复于萧杀沉闷！

(本篇最初发表于 1929 年 4 月《华严月刊》第 1 卷第 4 期)

树　荫　下

在初春的一个下午，天空里罩着一层银灰色的淡雾，四围青翠的春山，都隐约于迷离的雾光间，整齐而苍葱的松柏树，静悄悄地矗立着，这时宇宙奏着神秘的音乐，那美妙的音波有如潺湲的春水，温柔而轻灵，微微的温风，吹过倩丽的花丛，发出醉人的馨香。在这个宇宙里的人们心弦也起了神秘的颤动。

半山坡上，有一株大柏树，枝干茂密，树梢头萦绕着飘浮的白云，从云隙里偷窥人间的太阳，射在枝叶上，如鱼鳞般闪烁着点点的金光。树荫放着一张黄色的木椅，椅上坐着行云和他的女友沙冷①。

他们是刚从山脚下上来的，这山坡很陡峭，一步一步的高上去，一缕白云，只在他们的头顶上，使出诱惑的袅娜的身段，

---

① 行云、沙冷，就是他们合著的《云鸥情书集》中的异云和冷鸥。

他们忘了辛苦，追逐着这美丽的幻影。

他们确实感到奔波的疲倦了，白云虽然仍是一步一步高上去，但是他们没有力量追逐了，他们慵懒的坐在树荫下的木椅上。松枝的荫影，随着微风，在他们衣服上拂动，干了额上的汗液，平静了跳动的心脉，他们在沉默中，恢复了心身的疲倦。

这里是一个很空寂的环境，前面有一条石砌的山路，左右环绕山峦，没有人家，没有村落，也没有游人，只有一两个樵夫背着柴束，向山下林丛中走去，山涧中的流泉，偶尔发生潺溅的水声。行云和沙冷都沉醉于这伟大的沉默中了。

在他们的眼前，展露着宇宙的神秘，他们的心弦，同时奏着和协的曲调；他们的内心，充实着美满的光和爱。

远远的鸡声，将他们从超绝的世界唤回人间，他们不自觉的流出惊奇的眼泪，——同时他们感到青春去而不返的怅惘。

行云颤声说道："沙冷！前者，我感到我太空虚了！但是，现在我是比较充实了，……不过以后呢？"

沙冷正凝视着远远的山影出神，听了这话，不免回过头来，蓦见行云眸子中，有一缕热烈的奇光射出，——这真是一个奇迹，她平静的灵海，起了不能克制的波浪。她觉得眼前的世界变了，她仿佛失了母羊的乳羊，心身都没了依据，她理智的宝剑，不知什么时候生了锈，不用说不能砍断这坚韧的柔丝，便是切一根细草的力量也没有了。她只如馋猫追寻鱼腥似的，追逐着他那醉人的目光，但是他……唉！羞涩的逃避着，他低着头垂着眼睑，逃避她的注视。

她似乎不忍使他受窘，回过脸来不去看他，但是不久，她又觉得他那醉人的目光，在左右射激，不自觉的回过头去，他更羞涩了，面颊上微微泛出红云。

“哦，行云！你为什么总逃避我的注视？”沙泠故作不经意的神情这样向他诘问。

“沙泠！请你原谅我！……我怕你看见我的心！……”行云嗫嚅着说，沙泠淡然的笑了，道：“行云，我告诉你，……我早已听见你心弦的音波了，……你何必逃避我呢，……而且我不是用耳朵听来的，那是一种灵的感应，只有全知全能的上帝能够清楚，……那么你对于我，一切都不必掩饰了！”

“沙泠！……我不敢掩饰什么，我对你一切都是真实的。不过你呢！沙泠！请你坦白的答复我，你喜欢不喜欢我？”行云这样的问她。沙泠不直接的答复，只含笑说道：“哦！行云你看不出情形吗？……为什么故意问我？……”

“我觉得你很喜欢我是不是？”行云很狡狯的笑着说。

“是的！我很喜欢你，……不过我好像喜欢我自己的兄弟一样的喜欢你！……”

行云听了沙泠的解释，已经明白沙泠的用意，连忙说道：“自然！这一点我是明白的，……就是我喜欢你，也就是纯粹的喜欢而已，并没有别的意思，……沙泠你知道，我是很重视精神生活的，只要有一个朋友，不论同性或异性的，只要他能抓得住我的心灵，使我永远充实，那便是我一生的幸福了。至于别的要求，那是最容易满足的，不成什么问题。……”

沙泠听了这话，如同掘矿的矿夫，忽然发见矿苗似的欢喜，不禁握住行云的手说道：“行云！我想不到在我没入坟墓之先，居然能遇见这样脾胃相合的人，……我真要疑惑这不过是一个美丽的梦罢了！……行云请你再确切地告诉我，你的话是真的，或者仍然是一个梦!?”

沙泠这时兴奋极了，在她的发光眼瞳里可以知道她的心花正在怒放了。行云连忙答道：“沙泠！你相信吧！这绝对不再是个梦了。我告诉你，我平生有一个理想，……我不爱一切的虚荣，我不希冀什么功名；我只愿意有一个真能了解我的人，在清幽绝尘的环境里，厮守着，发挥我们灵性中的智慧之光。……直到我死的时候，一直美丽的热情，充塞着我的全人格，……但是我的命运很不好。……我虽然遇见过当代的明哲；也遇见过对我表同情的朋友，然而这只是一部分，不能充塞我的全心灵。……这次无意中遇见你，不知为什么，……你竟给我说不出来的强烈的刺激，好像在漫山的石堆中，发见一颗晶明皎洁的金刚钻；因之我要牢牢的抓住你，不肯让你轻易的逝去。……我想我将来到了老年的时候，在我的诗歌里，一定可以找出你给我的伟大与美丽，……”

“是的，我也相信情感就是生命，我也希望由你给我的热烈的情感里，发见生命的活跃与趣味。……唉！行云，真惭愧，我是一个最脆弱的人，……我尊重情感的伟大，它是超出宇宙一切的束缚的，它不像理智处处要循踏［蹈］规矩的——然而我一面又反抗感情的命令，我俯首生息于不自然的规律下，……行云，你知道我平生最大的苦闷，就是生活于这不可调解的矛盾中呵！……”沙泠说到这里，心里感到一股凄酸，喉管发哽，她不能再说下去了。行云也似乎负着繁重的压迫，彼此又都怅然无言。

时间一秒一秒不停驻的逝去，天空的阴雾更加浓厚了。微凉的春风，鼓起一片松涛的澎湃声，远处的山，只有模糊的轮廓，四出寻食的劳鸦，也都纷纷飞回。

“行云！……时候不早了，我们回去吧！”沙泠看过手表以后，这样说。

“哦！沙泠，我记起英国某诗人有一个名句道：‘做人那里还有恨的时间，生命为爱已经是太短促。……’我很喜欢这句话，沙泠你说怎样？”

“诚然！在爱的漩涡中，永不会感到疲倦与空虚，……在爱的时候，绝不会感到时间的长久，……但是爱太不可捉摸了，它好像天空的浮云，有时积得非常浓厚，遮掩日光，月光与星光。但有的时候，它将稀薄到目力不能看见，……它时时刻刻都在变幻。……”

“唉，沙泠，真理是不易变更的……如果我们爱的对象是真实的，绝不至像浮云那样不可捉摸了。”

“但愿你的话是可相信的！不然，我又要走到彷徨路上来了。”沙泠虽是这样勉强自己安慰自己，但是在她的脸上已经罩上失望和怅惘的颜色了。

时间今天特别的迅速，刹那间，又已经过了半点钟，沙泠恐怕太晚，赶不及进城，因又催促道：“走吧！行云，天快黑下来了！”

“唉，沙泠，我也知道天快黑了，我们应该回去了，不过你要知道，……这种的聚合是不会有第二次的，何妨尽量的享受呢！……”沙泠似乎不能反抗他的话，不知不觉又坐下了。

远远的来了一群人，抬着两个山兜，前头一个山兜上，坐着一个体重总有二百斤的黑胖子，却是个绅士模样，穿着灰哔叽的西服，后面一个穿长衫的中年男子，衣襟上挂着一块徽章，想来总是某机关的职员了。兜夫抬到他们面前的山坡上，已经是筋疲力尽，嗳哟了一声，将山兜放下，一股汗臭夹着葱蒜的辛臭气味，直冲过来，一阵阵粗鲁的喘息声，搅乱了四境的幽静，他们不能再往下留恋了。急忙离开这一群人，走下山坡去。

夕阳已经是隐在群山的背后，灰色的天幕渐渐张开来，宇宙都笼于烟雾中，他们走到山脚下，回头看那松树，那松树的荫影，荫影下的一切，都不免有些怅惘……

（本篇最初发表于1929年5月15日《认识周报》第1卷第16号，后收入《玫瑰的刺》集）

冲　　突

（三幕剧）

上场人物

朱丽芬，年二十岁

秦涤文，年二十六岁

少年军官汪大元，年二十七岁

朱又新（丽芬兄），年二十四岁

朱老太太，年五十岁

女男来宾各若干人

男女仆各一人

警察二人

党员若干人

第一幕

布　景　台上陈设一中等的半西式的客厅，室的西偏放钢琴一具，左右放小茶几沙发等物，壁上挂卢梭及拉破仑、约瑟芬诸人的照片①。

时　间　一个春天的上午

开　幕　女仆正打扫房屋，一面向窗外窥天，自言自语（天又要起风了……正在这时，丽芬小姐手撚红玫瑰数朵上）

朱丽芬　王妈！花瓶里的水换了吗？

王　妈　小姐，换过了，你是要插花吗？……（王妈作看花状）嚇！这几朵花，开得才鲜活呢！

朱丽芬　（含笑插花于瓶）王妈！你收拾完了，到里头服侍老太太去吧！

王　妈　是的！小姐！我这就去。（王妈下）

朱丽芬　（看看壁上的画像，叹了一口气，走到琴台旁抚琴唱歌）

独坐万感兴，
卢梭伟迹，
拉氏风流，
英雄侠骨，
儿女柔情；
而今都成往事，何处可追寻？

---

① 拉破仑、约瑟芬，拿破仑及其妻子。

岁月蹉跎，壮志苦未申！

（琴声未止，又新上）

又　新　妹妹！

朱丽芬　哥哥！你从那里来？（言时离开琴台坐在沙发上，又新坐在她的对面）

又　新　我刚从党部来，一进门，一点声音都没有，问王妈，说是妈妈还睡着呢。我就到你屋里看你，你也不在那里，我正在想这么早，你到什么地方去了呢……忽然听见歌声！我才找到这里来……妹妹！这个歌辞是你的新作品吗？

朱丽芬　今天天气特别温和，我很早就起来了，走到院子里看见新种的白玫瑰已经开了，我就采了几朵，打算插在客厅里的碧玉花瓶里，谁知走进门就看见你昨天所挂的卢梭和拉破仑、约瑟芬的照片，不知不觉就想到他们伟大的事迹，心里不免有所感触，顺口唱了几句，不想恰被你听见了？

又　新　妹妹！真的！你刚才所唱的那首歌，词句很悲壮，调子也很有刺激性，由这一首歌里，我好象看到你慷慨激壮的心情了。

丽　芬　这话也许是不错的！我这几天的心，的确不安定，时时刻刻都在兴波浪，我每天看报总要受许多怵目惊心的刺激，唉！国家的事情，真是一天不如一天，若长此下去，我们恐怕不免要受到亡国的惨运呵！哥哥！党里还没有发动的消息吗？

又　新　你不用忙，反正不出一个月吧！……但是现在有一件最困难的事情……就是敌党的详情，我们还没有十分清楚，现在党部里正为这件事情犹疑，不敢即刻发动，总要探听得不差什么了，才好决定进攻……

丽　芬　是了！这件事情我也知道，……前天总干事来找我，也曾说到这件事，他的意思，很希望我能担任侦探的职务呢！

又　新　你怎么答复的呢？

丽　芬　自然我没有埋由否认，我告诉他，我很愿意努力作这个工作，……不过哥哥！这题目太难了呢……真是大海里捞针，叫我从那里下手！（男仆执名片上）

男　仆　小姐，汪大元先生来拜。

又　新　哦！汪大元来了吗？……我进去看看妈妈吧！

（又新下，大元上）

大　元　丽芬小姐，今天这样好的天气，不出去玩玩吗？

丽　芬　不错，今天果然是好天气，不过你既来了，我们就在这里谈谈不好吗？

大　元　很好！很好！我也没有一定的主意，你愿意怎么样都好，……我只要能和你深谈，我什么都满足了……不过我今天有几句很要紧的话，想和你谈谈，不知这里方便不方便？（说时对丽芬微笑）

丽　芬　（初露惊奇状，俯思有顷，恍然若悟，不觉低头含羞断续答道）你！……你有什么话？请说吧！……我想我这里没有什么不方便的。

大　元　那就好极了！（更挨近丽芬作极亲热状）呵！丽芬！……我说一段故事你听吧！

丽　芬　又是什么故事？你请说吧！

大　元　你看，丽芬！美丽的春天，已经来到人间了！可是我的心是那样的寂寞！……我想世界上只有你能使我的心热闹，同时我也只愿受你的安慰！可是我不知道，你能不能接受我的……

丽　芬　（微笑）哦，大元，这就是你的故事吗？我想与其说是故事，不如干脆点说是你的表白，……是不是？大元！

大　元　（哈哈……）是的！是的！聪明的天使！你的话真不错！这实在是我自己的表白，一点都没有隐藏的表白，呵！丽芬！我相信你不但有天使般的聪明，更有天使般的多情！你一定能怜悯而答应我的请求。

丽　芬　哦！大元！我又有什么能力呢？

大　元　丽芬，你要知道，你是我的主宰，你有权力叫我生，也有权力叫我死，……你对于别人，也许是没有什么能力的，但是你对于我，你比一切一切都要伟大，请你原谅我……，让我叫你一声亲爱的丽吧！（丽芬低头作羞涩状，大元抱其头吻之。）

（幕下，第一幕完）

第　二　幕

第　一　场

布　景　台上布一简单的会场

开　幕　（党部开会，丽芬、又新均在座）

主　席　现在有一件重要的消息报告，昨天探得敌党部在最近的将来，要实行他们捣乱社会的秩序的政策，……现在事机很危急，如果不设法阻止这个策略的实现，那末国家真不免要沦亡了，……同志们，我们不要忘记我们的责任……我们是以救国为我们的责任的，现在正是我们努力的时候了！正是我们为国牺牲的时候了！……我想只要是我们的同志，听见这个消息，没有一个人的血管不在沸腾！……还好，现在我已知道敌党的首领的姓名了，原来就是汪大元（丽芬闻言作惊恐状，又新作切齿状）……据说在他手里有一束重要的文件，那就是怎样祸国殃民的计划，……所以眼前最重要的事情，就是设法把他这一束文件盗来，把他的阴谋公布国人，使民众同起反抗，或者还可以挽救，要不然，国家的前途太危险了！太危险了！今天我们总部应当商议一个妥当的办法，不知同志们有什么意见？

某　甲　主席！事机既是如此急迫了，我想最好即刻派人前去盗取文件，……至于人选问题，最好是深知汪大元底细的人！

某　乙　这是一件很重要的事情，本席也赞成这个提议，不过这个人很难找，……最好是认识汪大元的人，自告奋勇前去，才不至于误事。

某　丙　主席，我想这件事最好委托一位女同志去，一来使汪大元想不到，不加以防备，二来女同志的心思，比较细腻，我的意思，不知同志们以为怎么样？

主　席　既然诸位的意思都是很赞成派人去盗取文件，这一件事没有反对的，（大众举手赞成）我们就这样的决定了；至于人选问题等到细细的酌量了再决定好了，现在我还有一个紧要的会议，现在暂且散会吧！（会员络续下，又新与丽芬仍在会场）

又　新　妹妹！你且站住，适才会议席上的话，你都听见了，你打算怎么样呢？

丽　芬　（面上露为难踌躇状）怎么样？……我也不知道怎么样才好，……哥哥！

又　新　妹妹！我也知道你为难，……听见你已经和汪大元发生了爱情，自然叫你去盗取他的稿件，你是太为难了！

丽　芬　哥哥，请你容我想想，我的心现在已经乱了，我的感情告诉我不应去盗取汪大元的文件，但是我的理智告诉我一定非去不可！哥哥！它们正在很利害的冲突了！唉，哥哥！（丽芬拭泪）

又　新　妹妹！我相信你不是平常的女子，你绝对不能因为儿女的私情，看着国家的沦亡，毫不动心吧！……唉！妹妹！你应当用你英雄的慧剑呵！

丽　芬　但是，哥哥！你不能否认爱情不是人生很重要的一件事吧？

又　新　不错，妹妹！爱情的价值，果然是伟大的，但是更伟大的爱情，是爱国爱人类咧！……聪明的妹妹！

丽　芬　唉！哥哥！人间永远只有缺陷呵，情与理永远是冲突的，我们可怜的人类，只有死于这冲突之下了。

又　新　妹妹！你现在有着重大的使命，你好象是站在山巅上的摩西，世界上的民众都跪着恳求你去救他们呢！

丽　芬　（低头沉思，慷慨之情溢于眉宇）啊！敬爱的哥哥！谢谢你，你给了我最大的智慧，你教给我最高的热情。从今以后，我要作英雄了！回头我就去领委任状，……恰好明天汪大元家里有跳舞会。正是一个盗取文件的好机会！

又　新　妹妹！我为你祝福，你是世界上最伟大的英雄，你的理智战胜了情欲，你牺牲的精神，能使一切的人们，向你膜拜！（握丽芬手作感激状）

丽　芬　哥哥，感谢你的鼓励了！

（幕下）

第　二　场

布　景　台上陈设一跳舞厅，左边通书房。

开　幕　台上正作交际舞，唯汪大元与丽芬坐在旁边，大元对丽芬表示好感，而丽芬神情不展，默默若有所思（未几，数人舞止）

汪大元　（起立至丽芬面前）丽芬小姐，你能允许作我的舞伴吗？

丽　芬　呀！对不起，汪先生！我今天身上有些不舒服呢！

汪大元　那末！你不怕吵闹吗？……不然你到我的书房歇一歇吧？

丽　芬　（作惊喜状）哦！那好极了！……（丽芬起立向众宾道

歉而退，大元伴之旋即退出）

来宾甲 丽芬小姐，和汪先生，到是天生的一对呢！

来宾乙 是呵……但是不知道汪先生几时，请我吃喜酒呢？

汪大元 哈……陈太太永远是这样有趣！

（来宾皆笑）

丽　芬 （扶着门边作极苦痛状）哎哟！汪先生！我头痛极了！请你叫车送我回去吧！

汪大元 （急前扶丽芬坐于沙发上，来宾皆作惊慌状）

汪大元 真对不起，诸位先生，请后面坐一坐，恐怕人多空气不大好！（来宾皆退）

汪大元 亲爱的丽！……你到底觉得那里不舒服！

（汪对丽芬表示极亲爱状，而丽芬情色更加惨淡）

丽　芬 哎！大元……送我回去吧！……你不必为我关心，我很知道，将来有一天你一定恨我如同你的仇人呢！……（拭泪）

汪大元 丽芬！……你这话我就完全不懂！……我想你的神经有些失了常态吧！……你还是回去好好休息吧！

丽　芬 （苦笑）是的，大元，我的神经失常了！失常了！呵，天！大元，我的神经失了常态啊！

（幕下）

第　三　幕

（分前后两场）

第　一　场

布　景　台上陈设一书房景

开　幕　（汪大元坐于椅上，吸烟沉思，仆人拿名片上）

仆　人　汪先生！……秦涤文先生来拜！

汪大元　请进来吧。

涤　文　大元兄，今天还没到党部去吗？

汪大元　我正在计划一件重要的工作，……回头也就要去了。

涤　文　是的！……我才从总部里听到一个很坏的消息，特来报告你的！

汪大元　（吃惊）哦！什么消息！是不是敌党向我们进攻？

涤　文　不错，是向我们进攻！……但是还是很有力的进攻呢，……他们不知怎么探听出我们秘密的计划来，现在满城里的民众，都露着骚动的模样，有的街上还贴着许多攻击我们的标语呢！……形势太紧张了，早晚恐怕会发生意外的事呢！

汪大元　（吃惊）哦！（用手搓发在室中来往踱着思量，忽然打开抽屉作寻觅文件状，但全抽屉寻遍不可得）奇怪呵！……我那一束文件，明明是放在这里的，怎么会全不见了呢？……昨天早晨我还看见的，下午我一直也没有出门，这屋子没有人进来过，只有她进来坐了一坐，……难道她有如此的胆子吗？

涤　文　大元兄！……她，……她到底是哪一个呵？

汪大元　涤文兄，请你即刻，到总会发通知，召集重要委员会议，我随后就到！

（幕下）

第　二　场

布　景　仍是书房景

开　幕　（丽芬与大元对面坐，大元面露怒容。丽芬则淡然冷笑）

大　元　丽芬！你昨天病来得真奇怪呵！

丽　芬　（冷笑）奇怪吗？也许不错，不过我也觉得奇怪呢？

大　元　哦！你也觉得奇怪吗？

丽　芬　自然觉得奇怪，我就不懂一个有理性的人，怎么有的时候，竟会那么丧心病狂……把自己的祖国，甘心双手奉给人家，……当然这是与升官发财有点好处的呵，……哼！

大　元　这话也难说，各人有各人的见解！

丽　芬　不错的！各人自然有各人的见解，但是请问你，把自己的国家毁得到处是血腥气，人人不能安生，而使外国人乘机渔利，这种的见解，不知道他是怎么样想来的？

大　元　丽芬！我们不必打谜语了！现在我要请问你一件事。

丽　芬　什么事，请说吧！

大　元　你还不清楚吗？（作怒视状）

丽　芬　哼！……我清楚什么。

大　元　丽芬！我一向认为你是人格高尚的女子，却没有想到，我的理想完全错了！完全错了！……原来你只是一个欺诈偷窃的小人啊！……

丽　芬　什么！……（含怒）我无论怎么欺诈，但是我是为了正义，而牺牲一切的！……

大　元　哼！什么叫做正义?！……现在满口讲爱国演正义的人，那一个是真正为国为民作了一件正经事？……到处都是灾民，到处都是悲惨的呼声，这样的世界，还是毁灭了，反倒干净！

丽　芬　你的见解真是太自私了……你要毁灭世界，我佩服你；但是你拿毁灭中国而求得你个人的满意，你就是中国的敌人了！

大　元　怎么见得我是拿毁灭中国而求个人的满意呢？……这话倒要请教呢！

丽　芬　这话你反来问我，请你想一想你自己的那一束秘密的计划书吧！

大　元　哦！我那书桌抽屉里的文件，原来真是你偷去的，啊！真是好险恶的小人！

丽　芬　不错，是我拿去的，而且在你的立脚点看来，我果然是险恶的，……但是你又该怎样的报复我呢？

大　元　哼，你立刻给我，……我看在从前的友谊上，我不肯难为你！……不然可！……

丽　芬　不然！便怎样，大元？（冷笑）我告诉你从前我们是朋友，……但是现在我们是仇敌了，……你休妄想从我手里拿回你那祸国的计划！

大　元　朱丽芬，你一定不给我吗？

丽　芬　不给你！大元，为了正义我也不能给你！（怒视）

大　元　朱丽芬，那我汪大元可有点要对不住了！（以手探裤袋取手枪向丽芬时，又新正在门口探听，见状也急握枪于手，预备射状）

丽　芬　你要想怎样，……用手枪打死我吗？哼！……但是我就死了，你的文件也拿不回去呵！

大　元　（怒视）丽芬！这是最后一分钟了！你还不给我吗？（正以指拨枪机，忽听砰的一声，大元已倒地死矣，丽芬惊顾，见又新执手枪怒目而立，朱老太太闻声扶女仆奔出）

朱老太太　什么事，……什么事！……
（见地上尸首不禁惊呼）

朱老太太　哎哟！这是你把他打死的吗了？……儿啊，你怎么闯下这样祸事，你岂不知道杀人要偿命的吗？……可怜我抚养你这么大，原指望你读书成人，使我老来有所倚靠，现在完了，哎哟！现在什么都完了！（哭）

丽　芬　妈妈！请你别伤心吧！这都是女儿不孝，害了妈妈和哥哥！……女儿与汪大元本来很相爱，并且我们已经私自订过婚约！……但是不幸，为了我们的见解不同，……我们便成了仇敌，……今天就是哥哥不打死他，女儿也要打死他，但是女儿打死他，是为了正义，而女儿和他既然有爱情，现在把他打死，女儿又怎样独生？（说到这里不禁痛哭）……哥哥！……（身向外对又新）你早些逃避去吧！等一会警察就来了，快些去吧！哥哥，……你听门外已经有人敲门呢，……快点！哥哥快点走吧！

又　新　妹妹！汪大元是我打死的啊！

丽　芬　哥哥！请你成全于我吧！……你听他们已经进来了……（后台作敲门喧闹声）快从后门走吧！

警察甲　这是怎么回事呢？……谁打死的人？

丽　芬　是我打死的！

警察乙　打死人要偿命的呵！

丽　芬　不用多说，你带去好了！

警察甲　张大哥，你先在这儿看着尸首，这位老太太也别走开，回头都要传的，……我这把她带到区里去办。

朱老太太　儿啊！你去不得的哟！……去不得的哟！……

丽　芬　妈妈！……请恕孩儿不孝的罪吧！

警　察　走吧，走吧！不要麻烦了。

（幕下　全剧完）

（本篇最初发表于1929年5月20日《华严月刊》第1卷第5期）

不　　幸

张山斜靠着铁锄，抬头看了看天气，舒了一口气对他的同伴苏求说道：“天多早晚了？……太阳已经偏西，总有五六点了吧。运气，今天又平安过去了！”

苏求微微的笑道：“我们庄稼人，没有别的想头，只盼雨水足，再太太平平的让我们收个一二石，够一年嚼用，也就罢了。可是这几年的日子，真太难，不是天旱就是闹蝗虫，今年雨水还好，也没蝗虫，麦子长得还不错。可是前天又传说要在这附近一二十里内开火，唳！张山哥！这么一来，可真没有我们老百姓过的日子了！……

“谁说不是呢，只望那是个谣言吧！”张山说完，叹了一声，蹲下身子把铁锄头上挂着的野草，扯了下来，就势将铁锄背在肩上转身问苏求道：“完了吗？老苏！咱们一齐家去吧。”苏求就提着半竹篮的红萝卜同张山往村子里去了。

他们两人走到村口的时候，碰见今年的新村正刘奇。他们照例的招呼道：“村正公事忙吧！今年咱们村子里的团防，听见已办好啦！”

刘村正点头叹口气问道：“你们才从地里来，听见什么风声吗？……今年咱们村子里，怕真要用着团防呢。听说兵队离这里不过四五十里了……早晨似乎还听见炮声。……”

村正说的时候，又有几个人围拢来，听见这些话，大家都不由得锁起眉头，暗暗的心跳了。其中有一个青年农人，名字叫乙儿的闪开众人，走到前排，向村正哈了哈腰说：“村正！我们应当怎么办呢？……团防的事情，我也在办着，人数虽是将就可以凑和，可是兵器呢？”

村正用手搔着头皮，自言自语的道：“兵器……兵器这可就难了，”回头向小乙道：“你去叫他们帮助你，挨家问问他们，谁家有现成的刀，或猎枪，叫他们完全都交到团防长那里，要预备分配着用，……我那里只有一把六响手枪，和一根猎枪了，还有的就是两把长了锈的解腕尖刀，那是从前杀牲口用的，急的时候，也只得充充数呢！”

小乙儿果然抛了众人，同着人挨家去察看兵器了。村正向大家举了举手道：“回头团防办公处见吧！……”村正说着，又叹了一口气道：“咱们庄稼人，除了规规矩矩种地纳粮，何尝经过什么大阵仗，这一来可得想法子，防备，……这年头的人真不走运，……”村正说完，就离开众人往南去了。这里的众人也渐渐散了。

这几天村子里的人，都很着慌，夜静的时候，常听见隐隐的炮火声，人人都不能安心睡觉。刘村正派了人，通夜轮流把守着村口，预备消息紧的时候，打锣招集全村的人起来抵抗。但是这一夜，仍旧没什么事，平安的过去了。

第二天一早，苏求和张山老早的到地里去了。太阳晒在新长穗的麦子上，闪闪放着光。小乙儿也牵着老黄牛，在小河的旁边啃青。河里有几十只白毛鸭子排列在水边游泳。小乙儿抬头看见苏求高声叫道："苏伯伯早呵！……昨晚上可够瞧的，全村的人差不多都没睡稳，幸亏没什么事，但愿今天还得平安过去！"

苏求点头道："小乙哥！你昨天察看兵器到底有几件?"

小乙嚎了一声道："苏伯伯别提了，咱们一村子百十几家，也不过五六十把猎枪，和一二十把解牛的尖刀，剩下的就是斧子锄头了，……有手枪的人家，更少了，统共不过两三把。本来吗，谁平常日子想起预备兵器干么?！……"

小乙儿正说得高兴，那黄牛忽然走过北山去了，小乙也顾不得再说了，赶忙追下去。忽然听见远处砰的一声，接着又是霹霹拍拍响个不了，正像三十晚上放爆竹送年的情形。村子里的狗，听见响声，也不住的狂吠起来，东响西应。村子里的人，顿时乱忙起来。小乙儿赶着老黄牛往村里奔。走到田垅的时候，只见张山吓得腿都软了，苏求也喘着气。小乙儿叫道："大约是那话［活］儿来了吧！快走呀，还怔着作什么?"

苏求拉着张山和小乙儿没命的奔到村子里，刘村正已经在村口，分派把守的人，并且他们还预备了许多的茶水和馒头，给那些溃兵吃，望他们不要糟践村子。

这时村子里真乱极了，女人们吓得脸色灰白，上下牙齿相战，有的躲在屋里流泪，孩子们都伏在娘的怀里，不敢高声。

村口被团防把守得十分严密，远远的听见人喊马嘶，孩子哭，女人惨叫。几个溃兵，有的军帽歪在一边，有的光着头，身上的衣服都不整齐，也有还染着血，东倒西歪的往村口来。村正派了几个雄壮会说话的农夫，老远的迎上去说："老总！辛苦！在这里休息休息，吃点东西再走吧！"就有人搬过木凳来，让那三四个溃兵坐了，有送茶的，有送馒头的，非常恭敬的接待他们。那几个溃兵吃饱了还想发作，看见那村子一队队的人，都雄纠纠把他们围在中间，知道不是好缠的，只得从竹箩里，又拿了几个馒头，揣在怀里，狂叫着道："他妈的，吃饱了走吧！"于是象几只凶兽似的，歪歪斜斜奔邻村去了。

这几个溃兵才打发走，不到一盏茶的时候，又听见连珠枪响，跟着又来了一大群溃兵。这些人更难看了，白眼球上满网着红丝，咧着嘴，喘着气，直奔邻村去。他们举起手枪来，老虎抓兔子似的，向那些村民击放。这村子里的人，一向都没有团体的组织。这一来，只吓得东奔西跑。那些溃兵看见村民这种怯像，更作威作福的跑进人家，看见吃的就张开大嘴，死命的往里填。几乎填得闭了气，填够了倒在床上，便呼，呼，呼的睡着了。睡醒了，开箱倒箧的翻腾，只要是值几个钱的东西，都拿着。那些粗笨的家伙，点起一把火来烧了。他们看着这霹霹雳雳的火花飞舞，仿佛是打了胜仗，嘻着嘴狂笑，就象黑夜里的猫头鹰怪叫的声音一样。他们挨家祸害够了，又要想找几个女人开开心。

这几天全村里的人，一个个都吓得失魂落魄，到处都是人哭鬼号。就只刘村正那里，幸喜有团防，因此村子里没受什么损失。但是田里才长出来的麦穗，也早就被他们踏践得东倒西歪，忙了一春一夏，结果只落个空。苏求和张山的两块地，更糟践得苦。他们两人等那一队溃兵过去后，就悄悄走出来张望，看见他们的麦田的麦子，被溃兵糟践得稀烂，心里真好象被刀子割了似的，又是痛又是恨。不但半年来日里雨里所受的辛苦是白饶了，并且下半年的日子又怎么过呢？苏求想到伤心的时候，不觉眼圈一红，落下泪来，拉着张山的手，哽咽着说道："张山哥！你瞧啊！那一排的麦穗不都焦黄了吗？我们前头看看去吧！"张山心里也是一样心痛那麦子，于是两个人什么都忘了拿，只是空手奔到麦田里去，把那些连根拔起歪在一边的麦子，又从新放正了覆上土，有的已经是干死了，苏求拿起来，用手指掐了掐，里头已经长了些肉了，若是再长下去，一定很肥茁的，现在干死了完了。张山一见也禁不住一阵伤心，眼泪都滴湿了麦穗。

苏求和张山从吃完午饭，到麦田里来，直到傍晚了，还是不忍离开这里。两个人流一阵眼泪，叹息一阵，又去将那没有死的从新种一顿。正在这个时候，从南边又来了一大群溃兵，正是往苏求他们那个村子里去的。苏求藏在麦梗后面，拉了拉张山的手说道："又不定是怎么回事了！"

这时他们也不敢回到村里去，隐隐听见村子里放枪声音，和狗吠，孩子们哭的声音，又看见许多人往外跑。苏求正想迎上去问一问消息，只见一群恶魔似的溃兵，怒狠狠向前来，看见苏求随便把手里的枪机一搬，苏求只听耳旁砰的一声，一个子弹正从他腰部穿过，他呀的一声倒在麦田里了。

那一群的溃兵里，有一个狂笑着道："他妈的了帐！"其余的也都嘻嘻哈哈的笑着走远了。

张山见苏求被他们打死，益发吓得不敢动身，只伏在麦堆里发抖。直等到这一群人走远了，他才从麦田里爬了起来，向天嘘了一口气，心还不住的跳，东张西望半天。又听见村子里已经安静多了，他才走到苏求睡的地方，只听见苏求在那里哼哼。张山握着苏求的手道："苏求哥，你觉得怎样？……枪子打到那儿啦？"

苏求一边哼，一边道："从腰里穿过去，哼！……这个年头，活着也没活路，死了倒干净！只是难为了儿女和他们的娘……张山哥，你快回去叫他们来，把我抬回去吧。"

张山应了就赶忙奔到村里，顶头就遇见小乙儿，嚷道："小乙哥！祸事，苏伯伯被溃兵打了一枪，怕不济事了，你赶快去通知村正，我还要到他家里报信呢。"

小乙儿听了这话，怔了一怔叫道："天呵！这可完了！"

张山也顾不得听他，忙忙奔苏家去，刚走到门口，已听见苏求的女人，在放声痛哭呢，张山一直走到院子里叫道："大嫂子为什么烦恼？"他问着的时候，已看见土坑上她的小儿子，直挺挺的躺在那里，不由得倒吸了一口冷气，只得壮着胆，硬着心肠，把苏求受伤的话告诉了她。

那女人一听这话，更号啕大哭起来，也顾不得床上的死孩子了，忙忙跟着张山奔到麦田里。苏求已痛得昏了过去，他的女人连哭带喊的，又把苏求叫回来了。

这时村正，小乙，还有许多村人，听了这消息都拿着灯笼来了，看见苏求身旁一大块血水，苏求的颜色十分惨淡，嘴唇也成了白色，睁眼看了他的女人，只不住的流泪，话已是说不清楚了，只模糊说［赘字］着说："麦子都焦了！……"说着呻了一声，不久就咽了气。

他的女人抱住苏求的尸首，喊天叫地哭得昏了过去。这消息早已传遍了全村，陆续又来了许多人，把苏求的女人劝了回去。就夜用一张芦席把苏求的尸首盖了，村正派了几个人守着。第二天同着他的小儿子的尸首一齐掩埋了。

战事渐渐的平定了，各村里的人才敢露面，到地里作活。苏求的女人，因为痛她丈夫，想她儿子，不久也得病死了。

这一天小乙儿又牵着他的黄牛，在河边喂草，不见了苏求，只有张山一个人，在那里低着头割草，小乙儿不禁叹气向张山道："张伯伯，这日子真是越过越难，……苏伯伯好好的一个人，竟死得那么苦，……听说他家的小儿子，也是被兵吓死的，这种年头，真是叫人没法过呢！……"

张山被小乙儿惹动了心事，由不得擦着眼泪道："这种年头，谁都保不定怎么死呵！……你瞧着今年谁家都不用打算收多少，有的是活不成呢！……倒不如你苏伯伯死了，也就少受些活罪！"

小乙儿听了这话，眼圈由不得也红了，停得半天才说道："张伯伯，这话可真是的呢！我们一家子五六口人，可不全指着那十来亩地过活吗？你瞧东南角上那块不是？那上面活着的麦子可够一石？我娘昨儿也哭天怨地的在那里闹呢！……喂！张伯伯，今年咱们因为办了团防，便宜多了！昨晚上我姐姐带着三岁的外甥逃了来，那样的狼狈，真叫人心酸。姐夫上月到京里去，只剩她和一个六十多岁的婆婆在家。那天下午去了一队溃兵，挨家抢个够闹个够，临走还放了一把火。全村子烧得十家没留下一家，那些逃难的男男女女，一头哭一头奔。她婆婆和她一齐出来的，不知怎么一转眼挤得不见了，我姐姐急得什么似的，那形影可真叫惨得很！张伯伯，我们老百姓往后还有日子过吗？不是我说句犯法的话，这种年头，实在是逼得人要去作土匪强盗呢……”

张山皱着眉头道：“小乙儿，你嘴里放谨慎些吧！……”小乙儿被张山说了一句，也打不起兴趣再往下说了，“嗦”了一声站起身来，牵着老黄牛倒骑牛背走了。张山放下镰刀，仰着头对着小乙儿的背影看了半天，由不得叹道：“唉！真是不幸！”脸上的颜色由黑红变成青白，眼圈红着，无精打彩的回家去了。

（本篇最初发表于1929年6月中华平民教育促进会《平民读物》初版）

穴　中　人

这几天北风不住的吹，树枝上的枯叶一齐落了下来，堆满地上，随着风不住的旋转，同时又发出花花的响声来；台阶下面才泼的洗脸水已经结成薄冰了。我站在门口，身上直冷得发战，因急忙跑到屋里，关上门，坐在火光熊熊的火炉边，渐渐暖过气来。忽从冷风里，送进一种极悲惨的哀呼声，在那忽断忽续的抖战声里，充满冷和饿的苦恼，不用说一定是乞儿的叫化声了。

在这个时候，我竟忘了我是坐在火炉边，我忽想到那可怜的穴中人。

有一天将近黄昏的时候，我同一个朋友在先农坛公园的荒原上散步，天上布满了浅红的彩霞，淡黄色的斜阳，罩在松柏梢上，闪闪放光；西南边有两个牧羊人，赶着二三十只羊在那里啃青。牧羊人身上反穿着羊皮，嘴里哼着曲子，含笑的望着那洁白柔驯的羊群，真好象一副极美丽的图画呢。我们一边谈着，慢慢的沿着马路走去。

远远忽看见一个土穴，穴里仿佛有一件东西在那里蠕动，我的朋友惊得叫道："呀！那是什么！"我随着他手所指的地方看去，只见一个干皱而枯黄的脸面，从土穴里露了出来。那脸上只有两只细缝，红涩的眼睛，不住的开合着，眼球微微的转动，表示他还活着；不然，真要疑心那是一具僵尸呢。

我们仗着胆子，走到土穴边上，只见那土穴差不多有一丈多宽，是个椭圆形的，大约也有四五尺深，靠北边挖成一个瓢的样子，在下面用落叶铺成一个床铺，一个老乞丐正伏在那里用碎砖砌起一个小灶；放一把落叶和几根小枯枝，点起火来，上面有一个缺口的洋铁罐，里面盛着半罐子灰色的稀粥。

我的朋友便问他道："你是干什么的？"

那老乞丐叹了一声，接着露出苦笑的样子道："唳！你看我象干什么的？"

我的朋友被他这么一说，心里觉得很难过，才知道自己把话说错了，好象有意奚落他似的，别的话说不下去了，慢慢从衣袋里掏出十个铜元来递给那乞丐道："你先买几个窝头吃吃吧！"

那乞丐接了铜元，脸上露出悲惨的苦笑道："你们真是好人呵！"

我因问他家里还有人吗？现在多大年纪了？

他放下手里的树枝，坐在那落叶铺着的土床上一边喘着，一边用力的说道："我十六岁上父母已经都死了，我是保定府南一百二十里的某村的人，起先替人作作长工，现在年纪老了作不动了，……吃的东西又贵，怎么样呢？……我已经七十六岁了，……唼！死不了吗，有什么法子呢？”

我们怔怔的站在土穴边上，一句话也说不出来，心里好象压着一块大石头似的，真是不舒服极了，鼻子一阵阵觉着辛辣，眼泪直在眼胞里头打转身，由不得又给了他几个铜元，他真想不到，世界上还有我们这种傻子，他也不去烧那稀粥了，只是对我们望着。

我们看见他眼皮不住的开合，在那干皱的眼皮上仿佛已被泪液沾湿了。后来他又叹道：“人到老了，又没儿没女，真是没有活头，唼！他偏死不了吗！……只能忍着吧，碰见善心的老爷太太们周济点粥饭慢慢的挨着……唼？有什么法子呢……唉！现在年头不好，要饭也不好要……什么都是艰难呵！”

这时天上的彩霞渐渐淡退了。蓝色的天变成灰色。冷风更吹得起劲。那土床上的落叶不住的旋转。土穴上边的浮土，顺着风势飞动，好象一层黄色的纱缦遮着那老乞儿的土穴。我们不忍再看下去，再听下去了，无精打彩的离了土穴沿着马路往回走，碰见一辆汽车从城南游艺园那边开来，里边坐着一男一女，男的身上穿着蓝色花缎的袍子，元青缎的马褂，女的打扮得更华丽了，珠钻的宝光，由那汽车的灯光上反映来，我们好象从梦里惊醒，原来这就是人间？

我们回来以后，天气是更加倍的冷了，前夜刮了一夜的狂风，我们住的瓦屋仿佛都有些震动了。我半夜从梦里醒来，不由得想到那个穴中人，——那瓢形似的土盖，若果被风吹了下来，那么一切都完了。他生时住的土穴便成了他死时的坟墓，并且酬了他想死的心愿。

我正在猜想那穴中人的结果的时候，不知不觉，又转了一念。我常听见人家说，“好死不如歹活着。”那土穴中的老乞儿若果不幸被浮土活埋了，在他离开人间的时候，他不仍是舍不得吗？唉！落叶铺满的土床，碎砖搭的炉灶，身上披的千补百缀的衣服，什么都不称心，真是不想活着呵。但是一口气在，总不能绝望，唉！黑暗的世界，什么时候才有光明呢？

我那夜醒来后的心情，真是乱极了，我一直想东想西的乱了一夜，直到天亮，我真想立刻再去看看那老乞儿，是活着还是死了。可是我有点不敢去，到了那里他如果死了，我知道他也是因为不能抵抗风和土的压迫而死的；他如果还没有死，那更不忍看了，那土灶或者还有一点火苗，可是怎能抵得过尖利的北风呢！

这时候我身旁的炉火烧得旺极了，我冰冷抖战的心，渐渐温暖了，热极了，同时我的热血也似乎被炉火烧沸了，我便对着北风叫道：“慢慢的吹吧，只要人类肯努力，黑暗的世界不久便光明了。”

（本篇最初发表于1929年6月中华平民教育促进会《平民读物》初版）

介　子　推[1]

山西境内有一座绵山，那山势又高又陡，一层一层的峰冈，就仿佛是几十座翡翠屏风砌成的。遍山种着青翠的树木，有终年常绿的奇松怪柏，有春天开放浅紫色花的老藤树，有秋天如染胭脂似的鲜红的枫树，四季都有特别的美景，山涧里时时发出很清的流水声，和很急的瀑布声，好像有人在树林里边，弹古琴拨琵琶似的。山底下周围几十里，是一望没有边际的田地，农夫们用茅草黄泥盖了许多小房子，无忧无虑的耕种度日。

有一天将近黄昏的时候，太阳正站在绵山的顶上，金黄色的斜阳射在山下的茅屋顶上，一丝一缕的炊烟，从屋顶的烟囱

---

① 庐隐在中华平民教育促进会编写了不少《平民读物》，主要一类是关于妇女问题，另一类是平民教育教材。促进会文学部阵容颇强大，庐隐之外，尚有陈璧如、瞿世英（菊农）、熊佛西、瞿冰森诸君。

上冒出来，被晚风吹得，一团一片的往上升，渐渐和来往山间的白云混合起来。还有到四处去寻找食物的鸟儿，一阵一阵天边飞回来，农夫们都背着锄头，拿着镰刀，从地里回家，他们一面走一面唱着歌儿道：

清早出门去，
晴明天气好，
背着锄头，
拿着镰刀，
割去乱草种青苗，
一年三百六十日，
耕种锄刨！

他们唱着，不知不觉地，已来到绵山脚根了，忽见山脚下那块光润的大青石上，坐着一位六十多岁的老婆婆，身上穿着靛青色的毛布衣服，却十分干净，头发都白了，仿佛一个银丝网罩在头上，脸色却还光润，看去精神很好，在他身旁站着一个四十岁上下的男子，穿着衫褂斯斯文文，两道剑眉，一双凤眼，又清又秀，好像深山里一只仙鹤。他望着那几个背锄头的农夫来到面前，就抢上一步拱了一拱手道："诸位老哥们想是这里住家……我们从这里过路，我母亲有点口渴，望求方便，赐一杯热水，怎样？"农夫们齐声答道："使得！使得！我们就去拿来！"他们说着都走了，等了一会儿，果然有一个农夫送了一碗开水来，那个男子捧来送给他的母亲喝了。把碗仍交还农夫道了一声"多谢"，就扶起他的老母亲背在肩上，上了绵山，渐渐的隐在树林后面看不见了。

过了一个多月，那天恰是正午的时候，农夫们吃了饭都来在大树荫下，摘下斗笠，放下锄头，在那里休息，忽见前面尘土滚滚，来了一大伙骑马的人，身上穿着袍褂，头上戴着高冠，十分气派，使得农夫们个个惊慌，都悄悄的议论——正不知道什么地方来的贵官，弄得他们手脚都没有地方安放了。正在这个时候，忽见一骑马，上面坐着一个像貌魁伟的武官，奔向他们来，农夫都战战兢兢的站了起来，那武官勒住马向农夫问道："你们知道介子推住在那里?"农夫们听了这话，都目瞪口呆的回答不上来。后来那位武官又问道："在一个多月以前，有一个四十多岁的男子，和一个六十多岁的老婆婆，到这里来，你们知道他住在那里?"农夫们听了这话，想了一想，似乎懂得他的意思了，就回答道："是了，前一个多月，确是有这们两个人，到这里来过。"他又用手指着南山那块大青石接着道："他们曾经坐在那里歇脚，可是没有多大工夫，那个男子，就背了那老婆婆往绵山里头去了，山上的地方很大，山谷又深，正不知他们往那一处去呢?"那位武官听了这话，瞪着眼，搓了搓手，便一声不响的打着马回去了。农夫们远远看见一群人似乎在商量什么事情似的，过了不大的工夫，那一队的人马都奔山里去，想是去找那个介子推了，农夫们望着他们去远了，才各自回到地里去作活。

原来离现在二千多年的列国时代，有一个晋国，那时正是晋献公在位的时候，晋献公生了九个儿子，其中有一个名叫重耳的，人最聪明贤德，可是他兄弟九人，人人都想承继他父亲的王位，因此弟兄之间生了意见，彼此结下私党互相排挤。这时公子重耳不敢再住在晋国，就带领他的心腹家臣逃到别国去避难，路上经过许多苦楚。后来到了卫国，卫国的国君，因为怕麻烦，所以吩咐人把城门关了，不让公子重耳进来。跟随公子的人们遇着这样的事，大家都十分发愁，谁知道又加上一层为难的事，就是公子重耳的钱财粮食，都被他的管库的人拐着跑了，只剩了几个赤手空拳的家臣，跟着他前去。他们自从五更天走到太阳升到中天时，还都没吃一点东西，个个都觉得又倦又饿，偏偏所经过的地方都是一片旷野，也没有一个人家，只得忍着倦饿前去。后来走到一个地方，地名叫作五鹿，他们看见五六个农夫，在麦田畔的土坡子上吃饭呢，他们嗅到那股饭菜香，更感到肚子的空虚，肠肚都咽嘟嘟的乱叫。公子重耳就派了他的家臣狐偃去向他们讨点东西吃。那一伙农夫，就问他道："你们是从那里来的？"狐偃答道："我们是晋国人，从晋国逃难出来，车上坐着的是我们的主人，因为走路匆忙，偶然缺少粮食，从早晨到现在，我们都水米不曾沾唇，请你们行个方便，将多余的饭菜给我们吃些吧。"农夫们摇头冷笑道："瞧你们这些人，好头好脸的，怎么弄得连饭都没得吃，倒向我们穷苦的农夫要吃呢？我们都是作粗活的人，非得吃饱了不能作活，那有多余的给你们吃呢？"狐偃见了这样子，也没办法，只得忍气吞声的，又向他们道："就是没有多余的饭菜，也请给我们一个盛饭的器具吧？"农夫露出轻薄的微笑，从地上捡了一块黄土，丢给他们道，"这块土很可以作器具，你们拿去吧？"公子重耳的另一个姓魏的家臣，性情十分暴躁，听见农夫这样戏弄他们，禁不住跳起来大骂道："你们这些乡下老，竟敢侮辱我们！"说完跑过去把他们的饭碗夺来丢在地下，摔个粉碎，公子重耳也觉得这些农夫太可气了。狐偃连忙劝道："公子不可气恼！这是一个好兆头！我们要想吃饭，那是极容易的事，要想得国是极难的事，现在这些农夫将土送给我们——土地是国家的基础，这是公子将来得到晋国的吉兆，我们应当谢谢他们。"公子重耳果然走过来替农夫拜了一拜将土拿去，那些农夫不明白他们的意思，心想这真是一群傻子，竟拿着黄土当宝贝！

公子重耳和他的家臣，离了五鹿又走了五十里路，人人都饿得实在走不动了，恰好前面有一棵大桑树，枝叶长得密密层层好像一把遮阳的绿伞，大家都在这树影下歇了。公子重耳又饿又困，倒在地下，枕着狐偃的腿睡着，其余的人都勉强爬起来，去采些野菜根，用白水煮了，权且充饥，公子重耳吃了一口实在咽不下去，正在这时候，忽见他的家臣介子推端了一碗肉汤送给重耳，重耳如同得了珍宝，满心欢喜的，接过来吃了，觉得那滋味异常鲜美，因问介子推道："这个地方从那里得来的肉呢？"介子推答道："这是臣的大腿上的肉，呵！……臣听得说孝顺的子女，有杀了自己的身体，去奉事他们的父母的，忠心的臣子，有杀了他们自己的身体，去奉事他们的君的。因为牺牲自己，帮助别人，是人类最高尚的德性，现在公子缺乏食料，所以我不敢爱惜自己的身体，把我腿上的肉割下来给公子吃。"公子重耳听了这话，感激得流下泪来，握着介子推的手说道："我这不幸的人，真累你们不浅呵！我将来怎样才能报答你呢？"介子推忙安慰他道："但愿公子早些回到晋国，使晋国的百姓，能享太平的幸福，臣的心就安了，并不敢希望什么报酬！"

过了不久，公子重耳果然回到晋国，作了晋国的国君了。

那一天上朝，看见百官齐来庆祝，强是热闹高兴，但是想起当年逃亡的痛苦，心里由不得难过，又想亏得那些家臣个个忠心赤胆，百般扶持，才有今日，现在正当大大的赏赐他们才对，因此下了一道旨意，凡是有功劳的人，都要分别着功劳的大小，赏赐他们，并在朝廷宴会。众多臣子听了这个消息，人人眉飞色舞，高兴万分，预备去领赏。其中只有介子推没有去，因为当年公子重耳逃亡在外的时候，那些跟随他的家臣，平日谈话之中，常常自觉功高，应得重赏，介子推见了他们这种样子，听了这种话，心里很觉得不以为然，心想他们这些人，太不明白什么是自己的责任了，只知道居功求报，心胸太浅薄了，所以他很看不起他们。等到公子重耳回国以后，他就告病假，回家了。他的家境十分贫寒，但他并不以为意，每天买些麻线，在家里织草鞋，卖钱奉养他的老母亲。

公子重耳刚刚继位，事情非常的忙，况且介子推又早告了病假，因此大赏功臣的时候，就把介子推忘了。但是他也怕忙里有遗忘的，因此下了一道旨意道："凡有功的人，没经赏到的，可以自己到朝里去请赏。"这道旨意就挂在朝门外。

在一天夜里，介子推侍奉母亲吃了晚饭，他就坐在院子里织草鞋子，忽听见家门口有人叫门，他放了草鞋，开门一看正是他的街坊，名叫解张的。他便将他让到堂屋坐下，并问他的来意。解张说道："我知道你跟公子重耳十几年，很受了许多辛苦，并且还割下你腿上的肉，给晋君充饥，你的功劳真是不小呢！但是这一次大赏功臣，独独没赏到你，我真替你不平。幸好晋君有旨意准许没有受赏的功臣去请赏，我今天从街上探得这个好消息，所以特意来报告你的。"子推听了这话，笑了一笑，没有回答他。这时子推的老母亲正在厨房整理家伙，听了这话，就走出来，对子推道：“孩儿！你跟了公子劳苦了十九年，并且还割肉救他的饥困，也就劳苦得很了。现在既然有这种机会，你为什么不去请赏呢？倘若能得些赏赐，早晚有顿现成饭吃，不强似你终日织鞋子吗？”子推道：“晋献公有九位公子，惟公子重耳最贤明，那么他现在得国也是应当的，而那些臣子都不明白这个道理，人人争功，我觉得这件事情太可耻了，我情愿一辈子织鞋过日，也不愿去请赏。”他的老母亲听了这话，又说道：“你就是不去求赏赐，也应当到朝廷见见晋君，使他明白你的心迹呵？”子推道，“孩儿既没有求国君的，我又去见他作什么？”他的老母亲见他这样忠诚清高，心里很觉高兴，就满面笑容对子推说道：“你能这样不贪求虚荣，不自己居功，只知道尽自己应尽的责任，你这种的人格，才是高尚可贵，我有了这样的儿子，真比封侯拜相还要荣耀呢！我当然要帮助你完成你的志愿，我们母子，一同躲到深山无人的地方去住吧，何必在这里和这些不明道理的人混呢。”子推听了母亲这一番话，高兴极了，他道：“孩〈儿〉最喜欢绵山的风景，那里山又高，谷又深，树木又茂密，景致又好，我们就到那里去吧！”母子商量妥当，当日收拾了行李就奔绵山去了。

这一天母子二人来到绵山脚下，因为母亲口喝［渴］，就在那块大青石上歇下了，后来遇见了农夫，要来热水喝了，就背着老母奔绵山深处去了。到了山上，天色已经很晚了，更加着四面高山和树木遮住太阳，望过去一片苍黑，好不怕人，于是子推就把母亲扶下肩来，在一堆干草上坐下，休息了些时候，月亮才上来了，照得山上的瀑布涧流，发出银色的光来，衬着碧绿的山岩树木，真是十分幽雅。子推又扶了母亲，在一丛松柏树下，找到一个山谷，那山谷的石头出出进进，曲曲折折，整［正］像一间天然的屋子，他将干草铺在洞里的一块大青石上，然后扶他母亲睡下，他就来到洞外，捡了许多松柏子给他母亲吃。那时正是夏天，山上的果子很多，桃子也已经熟了，在那一丛的绿叶里露出一个个腥红的桃子，又好看，又清香，子推采了许多放在母亲面前，让母亲吃，他自己也饱吃了一顿。由此天天他渴了就喝泉水，饥了就吃松柏实和果子，十分清闲的度日。

子推同着母亲离开城市的第三天，他的街坊解张才知道了，但是心里到底因了子推没有受赏大抱不平，他就作了一首歌贴在朝门外，第二天早晨就有近臣将这首歌撕下来，送到晋君那里去了。晋君看那上面写着一首歌，就是说他当日逃亡在外，曾经有一个臣子将自己的肉割下来给他吃，现在他是回国了，作了国君了，个个臣子都已得了赏赐。只有这个割肉的臣子是在野外受苦呢！

晋君看完这首诗，才想起介子推来，心里自念道“为什么把他忘了呢？当日介子推对于自己实在特别忠诚，现在封赏群臣独不赏他，真太对他不起了！”当时立刻派人去叫介子推。那人回来说：“子推早已走得不知去向了。”晋君就派人把子推的街坊找来，解张也在其中。晋君对他们问道：“你们知道介子推到什么地方去了？你们谁能告诉我，就拜他为官！”当时解张就上前回禀了：“子推前五天，同着他的母亲到绵山去了。……今天朝门上贴的那首诗，也不是子推作的，是小人恐怕子推的功劳埋没了，所以替他作了那首诗。”晋君道：“幸而你写了那首诗，不然我几乎忘记介子推的功劳哩！”当时就拜解张为下大夫的官，并叫他引路，派人驾车一同到绵山去找子推。绵山的农夫那天所遇见的一伙人，正是晋国的公子重耳和他的臣子。

当日晋君向农夫打探子推的消息以后，几次骑马奔绵山深处去，到了山里一眼望过去，只见树木密密层层，白云团团片片，听着水声鸟语，绕着树林找了几天，却没找到子推的住处，大家心里都十分焦急，公子重耳有些不耐烦了，他坐在岩石上叹了一口气道：“子推何至恨我这么厉害呢……一定躲着不肯见我……但是我听人说子推非常孝顺他的母亲，点起火来，烧这山上的树林子，子推若怕伤了他的母亲，大约就再不能躲着不见我了。”那些从去的臣子，也都个个找得心里发焦，听见晋君这么说齐声回道：“好极！好极！”于是立刻吩咐军士在山前山后周围放起火来，火势迎着风，十分猛烈，烧了三天三夜才息了。但是子推终久没有出来，后来大家又遍山一找，找到一个枯柳底下，看见子推和他的老母亲互相抱着烧死了。晋君瞧着子推母子骨头烧得焦黑，不禁一阵心酸，落下泪来，就派人把他们母子埋在绵山。并造了一所庙，赐了几十亩地，派人四季奉祠他，并对其他的臣子说道：“像子推这样的人，才真是施恩不望报的高尚的人，可是我受了他的好处没有报答他，反将他母子烧死了，我的良心怎样过得去呢！”群臣听了晋君的话，也都十分难过，大家默默无声的离开绵山。那些绵山下的农夫，看见烧了三天三夜的火，正不知是怎样一回事呢，早晨遇见打柴的刘大才知道，是为介子推不肯出来受赏，晋君才用这计策逼他出来，那知道到底把他们母子二人都烧死了呢！农夫们都不禁的叹气。

后来晋君从那里走过去的时候，农夫们看见晋君满面泪痕，群臣也都无情无绪，他们都不禁放下锄头抛了镰刀望着绵山叹气，直到晋国君臣，走得连影子都不见了，他们才慢慢拿起锄头镰刀来工作。

这时绵山上的白云，依然是一团一片的飞舞着，不过树木却少了，只见一块一块的青石在太阳光里闪着光，似乎庆贺子推完成了他伟大的志愿。

（本篇最初发表于1929年6月中华平民教育促进会《平民读物》初版，1932年7月再版）

渺无音信

陆清一向在衙门里充当书记，每月只二十五块钱的薪金，他的妻子又是一个能干有算计的女人，所以二十五块钱竟能使一家四五口人，很平安的度过。陆清也很知节俭，每日到衙门里去，总是走路，就是比较便宜的电车，他也不敢常坐，除非一两天遇见有紧急的事情，才勉强坐一趟，但是每次他若是坐了电车，那一天他八个铜子的白干就省去了。

他除了妻子以外，还有一个六十多岁的母亲和两个女儿。他每天下了衙门以后就回家，和他母亲讲讲家常，有时也把衙门里听来的新闻说点给他母亲听听，他母亲总是含笑的端坐着听他孝顺的儿子谈论。有时候他问问两个小女孩子念了多少书，把她们才学写的仿本拿来看看，一家子融融洽洽十分快乐呢。

但这是前七八年的事情，近来可就不同了。他母亲更老了，耳朵眼睛牙齿都不济事了。他自己又生了两个男孩，本来添人进口最是老人家所盼望的事情，不过近来因为陆清衙门的薪水，不能照月发，家里嚼用再增加，老人家每逢吃着黄米面的饼子的时候，禁不住叹气；并且不敢十分放量的吃，生怕孙儿孙女不够吃，所以她明明要吃两个才能吃饱，但她只吃到一个半，就放下不吃了。陆清看见母亲年纪这么大了，三顿饭都没法子叫老人家吃个舒心，真是恨自己太无能了。常常躲在房里，和妻子说着，相对流泪。

这几天天气渐渐冷了，老人家去年的棉衣已经破了，今年无论怎么样都得另做，孩子们大了该让他们进学堂，但是学堂岂是空手可以进去的？陆清站在院里想来想去，真是没有办法。前一两年还有祖上留下点古董字画，到不得已的时候，还可以拿去卖几文凑合着混，现在已经是卖尽当光，再加衙门里两年以来，总是欠薪，这几天简直连吃黄米面饼子的钱都没有了，衙门里还没有发薪水的音信呢。

这一天下午，他从公事房回家，走到屋里，只见他妻子坐在坑［炕］上发怔，眼睛红肿着，似乎才哭过，孩子们也都是愁眉泪眼的坐在院子里的台阶上，他心里直发毛，因为他早已料到不定那一天他家里要为了生活起恐慌的，所以他吞吞吐吐的说道：“你们这都是怎么啦！”

他的妻子嗐了一声说：“你说我们怎么啦？连我也不明白。你两三个月来，也没拿回一文半个来，这一家子六七张嘴那个是不用吃饭活得了的？起先我也不愿意告诉你，把我那点陪嫁的东西，或当或卖的垫着用，总希望将来有个熬出来的日子，但是东西是当得完卖得光的，人却不能一天不吃饭，你还不知道家里今日就统共只剩了两碗米吗？我把他熬了一锅粥让妈妈和孩子们吃了，留下一碗预备妈妈作点心。我只吃了半碗，胡乱充饥。孩子们懂得什么说稀粥吃不饱，向我要钱买烧饼吃，我正焦急，说了他们一顿。这会子都在那里闹脾气呢……唳！我也不知道这日子怎么过下去，衙门里到底有日子给钱没有啊！”

陆清听见他妻子说了这一段话，心里仿佛刀刺剑搅，心想眼前就真没法子过了，因叹了口气道：“年头是这样不济，叫我有什么法子想。我从来不曾浪用一文，这是你知道的，按理我总不应当饿死吧！……那里知道天地间就没有公理到这地步呢？……”

“那些话暂且不忙说，你倒说今天晚上怎么对付这一家子呵！妈妈上年纪的人，怎么能让他老人家挨饿，孩子们呢？也是饿不得，……你赶快上什么地方去挪动挪动。”

陆清绉着眉头想了半天，道：“这个年头开口向人借钱，真比什么都难，……没法子我出去碰碰吧！”陆清说完，忙忙出了家门口站在叉路口上，不知不觉踌躇起来，上那家去借呢？平时有钱的时候，个个都是好朋友，等到要穷得向人借钱吃饭，连亲戚恨不得都不认你，何况什么朋友呢？……他想到这里，真恨不得折回家去，不去跑这趟冤枉路，并且白惹一肚子气，……可是自己肚子这时候也在咕嘟咕嘟的反抗他呢。没有法子，拚着碰钉子碰碰去吧！

陆清想起他幼年一个很好的朋友叫刘德的，住在东大街某胡同里，他或者还能念旧有个商量。主意一定，就往东一气走去，到了刘家黑漆的大门前，心里由不得急剧的跳起来，脸上的血管都似乎暴燃了，一阵阵发热，在门口站了许久，才把忐忑不定的心神勉强镇住，走到门房，把名片递给看门的，等了一刻，只见刘德满面堆笑的迎了出来叫道："陆清哥！今天什么风把你吹到这里来？衙门公干忙吧？"陆清勉强应酬了几句，要想开口诉说来意了，禁不住又是一阵脸红，半天半天才吞吞吐吐的说道："德哥！近来的日子真是越过越难了……""是呵！我也正在发愁呢。前几天我们庄头来说：'今年涿州有战事，麦子被兵践踏得一点都没剩。'我家今年至少要损失三四千呢，这个年头的百姓，实在没法安居，……"

陆清听了刘德这一段话，胆子又小了一半，他家既然今年遭了这么大的损失，还怎能开口向他借钱呢？心里踌躇着不得主意，这时天已经暗下来了，知道家里的老母妻子儿女都希望着他买米回去煮饭呢，他想到焦急的时候，只有暗暗叹气，后来他想还是走吧，别处再去打算盘，……刘德执意留他吃便饭，他那里能安心吃呢！可是肚子也真饿了，没法子就在那里吃了饭告辞回去。

路上漆黑，既没有月光，路灯又被风吹得火光闪烁不定。他独自走着。回去吧？自己虽然吃饱了，怎么对得住家里的大大小小？不回去吧？又到那里去借？想来想去，最后把怀里的银表摸了出来，那是他父亲给他的纪念品，他几次想当，都舍不得，今天晚上真是走头无路，环顾全身，只有一只银表，还能当得块把钱，硬着心肠把表取了出来，走到当铺里，当铺里的人只肯出一块钱，后来商量了半天，算是一块三角钱当了。陆清拿着那一块三角钱，到米店里买了一角钱的黄米面，和一角钱咸菜，拿回家去。一进门就听见那几个孩子在嚷肚子饿，他的妻含着眼泪安慰这个一顿数说那个一顿，一见陆清手里拿着东西进来，才止着眼泪惨笑道："好了，你爸爸买米回来了，你们等一等就有饭吃了!"孩子们听了这话，也都高兴一起跑过来，抱着陆清的腿，爸！爸！爸爸！叫个不休。

陆清的老母亲虽是吃了一碗早上的剩粥，肚子也还是饿，幸喜陆清的妻子十分孝顺，只说陆清去买米，并不敢把家里断炊的话告诉她。老人家这时候听见孩子们在院子里叫爸爸！知道儿子买米回来，也忙着出来看。陆清见了母亲那龙钟老态，心里又是一阵难过，赶快把买米剩的那两角钱，交给他的妻子说："你明天去买四两猪肉，给娘下饭吧!"他妻子接了钱，就忙到厨房去烧饭去了。孩子围着炉子，直问"娘得了没有?"一个个的小肚子都饿得直叫。陆清摸摸身上还有一吊钱的铜元票，就先到门口买了四个烧饼一个馒头，拿进来，把馒头给他老娘吃，四个烧饼分给四个孩子。这些孩子抱住烧饼只顾吃，连话都顾不得说了。陆清看了这个样子，心里禁不住又是一阵伤酸，独自走到房里，把桌上的洋腊［蜡］点着了，看看满屋子只剩些破烂的家具。眼看离要饭吃不远了，禁不住暗暗垂泪。他的老母亲拄着拐杖走了进来，看见儿子好像才哭过似的，老人家也早明白，家里的日子是一天不如一天了，看见儿子天天辛苦，也拿不到一个钱，又焦急又伤心，因抖颤着道："清儿！自从你三岁上死了父亲，我一个妇道人家，也没有法子赚钱，只得把祖上剩下的东西田产，都用尽了，……实指望你大学毕业后，能够支撑门户，谁料到现在的日子是这样难过呢！唉！这一家老的老，小的小，可怎么好呢?"说着干绉的眼皮里，涌出泪来。陆清看了母亲这样，不敢再哭，咽住眼泪强笑道："妈妈不要着急，这一两天部里就可以发薪了，……"陆清母亲听了这话，心里才安慰了，说道："几时准发，你明天到部里也打听打听。"陆清答应了，送他老母到房里去睡，自己又回到屋里，真是满肚皮的牢骚，因给刘德写了封信，把家中苦况详详细细的诉说了一番。

陆清越写越伤心，后来眼泪把信全打湿了。他实在写不下去了，把信胡乱叠了放在衣袋里，这时心里又有一线希望的光闪烁：若果明天部里发薪水至少这一个多月的生活维持下去了，想到这里，心气渐渐平定下去，不久就睡着了。

次日绝早陆清就起来，把房摺子拿出来看了。每月房租三元，欠了两个月已经是六元了，至少也要先给他一个月的，二十五元去三元剩二十二元，买一包棒子面，一包小米，柴炭油盐酱醋，差不多十五六块钱吧？还剩下几块钱，先买一斤棉花给老母亲添在棉袄上，自己身上的棉衣也不暖了，至少还要买半斤棉花，其余的给每个孩子缝件棉袄，将就过冬……

陆清打了一早晨算盘，后来就到部里去了，镇住心神坐在公事房里，差不多快到十二点了，他慢慢吞吞的走到会计室，起先谈了些闲话说："天气渐渐冷了，今年的煤又贵，部里经济恐怕有问题吧？……"陆清说到这里就顿住，那位会计先生心不在焉的答了一声道："可不是吗？"陆清又嗽了两声，才吞吐的问道："部里发薪有信吗？"那位会计先生，依然是不经意的答道："渺无音信。"陆清听了这句话，耳边好像听见一声轰雷激电，眼前一阵昏黑，喉中如有东西堵住，一口气接不上来，便摔倒地上。那位会计先生这才着了忙，急急喊听差来去请医生，一面将陆清扶了起来，放在一张沙发上，摸摸他的手足已经冰凉，不久医生来看了看脉，已经是没有救药了。会计先生忙叫人到他家去通知，这时惊动了全衙门的人，都围在会计室，问起原因，知道是因为不发薪急死的，大家脸色都不觉惨白了，眼泪不由自主的滚了下来。

（本篇最初发表于 1929 年 6 月中华平民教育促进会《平民读物》初版，1932 年 10 月再版）

刘　大　嫂

东边的天，才有一点发白，血红色的太阳还藏在淡雾的后面。但是麻雀已经离开他的巢，在那微带枯黄的藤树上吱吱的叫唤，秋风一阵阵的吹着。刘大嫂从睡梦里一翻身爬了起来；床里的小美儿正睡得香酣，她把棉被轻轻往上拉了拉，盖住小美儿的胸口，就悄悄的出了房门。这时候彩霞散满了东方的半个天，水红的，金黄的，还有浅紫的各种颜色，描画在碧蓝的天空仿佛一张美丽的图画。但是刘大嫂没有功夫注意这些，她提了放在石阶下的两只水桶，到后院的井里，汲了两桶水，用力提着，倒在厨房的大水缸里，脸上有些发红，心脉不住的急跳，她放下水桶，拖着大襟擦了额角的汗，转身走到灶边，用火钳通开了火，又从新加了些生煤，放上一口小铁锅，倒了八分锅的水，用木头的锅盖盖了，回头取了一个绿盆在米缸里掬了三把米拿到后院的井边淘净，回到厨房时恰巧锅里的水也滚了。她将米倒在锅里用笊篱搅了一搅仍旧盖了盖锅，她一边忙着一边侧耳听着房里的声息，惟恐小美儿醒来找不到娘，急得号哭，甚至于吵醒了刘大哥……幸而没有什么声息，可是那木头锅盖，被锅里的蒸气冲起来，噗哧噗哧的直响，白色水沫喷了出来沿着锅边流在灶台上，发出沙沙的声音，跟着一阵硫磺味喷了出来，刘大嫂忙掀起锅盖，撇去上面的浮沫，然后又用笊篱搅了搅，看看米花已经有两分来长，差不多熟了。她用笊篱捞起一大半来，留着午饭时炊着吃，那一小半就熬成粥。没有多大工夫，粥也烂了，她连锅放在旁边，将火用湿煤封上口，仍旧回到房里。这时睡在小藤床的刘大哥已经醒了，看着照在窗户上金黄色的太阳打了一个大哈欠，又伸了个懒腰，就在那“吓唷”的哈欠声里，把小美儿也惊醒了。他睁开亮星似的小眼向旁边看看，见娘已不在那里，蓦然翻身坐了起来，向四围找寻，刘大嫂已经跑来抱住他，这才把小美儿要哭的脸变成笑脸了。刘大嫂将他搂在怀里，含着慈祥的笑容说道：“小美儿乖乖！你睡醒啦，好宝贝穿衣下地玩，让妈妈替爸爸打脸水，回头喂你稀饭吃。”小美儿“啊”了一声依旧伏在娘的怀里不肯下去，刘大嫂也恨不得老搂着他，觉得这样温软的小脚小腿，和那匀静的脉搏，处处都使得她舒服安慰。但是刘大哥已竟［经］拖拉着睡鞋，走过来道：“美儿下来，让妈妈去拿水。”说着伸手接过美儿来，在他肥嫩的红颊上吻了一下。刘大嫂忙着拿脸盆出去，不久端了脸水和嗽口水来，又忙着预备了粥菜。刘大哥洗完脸嗽了口吃好稀饭，穿上竹布大衫，拿着帽子，就上印刷局去了。

这时候已经八点半了。刘大嫂先喂饱了小美儿，自己才胡乱吃了两碗粥，替小美儿拿了玩具放在小椅子上，让小美儿自己去玩，她才偷了个闲空去梳头，梳好头又忙拿着了十吊钱请前院张大嫂买菜时〈顺〉便替她带回菜来。以后她又打扫屋子洗衣服，刚刚弄得清楚，张大嫂已经买菜回来，提着个旧竹篮，将两个茄子四两猪肉两块豆腐一颗小白菜递给了刘大嫂。刘大嫂晒好了衣服，就忙着作午饭，炒茄子，炒肉丸，豆腐熬白菜，一样样的煮好，刘大哥也就回来了。他们夫妇带着小美儿吃了午饭，刘大哥稍微歇了歇，又到印刷局去。刘大嫂洗净了碗碟收拾了厨房哄着小美儿睡了午觉，仿佛有点腿酸，就端了一张椅子，坐在窗户跟前。屋子里静悄悄的，只听见院子里的杨树和梧桐，被秋风吹的沙沙的发响，刘大嫂身上只穿着一件洋布短衫，刚才忙乱时毫不觉冷，这时静坐下来，才觉得这一阵阵的秋风，吹在身上，有点发凉，不禁叹了口气自言自语的道："糊里糊涂的又过了一个夏天。"于是想起打点秋衣，第一小美儿孩子家，早晚最容易受凉，去年的夹衣破的破了，小的小了，今年至少也得添补两件，因想起上次庙会的时候，曾买了两丈的花洋布，先给小美儿作一身夹衣。刘大嫂一面想着，就站起来，开了那只藤箱找出那块花洋布来，先裁了一条夹裤，拿了针线，又坐在刚才坐的那张椅上一针一针的缝着，日影随着她一上一下的针线，慢慢的向西斜去，壁上的钟当当的正打五点。她抬头看看天空，真是一片清碧，没有一条浮云，好像用水洗过似的，斜阳射在西方的大榆树上，树枝在秋风里摆动，一闪一闪，放出淡黄色的光彩。刘大嫂许久没有理会这自然的美景了，这时候对着这没有云的蔚蓝的天空和秋阳下的树影，不知怎么心里好像丢了东西似的，又像是身子悬了空。她正在没有主意的时候，小美儿已经醒了，她放下一切的幻想，将美儿从床上抱了起来，给他喝了一碗开水，又拿了两块饼干哄着他。美儿吃了饼干渐渐高兴了，独自跑到院子里去玩，刘大嫂又到厨房去忙晚饭。六点多钟的时候，刘大哥带着疲劳的样子回来了，刘大嫂替他打好了脸水，跟着就端上饭来，吃饱之后刘大哥的精神也就来了，出门去找朋友谈天。刘大嫂收拾完了，也带着小美儿到前院去串门。前院住的张家，一共四口人，张老大在邮政局当信差，他的儿子小张今年二十岁，已经娶了妻，他自己在铁工厂当铁匠，他的妻小名叫瑞姐，今年只有十八岁，作得一手好针线。他们父子俩人每天都不在家，他们婆媳俩人忙着料理家务，白天也和刘大嫂似的不得闲，到了晚上，忙完晚饭以后，瑞姐点起灯来作针线，张大嫂就端张小凳子坐在院子里，刘大嫂常常在这时候，来找他们闲谈。他们谈起年头不好，东西一天一天的贵，可是钱一天比一天难挣，吃饱的少，饿死的多——张大嫂是相信命运的，所以每逢谈到这里，她总是叹息着说："唳！谁让我们的命不济呢！人家前世修得好，活该咱们饿死，人家坐汽车吃馆子照样的乐，年头不好才碍不着人家呢……"刘大嫂虽是念过几年书，对于命运的话有点怀疑，可是这几年来过着这种苦日子，也把那点怀疑销磨尽了，听了张大嫂的话不知不觉的佩服，别的话也谈不下去，加着小美儿也闹着要睡，就辞别了张大嫂回到自己房里，打发小美儿睡了。她自己也觉得十分困乏，可是刘大哥还不曾回来，要候门不能就睡。于是又拿起美儿的小裤子缝着，眼睛涩极了，几次插下针去，就提不起来，眼皮直往下垂，好容易等到刘大哥回来了，替他挂完长衫关了门睡下时，已经十二点了。

刘大哥在印刷局里作一个工头，从前还兼买办，一个月也有八九十块钱的进款。那时候家里还能用一个老妈子，小美儿也还没生。刘大嫂每天过着比较闲散的日子，常时看些杂志，有时高兴也临临帖。但是过了一年，她生了小美儿，加着市面上冷落，事少人多，他的买办职务，被别人夺了去，仅仅作一个小工头，每月只有三十块钱，一家三口，实在不够用。但是找事太难，只有极力节省，第一件就是把老妈辞掉连吃饭带工钱一个月可省七八块钱。从此刘大嫂一个人就兼着太太母亲和老妈的职务，埋着头一天一天机器似的忙着。不但看杂志临字帖办不到，就是想一点除作饭洗衣服哄孩子以外的事都办不到。

刘大嫂起初时也感觉得这种生活太不满意，但是近来都渐渐习惯了。他觉得什么是人，尤其是没有能力的女人，就是一架活机器，一辈子平板的转动着直到油干了生命灯灭了便是结束。所以她从来没有说过怨言。至于刘大哥呢，他是向来主张女人就是女人，除了给人当太太给人当母亲以外，没有更好和更伟大的工作。

刘大嫂安然过着这种干枯的生活，今年这样明年还是这样。刘大哥也依然作着他那小工头。他们的家庭就像一池没有源流的死水，永远不发生什么变化。而且他们关紧了大门过日子，不管世界潮流是变成什么样子，他们总是死守着祖先传说的思想和习惯。不过可惜他们的大门，仍有一天破朽了，于是一池的死水，也起了极大的波浪。

在一年的春天，刘大嫂院子里的老藤树，开着格外茂盛的花，浅紫色的花穗，倒垂在姿势蟠屈的藤蔓下，好像小小的花篮，浓烈的香气带着醉人的魔力。刘大嫂忙完了早饭，正在窗下梳洗的时候，忽然有一阵笑语声，冲破了这院子的寂静。那笑声有些耳熟。她正在诧异，忽见张大嫂领进两位剪发的时髦女客来，一个身上穿着一件藕荷色的长袍，一个身上穿一套浅绿色的裙衫，站在藤花下边顿时使这小院子热闹了。刘大嫂急忙迎了出去，正是她在初中时的同学夏丽真和邱玉。她见了这两个人，脑子里立刻现出许多往事，美丽的青春，活泼的童年都想起来了。但是她又看看现在环境，真像是在作梦，早已忘掉的自己，现在从新认识，由不得一阵伤心，张大了眼睛痴痴的望着他们，直到邱玉喊道："仰芬姊你难道不认得我们了吗?"刘大嫂的灵魂才从新归了窍，红着脸答道："怎么就会不认得！只为想不到你们这会子来，猛然遇见，竟把我喜欢糊涂了！"他们一同进了房里，谈到彼此过去的情形。刘大嫂和邱玉他们在学校时原是极好的朋友，不过刘大嫂的家境不好，初中还没有毕业，就嫁给了刘大哥，邱玉他们中学毕业后又进了大学，现在大学都毕业了，刘大嫂听了他们的述说，心里又是羡慕又是难过，只有在心里怨自己的命运不好。邱玉和刘大嫂谈着话，不住打量她，觉得刘大嫂简直不是从前的仰芬姊了，不但老了许多而且身上穿着一件旧月白色竹布衫，衬着一条微微发黄的黑布裤子，整像一个老妈。头发不曾剪，松松的挽了一个髻，脸上颜色青里带黄，两只眼窝围着一圈黑纹，一看就知道是劳苦过度。邱玉见了这种样子，由不得心酸，向前握住她的手道："仰芬姊！你的样怎么变了许多，如果在街上陡然遇见，简直认不得你了……你瞧你和那张照片的容貌你还能比么？……"刘大嫂果然仰头注视他结婚时那张照片，那时还是一个美丽活泼的姑娘，和现在的丽真邱玉一样，那里像现在的她和木头般的死板。“唉！一个人究竟经不起销磨哟！”刘大嫂不由得这样叹息了。但是她再一想起刘大哥的话：“女人就是女人，除了给人当太太给人当母亲以外，没有更好和更伟大的工作。”她开始觉得不安定的心又安静了。她转了口气道：“作人就是这样，那一个女子出了嫁不是这样——操持家务，教养小孩，伺候丈夫……”

“哦！仰芬姊！怎么你的思想，也变得和从前两样了呵……现在是什么时代，女子也是国家的一个公民，和男子是一样的，除了作人妻作人母之外，同时还负着别的责任呢……”

“还负着别的责任，”刘大嫂反复念着这句话，她那已经平静的心，又慢慢摇动起来，她忽然不满意女人就是一具机器的思想了；她的头慢慢低垂下来，她想这果然是错误的。不过她同时又想到，就是这么一具机器的生活，已经累得他喘不上气来，若再加上些别的责任，那简直不累死不止呢。于是她叹口气道：“我也知道你们的话是对的，但是我的命运如此，也叫我没法办。”

“什么是命运！只要肯努力，天下没有不成功的事情！命运是人自己造的呵！仰芬姊！你所以弄到这样，就是你太相信命运了。”

“就是这话了！”丽真也接着说，“就拿仰芬姊现在的生活说吧。从五更忙到夜半，所作的事情，都不是由自己心坎里感得有趣味的事情，结果你就变成一个奴隶了，你的精神怎能不销沉？你的身体又怎能不衰弱？一个人既有生命，就应当工作，不要忘了兴趣和自由，有了自由和兴趣的生活，才是人类的生活，不然就和牛马的生活没有分别了……仰芬姊！你实在要勇敢一点不要把自己看得太轻……”丽真发了一篇大议论以后，两眼钉在刘大嫂的脸上，仿佛牧师对乡民讲道时的情形，怕她不明白。刘大嫂依旧一声不响的低着头。可是往她脸上看，忽青忽红的颜色上，却可以看出她那乱杂和不安定的心情来了。

邱玉丽真和刘大嫂谈了一点多钟，因为还有别的约会，不能久坐就告辞走了，刘大嫂送他们出门以后，看看表已经十点半了，心里真是乱七八糟，怎么样都沉不住气，可是当张大嫂替他买了菜来，又不能不到厨房去作午饭，她仍然按照每日的规矩先蒸上饭，然后洗菜切菜，该炒的炒，该煮的煮，可是今天不知为什么只觉得心乱如麻，拿了酱油又忘了白糖，一边洗着菜，一边感觉得自己好像井底的青蛙，除了这个小小家庭外什么都和自己不发生关系。心目中只有一个丈夫是天，两只眼只瞧着他，拿他的意志作意志，拿他的思想作思想，丢掉女人独立的人格，这够多么愚钝，多么可羞呵！这些从来没有发生过的新思想，今天都在刘大嫂的脑子里纠缠着，后来竟弄得夜里也睡不着，似乎喉咙里梗着一块东西，不想法子吐出来，是好不了。现在刘大嫂对于她的生活实在不能再照样延长下去，她一天到晚想作人妻作人母都是一样的重要，尤其是作一个有独立人格的人，更比别的重要。自从刘大嫂精神上发生了巨大变化之后，刘大哥丝毫不了解她，也不来帮她解决，有时还露着轻蔑的眼光望着她，似乎说你这没用的懦弱女人，也想翻身吗？有一天刘大嫂病了，午饭作得迟了，刘大哥从印刷局回来，等了半点钟还不见端出饭来，连催了几遍，刘大嫂拚命的赶作，等到把饭端在桌上，刘大哥用力推翻饭碗，恶很很的骂道……“一个女人不会操持家务，还行吗？每日统共作三顿饭，还闹不清楚，早一顿，晚一顿……这不是倒霉吗？谁家娶老婆是供着看样的？真他妈的！……”刘大嫂向来是很服从刘大哥的，被责骂永不还嘴。今天她忽然变了态度，带着发抖的声音说道：“唉！这几年的罪我算受够了……身体上的劳碌还不要紧，最是精神上的痛苦，简直把我囚在地狱里了。你向来拿女人不当人，我怨我的命苦，含着眼泪忍受，现在我才觉悟了，什么命运，什么女人就是女人，我不能再相信这些话了。”

刘大哥瞪着眼张着嘴，真不知道，这朵乌云是从那里来的，忽然发生这么可惊奇的暴风雨，好久好久他才回过气来，摇着头叹息道：“这从那里说起？”

刘大嫂两眼露出逼人的光芒，微微的冷笑。

这时小美儿忽然哭了，喊道：“妈！我要饼干。”

（本篇最初发表于1929年6月中华平民教育促进会《平民读物》初版，1932年7月再版）

阿　笛　生[1]

美国有一个地方，名叫克里五村，工厂很多，每所高楼的顶上，总有不少的烟筒。那煤烟好像黑云般不断地往外冒，那地方的空气，永远不清洁，不但混着灰尘，还混着煤烟。那些工人的孩子们，一天到晚，在这恶空气中生活着，弄得个个瘦弱带着灰黄的脸色。

有一条街中，一所破旧的房子里，住着一个四十多岁的男子，他名字叫阿笛生，是一个瘦弱而多病的人。这一天下午，太阳的红光，正射在树林里，颜色十分好看，阿笛生离开他破旧的房子，到马路上散步，看见街上有许多小孩，但没有一个

---

① 希拉姆·阿笛生（1818－1898），美国教育家、改革者。1874 年因创建“新鲜空气营”，改变了工业污染区孩子们的命运，美国人都叫他“父亲阿笛生”。庐隐不选择发明家爱迪生，而选择这个崭新视角，彰显了她的敏感性与前瞻性，至今尚正当其时。

脸上是有血色的，他禁不住想到他自己小的时候，脸色也是这样难看，身体也是这样衰弱，记得他母亲曾拍着他的肩说：

“可怜的小阿笛生实在太瘦弱了，最大的原因，这地方污浊的空气是不适宜的，可是我们要在工厂作工，没有能力离开这地方呢！”

阿笛生因此身体一天一天衰弱，在他小的时候，一点没有活泼气，一年到头生病，也不能受相当的教育。到年纪大了，既没有本事，也没有强健的身体，所以他一辈子的生活，都是十分穷苦惨淡，现在勉强活着，他的境遇和要饭的化子差不多了。

这时他对那些孩子看着，觉得他们和自己小时一样的瘦弱，心里十分难过。他想若是不想个补救的方法，将来这一方的小孩，都要陷入悲惨的境遇，这实在太可怜了。他心想这些孩子，既是因为没有好空气而瘦弱，那末如果天天领他们到郊外去玩，几天之后，一定可以强壮一些。他决定这样作以后，就到邻居去告诉他们的父母，他要领孩子们到郊外去玩，让他们吸取新鲜空气，他们都很欢喜的答应了。于是他在早晨太阳才出来的时候，就带了十几个孩子去了。

郊外是一片大草地，西边靠近翠绿的山，山下还有一道小河，水是碧清的，山下种着许多树，有鸟儿唱歌，有山羊叫唤，空气是非常新鲜，没有混着灰尘，也没有混着煤烟。孩子们来到这里立刻活泼起来，他们仿佛才从笼里放出来的小鸡，到处跑着玩去。阿笛生站在草地上，含笑看着他们，直等到太阳下了山，郊外的晚风，吹在他的头发上，那时他又领孩子们回到克里五村去。

他天天带着十几个孩子到郊外去，有一天他们到了郊外，那时正是初秋的天气，忽见天上满是黑云，凉风不住虎虎的吹，雨点花花往下落。孩子们正在玩的高兴，忽被这一阵暴风雨，淋得像水鸡似的，又是怕，又是冷，晚上回来的时候有几个孩子病了。阿笛生心里很难过，他半夜想起郊外最好搭一个油布的窝棚，遮蔽风雨。若果昨天要有窝棚，就是遇见风雨，孩子们有处躲避，也不至于生病了。

几天之后，阿笛生果然在郊外搭了一个油布棚，就叫作新鲜空气营。他仍照着老规矩，每天带十几个孩子到郊外去，几个礼拜之后，孩子们的脸色果然好了，当他送孩子们回到家里的时候，他们的父母，没有一个不欢天喜地的，跑过来拉着阿笛生的手感谢道：

“可尊敬的阿笛生先生：自从你带了我们的孩子们到郊外去，仅仅只有几个星期，而他们康健多了，在他们蜡黄的脸上，现在是露着苹果的红颜色，那是多么可爱呵！”

阿笛生微笑着把孩子们交还他们的父母以后，他又另外带了别的没有去过的孩子们走了。后来他想每次只能带十几个，这地方的孩子，至少也有几万，这种的轮流法，要许多日子才轮到一回，有什么效力呢！这必得想个方法，多造些新鲜空气营，最好同时能带几千去，使他们常住在那里，岂不更好吗？

但是他自己是个穷汉，绝没有钱办这事，须向别人捐助才行。于是他把他的意思，写成一篇短短的文章，托人登在报上，他自己又到各家去，恳恳切切和人谈讲，劝人捐助，后来果然被他捐了不少的钱，他先造起二十处新鲜空气营来，每一营可容十个人，二十个野营就可容二百人了。但他还不断努力，向人捐助，预备再多造野营，这个消息传开了，不断有人来参观访问，不久美国全国的人，都知新鲜空气营的好处，有许多别地方的人也仿照着办起来，这新鲜空气营反到处都有了，所有穷苦人家的孩子，都变成很健强而活泼的孩子了。

后来阿笛生又想想孩子们的身体是康健了，但是他们的教育怎么办呢；岂不要变成游民吗？那不但他自己本身，受不少的苦痛，国家因为游民太多，也要衰弱了。他想到这里，他就把捐来的钱买了许多的木料，在郊外盖了许多木头房子，让那些贫苦的孩子住在那里，他又约了许多朋友来帮忙，每天教孩子识字呵！唱歌呵！体操呵！有时也教他们各种手艺——如用柳条编筐子，用麻作绳子，女孩子还教他们作衣服，绣花等。他不只要使这些瘦弱的小孩变成康健，还要使他们变成有用的人。

从此以后，美国各处的郊外，都有许多新鲜空气营，那高大的山不是一声不响的站在那里，它也和这些天真活泼的孩子们玩；河水也不是静静的只顾不住的流，它也帮着孩子们唱歌。油绿的草地，给孩子们作了很好的褥子；茂盛的树枝和树叶给孩子们作了天棚。这些贫穷瘦弱的孩子得到最大的幸福。

呵！多么〈伟〉大的阿笛生，他替一切不幸的孩子，另造了一个好命运，他爱他们，仿佛是自己的孩子一样。他真是一个伟大的父亲，所以他死了以后，美国的人都叫他作父亲阿笛生，一直到现在，美国人提起他，没有一个不敬爱他的哩！

（本篇最初发表于 1929 年 6 月中华平民教育促进会《公民图说讲稿》初版，1931 年 4 月再版）

弦　　高

从前周朝王子颓最喜欢养牛，郑、卫各国的商人，听见这个消息，都贩牛到周朝去卖，利息很大，直到战国的时候，作这种买卖的还很多。

有一个名叫弦高的，他是郑国贩牛的商人，天性十分忠朴，也很有些见识，只因当时没有人荐引他到朝庭去作官，只好藏身在商贩里。

一天清早，他贩了好几百头黄色肥牛，到周朝去作买卖。那时天气已渐温暖，恰是初春气候，大地草木将要出了芽，弦高赶着那一群肥牛，慢慢走着，渐渐走近黎阳津的地方。正打算找个店铺歇息再走，忽然遇见一个熟人，名叫蹇他的，新从秦国来。弦高赶忙上前和蹇他相见，谈话之间，就问道："秦国近来有什么事情?"蹇他说道："秦国差遣三帅攻击郑国，在十二月丙戌那一天出兵，大概不久就要到了。"弦高听了这话，心里十分吃惊，暗想："郑国是我的祖国，忽然遇见这种危难的事情，我不知道还罢了，已经知道不设法去救，万一国家灭亡，我又有什么脸面回去呢？"当时送了蹇他之后，他便坐在路旁的石头上，思量了好久，最后想了一个办法。一方面连夜派人奔回郑国去报信，叫郑国忙作准备。一方面打点犒赏秦军的礼物，选下二十只极肥极大的黄牛，把其余的牛都安顿在旅馆里。他带着二十头肥牛，自己乘着一辆小车，往秦师来的路上迎去。不久走到滑国的地方，地名叫作延津，恰好遇见秦师的前哨。弦高跳下车来，上前拦住去路，高声叫道："郑国有使臣在这里，愿求一见！"前哨听了，赶忙报到中军，这时带兵的元帅，正是秦国的名将，叫孟明的，听见这意外的消息，不免倒吓了一跳；心里想道："这才作怪，郑国怎么知道我带兵来，并且派使臣远接呢？……"想了半天，想不出所以然，因自言自语道："好吧！且看他来意怎样再说！"因和弦高在车前相见了。弦高假传郑君的命令，对孟明说道："鄙国的君，听见三位将军，将要带着军队，从鄙邑经过，所以预备一点礼物，派下臣敬奉于将军，请将他犒赏从人。敝邑正处在大国的中间，常有外侮来侵，时当兵士远戍，恐怕万一不慎，或者要发生意外的事情，以致得罪上国，所以日夜儆备，不敢安寝，一切都求将军谅解。……"

孟明听了这话，想了一想，问道："郑君既然犒师，为什么没有国书？"弦高应道："将军在冬十二月丙戌日出兵，鄙君听见贵国兵士忙忙的前行，恐怕慢慢地写好国书，一定要误大事，失于迎犒，所以口头命令下臣从速前来请罪，并没有别的意思。"

孟明点头称是，后又附在弦高的耳旁底［低］声说道："我们这次出兵，完全是为来打滑国的，并不敢侵及郑国。"说完就传令把军队驻扎在延津，弦高道谢回去了。

秦国将官西乞、白乙两人很觉得这事奇怪。就请问孟明道："为什么把军队驻扎在延津呢？"孟明道："我们的军队从老远的开来，本打算趁着郑国不防备去攻它，才能取胜。现在郑人已知道我们出兵的日子，他们早就有防备了，攻打他一定难胜。要想围困他，兵又太少，并且没有后援。现在趁滑国没有防备，不如去打滑国，一定取胜。"

那天夜里三更的时候，秦兵分作三队去攻滑国，果然被他打破了，……这一场灾殃，本在郑国，终因弦高的忠诚和机变，才把将要覆亡的国家挽救回来了。

（本篇最初发表于 1929 年 6 月中华平民教育促进会《公民图说讲稿》初版，1931 年 4 月再版）

卜　式

汉武帝的时候，河南地方有一个名叫卜式的人，他向来以畜羊为业，家里景况还好。后来他的父母都死了，只剩下一个年纪很小的兄弟。卜式非常爱惜他，每天到田里去放羊，总让他跟到田里去。那地方有绿色的浅草，有清洁的小池，卜式把羊放到有水草的地方，任它们随便吃喝，他静静靠着柳树根坐着，有时候替他兄弟讲有趣味的故事，有时候带本书去教他认字。

光阴一天一天过去了，不知不觉卜式的兄弟已长大了。卜式心想祖上所传下来的财产不少，兄弟既已大了，也应分给他，让他自己去成家立业。于是他把所有的田宅财物，都给了他兄弟，自己只留下一百多只羊。分完之后，他就别了兄弟，独自一个，赶着这一百多只羊到山里去了。他找着许多水草丰美的地方，每天极早就赶着羊出去了，有时候天上的残月，还挂在蓝灰色的天上，星星也在上边闪光，卜式已出来了。

卜式天天看着小羊养大了，老羊又生了小羊，这样很顺当的过了十几年，那一百多只羊，已蕃殖到一千多只了。他有一天从一千多只羊里，挑出几百只又肥又大的来赶着它们到了城市里，卖了不少的钱，他拿着这钱就到房牙那里去商量买田房。

房子田地都买成了。那天他正从新房里出来，见他兄弟愁眉苦脸的走上来，细看看身上的衣服也很破旧。卜式因问他："兄弟！我分给你那些财产，你可以快快活活过日子，怎么你身上是这样破烂，脸上又是这样愁苦呢?"他兄弟很不好意思的说道："唉！我的财产都赌光了，现在已没了安身的地方，所以来找哥哥替我想想法子。"卜式拍着他兄弟的肩说："兄弟以往的事情也没法子想了，现在我再把这新买的田产给你，你以后要好好的过日子，不可再去赌了。"他兄弟十分感激的去了。卜式依旧到山里牧羊。这样作过几次，但卜式都没有怨言，而且他牧羊的成绩非常好，没有几年，他又积了不少的钱财。这时候他兄弟已经改好了，因此卜式的财产没什么化费，一天比一天多起来，但他仍旧努力牧羊，并不图安乐。

这时候在中国北方，有一种没有开化的民族，叫作匈奴。披着兽皮，戴着野鸡毛，骑了高头大马，样子十分狠恶怕人，常常在中国边界搅扰。有一天夜里人们正睡着，在梦中忽听见胡笳嘟嘟嘟的吹，人跑和马叫的声音，惊醒了人们深沉的梦，都急急爬起来开门一看，有许许多多的匈奴，拿着火把，举着短刀，有骑马的，有步行的，都一齐奔走。到了人家见东西就抢，见人就杀，抢完了，杀够了，便放起一把火把房子烧了。吓得这些居民，四散奔逃，哭儿叫娘的声音，十分凄惨，等到那些守边的兵士调到，匈奴早跑得无影无踪了。就是遇见了，也打不过他们，而且他们并没有一定的住所。因为那地方是一片白茫茫的大沙漠，不能盖房子，种粮食，他们是靠着牧畜生活，所以只用帐棚，为的是容易迁移，那里有水草，他们就搬到那里去，他们出没没有一定的，所以更难防备了。

守边的将吏，既吃了匈奴的大亏，恐怕他们还要来，所以急急派人报知汉武帝。正遇汉武帝坐朝，文武百官都在拜跪的时候，边将的紧急文书递进去，大臣将这文书恭恭敬敬呈上汉武帝。武帝看了以后不觉满面愁容，因说道："现有边将急报，说是匈奴屡次搅乱边界，朝中应派人往剿，谁去走一遭？"这话说出以后，众臣都面面相看，因为这几年来，屡次遣将派兵去攻击匈奴，而没有一次不是失败的，所以没有人愿意去。后来虽经武帝指派了人去，但心里依然闷闷不乐，这个消息传到外面，人人都知道了。

卜式这时牧羊已积下几十万财产了，这一天坐在酒楼里吃饭，忽听人人都在谈论这件事，他心里很难受。因上书奏明武帝，愿将自己的财产分一半，捐助国家，作讨伐匈奴之用。天子看了奏章以后，就派使者去问卜式是不是想作官。卜式道："我从小只知牧羊，不知官怎样做，我并不想作官。"使者将这话回奏了武帝，武帝觉得很奇怪说道："唉！是了，他既不愿作官，必是有什么冤仇要想报复了。"因又派使者去问，卜式摇头微笑道："我一辈子不曾和人争闹过，我同邑的人，家苦的我周济他，不好的我教训他，人人和我都很好，我那有什么冤仇，要想报复呢？"使者听了就问道："你既不想要求什么，你怎么肯分一半的家财，捐助国家呢？"卜式慨然道："天子要杀匈奴，为百姓谋幸福，我想有本事的人应当一刀一枪替国家出力，有钱财的人应当拿钱捐助国家。如此努力，匈奴才有破灭的一天，所以我并不要求什么，情欲捐助一半家产。”使者回奏了武帝。武帝就和丞相公孙宏商议。公孙宏说道：“这太不近人情了，天下那有这种好人，恐怕其中有诈，还是不要他的吧！”武帝听了，把这事搁下不提。

卜式上书以后，等了好久没有消息，他也不在意，仍然回去牧羊。过了一年多，正遇屡次出兵攻打匈奴，都是失利，国家财用一天比一天缺乏，仓库都空虚了，贫民增多了，并且都从穷苦的县分往富厚的地方迁徙，县官简直没有法供给这一笔的迁徙费。于是卜式就拿了二十万钱给河南太守，叫他把这钱就作为贫民的迁徙费。后来河南太守，把富人帮助贫民的名籍呈奏，武帝忽见上面有卜式的名字，不免想起前事，说道：“这卜式不就是那个愿拿钱财捐助国家的人吗？到底是个好人呢！”

在这时候富豪的人家，都把财产藏起来，只有卜式愿意拿出来助边，武帝很看重他，心想这人真是一个好国民，所以极意尊显他，使天下人效法他。

这时，武帝因为卜式不愿意作官就说：“我上林苑中有许多羊要想叫你去牧放，你的意思如何？”卜式很欣喜的答应了，仍旧穿着布衣，草鞋，到上林苑中去了。过了一年多，那些羊又肥又滋生得多。武帝有一天从那里过，看见了，不绝的赞美，卜式就乘机对武帝说道：“不但牧羊有种种方法，就是治民也是一样，第一须让百姓生活安定，然后再教他种种作人的道理，其中有坏的，应当去掉，免得妨碍群众。”武帝听了这话，心想卜式决不是个平常人，必有来历的；心里更觉敬重他。

后来又遇到南越王造反，卜式就上书给武帝道：“我听见说皇上有忧愁，是作臣子的羞辱。现在南越王造反，我愿意带着我的儿，同齐国懂得航海的人，一齐替国家死战。”武帝看了这奏章，大受感动，因下了一道诏书说道：“卜式虽是一个牧羊人，他能轻财尚义，愿以家财之半助边用，现在天下不幸有急事，南越王造反，他父子又愿为国死战，现在虽没有战，但他的忠义之心实在可嘉！”

从此天下的人，没有不敬佩卜式的急公好义。

（本篇最初发表于1929年6月中华平民教育促进会《公民图说讲稿》初版，1931年4月再版）

林　　肯

美国有位林肯，他在一八〇九年生在西美的荒原上的一间小房子里，那房子是用木头盖的，非常狭小，仿佛一个鸟笼似的。门上挂着一张熊皮，也没有窗户，屋里的器具，十分简陋，这正是荒原中初开辟的生活。房主人汤麦思就是林肯的父亲，向来是作木匠的。

荒原上起初没有果树和鲜花，自从汤麦思开垦以后，才种上了许多。春天到来，就可以看见嫩柳在风里摆动，桃杏的花影在太阳下闪光。林肯三四岁的时候，常常在树林里游玩，他的精神十分活泼。

林肯的母亲名叫南雪，是个识字读书聪明勤慎的妇人，每天料理家务，教育林肯，所以他家里充满了和悦的空气。

南雪夫人最喜欢把《圣经》里的好故事，采选出来教林肯念，养成他仁爱公正的习惯，所以林肯的年纪虽小，却比一切小孩懂事。有一次他曾在一条小河旁边钓到一尾小鱼，正往家里走，路上碰见一个背枪的兵士，林肯就把这小鱼送给他，表示对兵士的敬意。因为他母亲常告诉他说："兵士舍了自己的生命，保卫国家，是可尊敬的。"

林肯很喜欢讲说故事，有时坐在树枝上，有时站在土灶上，指手画脚的讲说。村子里的人，都很喜欢来听。

他幼年的生活，是很自由很活泼的，他家不久搬到一个小县里去，才到那里的时节，没有房屋居住，就暂盖了一所茅草屋子。这屋子只有三面壁，前头一面是露天的，汤麦思就叫这屋子为露营。他们在露营过了一冬，开春的时候，又另外盖新房子。林肯这时刚八岁，也能拿斧子帮同工作，很像一个少年木工。并且完工以后，就跟他母亲学写字，因为家里很穷，没有纸笔，他就拿树叶作纸，鹅毛管作笔，时时的练习，写得很好。他还能用弹弓打野鸟，供给家人吃，不过他天性极慈祥，有一天打着一只野鸡，他见那鸡的全身满了血迹，直吓得哭起来，以后再出去打猎，只求够吃罢了，从不肯多打。

第二年的春天，汤麦思的房子已盖好，全家都由露营挪到那边去。新房子虽也是用粗木盖成的，但比较露营强多了。他们在露营里，受尽了风霜雨雪的苦楚，搬到新房子来，竟仿佛到了天堂一样，一家子都十分快活。但是这时忽有不幸的事发生，就是林肯的母亲，因为劳苦过分，伤了身体，病得很利害，简直好不了。她要死的时候，叫林肯到床前，握住他的手说："林肯啊！我就要离开你去了，你好好的孝顺父亲，勉力作一个好人，别忘了我平日的教训！"林肯含泪答应说："我牢牢的记住，一生不敢忘!”

林肯自从母亲死后，觉得没有依靠，景况十分可怜！第二年的冬天，他父亲娶了一个继母，是普希夫人，林肯勤慎小心，也很能得他继母的欢喜。

林肯天性很好学，他最爱念《圣经》和《天路历程》等书，念到得意的句子，必把那句子记下来。有一次他从邻家借了一本书，名叫《华盛顿》，他最喜欢这本书，差不多时刻不离，无论是在田间，或在陇旁，都带着书去念，不久都能背诵了。于是华盛顿就成为他心目中唯一的英雄。他曾对人说：“我这一生就是比不上华盛顿作美国大总统，但能学到他的行为，就不愧是一个真心爱国的正人。”

当林肯十六岁的时候，有一次因事到蓬镇去，顺便到审判厅去参观审判，见被告律师，谈话很爽利而漂亮，心里十分爱慕，就上前去与那律师握手，表示他的敬意，说：“这真是我生平第一次听到的演说哩!”那律师冷眼把林肯仔细看了一看，很露着瞧不起他的意思也不理他。林肯受了这一次的白眼，才明白社会上贫富阶级的不平等，一个人不能不力争上流。因买了一本法典，早晚用心研究，后来居然也能作一个有名的律师。

林肯渐渐学会作文章，常常送到报馆去发表，于是这个从不被人注意的小木匠，渐渐为人所注意了。

有一年的春天林肯受人的嘱托，运货到纽俄斯连，在那里他看见南方贩卖黑奴的惨状，——黑奴不论男女老少，都用铁绳贯穿起来，一队队陈列在拍卖市拍卖，卖成了就连契券归给买主，一辈子作苦工，受虐待，仿佛一只狗似的情状，十分惨凄！林肯看见了，十分难受，告诉人说：“假设我有一天有了权柄，第一件事情就是废掉这黑奴制度。”

林肯天性极仁慈，而且诚实，村里的人没有不喜欢他的。他又勇敢又公平，再加着他的努力，渐渐被人尊敬。他作过义勇兵的队长，律师，和邮政分局的局长。后来他又作州议会的候选议员，第一次没有选着，到第二次选举他，就被选为州议员，连任两期，提了许多议案。他心中念念不忘，释放黑奴，不过权柄太小，没有法子达到目的。

到了一千八百六十年的时候，是美国总统的选举期。这时候有许多人暗暗的争竞，结果林肯胜利。就在这一年十一月正式选举，发表林肯被选为北美合众国的第十六次大总统。

林肯就总统职以后，第一件事就是释放黑奴。但当时有许多反对党，最利害的是南美的民主党。当选举的时候，宣言说：“若果林肯要是胜了，我们用奴的权利，完全夺尽，所以我们必须谋独立，不和北美连盟！”所以林肯就职以后，就发生南北战争，林肯本来不愿意同国人互相战斗，所以在战争以前，曾经再三调停；而南美民主党坚持不答应，林肯不得已而和他打仗。第一二年中，林肯多半是打了败仗，但他无论如何不为南军屈服，不取消他放黑奴的条件。林肯曾说：“理直气亦壮，我们应当为公理良知战到底！”结果林肯胜利。在一千八百六十三年一月一日，公布解放黑奴令。被放的黑奴，有四百万人。不久南北战争停止，林肯到战地劳师，又到南军方面安抚百姓，黑奴老老少少男男女女都呼天表示对林肯感谢的诚意。后来回到华盛顿庆祝战胜，在剧场被一个作戏的刺死，——那戏子是南军的遗党——这位仁慈公正的林肯，就在一千八百六十五年四月十四日逝世。可是他的德威，永远影响于人类世界。我们回想他小的时候，不过是一个穷苦的小工人，但是他努力的结果，竟成了世界的伟人。可见“有志者事竟成”的话，是不错的。

（本篇最初发表于1929年6月中华平民教育促进会《公民图说讲稿》初版，1931年4月再版）

秋　声

——夜的奇迹之八

我曾酣睡于温柔芬芳的花心，周围环绕着旖旎的花魂，和美丽的梦影；我曾翱翔于星月之宫，我歌唱生命的神秘，那时候正是芳草如茵，人醉青春！

不知几何年月，我为游戏来到人间，我想在这里创造更美丽的梦境，更和谐的人生。谁知不幸，我走的是崎岖的路程，那里没有花没有树，只有墙颓瓦碎的古老禅林，一切法相，也只剩了剥蚀的残身！

我踯躅于憧憧的鬼影之中，眷怀着绮丽的旧梦，忽然吹来一阵歌声，嘹栗而凄清，它似一把神秘的钥匙，开起我心深处的伤痛。

我如荒山的一颗陨星，从前是有着可贵的光耀，而今已消失无踪！

我如深秋里的一片桔叶，从前虽有着可爱的青葱，而今只飘零随风！

可怕的秋声！世间竟有幸福的人，他们正期望着你的来临，但，请你千万莫向寒窗悲吟，那里面正昏睡着被苦难压迫的病人，他的一切都埋没于华年的匆匆，而今是更荷着一切的悲愁，正奔赴那死的途程。这阵阵的悲吟怕要唤起他葬埋了的心魂，徘徊于哀伤的荒冢！

呵！秋声！你吹破青春的忧境，你唤醒长埋的心魂——这原是运命的播弄，我何敢怒你的残忍！

（本篇最初发表于 1929 年 6 月《华严月刊》第 1 卷第 6 期）

长篇小说《归雁》出版预告

《归雁》是庐隐的长篇创作，观其命名即可预知其内容之凄婉哀艳了。里边描写一个正有着青春的女子，她的已往有着不堪回忆的悲哀，从万里之奔波里归来，宛如一个受了箭伤的孤雁，然而她有火热的感情，所以现在还做着情爱之梦，追求着人间之幸福，同时她又有坚毅的理智，而这理智就是她痛苦的根源。写到热情沸腾到极点时，陡然受了理智的铁锤的打击，在这热情及理智的冲突里，庐隐的女友看了原稿，就洒了许多热泪，并求作者给她一个完满的结局，但是结局到底如何，让读者自己看去好了。

（北平华严书店发行）

（本篇最初发表于 1929 年 6 月《华严月刊》第 1 卷第 6 期）

我生活在沙漠上

——夜的奇迹之九

一

人间果如有真情，我知道那个真情是建设在梦里；世界里果如有快乐，我知道那个快乐是浮泛在虹上！秋风曾经严肃的警告我，落叶曾经热烈的同情我；天呵！你知道我所追求的是什么？

二

你在温柔的月光下，给我过诱惑，你在飘渺的流云里，给我过安慰，但是我所要的是两个心的绝对协和！

三

我不怕冰天雪地里赤裸的苦痛，我不怕烈炎奔腾中焚身的灾难，我也不怕毒镖利箭的飞射，我也不怕镣铐枷锁的缚束，天呵！你知道我所恐惧的是什么？

四

我是一个勤奋耐劳的战士，我是一个忠于生命的艺人，我是一个追求真实的傻子，我是一个辛苦筑巢的呆燕，因为我要的是生命的活跃与灿烂！

现在——

战士变成了俘虏，艺人毁灭了生命，傻子颠顿于悲愁，呆燕僵卧在荒墟，一切都失败于我自己的错误。我是生活在沙漠上，最后生命是埋葬于空虚！

（本篇最初发表于 1929 年 7 月《华严月刊》第 1 卷第 7 期）

青春的权威者

——夜的奇迹之十

宇宙死寂如幽阒的森林[1]，我正是流浪者的羁旅之魂；独自悲吁于荒墟的孤冢！万物都如老迈的可怜人，衰弱，干枯，满面风霜的深纹！——又如穷冬的流泉，寒凝冰坚，不兴生命的波痕，山林，河岳，都静默无声！

宇宙死寂，如幽阒的森林，我正是流浪者的羁旅之魂，独自悲吁于荒墟的孤冢！蓦见漫空流光飞霞，彩霞罩于寒林，金碧辉煌如孔雀之翠屏，如天使脚下之五色云。唉！青春的权威者呵！美丽之神！你震动了宇宙，你诱惑了人心！

我恍如痛饮毒酒而沉醉，我恍如失了灵魂而彷徨；美丽的人儿啊，你戴了万花缀成的王冠，披着神女织成的英雄氅，你

---

① 幽阒（qù），形容幽静无声。

佩着智慧的宝剑，你的眼是最亮的北斗星光，你的唇是最鲜艳的玫瑰之英，你的姿态魁奇如披金甲之天神，你的丰度潇洒如野鹤闲云，唉！奇异的人儿呵！你是生命，你是青春的权威者，为了你，我要永远赞美青春！

宇宙死寂如幽阒的森林，我正是流浪者的羁旅之魂，独自悲吁于荒墟的孤冢；但是自从你来到人间，宇宙便有了生命；松涛高歌于林梢，凤鸟和鸣于幽谷，泉流永不止息的向前途奔赴，人们都忘了老死，膜拜于甜美的青春，沉醉于幸福，哦！奇妙的人儿呵，你震动了宇宙，你诱惑了人心！

我恍如最虔诚的上帝的信徒，你就是我的上帝，我的生命，我的灵魂，青春的权威者呵！美丽之神！我虽只看见你一次——在那夜流光飞霞的森林中，但是，你美丽的印象，深刻于我的灵宫，我每一个血球里，都有你美妙的印痕，离开你，我没有生命，没有灵魂！

神秘的青春的权威者呵！你震动了宇宙，你诱惑了人心！[①]

（本篇最初发表于 1929 年 8 月《华严月刊》第 1 卷第 8 期）

---

① 《夜的奇迹》才写到李唯建“来到人间”，便因《华严月刊》经济难以为继而停刊，散文诗集出版也随之告吹。五年后，庐隐又续写《梦》，篇末注明“未完”。《夜的奇迹》终成遗稿。

亡　命

夜半听见藤萝架上沙沙的雨滴声，我曾掀开帐幔向窗外张望，藤萝叶子在黑暗里摆动，仿佛憧憧的鬼影。天容如墨，四境寂寥，心里有些悚然，连忙放下帐幔，翻身向里面睡，床头的挂钟滴答滴答响个不住。心绪如怒潮般的涌掀，从新翻转身来，窗外的雨滴声越发凄紧，依然睡不着。头部微微有些涨闷，眼睛发酸，心里头烦躁极了。只得起来，拧亮了电灯，枕旁有临时放的一本《三侠五义》，翻起来看了，但见一行行如黑点般的闪过，一点没有领会到书里的意思。

忽听门外有人走路的脚步声，心房由不得怦怦乱跳，莫非是来逮捕我的吗？今午庚曾告诉我①：市党部有十五起人，告我是反革命，将要逮捕我，承庚的好意叫我出去躲一躲：这真仿

① 庚，即诗人于赓虞。这时和庐隐合营华严书店，出版庐隐《归雁》。

佛青天里一个霹雳，不过我又仔细的想了一想，似乎像我这么一个微小的人儿，值不得加上这么一个尊严的罪名，所以我对庚说："也许是人们开玩笑吧？我想不要紧，因为我从没有作过或种活动。……"

但是庚很诚挚的对我说："现在正是一切都在摇动的时候：我看还是走一走好，只当出去玩一趟。"

我说："也好吧！就出去走一趟……不过真冤！"

庚叹息道："好汉不吃眼前亏，……况且熬到有被逮捕的资格也就不错。"

庚这种解嘲的话，使得我们都不自然的惨笑了。当时我就决定第二天早晨到天津去，夜里收拾了一个小藤箱，但是心乱如麻，不知带些什么东西才好，直弄到十二点钟才睡下，正朦胧间，就被雨点惊醒。

真是门外的声音，越来越大，还似乎有人在切切耳语：我这时连忙起来，悄悄的把那小藤箱提在手里，只要听见打门，我就从后门逃到我舅舅家里去暂避，我按定乱跳的心，把耳朵向外静静的听着，过了些时，还没有人叫门，而且说话的声音似乎远了，我的心渐渐的平定了，吁了一口气，把小藤箱仍然放在地下，拧了电灯，打算再睡，可是东方已经发白了。要赶六点半的那一趟车，自然睡不成，因轻轻开了房门，把老妈子叫了起来，替我预备脸水，我一面洗脸，一面盘算，我到天津去住在什么地方呢？那里虽也有朋友，但是预先没有写信去通知他们，怎好冒然去搅扰人家？住旅馆？一个人孤孤凄凄……想到这里心绪更乱，怔怔的站了许久：这时候已五点半了。没有办法，到天津再说罢！提着藤箱无精打彩的走吧！回头看见罗纱帐里小宝儿，正睡得浓酣，不忍去惊醒她，只悄悄在她额上吻了一吻，心里由不得一阵怅惘，虽然只是暂别：但是她醒来时不见了妈妈……今夜又不见妈妈回来，和她同睡，她弱小的灵魂，一定要受重大的打击了。我不禁流泪了，同时我诅咒人类的褊狭，在互相排挤的中间，不知发生多少悲惨的事实。唉！我真愤恨！不由得把藤箱向地下一摔，似乎这样一来，我也总算得了胜利了：因为我至少也欺负死几个蚂蚁吧！

车子已经叫来了，我把藤箱放在车上，我年老的姑妈对于这严重亡命，更感觉得情形紧张，她握住我的手，含着眼泪说："这实在是想不到的祸事！但愿你此去平安……并且多方请人疏通，得早些回来！……家里的事我自替你料理，你尽管放心。……还有你自己一切起居饮食都要留心！……"我点了点头，要想说话觉得喉头哽咽，连忙跳上车子，不敢抬头向姑妈看，幸喜车夫已经拉起车子如飞的走了。这时候只有五点三刻，街上的行人很少，清凉寂静，我一夜不曾睡的困倦，这时都被晨气驱散了。脑子里种种思想，又都一幕一幕的涌出来，车子走到十字路口的时候，我忽然转了一念，亡命为什么一定要到天津去，北京地方大得很，谁又准知道我住在那里？于是我决定无论如何我不离开北京，因告诉车夫，叫他拉我到西长安街去，不久我就在西长安街，一家医院门口下车了。——这医院的院长，是我的乡亲①，那里房屋很多，——我到医院里，因为时间尚早，我那乡亲还没有来：我只得在会客厅里等着，九点钟的时候，他才来了。我将一切情形和盘托出，请他借我一间房子

① 乡亲，即庐隐的表兄孙嘉禾（又名舒东），时为嘉禾医院院长。

暂住，从此我就充起病人来了！

这个医院，是临街的三层高楼，在楼上窗子里，可以看见大马路的车马奔驰：并且可以听见隆隆呜呜的车轮和汽笛声。我生性最怕热闹，因在西北角上，选了一间离街较远的屋子，但是推开后窗，依然可以看见大马路上的一切：并且这窗子是朝东的，早晨的太阳正耀人眼目的照射着。天气又非常闷热，我忙把这面窗关上，又加上黑色的帐幔，屋子里的光线立刻微弱了：心神的压迫也似乎轻松些，我坐在一张椅子上，看医院里的用人，替我换床上的褥单和枕头布，他走后我便睡下了。头顶上的白云一朵朵的向西北飘去，形状变化离奇：有时像一头伏虎，有时像一条卧龙。……

我因昨夜失眠，今天精神极坏，本想在这隔绝一切的屋子里用一点功，或者写一篇稿子，谁知躺下后，就瘫软得无法起来。而且头昏目眩，似睡非睡的迷沉了一天，到夜晚的时候，街上的声音也比较少点，我起来把前后的窗门都开了。屋里的空气，立刻流通起来，一阵阵的温风，吹拂在我的脸上，神思清楚多了。仰头看见头顶上的天空，好像经海水洗过似的，非常碧清，在那上面缀着成千成万钻石般的星星，我在那繁星之中，找到其中最小的一个，代表我自己：但是同时我又觉得我不止那么一点。我虽然不愿意，但是这黑夜中最光芒，最惹人注意的一颗星……但是事实上，我也不是那最无光，最小的一颗，因为藏在井底的一群蛙：它们都张着阔口向我呱呱的叫，似乎说“你防备着吧！我们都在注意你呢！……你虽然在千万的繁星之中，是最不足轻重的一个：但是我们不敢希冀那第一等的火星的地位，只要我们能取得你的地位，我们已经很够了！”……于是乎我明白了，在这种世界上，我应当由一颗最小而弱的星的地位，悄悄逃出，去作一朵轻巧的云，来去无心，到毫不着迹的时候，便是我得救的时候了。

这思想真太渺茫，不知不觉已走入梦境，梦中我觉得我已真是一朵轻巧的云了。我飘然停在半天空；下面是一片大海，这时一点风都没有，海面上的波纹，轻轻的漾着．清凉的月光，照在这波浪上，闪出奇异的银花，我正想低下来，吻着那可爱的海的时候，忽然从海底跳出一条鳄鱼来，立时鼓起海浪，仿佛山崩地塌般的掀动，澎湃起来：我吓极了。幸喜我这时已是不着迹的行云了！我轻轻浮起，无心的歇在一座山上，那山上正开着五色灿烂的山花，一阵的清香，又引诱我要去和它们接近：忽砰的一声，一个猎人的枪弹，直射在树梢头，那股凶猛的烟焰，把我冲散了，渐渐不是白云了。睁眼一看，依然是个着迹的人类，无精打彩的睡在病院的钢丝床上。唉！我明白了！到如今我还只是一个着迹而微弱的人类哟！

我怅惘，我暗暗撕碎了不值一笑的雄心；我捣碎了希望的花蕊；眼前的一切，只是烦闷可怜！

马路上隆隆轧轧的车声，人声，又将我从天空拖到地狱似的人间，在这时候我没有方法安慰我自己，只想睡去，或者梦里，还有不可捉摸的乐园，任我休养我的沉疴。无奈辗转反侧，再也不能入梦。正在苦闷万分的时候，听见有人敲门，我应道：“谁？请进来吧！”门呀的一声开了，我的朋友莉走了进来[①]，他一看见我的脸色，不禁惊叫道：“呵！隐怎么你真病了吧！……

① 莉，王礼锡，陆晶清的丈夫。

脸色青黄得好不怕人！”

“也许是要病了！但是我知道不是身体上的病，你知道我的心是伤上加伤……我如何支持得住呢？……”

“唉！何必呢？什么事看开点就好了，莫非你作了亡命，就使你这样伤心吗？……其实呢，这正足以骄傲，至少你是被人注意了，我们昨天和庚说笑话说你真熬出来了，居然成了时代的大人物了。”

莉说完笑了笑，我呢，也只得报之以苦笑！“真的我不明白，我为什么这样脆弱？常常觉得这个世界上的阴霾太浓重了，如果再压下去，我将要在浓重的阴霾下咽气了。”我这样对莉说。

莉听了我的话也不由得叹了一口气，一时竟想不出说什么话来安慰我才好，那神气彷徨得使我也不忍：我转过脸去，看着窗外，好久好久莉才找到一些话，一些使人咽着眼泪苦笑的话了。他说：“这年头可不就是那回事吗？咱们看戏吧，有的是呢：将来也许反叛又成了英雄……好好的挣扎着干吧！……”

“看吧……自然有的是灭裂破碎的悲剧呢！……不过我已以经觉得倦了！……”实在的情形，我近来对于什么事，都觉得非常的无聊，在我心里最大的痛苦，是我猜不透人类的心；我所想望的光明，永远只是我自己的想望，不能在第二个人心里，掘出和我同样的想望，本来浅薄的人类，谁不愿意作个被人尊敬爱慕的英雄呢？于是不惜使千万人的枯骨，堆积起来，作成一个高台，将自己高高举起，使万众瞻仰。唉！我没有人们那种魄力，只有深藏在幽秘的芦苇里，听那些磷火悲切的伸诉：将我伤了又伤的心，从新一刀刀的宰割了。

今天莉也很不快活，大概是受了我的影响，我们在没话可说的时候，彼此只有对坐默视着，其实呢，我们的悲苦，早已充满了我们的心灵，但是我们不愿意说什么，为了这浅近的语言，实在形容不出我们心头的痛苦。黄昏将近了，莉替我掩上了西边的窗，因为斜阳正射在我的眼上。他走了，屋里格外冷寂，几次走下床来，想在露台上看一看，但是刚走到露台口时，心里一惊，又忙退了回来，仿佛街上来来往往的行人，都将不存善意的眼光投射着我，要拿到我甘心呢。我忙忙退回，坐在一张藤椅上，我真感到人们对我太冷酷了，我仿佛是孤岛上一只失群的羊，任我咩咩的喊破了喉咙，也没有一个人给我一个同情的应和：并且沿着孤岛的四围的怒浪正伸着巨爪，想伺隙将我拖下海去。

我心里又凄楚，又愤恨，为什么我永远是被摧残的呢？……但是我同时要咒诅我自己太无能了，既是没有人来同情你就该痛快的离开这社会，去寻找较好的社会。现在呢，是又不满意这个社会，却又要留恋着这个社会，多么没出息呵，唉！好愚钝的人类！人们都在酣睡的时候，只有你一个人唱着神曲有什么用呢？你应当大胆敲响他们的门，使他们由恶梦中清醒，然后你的神曲唱得才有意义啊！

我想到这里我不知不觉流起泪来，这眼泪有忏悔，有澈悟，还有惭愧，种种的意味呢！最后我感谢颠波［簸］的命运，……这不值一笑的亡命，使我发现了应走的新道路。

我深切的祝福使我下次的亡命，要比这次有意义，便是绑到天桥吃枪子，也要值得。这一次是真太可耻了，简直不明白为什么要从家里逃出来，�！天呵太滑稽了！

不知不觉在医院又过了一夜，外面一无消息，中午时莉又来看我，他笑道“没事了，回去吧！原来他们所以要逮捕你，是为了要你的地盘，现在你既经退出，他们也就不注意你的个人了，这正是匹夫无罪，怀璧其罪①……”

在傍晚的时候，我收拾了桌上乱堆的书籍，从新提起我的小藤箱，惘然的走出了医院的大门，我站在石阶上看来往不绝的行人，我好像和他们隔绝了许久，正在瞭望的时候，远远两个穿西装的青年，向我站的地方走来，举手含笑向我招呼道：“隐！你上什么地方去？……昨天听人说你到天津了呵！”

“是的，”我想接下去说今天才回来，但是脸上有些发热，莉又在傍边向我笑，我只得赶忙跳上洋车走了，到了家里，走进我那小别三天的屋子，有说不出来的一种情绪兜上心来……

（本篇最初发表于1929年8月20日《华严月刊》第1卷第8期，后收入《玫瑰的刺》集）

---

① 匹夫无罪，怀璧其罪，普通人本没有罪，可能会因身上揣着璧玉而获罪。也比喻有才能反而受害。

赠李唯建[1]

心爱：

血与泪是我贡献给你的呵！唯建！你应看见我多伤的心上又加了一个症结！自然我也知道这不是你的错，你对我的真诚我不该再怀疑，然而呵，唯建，天给我的宿命是事事不如人，我不敢说我能得到意外的幸福，纵然这些幸福已由你亲手交给我过！唉，唯建！唯建！我是从断头台下脱逃的俘虏呵，你原谅我已经破裂的胆和心吧！我再不能受世上的风波，况且你的心是我生命的发源地，你要我忘了你，除非你毁掉我的生命！唉！唯建！你知道当我想象到将来有一天，我从你那里受了最后的裁判时，我不能再苟延一天在这个世界上，我只有丢下一

---

① 这封信是庐隐于1929年8月写给小情人李唯建的，是一封最动人的血泪情书。庐隐逝世后，由其夫李唯建发表。

切走，我不能用我的眼睛再看别人是在你温柔的目光里，我也不能听别人是在你甜美的声唤中！总之，我是爱你太深，我的生命可以失掉，而不能失掉你！我知道你现在是爱我的，并且你也预备永远爱我，然而我爱你太深，便疑你也深，有时在你觉得不经意的一件事，而放在我的身上便成了绝对紧张和压迫了。唯建，你明白的告诉我，我这样的痴情，真诚的心灵中还容不得你吗？人生在世上所最可珍贵的，不是绝对的得到一个人无私的忠挚的心吗？唉，唯建！我的心痛楚，我的热血沸腾，我的身体寒战，我的精神昏沉，我觉得我是从山巅上陨落的石块，将要粉碎了！粉碎了呵！唯建！你是爱护这块石头的，你忍心看他粉碎吗？并且是由你的掌握之下，使他粉碎的呵！唉！你！多情多感的唯建！我知你必定尽全力来救护我的，望你今后少给我点苦吃，你瞧我狼狈得还成样子吗！现在我的心紧绞如一把乱麻，我的泪流湿了衣襟，有时也滴在信笺上，亲爱的唯建呵！这样可怜的心要吐的哀音正不知多少，但是我的头疼眼花手酸喉梗，我只有放下笔倒在床上，流我未尽的泪吧！唉！唯建！你是绝顶的聪明人，你能知道我的心，纵使你沉默，你也是了然的！

你可怜的庐隐书于柔肠百转中

（本封信写于1929年8月，与手迹同发表于1935年11月5日《时代画报》第8卷第10期；同月，收入鲁迅序、孔另镜编的《现代作家书简》，上海生活书店初版）

来呵！我的爱人！[1]

（一）

她从人间领回来我这飘泊的灵魂。
在她的覆翼下，我忘记坎坷的命运。
——我膜拜她——
美丽的夜之女神！

（二）

温馨的风吹过绿碧的草群。

① 这是庐隐与李唯建的定情诗，以李唯建的口吻书写。

懒软的倚偎着颤动的花心！

（三）

柔媚的眉目透过云霄，
照耀着幽邃的路径。

（四）

来呵！来到神秘的世界！
我渴慕的爱人！

（五）

哦，流泉！请悄悄的走吧，
我要听她和协的步履之声！

（六）

哦，星光！请停止闪射吧，
我要看她光亮的目睛！

（七）

玫瑰，请低垂你的花茎，呵！

我要尝她含露的嘴唇！

（八）

哦！上帝！请永驻我的青春！

（本篇最初发表于1929年9月10日《世界日报·蔷薇周刊》第126期）

去年今日[①]（存目）

——悼石评梅

① 本篇最初发表于1929年10月6日《世界日报·评梅逝世周年纪念特刊》。因未找到原文，故只能存目。

1930年

地上的乐园[①]

一

“追求呵，聪明的小灵魂！

“生命在我们，正如一个水上的泡沫，随着一阵飘风，便从你面前消逝，永不复返的消逝了。

“用你水晶般的眸子，看这苍碧如洗的郊原；淡紫的霞霰孕着美女的爱娇，温柔的阳光，吐着生命的光芒。

“用你灵妙的感觉，听宇宙间种种繁弦；切不要忘记时间狡狯的步伐，它是一个忍心的窃贼，盗去你的青春和狂欢。

---

① 同学苏雪林看了这篇寓言体自叙小说后说，它“更可算一首哀感顽艳的散文诗，文笔进步之速，很值得教人惊异”。

“你须捉住这急如飞箭的人生，在凄惨的人间建造一所乐园。”

这奇异的呼声，吹进那菩提叶丛，惊醒了一只失了生命意义的杜鹃，她正在参禅。——带了她深沉的哀伤。

在每一天充满着花香的下午，乌鸦先生夫妇，便一同飞驻于一株荔枝树上，那些熟透了的果实发出醉人的醇芳，它们啄食着如同享用丰美的筵席，同时它们谈讲关于杜鹃姑娘浪漫的情史：

“喂，亲爱的！你看我们现在能够快乐的吧……但是从前我曾错打了主意，我为虚荣，曾向杜鹃姑娘求过婚，唉！亲爱的！你自然是很明白的，我是碰了一个大钉子。她连正眼都不肯看我一下呢！”

“哦，亲爱的！你说的，是现在住在菩提树下参禅的那个杜鹃姑娘吗？……你看她那老不干的眼泪，和胸前鲜红的血滴，多么使人悲伤和可怕呵！你怎么会爱上她呢？”

“唉！你不知道！我聪敏的爱人！……她从前住在春天花园里的时候，真是非常的娇艳呢。她穿得王妃那样阔气，她的衫子是用珠子、宝石，和金线缀成的，发出耀人眼目的光华。不瞒你说，连太阳先生，都羞得躲藏在白云的背后；她红得象海里珊瑚似的嘴唇，和蔚蓝宝石似的眼睛，……呵！真够迷人呢！并且她还会唱一种凄艳的歌儿，曾使黄莺儿听了流泪，喜鹊和百灵鸟都对她起过妄想，但是她也照样让它们碰一个大钉子。她和春神最好，她俩常常在一处谈笑，……亲爱的！我真为她老大的伤过心呢！……”

“既然这样，她为什么不老住在春天的花园里，跑到这里参什么禅呢？……”

“唳！——这真是一个大劫数呢！……那位杜鹃姑娘不久就找到一个情人，就是那个殷勤的布谷鸟。他俩是在葡萄树下遇见的。那时正是深夜，杜鹃姑娘独自到苇塘旁边去会萤小姐，她们谈得太起劲了，而且萤小姐家里的侍女们，都在两傍伺候着；由她们身上发出来的光亮，照耀得苇塘如同白昼。杜鹃姑娘把时间这问题简直忘了，后来还是住在白杨树上的猫头鹰先生，叹了一口气，才提醒了她们，杜鹃姑娘就告辞回来，走到葡萄树下，看见布谷先生对面迎了上来说道：

“‘美丽的杜鹃姑娘！你是多么富于同情呵！我每夜都在你的窗前，听你的呼吸，看你甜蜜的睡容，直到天亮。我怕被别的同伴们看见，才悄悄走了。美丽的杜鹃姑娘，你瞧我多么渴望着您呢！让我们永远不要分离吧！’

“这时杜鹃姑娘的脸都羞红了，但是她心里也爱着布谷先生，她早听见人们称赞布谷先生的忠诚和勤恳。于是她就站住低声说道：

“‘布谷先生，我真荣幸，你是这样的看重我呀！……你知道现在包围我的人太多了，但是我从来没遇见过象你这样对我忠心的！……’

“布谷先生惊喜得流出泪来，他不问这问题将会发生什么麻烦，他热烈的拥抱住杜鹃姑娘吻她的额和唇。

“‘嘿！粗暴的东西！’杜鹃姑娘含怒的叫了起来，同时扭转身子愤愤的走了。布谷先生叹着气，瞪着眼，几乎昏倒了。他自己怨叹道：‘哼！事情竟糟到这地步吗？……接吻算什么呢？怪不得人们都说女孩子惯会装腔作势！……’他嘟囔着回去了。

“第二天，这个消息立刻传遍了林中，原来是猫头鹰干的损德事。他早就想打杜鹃姑娘的主意，但是碰了几次钉子以后，他又羞又恨，总想找机会报仇，昨夜他本跟在杜鹃姑娘后面，想乘机会侮辱她，不想偏偏又遇到布谷先生和她调情；他就躲在葡萄树后看个清楚；第二天，天一亮，他就把这消息传开了。而且还加添了许多污秽的材料进去。因此谁都知道杜鹃姑娘和布谷先生的关系，喜鹊小哥儿用一种讽刺的口吻，向杜鹃姑娘贺喜，把她气得吐血，但是不久布谷先生到底和她结了婚。

“布谷先生性情非常勤恳，每天对着那些农夫叫道：‘快快布谷！快快布谷！’这声音常把杜鹃姑娘从梦里惊醒，使她很不高兴。而且她的脾气又是非常浪漫的，常喜欢拿玫瑰花来作房里的装饰；她又喜欢到云端里去游玩；当她每次请布谷先生同去时，他总是很庄严的说：‘我的工作没完。’杜鹃姑娘只好独自走了。这孤单的情形，使她非常伤心，她常常唱着凄凉的哀歌，惹得住在她四周的喜鹊、百灵鸟都非常的厌恨她，常在背后咒骂道：

“‘不吉祥的东西！好好的偏要唱这些丧气歌，……’

“自从杜鹃姑娘结了婚以后，春神就不常和她来往。而她却更比从前想念她了。在一天的清晨，她飞到云中最高的宫殿，那便是春神住的地方。当她走进门时，只见春神正在叹息，好象有什么不祥的事情发生过，她也不敢仔细的问，只坐在旁边发怔，忽听春神说道：‘杜鹃姐姐，你来得正巧，我告诉你，我将离开人间了。昨夜火神的太子，已经到此接任，同时他还要带着风姨到人间去，自然我所苦心经营的那些美丽的花草，立刻都要遭劫了。你就可以看见许多使你不高兴的事情！’

“杜鹃姑娘为了这个可怕的将来，她禁不住流出最伤心的眼泪，于是她站起来告辞。她急于要将这次所听到的恶消息传布人间。她从云中凄凉的走回来时，忽然看见她的丈夫布谷先生满身血迹，死在一株大树下。她惊得怪叫了一声，就昏倒在那一丛树叶上。等她醒来的时候，看见两个猎人，把布谷先生拿起来，装在一只大布袋里，往东去了。这使她明白这惨事的大概了。她放声痛哭起来，惊动了喜鹊和乌鸦先生们。它们都悄悄的来到她的门前打听，呵！真太惨了！她一直号哭了三天三夜。从她珊瑚色的口唇上，淌下鲜红的血来。那时春天的花园，为了这个哭声，都笼罩上一层蒸闷烦苦的云雾。桃花小姐同杏花妃子，现在都憔悴得不成样子。这种悲哀的境地，使得杜鹃姑娘没有勇气再住下去，在一天夜里，她趁着清澈的月光，就悄悄的离开那里，开始她飘泊的生涯去了。

“她一面向前扎挣着走，一面不住的流泪。有一天她走得非常疲倦，就在一个古庙旁边的柳树上停住，在那里她遇见了最讨厌的夏蝉，在她面前作出得意的样子，高声的唱着。杜鹃姑娘恨得骂道：‘浅薄的东西！’这一来惹起夏蝉的火来，说道：‘美丽的女王！但是现在不是你的世界了！你看看你那狼狈相，那边有一条清澈的小河，可以借你当镜子照照，真是不害羞的宝贝！还在这里骂人呢！’杜鹃姑娘受了这种刻薄的讽刺，她受伤而脆弱的心破裂了，于是她便昏晕过去。夏蝉看见惹出这样的大祸，都吓得跑了。这一阵乱嘈，惊动了在庙里修行的斑鸠太太。她手里拈着念珠，颤巍巍的来到门外，看见杜鹃姑娘，面色惨白的僵卧在地上，她就轻轻把她抱起来，放在她的蒲团上，摸摸她的心，还有温气，赶忙用急救法来救治。过了些时，杜鹃姑娘果然醒过来，睁开疲倦的眼睛，向四围一看，只见慈祥的斑鸠太太，坐在自己的身旁，用怜悯的眼光对她看着，她禁不住流下泪来。

“斑鸠太太极力安慰她，并且给她讲说修道的好处，杜鹃姑娘很受了感动。她想道：自己坎坷的运命，除了皈依宗教，是没有方法再生活下去的。当时她就恳求斑鸠太太替她讲道，从此杜鹃姑娘就暂且住在斑鸠太太那里，很安静的过了半年。

“但是杜鹃姑娘的运气真太坏了，不久斑鸠太太就圆寂了。她只得到西方的善地，去求涅槃，于是她就住在这株菩提树上。

“……亲爱的！这就是杜鹃姑娘经过的伤心史呵！”

乌鸦先生和乌鸦太太讲完了这一段故事后，他俩热烈的吻了一回，就一同飞到云间去了。

杜鹃姑娘住在菩提树上，已经一年多了。自从皈依佛门以后，她的眼泪便不常流了，真是心平气静的过着日子。她心心念念在追求西方的极乐世界的实现。她每日多半的时间，都是在沉思冥想。有时她看见西方的云层里，现出金碧灿烂的宫阙，这使得她虔信的心，更加上几倍。这一天早晨，她正坐在菩提树上，凝神参道，忽听见一个奇异的声音，从远远的地方发出来，就是上面所提到的“追求呵！聪明的小灵魂！”的那一个奇迹。她的心开始波动了。她不能再静坐了，——连一分钟都不可能。她从蒲团上跳了起来，脸色兴奋得象火灼着一般的发红，身体不住的打抖。她随着那奇异的声音，拚命的飞去。不久就来到一座美丽的山上，那里满开着淡绿色的兰花，和浅色的藤花，还有茑萝牵牛，蔓延的生着。远远看过去就象一片锦绣，在和煦的光影下荡耀着。一阵非常浓郁的香芬，将这座山的四围包裹住了。在一丛白色的荼蘼花架下，有一个幸福的小神仙，头上戴着玫瑰缀成的花冠；身上披着一件象征希望的紫色的半臂，赤着一双肉色细玉似的脚。——呵！正是他在说着“追求呵！聪明的小灵魂！”那句奇异的话。

杜鹃姑娘觉得这种灵音，已突开了心门。从心门里泻出热烈的光芒，和这春山上的一切景色冥合了。这伟大的惊喜，使她无力支持，她的两条腿发软了。她就跪在这幸福小神仙的面前，用火热而微颤的唇吻着他的脚。同时欣悦的眼泪泻了下来，把那一双洁白的足浸了。那幸福的小神仙，静默的望着天，似乎正在祈祷。过了不久，他低下头，用手抚摩着杜鹃姑娘的头说道：“呵！患难将你围困得这样狼狈，但是你的灵魂，应当在一切事实以外，得到自由。……你热烈的纯情，和高远神奇的想象，将救你脱离一切的苦难。追求吧，我聪明的小灵魂！……这些美丽的仙花，和醉人的芬芳，将在地上实现，只要你捉住生命，便可以在地上造出一所乐园。……”

杜鹃姑娘虔诚的接受了这些诏示。那幸福的小神仙，便将他头上戴的花冠脱下来，郑重的赠给她了。然后那小神仙踏着一朵白云，冉冉的升到苍冥的天空去。

杜鹃姑娘把花冠戴在头上以后，她就来到了一条清溪面前照了照，她不禁惊奇的叫了起来。因为她所失去的青春，已经回来了。她非常快乐的来到幸福的神所指示给她的秋原，她打算开始工作。但是秋原上没有一朵花，这使她觉得非常寂寞，于是她把玫瑰花冠拿了下来，将那上面有根芽的一朵，埋在一块松阔的土里，并且用她的眼泪去灌溉，用她的温气去吹嘘，一天到晚不歇的工作。不久那花果然发了新的嫩芽。杜鹃姑娘惊喜得连夜里都不能睡觉，只在光影下陪着这新的蓓蕾。那花儿最后是开得非常茂盛，于是她就打算在这里建造地上的乐园。

但是在秋原里，忽然开出玫瑰花来，这个消息很快的就传遍了全世界。尤其是多话的喜鹊先生，更加添上许多浪漫的材料，逢人便说，刻薄的老鸦就背地里毁谤起来。

有一天，他们聚在一株梧桐树上，大发议论：

乌鸦甲说道："你们知道杜鹃姑娘种那些玫瑰花作什么？"

乌鸦乙说道："你真笨货！玫瑰是象征爱情的呵！她正在同人讲爱情呢！这是多漂亮的把戏！"

乌鸦丙说道："她这时候还想讲爱情？哈！哈！真太有趣了！但是谁是她的对象？"

乌鸦丁说道："这个倒不清楚，不过据说云雀公子有点嫌疑吧！"

乌鸦甲又说道："听说有野心的不止一个，而且杜鹃姑娘那家伙听说很浪漫呢！"

乌鸦丙说道："浪漫是现在时髦的名词咧！——"他说完向大家挤了一挤眼，惹得他们都笑起来。

除了乌鸦先生们的毁谤，其余喜鹊先生和燕子小姐们也常喜欢谈谈这件有趣的故事。

这些恶意的毁谤和讽刺，使得杜鹃姑娘非常难受。她曾经好几次灰心。不过她的自信心很强，她不情愿受别人意志的支配。但是她觉得太孤单了，恐怕也是个大困难。因此她依然常常流泪，而且她编了一个曲子，时时的唱道：

我孤寂的住在那边树上，

谁来同情我的哀伤!
早晨的风儿吹干了我的眼泪。
晚上的幽默把我紧紧纠缠!

她常常唱着这支曲子，不过被乌鸦先生听见了，又不免要冷笑的。只有云雀公子有点动心，他每逢听见这哀婉的歌曲时，必定叹口气道："呵！这真是个太哀伤的生物!"

有一次，云雀公子曾去拜访杜鹃姑娘。他述说对她的同情。他很会说话，把许多漂亮的文学上的名辞，连合起来，好象一篇演说辞。当然，这些话有时也能感动她。因此他们便成了很好的朋友。不过云雀公子的思想，非常倾向于现实，不能了解杜鹃姑娘多变化的心理。不论谈到一件非常小的事情，彼此的意见总不相合。杜鹃姑娘非常伤心，只好离开他，孤独的回到秋天的草原上，依然唱着那伤心的曲子。

有一天，杜鹃姑娘正在秋原上，独自流着眼泪。那时正是深夜，美丽而微带冷清的月光，照在一望无涯的秋原上。小河里倒映着月影，小小的夜风，飘过河面上时，涌起一层绉褶的银浪。忽见秋原的尽头，有一个黑影出现了。杜鹃姑娘正在惊奇，忽见那黑影越来越近，杜鹃姑娘发抖的叫道：

"呵！夜莺先生——美丽的诗人！你竟在这样的境地出现了!"

那被称为美丽的诗人的夜莺，停在河流的南岸，用柔和的声调，唱着他最近创作的诗篇道：

我来人间求安慰，

被运命的毒蛇所伤害。
永远站在心门外，
这飘泊的旅客谁来接待！

杜鹃姑娘这时正坐在河的北岸，听了这诗人的哀歌，她心里燃起了热情的火，她向诗人说道：

“我愿接待你呵！请将我的羽衣作一个渡桥，你便可以渡过隔绝我们的这条河了。”

夜莺诗人流出感激的眼泪，接受了杜鹃姑娘的盛意，他踏着羽衣过来了。于是杜鹃姑娘请他并坐在玫瑰花丛的前面，说道：“美丽的诗人，我从你的声音里，了解你的哀伤，请将你的经过告诉我吧！”

夜莺诗人道：“杜鹃姑娘！我知道你是了解悲哀的，我愿意诉说关于我的一切，在你的面前。”

于是夜莺诗人开始述说他生命的故事了：

“你知道！杜鹃姑娘，在这个世界上是有着复杂的生物咧！我也就降生在那里面了。我家里有五个弟兄，我是第三个，我的父母很钟爱我，他们教我许多人间的规矩和知识。他们希望我很平凡的过活。但是你知道，天赋与我的心是怎样脆弱而敏感呵！很轻微的风，也常常压迫我，玫瑰花的刺，也常常刺痛我。呵！我是一面擦着损伤的心血，一面向前途追求。我曾经独自走过一片大沙漠，那真是怕人的空虚和冷落。我渴得从心底冒出火来，但是要求喝一滴的甘泉也没有。后来我筋疲力尽的卧倒了。正在这个时候，我忽见天边闪着一线的神光。我就向这道神光忘命的追上前去。忽见前面现出一片葱茏的大森林来。在那森林里面，有一个伟大的诗人，他身上穿着一件宽袖阔襟的袍子，在微风里非常轻柔的飘动着。他的胸前，有一把极纯白美丽的银须，在太阳影里发着光。他的四围，有许多的青年人围绕着。那些青年，他们茫然的来到人间，心是空空洞洞的。他们的灵魂好象一个刺猬，非常畏缩。但是这时他们是被罩于大诗人的灵光下，萎缩的灵魂才慢慢抬起头来，向他请求指示生命的路程。那老诗人，眼里充满了怜悯的泪光，向每一个寒伧的人儿抚慰。然后他严肃的指着阳光照耀着的那条平坦大道说：‘空虚的灵魂们看呵！那就是生命的路程，你们分头去追求吧！凡你们所需要的，那条路上都有。在一个美满的果园里，生长了各种真理的果实，你们去采吧！不用多，只要得到一个就够了。……’

“那些青年果然按了诗人的话，向前途去了。这时森林里非常冷静，只剩下那位大诗人，和无穷的幽默。但是他依然站在那里，似乎正在等待接引一个最难接引的灵魂咧。

“呵！杜鹃姑娘！这时我正来在树林外，我觉得这是诗人特别留给我的好机会。他所要接引的就是我。于是我就跑到他的面前跪下，吻着他的袍襟祈求道：‘伟大的诗人！请你给我一些特别的恩惠吧！我是这样空虚而且孤独，你让我跟了你去吧！我知道你的家乡，是全世界最富足而且美丽的地方。让你那菩提树上的圣露，来洗净我的尘垢和疮痂吧！还有那些椰子甜汁，可以医好我瘖哑的歌喉。终年常绿的芭蕉叶，可以作我的裀褥咧。……’

“老诗人用冬日太阳般的目光，温柔的看着我说：‘孩子！你看那边是月光照临的一条神秘的路，路旁满开着玉簪和晚香

玉，也有甜蜜的露滴，可以找到你所需要的果实，——滋养你生命的果实！勇敢些上那条路上去吧！'

"我辞别了老诗人，就忙向他所指示的路上奔去。果然那是一条神秘的路，月光永不离开的照着。而且有一层薄如蝉翼的淡雾；笼罩着白色的玉簪和葱郁的松柏树。我就沿着各色的花篱和花架，慢慢的走去。后来我看见一个果园，满树上悬挂着象火一般红的果实；于是我轻轻推开那扇竹篱门，有一个和蔼的老人迎了出来说道：'年轻的灵魂来吧！这里有热情和智慧培成的果实，你可以尽量的享用！'他说着把我引到一株树下，那些果实，就好象绝大的珊瑚帽坠似的，在翡翠似的叶丛中悬挂着。那果树的下面，放着非常洁白的云母石的椅子，我就坐在那里，摘下树上的果实吃了，呵！杜鹃姑娘，那真是奇异可贵的果实呢！一种形容不出来的香甜，直灌进我酸苦的心田里去，把从前的空虚充实了。于是我就定心的住在那个果园里，不想再追求别的东西了。

"不知经过多少时候，我忽觉得那些果实略有些发酸，而且那颜色也现得有些淡了，吃下去以后，心里觉不到前此的饱满；这情形是逐渐的坏下去，于是我又离开了那个果园，不知不觉来到一个新的沙漠上。这时候我心里感到更深一层的悲哀，因为我追求到的第一个幻影现在是破灭了。我对于生命的前途，更加怀疑了！——

"我在这个新沙漠上，搜寻了很久，仍旧一无发见呵！杜鹃姑娘，我没有办法，后来走到一个小村店里，那是斑鸠太太的侄儿开的店铺。我走进去之后，就失神似的向他叫了一声：'哦！酒！'他这时正在柜台上算帐，听了我的声音，立刻放下算盘走过来说：‘夜莺诗人，要喝酒吧！’我说：‘我要浓醇的鸦片酒，让我的苦闷消释于毒醉中，呵！斑鸠先生！你是多么慈爱而且慷慨呢！’斑鸠先生笑着放下酒杯，及酒瓶，然后低声说道：‘多愁的诗人！什么事又苦着你呢？但是酒对于失意人，是很有效用的呀，是不是？’他说完不等我的回答，仍旧回到柜台去。我端起酒一口喝尽，立刻觉得眼前的世界变了，眼睛里冒出火星来，心跳得非常的快，不久我便倒在地上了。斑鸠先生走过来，把我扶到床上，一直睡了一整夜，我才醒来。那时斑鸠先生正站在我的身畔说道：

“‘喂！悲惨的诗人！现在觉得怎样？’

“‘怎样呵！天！只有天知道哟！’我这样对斑鸠先生悲叹着。

“我从那一天毒醉后，就生了一阵热病。这自然是更坏的运气。不过在病床上，我又追求到一个幻影：我觉得现在须得皈依于哲人的真理之前。诗人的诗歌不能安慰我整个的生命，也许哲人的真理，可以克服我一切的烦恼呢！我既开始追求这一个幻影，我便极盼望赶快恢复我的健康，并且我发誓不再喝酒了。

“有半个月以后，我就离开那所小酒店，向我所要追寻的目的地飞跑。一路上经过许多冰山，和晶莹的雪堆，我的心非常的冷静。最后我来到一所伟大庄严的殿堂，在那里悬挂着历代哲人的肖像。两旁又列着许多书橱，里面满堆着那些哲人的名著。殿堂的台上，坐着几个当代的哲人。于是我到他们面前，恳切的说：‘可尊敬的哲人！你们是指示真理给全世界的，请拯救一个失了路的灵魂，请明白的告诉我，怎样才能使我的生命

得到充实！’

“那台上的第一个哲人说：‘世界上只有真理是不变的，所以你要能捉住真理的所在，便可以充实你的灵魂！’

“那第二个哲人说：‘你崇信真理，应如一个神圣，那末你的心便有了主宰，你便不至失路了！’

“那第三个哲人说：‘你可以把那书柜里的所有的著作都读一遍，在那里你可以得到真理！’

“我听了那些哲人的话，心想也好吧！他们既能左右世界人类的思想，至少总有他们的价值。我便照着第三个哲人的话，把那些书柜中的书逐本的看去。呵！杜鹃姑娘！他们的派别真多，有主张唯物的；有主张唯心的。有一元说二元说的；也有多元说的。真闹得我头昏。我看来看去，我的心越觉得一无所有。我们生活在世界上，就是为了追求这无虚［虚无］飘渺的真理吗？杜鹃姑娘！我对于这些不能充实我生活的真理，实在不能满意。后来我又看了几部佛经，它们的主张，真太不自然了，现世的生命不能充实丰满，而倒去讲什么来世的因果。这也许有更多人赞成。但是我呢！确确实实感到多种生命的力，变成小小的虫儿在咬我的心。我不得不设法应付它们。有时被它们恼得只想自杀，于是我赶忙躲开这殿堂，向那人烟稠密的地方去鬼混。

“这时我的第二个幻影又破灭了。杜鹃姑娘！我形容不出我的悲哀与失望呢！……

“呵！杜鹃姑娘！我告诉你，我本来打算走的两条路，一条是向灵的，一条是向肉的。灵的现在我已失败了，于是我开始过肉的生活，我来在最繁华的闹市上居住了。

“那正是春天快完的时候，火神的太子在夜里舞动他的火剑，于是一股温热的风，吹到人间。同时疲倦的虫儿，使用它的魔术，把世界上一切的生物，都弄得非常疲软。这时我是住在鹦鹉姑娘的店里。她们那里非常热闹，麻雀哥儿和老鹰先生，时时到那里去喝得醉熏熏的，故意和鹦鹉姑娘起哄。本来那些鹦鹉姑娘，有意卖俏的装束，和巧笑的诱惑，也实在是招惹是非的祸源呵！杜鹃姑娘！你自然很能猜到我那时的心情，我是从种种失望的深渊里扎挣出来的，我的心是空虚得什么也没有，同时我是热烈追求一种占据我心灵的东西，……呵！无论什么东西都好，只要它是能使我的心充实。……

“那几位鹦鹉姑娘，似乎都在注意我这飘泊的旅人。她们有时故意站在我的面前，展开她们美丽的翅膀，把那温滑而闪光的绿色羽衣，来勾引我的注意。有时她们在电灯光下，露着她们娇红的笑靥。但是我为了这些，只觉得心酸。唉！杜鹃姑娘！我不要那些呵！那只不过是几种虚幻的颜色，而我的心正渴着呢，正病着呢，这些浮浅的东西能治得我好吗?!我叹着气，关上我的房门。哝！她们在门外讥笑我，说我是个傻瓜，连调情都不懂！我被那尖锐的笑声刺伤了可怜的心，我便预备第二天搬到别处去。

“这一夜我一点也没睡着，远远看见月儿小姐，靠在蔚蓝色的屏风前，暗暗的叹气，风姨悄悄跑过我的窗下，发出一阵凄清的响声。……

“正在这个时候，我听见我的门上，有人用手指轻轻的叩着，我从床上跳了起来问道：

“‘谁呵？在这样深夜叩我的门!’

“‘哦！美丽的夜莺诗人！是我呵！’

“‘你到底是谁呢？为什么你的声音是那样颤抖！’

“‘我是世界上一个可怜的灵魂，一个沦落无归的灵魂呵！’

“‘那么你来叩我的门，是要我帮助你吗？’

“‘是呵！要是你愿意帮助我，我永远感激你呢！’

“杜鹃姑娘！这时我差不多已经知道是谁了。就是那鹦鹉中最小的一个。今天白天，她曾经对我丢过眼色，并且她曾悄悄的说过：‘美丽的诗人！我崇拜你呢！’

“后来我轻轻的开了门，果然是小鹦鹉姑娘。她向四面慌张的寻察了以后，很快的跑进我的屋里，忙忙的关上门。她脸色非常的红，悄悄躲在一个角落里坐下。我只是一声不响的望着她。这时四境非常寂静，使我听到她心弦急切的波动，我很觉得难受，我于是问她：

“‘鹦鹉姑娘，有什么意外的事，使你这样紧张吗？’

“‘唉！夜莺诗人！你知道热烈的爱，在使我紧张呵！……我知道你还是独身的，……这使我多么高兴！’

“‘哦！’我竟找不出一句话来说。因为这种如疯狂般的热情把我吓怔了。

“小鹦鹉姑娘含着泪，把她伤心的历史，慢慢的告诉我。她说：

“‘夜莺诗人！我是世界上最孤零的灵魂，我的母亲五年前就死去，我的父亲出家当了修道者，我的家庭被几个匪人拆毁了。我独自逃了出来，就在这个店里作个小使，我没有安身的地方，我知道你是世界上最多情的诗人；你一定能同情我，因此我深夜里跑来，和你诉说。呵！美丽的诗人！救我，爱

我吧！’

“杜鹃姑娘，当时我为了她的痛苦，的确流出眼泪来。于是我答应，尽我的力量帮助她。但是杜鹃姑娘！我并不爱她，不过这时在我心里有一个新的光明在闪动，那就是神秘的爱，伟大的爱，我想世界一切的不调协不统一，都只靠爱来调协来结合的，爱的确是一根无所不系的链条。

“天将发出曙光的时候，鹦鹉姑娘才走了。……从此我便不想搬走，一直住过一个夏天。并且我是践了我的约言，件件事情为小鹦鹉姑娘帮忙，——然而我并不想和她结婚。最大的理由：是她并不曾充实我的心；我所追求的并不是一个肉体。但是那些造谣言的乌鸦先生，把我们的关系说得叫人恶心，我实在不能再忍受了，因此我又由那肉的世界逃亡了。……

“我自从离开那繁华的世界以后，真要实行我自杀的计划。我抚摩着心上的三道伤痕，仿佛是得到三次绞刑的痛苦经验。我不能再受更多的荼毒了。因此我在这死寂的深夜中，从忧患的路上，一步一步挪到这秋原的河边，唱过我为自己制造的哀歌以后，就立刻使自己沉下河底去，不想竟这么巧，恰好遇见你。呵！杜鹃姑娘！”

悲哀的夜莺诗人，两跟泛溢着伤痛的眼泪，晶莹得象是蔚蓝天幕上嵌着的亮星。杜鹃姑娘用手帕替他拭干了，说道：“现在我懂得以前所不懂得的事情了。我们都是从冷酷的世界中追求希望的俘虏，……很巧的我们是遇见了，从前我们所弹的是寒伧的单音，现在我们变成合奏的双音了。呵！美丽的灵魂！让我们在地上建设一所乐园吧！”

二

现在，夜莺诗人和杜鹃姑娘的两颗心，从它们的隔膜中跳了出来，赤裸裸的如同一对圣婴；他们不穿掩遮真实的衣服，只在玫瑰花丛中，互相携着手，现示各个人的真自我。这时天上的群星，都从云层中探出头来，张着它们那惊奇发亮的眼睛，窥视这地上稀有的奇迹。哦！这美丽和谐的心乐，使得群星迷醉了。它们忘记了自己的职守，织女星竟大胆的渡过天河与牛郎相会。它们早已忘记了安排定的命运，那种绝大的力，是在全世界万物的心里跃动着呢！

两朵纯洁的白云，从那两个灵魂中涌了出来，向四围散开去，将这秋原上的山岳河海都笼住了。为了他们真纯的热情，织成绝大的金线的网，这个网可以网尽人间的和协与欢悦；并且又如同白金造成的墙垣，在温煦的日光中，发出灿烂的光耀。

在秋原的西北一带，静立着一座玲珑苍翠的山；两层峦岗的中间，有一条高矗霄汉的峭壁，上面倒挂着一道三千多尺长的瀑布，水花象飞珠般溅在四面的山崖上，发出狂骤的乐音，恰象无数的英雄，在寂静的深夜里，乘着骏马在石头路上奔驰。

幽深的山谷里，满开着素兰花。清冽的芬芳，由微风吹来，弥漫了秋原。山脚下，有一道曲折蜿蜒的溪流，往东南流去，溪水非常清碧，仿佛透明的玻璃。小溪的两旁，排列着垂丝的柳树，柔软的枝条，不住在风中飘动，倒影映在荡漾的水波上，活跃如哲人的思想。溪旁住着一对黄翅胭脂尾的蜻蜓，它们是司这溪流的水神的化形，常常都在溪岸上徘徊，静听和悦的心音。

溪尽头，有一座小小的院落，黄色粘土羼和着白色的碎石砌成的墙上，正攀援着碧玉色的爬山虎，和金银藤。从一个月洞门走进去，红艳的玫瑰花，正含着笑靥向人点头，在玫瑰花丛的后面，有三间非常清雅的屋子，那就是夜莺诗人，和杜鹃姑娘所住的地方。

自从他们建设了地上的乐园，这消息不久就传遍全世界。有一天夜里，春天的花神们，都离开她们的宫殿，坐着紫彪所驾的六轮宝车，从云漫的路上，到乐园来。当她们停在乐园的门外，轻轻的叩着门时，夜莺诗人披上紫色羽毛的大氅，来在门口问道：

“谁在用柔软的手指叩我们的门？”

“我们是司花的神女，……只有我们能使失去的青春回转，我们是一切艺术的权威。——美丽的诗人，开开你的心门，来欢迎我们吧！”

“是的花神！我相信你们对于人间的权威！悲惨的人间，若不是你们来调和，真不知道要发生怎样可怕的现象呢！请候一候，我将开了一切的门接待你们。……”

“唉！门外如何有这样的芬芳，与灿烂的光亮？……亲爱的！究竟发生了什么事情呢！”

杜鹃姑娘戴着白色玫瑰的花冠，披着白色的羽衣，站在石阶上向夜莺诗人问着。

夜莺诗人唇上浮着天真的浅笑，答道：“亲爱的！快些来欢迎春天的花神吧！”

他说完将乐园的门，从里面一直开到外面。于是在那一条白石砌成的路上，走进一位丰神美丽的花神，和她的仆从。

这时蝴蝶兰披上它淡紫色的绣衫，海棠花露着她娇红的笑靥，正和清丽的月光接着吻。轻薄的风姨，故意向她们中间走去，并且很俏皮的触了她们一下，海棠花便顺势拗过身子，和金钟罩打了一个照面，只见金钟罩向她含笑点头，于是这乐园中充满了鲜媚和娇羞。

花神坐在温馨的锦墩上，从心深处发出赞美的叹息来，说道：

“夜莺诗人，和杜鹃姑娘！每年春天，我们总要到人间来点缀风光。但是那个时间太匆促了。而且我们无论将自己创造得怎样美丽，但永远不能使充满暗愁的人心快乐。现在我来到你们的花园里，……你们是超越可怕的时间和空间，而创造你们美丽的生活。你们秉有人间最高的智慧和热情，我愿永远为你们的幸福歌颂！”

花神说完她的祝词的时候，忽见蔚蓝色的云层上，闪出鲜艳的红光来。围绕着红光的中心，一个美丽的爱神，展开她洁白的双翅，飞落在一株极茂盛的菩提树上，她右手拿着弹弓和牙箭，左手捧举着一个白色的玉瓶，她凝神注视着人间，发出悠扬的歌声道：——

“我是人间司爱的神，
这一把锋利的牙箭常随身，
射穿两个隔膜的心壁，
救渡人间不和协的灵魂！
我是人间司爱的神，

这一瓶醇净的甘露常润唇，
消除人心深处的饥渴，
永远歌颂人间和协的灵魂！”

爱神的歌声静止了。夜莺诗人，和杜鹃姑娘都流出欢喜的眼泪来，爱神收起她的牙箭和玉瓶，含笑来到花神和夜莺诗人的面前，赞叹道：

“呵！这地上的乐园已建设得很美满了！你们将补人类所有的缺陷，伟大与美丽将永远属于你们了！”

爱神说完，便约着花神一同离开乐园。她们要把这可贵的建设，输进一切人的心灵里，使他们从悲惨的梦境中醒来。

从此夜莺诗人，和杜鹃姑娘，就在这种丰富美丽的芳园中生活着。人间仍然演着各种的悲剧，转变着不同的时序，而在这所乐园中，永远浮泛着纯真的微笑，超然的神韵。有时现示着无限的幽默，有时是闪烁着生命的光耀。风永远和煦的吹着，花草永远保有它们的青春。

但是撒旦为了这件事，非常愁烦。他知道，两个绝对和协的灵魂，是不怕任何种的伤害。——他们不懂得忌妒，不会憎恨，也不追求虚荣。他们的心是比有一百座金山，和一屋子金刚钻的富翁更富，更充实。这种情形，使撒旦非常忌恨，他每天躲在一朵郁暗的云层后面，寻找破坏和协的机会。

有一天晚上，蔚蓝的天色，被繁密的云层所遮掩。人间正弥漫着秋的哀歌，蟋蟀，在墙阴下，唧唧的叫着。冷利的风，撼着梧桐，发出唏嘘的叹息。撒旦觉得这是一个好机会，于是他装扮自己象一个美丽的女郎，他来到杜鹃姑娘的窗下，轻轻的敲着玻璃窗道：

“我是水神，我住在乐园旁边的海里，今夜天上没有星，也没有月，这是多么寂寞冷清的夜呢！但是在水里的宫殿中，有着圆润的明珠，鲜红的珊瑚，所以我来邀你一同去游玩。”

杜鹃姑娘听了撒旦的一篇谎言，便悄悄的走了出来。这时夜莺诗人，正在作着诗歌，杜鹃姑娘不愿去搅乱他，就独自随了撒旦离开了乐园。他们慢慢走到一片荒野上，撒旦就借着黑云的暗影躲在密林里去了。杜鹃姑娘不见了水神，她只得停住脚步，但是她这时心里感到一种繁重的惆怅，久已告别的寂寞和虚空，现在又紧紧的将她包围住，于是以往的一切坎坷，又都一幕幕重现出来，她不知不觉流着伤怆的眼泪。正在这时，她听见一阵狞恶的笑声，那声音异常刺耳，她凝神想了想，她不禁愤怒的叫了起来：

“呵！撒旦，撒旦！……”

那自称为水神的撒旦，从树林里跳了出来，浑身穿着黑色的丧服，一双凶恶冷酷的眼，露着可怕的光芒，对着杜鹃姑娘冷笑道：

“勇敢的小生物，你终究是我手下的俘虏！”

“噢！残忍的恶魔！去！不要再用诡计陷害我。人间虽然都是缺陷，然而我绝不为那事动心。你知道，我的灵魂并不孤单，我的生命的根芽是种在和协里。除了人间绝对没有和协，否则你是伤害不了我的。咳！撒旦！你白白的布下陷人的网罗。但是我要从你的巨爪中逃去。我不相信运命，我不愿在那些残忍的桎梏中过活。去！……你看我灵魂的伴侣已经来接引我了。——呵！亲爱的——夜莺诗人——快些奏起我们和协的心乐！用你纯洁的情爱之光来照亮我晦涩的心。……

撒旦正在得意的狞笑着，忽见眼前一道刺眼的光亮，在那光亮下面，夜莺诗人正拥抱着杜鹃姑娘。这两个暂时隔离的心现在合在一处了。而且那光耀比从前更纯洁更固定。撒旦在树阴存身不住，只得没命的逃走了。

夜莺诗人同着杜鹃姑娘，仍回到乐园。这时天上如絮的云层，渐渐稀薄了。云背后射出清利的光芒来，正是月姊的明眸在流盼。群星也都闪着亮，仿佛聪明孩子的眼睛。乐园里的花群，都静默的环绕着他们，似乎一动就可以使这一对深酣的灵魂，感到惆怅；这境地的一切，都是十分温柔的。那些工作疲倦了的银翅蝴蝶，无忧的偎着花心睡去。小溪里的水，也是悄悄的呼吸着。呵！神秘的夜，现在包裹着整个的人生呢！

美丽而轻软的歌声，从诗人的深心中发出，接吻每一朵玫瑰的香唇。……

“飞呵！轻轻的飞！
我们有一对玲珑的羽翅，
和协的生命海中，
漾着灿烂的银辉。

飞呵！高高的飞！
有一株菩提树，在天边，
丰富的花果园中，
是我们永生之宫！”

在这种纯净和美的空气中，降临了夜游的神衹。他胸前佩着一颗硕大的夜光珠，照耀他飘洒的银须；一双和善的圣眼，藏着宇宙所有的和平。他用银钟般爽朗的声音向他们说道：

“我是夜游神，我左边所佩的宝囊中，有神秘的种子，我要播植在人间最真实的灵田中。聪明的灵魂，用你们圣洁的心泪将它灌溉吧！不要等到天明，你们要使它开出美丽的花来。……”夜游神放下宝囊，化一阵清光消失在那葱茏的森林中。夜莺诗人将宝囊郑重埋在一块松软的土里，不久园中所有的促织，奏着幽细的音乐。那正是悲哀中有欢喜，欢喜中有悲哀的繁弦复音。同时天上涌出五彩的祥云，将这乐园幔住。俏丽的鲜花，都起来跳舞。

远远的鸡声高唱了。夜游神惆怅的回宫，当他经过乐园时，看见神秘的花已开得非常茂盛。于是由惆怅的心流出欢喜的眼泪，他看见了人间绝大的成功！

过了些时候，撒旦在他的幽穴里，想起地上乐园的事情，又使他不知不觉愁恼着，他自己叹息道：——

“我不能忍视这地上的和协呵！”

他想夜莺诗人，同杜鹃姑娘无论怎样超绝伟大，但他们总还是人间的生物。他们对于人间的讥讽能终不动心吗？对于世上的声色货利能终久摒除吗？……不！失败也没有关系，我还是要设法破坏他们。……

在第二天早晨，乐园的门口，忽发现一个极美丽的少女，身上穿着钻石缀成的衣服，颈上戴着珍珠和宝石镶成的花冠，手里捧着紫玉的短箫，婉转的唱着。那声音好象温风穿过娇艳的素馨时的香软。夜莺诗人非常惊奇的跑到门口问道：

“呵！谁在唱出人间最娇媚的歌声？”

“是我，诗人！我是幸福的渊源！”

“哦！幸福的渊源！”诗人的心有些发跳呢。

“不要踌躇吧！我能给你爱，给你富，可爱的诗人跟我来吧！”

“但是！你住在什么地方？……”

“我吗？住在人间最富丽的宫殿，……就在那片树林子的后面。”

诗人用他聪明的眼，向那边树林外观看，只见在阴秽愁惨的云雾下，果然有一所华丽的宫殿。他的心渐渐镇静了，光明了，他厉声对那女郎说道：“去吧！声色货利的恶魔！世人也许个个都需要你，但是我永远拒绝你；我的生命是建设在真实的和协里。……”

诗人将乐园的门关上，不再为那淫靡的声音，炫目的华丽而动心了。

撒旦见他的计策又失败了。他摔碎了玉箫，脱下身上的衣服，踏践在泥土里，恨恨的叫道：“想不到人间竟有这样超越的灵魂呵！……”

撒旦非常扫兴，也不愿回穴中。只在外面徘徊，当他走到一株白杨树旁，正遇见黑衣的乌鸦先生。撒旦想起乌鸦先生诡计最多。并且从前他曾碰过杜鹃姑娘的钉子，他一定会用他的全心力，想出报仇的方法。于是他整了整衣襟，很恭敬的向乌鸦先生问安。他说：

“可敬的乌鸦先生！我向你祝福！”

乌鸦先生仰头见了撒旦，显出非常高兴的面容，答道：

“有势力的撒旦先生！全人类都作过你的俘虏，祝你运气好！”

“唳！乌鸦先生，不用提了！从前只要是太阳经过的地方，都有我的势力存在。但是现在地上有了乐园，我的权威扫地了！”

“哦！你说的地上乐园，是那一对不知事故的生物的故事吗！……我们也正在这里谈到他们，但是你是有种种的法术和本领，为什么不尽量施展呢？”

“唉！一切都失了效用！”撒旦不住的叹息着说，“我曾经将人间的声色货利显示给夜莺诗人，也曾把荒墟上的怆凉寂寞指引过杜鹃姑娘。而最后他们是用绝大的光明，热爱，战胜了我。他们将乐园的门紧闭了呵！”

“那么你为什么不请求火神的太子，把火剑抛进园中，把乐园烧毁呢？不然，你就去请求风神，把园里的花木房屋摧毁呀！……”乌鸦先生悻然的问着。

“哦！不行！无论什么东西都不能想伤害他们分毫！……”

“唳！这真够使人烦恼的。但是亲爱的撒旦先生！请你不要灰心吧！等我去访问几个朋友，或者有什么好方法呢。……”

“好吧！我虔心的祝你成功！”撒旦辞别了乌鸦先生，回去了。

乌鸦先生穿上元青色的羽氅，离开白杨树，去访问暴躁的火神太子。……不久他就来到火神的宫殿前，只见那宫殿的墙，全是用红色的砖瓦砌成的。一股热烈蒸闷的火云，笼罩着宫殿。空气非常蒸热，乌鸦先生满身都汗湿了。汗珠一颗颗好象黄色的豆子从身上滚了下来。他深深的吐了一口气，来到大殿上向火神太子问安，然后他很从容的说道：

“可敬的太子呵！你是人间最有势力的神，你能使万物生，也能使万物死。……但是你虽摧毁了人间的青春，可是你遗忘了那所地上的乐园呢！……那里的风永远是温煦的吹着，花是永远娇媚的开着。……这一来使你的权威扫地了！”

火神的太子听了乌鸦的报告，由不得暴怒起来，怪叫道：

“快些牵我的赤龙来！”

乌鸦先生见事情将成功了，他非常的高兴，并且又在旁边谀扬火神太子道：

“呵！伟大的火神太子！他们是不晓事的，但只要见了你的威势，他们一定要自己懊悔了！”

一匹赤红色的火龙，已经牵来了，火神太子翻身骑上，挥动耀眼的神鞭，匆匆向人间去了。

在一天的夜里，人间的春光，正非常的绚灿［烂］。柳树哥儿穿着嫩绿的新装，站在牡丹芍药的面前，得意的凝视着。丁香和海棠也都修饰得非常俏丽。但是不久，忽见天边闪出一道红光，一个披着红衣的神人，手里挥动着一把火剑，于是人间起了一阵蒸热的狂风。

第二天早晨，乌鸦先生走出来看见满地都堆着落花残瓣，美丽的春光已经消失了。他知道火神太子已经来到人间。……但是地上的乐园里，不知变成什么情形了？因此，他忙忙来到乐园的门口敲门，杜鹃姑娘将门开了问道：

“谁呵？”

“哦！美丽的女王！是我——你的旧朋友呵！”

“唉！原来是乌鸦先生吗？……有什么消息，使你这样早来叩我们的门。”

乌鸦先生这时已经看见乐园里的群花，依然很娇艳的开着。一种又惊奇又懊恼的心情，将他包围住了，脸上发出惆怅的神色，支吾道：

“没有什么消息！……不过我今早从这里走过，看见满地落花，这使我非常伤心，想着你也一定要伤感的，所以来看看你……但是你们的乐园中依然是非常美满！……”

杜鹃姑娘很谦和的答道：

“是呵！乌鸦先生，我们这里并没有什么变故发生呢！”

乌鸦先生怅然的叹了一口气，低声说道：

“那么我们再会吧！”它披起黑色的羽氅，跄踉的向那密林中隐去。杜鹃姑娘在回来的路上，遇见了夜莺诗人，他们站在一株翠碧的菩提树下。清风从他们头顶撩过，一阵习习的响声，缭绕着茂密的树枝间。杜鹃姑娘仰头看见蔚蓝的云天，漫着一层火红的霞光，她不禁叹了一口气道：

“唉！人间的青春在昨夜已经丧失了！”

美丽的夜莺诗人，这时在他的唇上浮着纯真的微笑道：“亲爱的！这又值得使你伤心吗？……我们的生命根本就不建设在事实的人间。我们的灵魂是永远自由的，那玫瑰的花根是埋在我们的心里，除非我们的‘自我’消失了，我们心上的玫瑰将永远都保持它的娇羞呢！亲爱的！我们是生在缺陷的人间——那缺陷是一个深奥的幽谷，但同时也是神秘的呵！那里面有着活跃的神龙，有发红光的火珠，有美丽的兰花，我们只要肯向深处追求，必定可以看到更美丽更好的东西呢！”

“唉！亲爱的，你听外面有着什么声音？……我的心有些发慌，对于你那些美妙的言辞，我感到战栗呢!”

这话使夜莺诗人感到不祥的预兆。于是他请杜鹃姑娘安静的坐在菩提树下，他独自来到乐园的门外查看，只见人间受尽了火神太子的荼毒，没有娇艳，也没有芬芳。沿路的树枝，都低垂着头，在那里发出疲弱的叹息。地上的沙石，好象才从火里捞出来的铁豆般，闪着热怒的光焰，向人们的脚掌心烤炙。人们不住擦着汗，在树荫下喘息。

在一条干燥的山峰上，正走着一队旅客。他们肩上挑着劳苦与责任的担子，向山上拼命的蹚［躜］行。这山路布满了破碎的石块，路旁长满了荆棘。他们一面走着，一面从脚上淌血。后来走到一座峭壁前面，那路更难走了。他们只好放下担子，坐下休息。但是他们的肚子非常饥饿，他们的心非常空虚，所以不久他们仍然挑起担子，奔他们的前途，他们满望在那目的地有着理想的甘泉。

这时候夜莺诗人飞到一株极高松树的尖顶，向远处窥探。他怀疑他们所希冀的甘泉，不知到底是什么情形。最后他看见在这条路的尽头，有一座巍峨的石牌坊，上面漾着几个金色的大字：“人生的归宿”，在那牌坊底下，有无数无数的劳苦与责任的担子，从每一个人肩上卸下，堆在那里，而那些人们都安然的睡去了，在他们的脸上浮着胜利的微笑。

夜莺诗人脆弱的心，悄悄的哭着，他不忍再看下去，忙忙奔回乐园，跪在杜鹃姑娘的面前，流出最辛酸的眼泪道：“呵！我的生命，我懂得什么是‘人生的归宿’了！我不愿追求那飘渺的理想的甘泉。吾爱！用你明媚的眼睛向我看；我要在你纯真的爱光中沐浴。吾爱！请将你玫瑰的唇吻我，我要在你热烈的情流中忘记生和死的恐怖。吾爱！让你心田里开出些稀有的花朵吧！唉！吾爱！你不知道那条人间的道路，是怎样的干燥无聊呵?！我要将你所赐予我的花朵，分赠给那些渴想甘泉的旅客。他们的心身都呈露着非常的疲惫，便连眼泪都挤不出来了！……”

诗人伟大同情的声音，惊动了乐园中酣睡的银翅蝴蝶。它们顿时揉开倦眼，披起彩衣，纷纷来到诗人的面前，向他幽默的膜拜，从深心中发出欢喜的赞叹。那纯洁的同情泪化成丝丝的雨露，向那一队旅客身上飘去。同时在那石路旁发见了一条小溪，潺湲的细流经过这一队旅客的眼前时，人人如疯似狂的叫了起来：

“呵！水！水！……”

他们把地上的瓦块，作了玉杯，将这甘露舀在里面，喝了下去。于是他们的眉峰舒展了，眼睛发亮了。这时他们忽然看见前面树林中，闪着腥［猩］红的点子，一股清醇的果子香，从风中送过来。于是他们跳跃着奔到那树林里，果然有许多熟桃挂在绿树上，他们在树下饱餐了一顿，精神陡然活泼了，每人的心里，似乎都开了一朵美丽的鲜花。从他们心底发出对生命的歌颂！

这声音很清楚的传到乐园里。杜鹃姑娘惊喜的叫道：

“呵！亲爱的诗人，你听到什么声音吗？这样轻盈松快的乐音，我是头一次听见！唉！吾爱！现在我们才发见了人间的美丽呢！”

夜莺诗人听见杜鹃姑娘的一番话，只点了点头，没有回答什么。因为他这时心里有着一种繁重的压迫，他看见杜鹃姑娘非常疲弱的倚在菩提树根旁，眼睛里射出奇异的光芒，向着那遥远的森林凝视。在她的唇上浮着胜利的微笑，——但是那种微笑是非常使他惊心的。他很清楚这种胜利的笑靥，是和人生的归宿那石牌坊下的安息者的微笑，没有一点分别。他急忙来到杜鹃姑娘身边，将她紧紧的抱在怀里，但是他已看见张着黑翼的死神，躲在一朵黑云后面向她招手了！

诗人含着悲泪道："吾爱！你想安息吧？"

"是的！吾爱！我要安息了，永久的安息了！我已享受到生之美丽！我的安息也是非常美丽的！"

一阵悲惨的秋风吹开了乐园的门。死神严肃的走了进来，把杜鹃姑娘从他爱人的怀里带走了。

同时乐园里的花草都低了头，显出因悲伤而憔悴的黄色面庞。它们脱下身上的鲜装，从此乐园中失掉了娇羞与温馨，依然变成一片荒凉的秋原。

诗人孤独的坐在清溪旁，手里捧着杜鹃姑娘所留给他的玫瑰花冠。正在这时候，那个赤足美丽的幸福小神仙，驾着一朵洁白的云来了。他低声说道："哦！伟大的诗人！什么事情使你这样悲愁？你为什么舍弃了地上的乐园，而来到这惨怆的秋原上叹息呢？"

"唉！幸福之神！地上的乐园是建设在两个绝对相同的灵魂上。但是，你看现在我是多么寒伧，我已经捣碎了双音的心弦，怎能再弹出欢欣的曲调？！"

"诗人！你的灵魂将要在星群中飞翔。你将看见世上的人们向你膜拜。你虽然是不曾弥补那最后的缺陷，——从死神的翼下逃亡，但你的生命是灿烂的，曾经闪出过奇异的光亮呵！

……请你将这花冠永远留在世上吧！……”

幸福之神在一片白光中，渐渐的隐没了。这时人间正展布着冷寂的幽暗，诗人将这花冠挂在那条人生的路旁，他沉默的睡在清溪的碧波里，在那神秘的夜幕下向人间告别了。

（本篇最初分别发表于1930年1月3—9日天津《益世报》副刊，篇名《人间天堂》；6月、7月又发表于《新月》第3卷第5、6期，改名为《地上的乐园》；后收入《玫瑰的刺》集）

云鸥情书集①

春天午十一点半，邮差送来邮件，一本非常美丽的册页便现在我的眼前了，封皮是淡红色的，上面写着几个金色的字是——云鸥的情书：——

一——寄冷鸥

可敬的冷鸥女士：

相谈后，心中觉着一种说不出的怪感；你总拿着一声叹息，一颗眼泪，去笼罩宇宙，去解释一切，我虽则反对你，但仍然深与你同情。我呵！昔日也虽终夜流过泪的，但无论如何我闭

① 本集为庐隐和李唯建的情书合集，共收情书 68 封。写作时间为 1929 年春到 1930 年春。信中冷鸥即庐隐，异云即李唯建。

紧嘴决不发一声太息，因为在这世上，你如果觉得无聊或悲观，那末趁早去自杀罢，不然只望着生命空长呻吟，有何用处？你说你看透了世上早就是这么一回事，但是你能反对“自然”，反对“命运”，你就当努力去向它们宣战，失败成功，毫不顾及，努力去创造好环境，这才是真的人生。如果你畏缩，你岂不是落入命运之手？岂不是更入悲境？这样下去，又怎样才好呢？要知道奋斗即是人生意义，悲观乐观幸运劫运一切一切都是假的！你也许说我不了解你的心情，和你的环境，所以才有这类意思，不过，可敬的冷鸥！主张是主张，环境是环境，外面的一切都不能改变我们的主张和见解，现在我把这首长诗《祈祷》寄与你，希冀你从它那里能得些安慰，我的目的也尽于此了。呵！冷鸥，我很盼望你能时赐我书，更盼望你能给我纠正与指导，让我俩永远是心灵中的伴侣吧！

异云

二——寄异云

异云：

信收到了，诗尚未寄来，想因挂号耽误之故吧。

承你鼓舞我向无结果人生路上强为欢笑，自然是值得感激的；不过，异云，神经过敏的我，觉得你不说悲观是不自然的……什么是奋斗？什么是努力？反正一句话，无论谁在没有自杀或自然的死去之先，总是在奋斗在努力，不然便一天也支持不过去的。

异云，我告诉你，我并不畏缩，我虽屡经坎坷，汹浪，恶涛，几次没顶，然而我还是我，现在依然生活着；至于说我总拿一声叹息一颗眼泪去罩笼宇宙，去解释一切，那只怪我生成戴了这副不幸的灰色的眼镜，在我眼睛里不能把宇宙的一切变得更美丽些，这也是无办法的事。至于说悲观有何用——根本上我就没有希望它有用，——不过情激于中，自然的流露于外，不论是“阳春白雪”或“下里巴歌”，总而言之，心声而已。

我一生别的不敢骄人，只有任情是比一切人高明。我不能勉强敷衍任何人，我甚至于不愿见和我不洽合的人，我是这样的，只有我，没有别人；换言之，我的个性是特别顽强，所以我是不容易感化的，而且我觉得也不必勉强感化。世界原来是种种色色的，况悲切的哀调是更美丽的诗篇，又何必一定都要如欢喜佛大开笑口呢？异云，我愿你不要失去你自己，——不过，如果你从心坎里觉得世界是值得歌颂的，那自然是对的；否则不必戴假面具——那太苦而且无聊！

我们初次相见，即互示以心灵，所以我不高兴打诳语，直抒所欲言，你当能谅我，是不是？

再说罢，祝你

快乐！

冷鸥

三——寄冷鸥

亲爱的鸥姊：

我确信你不至于误会我的——

现在我先要来“正名”！我觉得我无相当名称赏于你，除了

“心灵的姊”——这是诗人雪莱叫黑琴籁女士用的，你以为如何？最好再声明一下：我这信是乱七八糟的，无系统的，我感着什么便吐出什么，毫不作假，决非假面具！鸥姊，你说这个态度对不对？以下便是我的疯话，请听吧：

你在中央公园时不是说过，我来当你的领导吗？那末，我这一生就算是有意义了。我相信当我“领导”的人至少经验学问年纪三者须比我大，所以从前有一位德国学者曾言他最合适为我的“领导”，亲爱的鸥姊，你这般重视我，这样慷慨，在我请求你当我的“领导”之先，你便说这一句我永永远远不能忘的话哟！人类自古到今，圣贤哲士，当然也不少，我读的诗人也不很少，他们的话没有一句不像你那一句话——呵！就只那一句话，那般感动我的。唉，鸥姊，你须知道，我永远是单独的；我每觉这世上不是我栖息的地方，总愿飞到他处——不管何处，只须离了这世界。如今哟，也许以后我再不觉着生命如何无聊，也许不十分想飞离此世，那是谁的功劳呢？我说那并非你的力量，实在是上帝的力量，上帝的力量又在那里？上帝的力量在我俩的内心的感应，说到这里，我入了神秘之境，希望你也进入神秘之境。

别后回学校，世界的面目好似改了，我心中有种说不出来的压迫，有种不可言喻的神奇，使得我昨夜通夜未尝安眠；呵，鸥姊，你到底是什么？我不知道，即使知道，也不敢讲；从今后我将用全般精神来侍奉你。请你别以我为龌龊——呵！不，即使我龌龊，你就应当完成你在世上的使命，来使人类清洁。我呢？也是人类之一，那你自然也当使我这龌龊的灵魂神洁。呵，我哭了。哭出过喜的眼泪，呵，我心中有美丽鲜花一朵

——那是你对我的明白与怜爱。

现今再说几句关于我个人的话：——人人都以为我是一个太浪漫的人，其实我浪漫的动机正似李太白喝酒过度的原因。我来到世上与别人一样，想得点安慰，了解种种，现在固无论别的，只有一事是真的，就是我总觉得我自呱呱坠地以来没有得过一度的安慰与了解。我昔在上海，屡想自杀，但终孱弱胆怯，未能实现，到而今仍然生存着，过一天算一天。——唉，亲爱的鸥姊，你细想我如何的可怜？哦，请别哭，请保留着你那可贵的神泪，等我的其他的更大悲痛来临时，再来替我滴一两颗吧。

两三月前，那位德国学者由广州来函，还对我讲：“异云，你一人东飘西流的，真可怜，无人注意你，也无人指导你，——除了我，异云，亲爱的异云，你如愿到广州来，那就快来，跟我一处吧！”他又讲，我如果有一个好的有力量的乳母，那就比什么书什么朋友都强。当时，我听着心上阵阵发酸，知道这是很难的，因为他以那样多的经验与学问，尚且说他恐怕不能怎样对我有效。以后，他又对我说，虽然不容易找这一位神圣的乳母，但我知道这位乳母是在女子中，这女子虽没有那般年纪学问和经验，但比较容易有相当的成绩；他又说要替我解决这一个特别对我是最大最难的问题——婚姻问题，所以这几年来，我也认识一些女子，我毫不重视他们，其中有些都很喜欢我，爱我，但我始终不大理她们，只是无聊时同她们玩玩罢了！

唉！我最敬爱的鸥姊！你听了这些话一定不至误会的，因为你是聪明人，我是疯人，真正的聪明人是真正了解真正的疯人的。现在你哟，我以为比一切一切万汇都伟大，我便愿终生在你这种伟大无边的智慧之光中当一只小鸟或一个小蝶，朝晨唱唱歌，中午翩翩的在花丛中飞舞，写到这里，还有许多许多的话想说，我觉文字这种东西现在很不能表现我的万分之一的感想与感觉，我要用音乐与图画来使你同样感到我心中的感觉，但我既非音乐家，也非图画家，——咳！我将用沉默来使你了解我。你沉默了吗？告诉我，请温柔的低声的告诉我，你在沉默中感觉什么，看看我俩感着的是否相同。

我的心，这一颗多伤，跳得不规则的心，从前跳，跳，单独的跳，跳出单独的音调；自从认识你后，渐渐的跳，跳出双音来，现在呢？这双音又合为一音了，此后，你的呼吸里，你的血管里，表面看来是单的；其实是双的；我呢，也在同样的情形中，这些这些谁知道谁了解呵？除了我俩！

啊！世界，跳舞，微笑，别再痴呆的坐在那儿板着灰的脸，我的生命，我的天使，我的我，——鸥姊！我看见你在教世界跳一种舞蹈，笑一种新微笑，我也学会了一首新生命的歌调，新生命的舞蹈，我即死，我的生命已经居在永久不朽之中，你说是不是？

我很想再见你，还有许多话要向你讲；但是话有时不能表现我的奥义与深情，奈何？

你礼拜天如果有空时，我虔诚盼望你能许我礼拜上午在你家里等我，我俩同到城外我的茅屋看看，然后同到玉泉山或西山一游。亲爱的姊姊，想来你不至于拒绝吧？鸥姊，我说一句真话，我从前没有被人动心像被你动心那样！希望你以后对我万万分的诚真，指导指教我的一切——身体和精神。希望你接到这封疯狂但是天真的信以后，即刻就回我一封。

异云

四——寄异云

云弟：

放心！我一切都看得雪亮，绝不至误会你！

人间虽然污浊，但是黑暗中也未尝没有光明；人类虽然渺小，但在或种环境之中也未尝没有伟大。云弟，我们原是以圣洁的心灵相结识，我们应当是超人间的情谊，我何至那么愚钝而去误会你，可怜的弟弟，你放心吧，放心吧！

人与人的交接不得已而戴上假面具，那是人间最残酷最可怜的事实，如果能够在某一人面前率真，那就是幸福，所以你能在我面前不虚伪，那是你的幸福，应当好好的享受。

什么叫疯话？——在一般人的意义（解释疯狂的意义之下）你自然难免贤者之讥；但在我觉得这疯话就是一篇美的文学，——至少它有着真诚的情感吧。

但是云弟，你入世未深，你年纪还小，恐怕有那么一天你的疯话将为你的经验和苦难的人生而陶铸成了假话呢！到那时候，才是真正可悲哀的，古人说“哀莫大于心死”，——现在一般社会上的人物，那一个是有着活泼生动的心灵？那一个不是行尸走肉般在光天化日之下转动着？唉！愚钝本是人类的根性，佛家所谓“真如”早已被一切的尘浊所遮掩了，还有什么可说？

其实我也不比谁多知道什么，有的时候我还要比一切愚钝的人更愚钝，不过我有一件事情可以自傲的：就是无论在什么环境中，我总未曾忘记过“自我”的伟大和尊严；所以我在一般人看起来是一个最不合宜的固执人，而在我自己，我的灵魂确因此解放不少，我除非万不得已的时候，我总是行我心之所安——这就是我现在还能扎挣于万恶的人间绝大的原因。云弟，我所能指导你的不过如是而已！

你是绝对主情生活的人，这种人在一方面说是很伟大很真实的，但在另一方面说，也是最苦痛最可怜的；因为理智与情感永远是冲突的，况且世界上的一切事实往往都穿上理智的衣裳，在这种环境之下，只有你一个人骑着没有羁勒的大马，到处奔驰，结果是到处碰钉子——这话比较玄妙，我可以举一件事实证明我的话是对的：比如你在南方饭店里所认识的某女士，在你不过任一时的情感说一两句玩话罢了，而结果？别人就拿你的话当作事实，然后加以理智的批评，因之某博士也不高兴你，某诗人也反对你，弄到现在，你自己也进退两难——这个大概够你受了吧？——所以，云弟，我希望你以后稍微冷静点，一般没什么智识的女子，她们不懂得什么神秘，她们可以把你一两句无意的话当作你对她们表示情爱的象征呢！——世路太险恶，天真的朋友，你要留心荆棘的刺伤呢。

云弟，你是极聪明的人，所以你比谁都疯狂，——自然这话也许你要笑我偷自“天才即狂人”的一句话；不过，我确也很了解这话的意义。所谓天才，他的神光与人不同，他的思想是超出人间的，而一般的批评家却是地道的人间的人，那些神秘惊奇的事迹在他们眼里看来自然是太陌生，又焉得不以疯子目之呢？

可是我并不讨厌疯子，我最怕那方行矩步的假人物。——

在中国诗人中我最喜欢李太白和苏东坡，我最讨厌杜甫和吴梅村；在外国诗人中我所知道有限，可是我很喜欢雪莱——这也许就是我们能够共鸣的缘故吧。

天地间的东西最神秘的，是无言之言，无声之声，就是你所说的沉默。中国有一句成语说“无限心头事，都在不言中”。所谓沉默的时候，就是包容宇宙一切的时候，这时候是超人间的，如醉于美酒后的无所顾忌飘逸美满的心情，云，你说对不对？再谈吧，祝你

高兴！

冷鸥

五——寄冷鸥

鸥姊：

别后怅惘已极，薄暮归城，途中当受虚惊不少，至以为念！香山之游乐乎？回后有何感想？《树荫下》一文已动笔否？本星期四午后请在家候我。

今日午后在体育馆游泳，颇有趣！

脸上小红颗已好否？念念！草此顺祝安康！

异云

六——寄冷鸥

鸥：

你的异云昨天受了一场大病的痛苦，他不知道如何看东西

了！他的两臂好像失去了，他头晕得难以形容，你应当可怜他，安慰他，爱他，不当不管他，藐视他！啊！这是我的命运，我只有服从冷静跪在它的前面。吾爱，我的隐情谁也不知晓，唉，连我自己都不知道，忽然这种吓得死人的苦痛，像从云端掉在地上的雨点洒在我心上！呀！我东躲西逃，也是无益，鸥，我每次与你相见谈话，很可以减少我一些悲痛，但当我俩分离后，我的难受更难以言语比喻，所以我不敢多见你，想少与你讲话——不过礼拜天我一定要来的哟。祝你

健康！

异云

七——寄异云

异云：

你的信我收到了，没有什么可说。天底下的春蚕没有不作茧的，也正犹之乎飞蛾扑火，明知是惹炎烧身，但是命运如此，——正如你所说除了冷静去承受，实在也没有更高明的办法。

不过，异云，你要知道人类是不可思议的神秘的怪物，所以自苦的情形虽等于春蚕等于飞蛾，然而蚕茧的收获可以织出光彩的绸缎，飞蛾投入于火炎中虽是痛苦，同时可以加火的燃烧力，因之，人类虽愚，自甘沉没的结果，便得到最高的快乐和智慧了。异云，你为什么病？你是否为了搜寻智慧而病呢？……我愿意知道。

这些天连着喝酒，我愿迷醉，但是朋友们太小心，唯恐我

醉，常常不许我尽量，因此，我只能半醉，我只能模糊的记忆痛苦的已往，——但是我不能整个忘了宇宙呵，异云，这是多么苦痛的事情呢？我希望有一天我能够醉得十分深——最好永不醒来，唉，异云，我是怪人，我不了解快乐，我只能领会悲哀。

自从认识你以后，我的心似乎有了一点东西，——也许是一把锁匙，也许是一阵风，我的心不安定呢。

我觉得有一个美丽的幻影在我面前诱惑，我发誓纵使这幻影终久是空虚而苦痛的，但是我为了他醉人的星眸，我要追逐他——以至于这幻影消灭了，——我也毁灭的时候！呵！异云，我不愿更饶舌了，我只有沉默——除了沉默是没有方法可以包涵我心中无限的意思！

疯话一篇也许你懂，——当然我是希望你懂；不过，不懂也好，至少没有钥匙，没有了风，我的心门将永久闭塞，我的生命也永不起波浪。好了，星期日见吧。

冷鸥

八——寄冷鸥

鸥姊如侍：

又得说几句狂语方能去就寝。几日来我疯了，我正害着疟疾，忽然发冷，忽然发热，白天黑夜都被感觉与思想所重压，唉！可怜我，一个苦人，一个被命运压迫的人，我在人间似一个虚影一个幻像，悄悄的来，悄悄的又去了。啊！我愿去，去到无论什么地方都好，鸥姊，你不必替我太息，我去后，希望你仍然生活下去，快乐的追逐你那高超的理想，——唉，什么触着我冰冷的足尖？呵，原来是你们哟！——两只小白兔，（朋友送我的）你们对我仍有这般温柔，我呵，虽在世间如此坎坷，但有这样两只小白兔与我许多的温和，我在世上也并非没有一线的安慰……此时，我并未做梦，我入世了，我仍旧活着，时间已是十一点了，去睡罢！

这些话太无条理太疯颠，求你的原谅。

敬祝

您好

弟异云手上

九——寄冷鸥

鸥：

现在我从小茅屋搬进校里住了，你可捉摸得着？哈哈一笑！这几天我真可怜极了。——今天下午还要去游水呢，你以为如何？礼拜天上午准到你那里来。——新近你每顿吃几碗饭？念甚——思想复杂，一封信不足以表白，见面后再畅谈吧。匆匆，即请

安好

异云上

十——寄冷鸥

鸥：

我又搬家了，可怜如此不安定飘泊的灵魂，何时方能归宿

呢？鸥，你如注意我，可怜我，我便胆大的讲一声：我终久的归宿是在你柔温的胸中！你不必拒绝，更无须退缩，我告诉你，我现在外面虽然像流动无归的浮云，其实我深心处，呵，不，我的心之根已长在一块润湿肥沃的土中，鸥，你说是不是？

我的心往常在独自改造世界，独自毁灭世界，我的感情激动无尽的细波。呵！那时我如何的孤单，而今无意中生出了一种我理想之外的奇异细波，同我的互相缠结而不可分，鸥，你说我感着一种如何神秘的怪感呢？你须知道神秘这种东西，是在言语文字之外的，亲爱的，鸥，你叫我怎样表明它呢？我只有等，等到我俩共同感到这神秘时，（也许你已觉着）我不必讲，你早已深知，但现在我又不得不说一点：

从前我从这世界抓出一种神秘，每当世界上的一切不能满足我时，我便悄悄的进了我唯一的神秘世界，那里，一切一切与我们这个世界的一切都不同，我每想到这么一个世界只有我一人住居，便不觉两眼发花，心中来了一阵辛酸，宇宙的形形色色都变为惨淡的。唉！这世上我该不来，真该不来，但不来也罢，如今既来了，又如何呢？所以我想这种神秘世界虽不能十分满足，唉！并非不能满足我，只因我伤心世人不能与我共此神境——但这个世界更不能满足我了，因之我发誓永入神秘之境，我便摒弃了现世。自从你我相识后，我才知道我所感觉与想象的世界并不在第二世界，更不在虚无飘渺间，乃在人心中呵！鸥！即在你我的心中，这一点是我的生命！你教我的。至少是你给我这种灵感。呵！吾鸥。你难道不是我的新生命吗？新生命便是你！

我知道你有许多地方不相信我的，但是，鸥，你如果能了解上面一段话，那你便明白我的心是如何的真诚不朽与不变，不然你的心便是虚伪腐朽与改变！

这几天我要努力写诗，不多谈了，祝你

安好！

异云

十一——寄冷鸥

鸥：

分襟后，一路来心上好像失了一个什么似的。鸥，你说我如何离得了你？——那岂不是受活罪吗？我盼将来我俩纵被地狱（代表一切阻碍与痛苦）所隔离，也得默默的虔诚的两颗心互相结合，安慰，——这是我的理想生活。

我要飞，早迟都得飞的，从前我只有一只翅膀，现在有了两只，还不高飞吗？飞到我们共同的乐园，飞，飞，飞高些，还要再高些，鸥姊，你在一方面真的把我看透入骨髓，你说我表面虽时刻变幻无常，其实内心是不大变的，对！一点不错，如何我这般变化无定，这是由于我是“风”的缘故，我的根性如是！

这几天我要做诗，请你于最近的将来给我一篇短篇小说。我能帮你些什么忙，请明示我！

异云

十二——寄异云

云：

我将怎样的感激你呢？——这虽是几个不能写出蕴蓄着我心灵深处的情感的文字，但是我得到你的信之后，总觉得心头更充实一点，自然这未免太愚钝了，是不是？

你这几天生活如何？“风”到底经过些什么所在？——美丽的花丛吗？幽暗的森林吗？我虽是捉摸不来，但是我准知道“风”总是“风”罢了，聪明的云，你说对不对？

好了，见面在即，留些话慢慢倾吐吧。你问我每顿吃几碗饭，惭愧！还是一碗主义，然而你呢？——我希望你强饭自爱！

鸥书于灯下

十三——寄冷鸥

鸥：

上次那封信想已收到，也许你看过后不大明白吧。本来是不大容易明白的。

这几天写诗不少，这一首诗大概有六七百行，成后再与你看。鸥，我如今是一个孕妇，难受已极，等我的诗吐完了后，也许好些吧！我相信我没有吐完的时候。

天气有些热，焦灼的红日又照在我烦闷多思的头上，我只得在痛苦的生命之光下辗转……哎，年年我都如此，翘愿望望前面，前面只有“不安息”，不禁颤抖，再不敢生活下去了！

问你一声安康！

云

十四——寄异云

异云：

炎热的天气，真使人烦燥，灼烁的金色的太阳几乎把我炙成溶液，我真怕夏天！

但是每一年的夏天我也得挣扎着过去，因此我想“人”真太可怜了：形体上要受许多剥蚀，同时精神上也要受各种各式的煎熬，最残酷的要算是不可捉摸的希望，它对于人用尽诱惑的手段，显示着无尽藏的优美与欢乐，于是可怜的人就一步一步向它走去，然而等到接近它的时候，一切又都是平凡而丑恶！唉！我真不免要咒诅事实！所以我一生别无大志，只愿离人间远一点，我的痛苦要少一点，与你所说你应当入世些，你或者可以忘记你的痛苦，简直正相反了。异云，我们试验着谁的真理多一些，好不好？

冷鸥

十五——寄冷鸥

吾鸥：

话是说不尽的，情亦不尽。

我们的两颗心同入一样的神秘世界，希望永永如是。

同情心太大太深，便变为伟大纯洁的爱了。

世界最不可捉摸的是情感。我是主情的人，所以不可捉摸，但你如也是主情的人，便很容易捉摸我了。

我俩此后是在苦难的人生道上互相提携之伴侣。

希望你来，快来，我牵着你的手，你便跟着我走，走向神秘的道上，走到神秘的世界，神秘的世界没有快乐没有悲伤，只有人的赤裸裸的心！

附上诗两节：

（一）

你的智慧好比日光——
给生命与一切芬芳；
我是一只翩翩粉蝶，
戏游在浓荫的绿叶，
吸收点日光的和协。

（二）

你的温气好比月光——
安慰了人们的悲伤；
我是一朵洁白玉簪，
含孕着春夜的醉酣，
沉迷于月光的露甘。

录自《影》诗的第十三节

异云

十六——寄异云

异云：

现在正是黄昏时候，天空罩着一层薄薄的阴翳，没有娇媚的斜阳，也没有灿烂的彩霞，一切都是灰色的。可是我最喜欢这样的时候，因此我知道我的命运是我自己造成的，我只喜欢人们所不喜欢的东西，自然我应得到人们所逃避的命运了。

灰色最是美丽，一个人的生命如果不带一点灰色，他将永远被摒弃于灵的世界。你看灰色是多么温柔，它不像火把人炙得喘不过气来，它同时也不像黑暗引人陷入迷途，——我怕太强烈的光线，我怕太热闹的生活，我愿永远沉默于灰色中。

这话太玄了吧，但是我想你懂，至少也懂得一部分，是不是？

今天一天我没有离开我的书案，碧的绿藤叶在微风中鼓荡，我抬头望着，常恍若置身于碧海之滨，细听小的涛浪互语：这是多么神秘的体验呵！

你回校写诗了吗？我希望在最近的将来能看见它，而且我预料一定是一本很美丽的作品。杀青时，千万就寄给我吧。

我今天写了不少的东西，而且心情也比较安定了。希望你的生活也很舒适。

你还吃素吗？天热，多吃点菜蔬，倒是很合卫生，不过有意克苦去吃素，我瞧很可不必——而且吃不了三天又要开斋，真等于“一曝十寒”，未免太不彻底了。再谈。祝你

康健！

冷鸥

十七——寄冷鸥

鸥：

你仍然舍了我，让我一人孤单惨淡的在灰色的路上跋涉，咳！你未免太残忍了吧，我没有别的法子，只好叫你——鸥姊！鸥姊！——起初叫的声音有点高且大，后来低微下去，以至不可听见，那时你的整个充盈了我的血液，我更默默的爱着，爱着你的一切。鸥呵！你是我的宗教，我信仰你，崇拜你，你是我的寄托；我一个无人照顾的天真小孩，如今飞也似的伏进你的胸中，你柔软的胸上，我愿在那儿永久长息。鸥！我爱你，我信你，让这两句为我最后在世上所能吐出的话。但是我确安息在你的里面，你呢，也不必客气，更无须胆怯，来，来，你也来，来到我的深处，我对你，最最温柔，最最忠实，你如果不信，未免太愚了吧！世上最真的是感情，人说感情最多变化，但真的真情，是与天地——呵！不是！与永久同永久的。冷鸥！我在这里叫你，轻柔的叫你，冷鸥！你来！你来！你来！……你既然久受创伤，既然真是可怜，我就不当再使你受伤，非特如是，更应消灭你心上的伤痕，鸥！你来！我这里有止痛药，我一生都当你的看护，服从的驯静的如形影之不相离，常常跟着你，伴着你，我对你这样，就等于对我自己这样，这纯粹发自彼此的同情心，这才是我俩爱情的根基，一切都消灭时，这个永不消灭。

你的像片现在对着我，我看见你有两个感想：一个是你的可怜，一个是你的伟大，让我来解释一下：你的可怜全在你的神情，我每每想人类为什么不能得着和平，就是彼此的心不能相通。鸥，我俩的心，如今可以——并且胆大的说是相通了，莫非将来新世界的呼声就在我俩同情心的跳动声中？其次，是你的伟大，我每凝视你的像片，我觉得我的一切都在努力向上面爬，情愿向上爬，这是你的伟大，无可讳言的。

你——时间，空间，听着，仔细的听我的言辞，我的疯语，我对冷鸥的热情，这是宇宙的真理，人生的大道，这是谁之功呢？这不得不归功于我最心爱的鸥姊，你——时间，空间，一切一切，我以后吐的诗句是冷鸥教我的，不过借我的口吐出来罢了。唉！我到底是什么？我来自何方，我将往何方？呀！我悲伤，这些我都不明白，呵！鸥姊！你告诉我罢，我的宗教！你提我——提我与天上的神灵结合，我如何不感谢你，我将用“我”来谢你，但这个“我”亦是你给我的，我将用什么来谢你，我只好不谢你，但我又不能不谢你，这个并不彻底，呵！我不说了！……

你——山水，平原，森林，沙漠，跪下祈祷崇拜，随着我的模样方法，来信仰这么一个言语以外的神明，一切问题都解决了，宇宙都充满了和谐；鸥，我不学那些假信仰者，崇拜假偶像，我对你不必须礼仪（虚伪的）来使我俩的亲近分离，我要抱你，吻你，一直到我死。呀！有时你不在了——那去了？你秘密的来到我的深处，那时我是如何的惊喜呀！呵！鸥！我要吃你一口，把你吞下去，你当心呢！我的灵魂渴需着你，奈何？

冷鸥，我离不了你了，我甘心这样，冷鸥，我如今死也是个美丽的死，我的生自然是美丽的生，天呀！我所觉得说的，是真的吗？真！你是真的吗？鸥，真！

我的两眼有些发花，我的耳朵发响；我的心跳得快，这都是为你呀！你，你，你，你！——我叫你一声，好不好？冷鸥！

想来你也该知道我是如何的惨伤，当我看见你时，尤其当你含着一腔热情在两眼，——多感情多感想——那时我一阵一阵的难受，我很了解你——比别的时候都了解你——我便发誓要帮助你，唉！我是这般渺小，但我只有唯力是视。我想起乐圣贝多芬说的："做一人可能作的一切善事，"鸥，你说我焉得不感到惆怅，悲凄？我，一个撕破的我，这样寒碜，这样褴褛，想来真可怜，而今却要发誓救渡你，但我不得不这样，因为我是个人，天知道，我纵能力薄弱，我也得往上攀，向高处爬，决不堕落，此刻我立愿救你助你。我如果努力去作，不管结果如何，来生定能入那灵的世界，来生我定能摘一个智慧之果，采一朵和谐之花，这样讲起，你岂不是我的救渡者？是，无疑！原来世界的伟大的事业，都是两方面的，一个人无论如何孤寂，他的事业，伟大的事业，总不是单独的。

呵，冷鸥！你想我如何能舍了你？舍了你我便孤单，舍了你我便失了生命、生活的意义与兴趣！我不能离你一步，不能，不能，你千万放心，我是永久，你怀疑永久吗？我是爱，你反抗爱吗？我是你，你拒绝你吗？如果你对永久怀疑，对爱反抗，对你拒绝，那么，我是别的东西，可以觉而不可以说，你深深觉着便得。

我可说你我如今是通的，我每次看见你，就等于我自己，我从两眼中窥透你的真心，我便探入我自己的心，我们互和感应，我从未想到人类可以这样毫无龃龉的相通。我怀疑我俩前生是一个人，不知被什么鬼魔把那个人截成两半，便成了你与我，今日又相聚会，是谁之力欤？是上帝，是神明，是宇宙的主宰，是神秘的影子，呵！是你，同时也是我！以后我不说你我二字，我以“一”代表“你我”，但你看这封信时，恐感不便，所以我依旧用你与我。

这是甚么？一个神影从远山走近我的身边，唉！近了，更近了，我怕，我发抖，这几天我的灵魂脆弱极了，你这神影来，慢慢的来，最后来到我书桌旁，它说：“我没有躯壳，我只有灵魂，你看不见我，你只觉着我。”啊！是！我只觉着你，啊！冷鸥！那是你，是你的圣灵，由天边下降，降临在我这斗室的书桌边，啊，鸥！希望你永远这样拜访我，你的异云在不得不无可奈何的时候，你就应该来问问他，看护他，如果必需时，也不妨吻他；你的异云，可怜他虽则同情你，但他恐怕还比你可怜，你对他应当如何？这些你都很知道，用不着我再多说。你的异云不久便将入地下，希望你当他还在地面上如幻影般在人丛中走动时，稍稍看管他一点，安慰他一点。他呢，自然有相当的爱心对你。哦！吾鸥！我听见你的太息，你的哭声，我的深处也回应着你的一切。

这封信自然不少，但我还想写下去，不过你的异云背有些痛，心有些醉，手有些软，不能再往下写，我便躺在床上，好像躺在你温柔的胸膛下！

希望今夜我俩能于梦中相见！

礼拜天我也许忽然出现于你的身边。

异云

十八——寄冷鸥

鸥：

既然来了，干么又要去呢？美丽是不易来的，来了亦不能久住！当时使人快乐至于自杀，过后，过后呢？使人难受也至于自杀。你不必走，即使走，也不必走得这么快，快，一切都在走，往不知何处去？你，——鸥，更走得快，我在后面追你，你多么残酷呀！脚步更加快，我的两腿这样软嫩，自然赶不上你呀！我哭，哭后，我无奈，只凝视室中的虚影，等到这虚影变成你。鸥，我便预备去抱它。一股奇光来了，它使日月发光，使地球转动，使社会不管如何紊乱——仍然有一条线索，它抓着一切的深处，我求了许多年，我悲伤，我祈祷，我自苦，我号呼人生的意义，我从古圣先生的记载里寻找我应当崇拜的偶像，唉，什么哲人智士，他们所讲的仅是无生机书本！呵，我失望，谁知年来我在辛苦过日，东飘西泊，如今爬到你的胸上，鸥，我实在有说不出的奇异，我尽量的多谢你！

我的生命复活，我的青春再临，我是不灭不朽，只因为你呀！吾爱，我如何的说呢？我如何爱你呢？你是我诗的渊源，亦是我歌的分流；我有无限无限的情绪想向你吐，想注入你的血液里呀！死的文字，死的笔，死的纸，死的信，我无法可想——除了看见你，你站在我的书桌上，含着你一生的神情，孕着你对我的期望，我为何不为你滴泪一二颗呢？

滴泪一二颗！为什么只说一二呢？并非我没有同情，没有深情，这因为你的异云的泪早已滴完。唉，我认识你以后，我更入悲境，连泪都不能尽量的泻出，我一睁眼看世界，一下就窥透万象的深处，最深的地方当然是你的心，哎哟！我是什么？我来自何处？我将往何方呀？鸥，请告诉我，我等你，等你神圣的言辞，你的言辞既为神圣，就不应单单这样巧掉在我的身上；但我知道真正的神圣是天上的神土中的虫相通的，我纵是虫，至少也该受一点你的神灵的润泽。

不过，我以后希望你可怜我，更盼你疏远我，最盼你恨我——吾爱，吾鸥，我听见你的叹息声，你最好恨我一点，愈恨我，你愈能捉着我，我呢？愈走近你的身旁，仰着头，张着大而惊奇的两眼，低柔的叫一声“冷鸥，你为什么这样生气？为什么呆呆望着将来发抖？为什么拿着现在的情形怀疑彷徨？为什么总用人间最普通的情与心理来推测我？未免对我太冷了吧！”此时我的声音更转低柔，并有些颤抖！

昨天发的长信想已收到，这信到你手时，定在星期六，星期那天的上午，我也许飘到你的眼睛里。再谈，祝你
好

异云

十九——寄异云

异云：

我这两天好像老在酒后，心情有些醉，又有些辛酸，真难过极了！偏偏应酬多，今天下午又要去赴宴，多么世俗啊！那一天我住到深山穷崖时，便是被赦的日子。

你的长信我收到了——

我从你那里得到许多美的幻影，当我静默时，便立刻映射于我的眼前！在那一刹那间我的心是充实的，不过也太复杂，所以最后仍然是冷漠空虚。——不过这个冷漠空虚，也许是一切被焚毁后的冷漠空虚吧。

天是怎样的不可测，我的心也是怎样的不可捉摸，不安定是不可避免的趋势，恐将困我终生——直到我埋葬时。

世界上认识我的人现在都张着惊奇的眼在注视我，以为我总有不可思议的变化，各种浪漫的谣言常常加在我的身上，真够热闹了。可是我呢还是我！并且永远还是我，因此我更感觉我在世界上太孤独了。

冷鸥

二十——寄冷鸥

鸥：

来信收到，我以为你太注意世人的批评。世人的议论只是一种偏见，我们的建设既不在这个世界上，我们又何必太看重他们的浅见呢？

冷鸥，你的心是海是云，无时不在变幻，——这我顶清楚，但是我这里有许多美丽的幻影，那时你的心难受，渴望什么安慰与珍奇美丽的东西，不瞒你的话，我准能使你比较满足。

我们每次相见，你都说些虚无飘渺的话，冷鸥，我又以为你不大对，不大明白真情。你只一味的倔强，你说你的眼前时常有一个可怕的阴影，——那自然是象征你将来的运命；你又说那阴影非常的美丽，——那自然是象征我以后会给你以悲哀。

这些这些都是你的世故太深的缘故，我无法补救，只有一心一意对你好罢了。

唉，我的心此时有“理还乱”的难受，再说吧！

异云

二一——寄异云

异云：

不知为什么我这几天的心紊乱极了，我独自坐在书案前的摇椅上，怔怔看着云天出神，只觉得到处都是不能忍受的不和协，我真愤恨极了，我要毁灭一切！——然而你知道我是太脆弱了，那里有力量来作这非常的勾当呢。

异云，我不是对你说过吗？在我的眼前时时现露着那个可怕的阴影。它是像利剑似的时时刺得我的心流血——血滴是渐渐的展开来，好像一条河，可怜的我就沐浴于这鲜红的血水中。当我如疯狂似的投向那温软的梦中时，为了这血水的腥气又把我惊醒了，这时我看见我的灵魂踯躅于荒郊，那神气太狼狈了！因此连刹那时的沉醉都不可得！唉，天给我的宿命是如此的残刻，呵，异云，你将何以慰我呢？

从前我也曾经感到生之彷徨，然而程度没有现在的深，现在呵，太糟了，我简直没有法子说出我心里情调之复杂。

你说你每次见了我的时候，都觉得我好像在生病。真的，你的眼光实在够锐利了，因为我太柔弱，我负担不起心浪的掀腾，我受不住情感的重压，最后我是掩饰不住我的病容。

本来我就觉得，求人的谅解容易，现在更觉得了。唉，异云，我为了你的清楚我，曾使我感激得流泪，但同时我又觉得我太认真了，爽性世界上半个清楚我的人也没有，不是更干脆吗？现在呵，你是看见我狼狈的心了！然而那可怕的阴影又不止息的在我面前荡漾，我真不知道怎样才好，唉，太可怜了哟！

你给我写信了吗？每次写信都是这种悲调，我也觉得无谓，无奈根性如此，也没有办法呢。云，原谅我吧。

冷鸥

二二——寄异云

异云：

我本是抱定决心在人间扮演，不论悲欢离合甜酸苦辛的味儿，我都想尝。人说这世界太复杂了，然而我嫌它太单调，我愿用我全生命的力去创造一个复音谐和的世界；我愿意我是为了这个愿望而牺牲的人；我愿意我永远是一出悲剧的主人；我愿我是一首又哀婉又绮丽的诗歌，总之，我不愿平凡！——纵使平凡能获得女王的花冠，我亦将弃之如遗。呵，异云，你不必替我找幸福，不用说幸福是不容易找到，即使找到，我也不见得会收受。你要知道，有了绝大的不幸，才有冷鸥，冷鸥便是一切不幸的根蒂。唉，异云，我怨吗？我恨吗？不，不，绝不，我早知道我的生是为呕吐心血而生的，我是为点缀没有生气的世界而来的，因之荆棘越多，我的血越鲜红，我的智慧也越高深。

我怀疑作人——尤其是怀疑作幸福的人：什么夫荣妻贵子孙满堂？他们的灵魂便被这一切的幸福遮蔽了，那里有光芒？

那里有智慧？到世界上走了一趟，结果没有懂得世界是什么样？自己是什么东西？呵，那不是太滑稽得可怜了吗？异云，我真不愿意是这一类的人！在我生活的前半段几乎已经陷到这种可悲的深渊里了，幸喜坎坷的命运将我救起，我现在既然已经认识我自己了，我又那敢不把自己捉住，让它悄悄的溜了呢？

世俗上的人都以为我是为了坎坷的命运而悲叹而流泪，那里晓得我仅仅是为了自己的孤独——灵魂的孤独而太息而伤心呢？

可是人到底是太蠢了，为什么一定要求人了解呢？孤独岂不更隽永有味吗？我近来很觉悟此后或者能够作到不须人了解而处处泰然的地步。呵，异云，那时便是我得救的时候了。

我的心波太不平：忽然高掀如钱塘潮水，有时平静如寒潭静流；所以我有时是迷醉的，有时是解脱的，这种变幻不定的心，要想在人间求寄托，不是太难了吗？——呵，我从此将如长空孤雁永不停住于人间的树上求栖止，人间自然可以遗弃我的，我呢，也应当学着遗弃人间！

异云，我有些狂了，我也不知说什么疯话，请原谅我吧！

昨天你对我说暑假后到广东去，很好！只要你觉得去与你有兴趣的，你就去吧；我现在最羡慕人有奔波的勇气，我呢，说来可怜，便连这一点的兴趣都没有！——我的心也许一天要跑十万八千里，然而我的身体是一块朽了的木头，不能挪动，一挪动，好像立刻要瓦解冰销。每天支持在车尘蹄迹之下奔驰，已经够受，那里还受得起惊涛骇浪的掀腾？那里还过得起戴月披星的生活？呵，异云，我本是秋风里的一片落叶，太脆弱了！

异云，我写到这里，不期然把你昨天给我的信看了一遍，不知那里来的一般酸味直冲上来，我的眼泪满了眼眶，——然而我咽下去那咸的涩的眼泪——我是咽下去了哟！

唉！这世界什么是值得惊奇的？什么是值得赞美的？我怀疑！——唉！一切都只是让我怀疑！

什么恋爱？什么友谊？都只是一个太虚渺的幻影！呵！我曾经寻追过，也曾经想捉着过，然而现在，——至少是此刻，我觉得我不须要这些——但是我须要什么呢？我须要失却知觉，呵，你知道我的心是怎样紊乱呢？除了一瞑不视，我没有安派［排］我自己的方法。

但是异云，请你不必为我悲伤。这种不可捉摸的心波，也许一两天又会平静，一样的酬应于大庭广众之中，欢歌狂吟，依然是浪漫的冷鸥。至于心伤，那又何必管它呢？或者还有人为了我的疯笑而忌妒我的无忧无虑呢！呵，无穷的人生，如此而已，哓哓不休，又有什么意思？算了吧，就此打住！

冷鸥上

二三——寄冷鸥

我爱——冷鸥：

别后心情怅惘。昨夜稍喝了点酒，便昏昏沉沉入梦乡了；梦中我看见你，好像是我们快要分离似的。我伏在你怀里哭，哭，直到你叫我“请别再哭了！我爱！”时，我才把头从你理想似的胸间抬头来；那时夕阳已只一半的露在地面，归鸦啼叫，真使我感到无限凄戚！眼看我们将各自东西，我不禁叹了口气说：“黯然销魂者，唯别而已矣。”“此事古难全，但愿人长久，千里共婵娟！”今晨醒时，枕边尚有泪痕，勉强起床，心绪渐渐安静些，唯有周身十分无力。

唉，冷鸥，人生不过百年，而我们的岁月至多亦不过三四十年，所以我对于一切——整个的世界，全体的生命——毫无兴趣，只觉到空虚，一切都是枉然。我只能在你面前得到生机与止痛药，我宁牺牲一切，如果能得到你少许的真情挚爱。

鸥，吾爱，谈什么富贵功名？谈什么希望失意？谈什么是非善恶？——这些都不足维系我的心灵，更不能给我以生之意义，我愿长此在你怀里。我的生自然是美丽的，同时我的死也是美丽的。

上次我被你一句话把我弄到伤心的地步：你说大概到后来你还是演一出悲剧收了这一场美妙的梦吧。吾爱，我不知你说那话时的心境如何；我只有反视我自己，结果除了悲哀与灰心而外，还有什么可说呢？

我不是屡次告诉你过，说将来等到你卧在死之榻上时，我坐在榻边伴着你，一边给你讲人生的秘奥，一边又讲到我俩的爱情安慰与结合，那时你自然会明白我的真心，——我那颗真的心。

明天也许你有封信来，我一切都好，请释慈怀！顺询
日安

你的异云

二四——寄异云

云：

今晚电话里你说曾寄信给我，当时我很急的跑回家，而信还没有送到，不知你什么时候寄的。电话又坏了，听不清楚，

真使人不高兴。云，你知道我的心是怎样不安定呢。

云，我常常虔诚的祈祷，我不希冀人间的富贵虚荣，我只愿我俩中间永远不要有一些隔膜，即使薄于蝉翼的薄膜也不能使它存在，你能允许我吗?

我来到世界上所经的坎坷太多了，并且愈向前走，同路的人愈少，最后我是孤单的，所以我常常拚命蹂躏自己。自从认识你以后，你是那样的同情我，慰藉我，使我绝处逢生，你想我将如何惊喜！我极想抓住你——最初我虽然不敢相信我能，但是现在我觉得我非抓住你不可，因为你，我可以增加生命的勇气与意义；因为你，我可以为世界所摒弃而不感到凄惶；因为你，我可以忍受人们的冷眼。在这个世界，只要有一个知己，便一切都可无畏，便永远不再感到孤单。云，你想我是怎样的需要你呢?

你今天回学校以后心情怎样?望你能安心写诗，能高兴生活。我今天也写了一些稿子，不过天气太热，下午人不大好过，曾经发过痧，但不久就好了。你的身体怎样呢?云，我时常念着你呵!

再谈吧，祝你

高兴

冷鸥

二五——寄冷鸥

冷鸥我爱——

许多心弦上哀艳的真调从我发出来，但不幸它们愈发出，愈无发出的可能，离后，我一面更认清你，你的一切，一面我更感痛苦！

那天我俩稍有龃龉，那全是我的不对，不，与其说不对，不如说我的特别。你知我那时的心境和心情是如何奇异复杂哟！

吾爱，你的眼泪在我的生命中占了不朽的地位，我将用什么来报你呢？

你要知道我们以后更比从前一致些，更相亲爱些，更能互相安慰些。千万千万别把这次发生的事当作我俩爱情上的创伤！

祝你

晚安

异云

二六——寄冷鸥

鸥：

吾爱吾爱——我发誓将我送给你：我狼狈的心，我污脏的身，你愿意收受吗？值得你收受吗？呵冷鸥，你如了解我生命的色彩与声音，你定知道我对你是如何永远虔诚！

好了，后天再见！

异云

二七——寄冷鸥

鸥：

拿着别人的一切：——别人的笔纸墨盒，来给你写信，但我的情感仍是我灵魂深处的流露。

我是世界的被摒弃者，亦是摒弃世界者，你却是我最后的归宿——当我无路可行时，当我生命凋残时，你是和平之发源地，我浑身带伤抱着一腔忏悔的虔诚奔伏于你那安闲的怀中。

吾鸥，只有你能满足我，但我愈从你那里得到东西，我愈觉不满足，我自私，我贪心，我要你。今晚我将早眠，或能梦中相逢。

异云

二八——寄冷鸥

姊姊：

昨天一早你上西山去，我也一同去了——去了的是我的心。

这两天我不知要如何才好。在朦胧的树荫中我听见你的低语；在冷静清晶的月光里我看见你的身影；在缓缓懒散的时间里我觉着你的存在。啊，姊姊，我要如何才好？我俩将来要怎样才好？

院中有玉簪花香，它引我来到你的面前，那时我沉醉于“你”里头，同时也沉醉于花香里；我醉了，几乎至于死，我不愿苏醒——一个美丽的死。

我一生在努力扩张我所谓的“美”，在追求我的“理想”，追求我的“爱”；哦，迷人眸子的“美”，高超过人的“理想”，玫瑰香醉人的“爱”！我为了这三者情愿受尽人间的厄运而不稍怨！姊姊，我如今还能挣扎于如此苦痛的灵与肉的环境中的唯一原因，你当然知道的。祝你西山望月更变为智慧些！

弟弟上

二九——寄异云

亲爱的：

我渴，我要喝翡翠叶上的露珠；我空虚，我要拥抱温软的玉躯；我眼睛发暗，我要看明媚的心光；我耳朵发聋，我要听神秘的幽弦。呵！我需要一切，一切都对我冷淡，可怜我，这几天的心彷徨于忧伤。

我悄对着缄默阴沉的天空虔诚的祷祝，我说："万能的主上帝，在这个世界里，我虽然被万汇摒弃，然而荼毒我的不应当是你，——我愿将我的生命宝藏贡献在你的丹墀[①]，我将终身作你的奴隶，只求你不要打破我幻影的倩丽！"

但是万能的主上帝说："可怜的灵魂呵，你错了，幸福与坎坷都在你自己。"

呵，亲爱的，我自从得到神明的诏示后，我不再作无益的悲伤了。现在我要支配我的生命，我要装饰我的生命，我便要创造我的生命。亲爱的，我们是互为生命光明的宝灯，从今后我将努力的挹住你在我空虚的心宫——不错，我们只是"一"，谁能够将我们分析？——只是恶剧惯作的撒旦，他用种种的法则来隔开我们，他用种种阴霾来遮掩我们，故意使我们猜疑，然而这又何济于事？法则有破碎的时候，阴霾有消散的一天，最后我们还是复归于"一"。亲爱的，现在我真的心安意定，我们应当感谢神明，是它给了我们绝大的恩惠。

---

① 丹墀，宫殿前的石阶，因用红色涂饰，故名。

我们的生命既已溶化为“一”，那里还有什么伤痕？即使自己抓破了自己的手，那也是无怨无忌，轻轻的用唇——温气的唇，来拭净血痕，创伤更变为神秘。亲爱的，放心吧，你的心情我很清楚，因为我们的心弦正激荡着一样的音浪。愿你千万不要为一些小事介意！

这几天日子过得特别慢，星期太不容易到了。亲爱的，你看我是怎样的需要你呵。你这几天心情如何？我祝福你

快乐

鸥

三十——寄冷鸥

亲爱的：

人说天上有神仙，还有什么宫殿；这些我都不大相信。如今我不信那些虚无飘渺的无稽之谈，如今我不游心于空玄的理论间，因为我看它们是如何的浅薄呀！因为我心中感觉的神怪，呵，比那些真是神怪无穷倍了！神怪是不易有的呀！不易觉的呀！真的神怪是在平常的环境与事实中，并不在古远荒谬的传说中，现在我已在这尘寰中创出个神秘世界，我不希冀有来生，不希冀有宗教，更不希冀有什么鬼神，因我所得的已超过一切，已超过一切神怪。我相信我是智慧，是绝对的智慧；你呢，却是我智慧之源，你虽则如是，但我太爱太信了，所以有时我又转入不安定动摇的状态中，因为我的身体心灵受不起你的赐予与伟大。当时我两腿抖颤，你却一意注进我以许多东西，我一面发神经，一面叫说“够了！够了！我的亲人；够了，再多下

去，我就受不了。你要知道我是谁？我不过是个顶平凡顶庸俗的人。吾爱，够了，请收回些去吧！”但你仍然不止不息，那刹那间我知道我的生命比死还严重，我竟不知要如何才好。我心旌动摇，我恐慌……

我是一匹小羊，被一个凶狠狠屠夫追逐，我“咩咩”的叫，悲鸣求饶，但最后我竟动也不动的卧在屠场上，谁知才是个梦！我醒了，才知这是一个梦！谁使我醒的？谁使我觉悟的？是你？哦，鸥，是你！你使我从生之梦惊醒！从前我梦见世人都像那位屠夫一样的对我凶狠，而今我爱世人了，我爱世界了，我超脱了。是你呀！使我从沉沉的生之梦里醒悟，我焉得不流着惊喜交集的泪来重重的谢你！那末，我现在岂不是小羊了吗？不，我仍是一只小羊，不过只是一只不怕人屠杀，对世界不怀疑的小羊罢了。

我住在一座古刹内，刹内有一个古佛，佛对我说：“小小的可怜虫，你这样年轻，这般活泼，为何来到这样萧条的古刹中？世上有的是快乐可以满足你的希望，你何必自苦如是？你如果要出家，想遁入空门，那是老年人的念头，你这年轻人不应该有……”我听了佛的劝导，默默记在心头；那时呵，鸥，你来了。庙门已经腐朽不堪，庙墙已经颓废不堪，只要一刮风一下雨，庙的全体，无论是瓦是椽是檐是神龛是石阶，都振振有声，每分钟每秒钟都快要颓倒，我在这种环境里消磨我的青春。鸥，吾爱，你真不嫌我的情形可怜，驾临到这种破庙？我的床下有蟋蟀，夜间它将为你叫；我的头上有鸱枭，晚间它将为你唱；此外还有许多老鼠，长虫，黄鼠狼。……我的枕边有一朵代表我的花，如果我暂时走到不知什么地方去时，拜访我的朋友们可以找这一朵“我花”。呵，鸥，第一次你来时，对不起，很对不起，我无意中出去了，后来我归家，才察出你的足痕，再看看我那一朵“我花”，已经反映着你的倩影。那夜我在梦中才知道你来时的一切情形，我就立刻跪在佛前虔心的问你的一切。第二次你忍着气又来了，我听见你的足音，立刻藏在那朵“我花”心中，你刚踏进房门，便想退回，但不知是甚么又把你抓着，你的脚心有两个小鬼牵你，毕竟走到我的枕边，那时我窥你这般诚心，我便自花心中跳出，你惊了，退了数步，从此你便称我为“美丽!”美丽在你生命的河流中长着，独自在风中点头，你的河水潺潺有声，我是一朵花在风中显出婀娜身段。啊，冷鸥，你说我俩的结合神秘不神秘?

听音乐！听万汇弹出的幽歌！我醉了，你自然也一样的醉，啊，我的冷鸥!

我们有许多美的计划，我想定能实现；你说假如我一变，那就靠不住了。亲爱的，请相信我吧。

我对甚么都以绝端的让步去处置，我这种无抵抗主义，柔弱主义，多情主义，外面看来正像毫无力量勇气，其实比所有最刚最强的东西还刚还强。自从你在我里面占有地位后——不朽不灭的地位——我更觉有力量，不破的力量，你给我的确实多，数不胜数！唉，天地间还有这种怪情形吗?

亲爱的，你尽管对我好，对我柔和，对我感情，我——你的亲爱——并非木石，当然有反应与行动的。让我在最后一呼吸前吐出一句永久的话：“我的一生是充满了爱，你的一生也是充满了爱，我们两人共同结着爱之果，这爱果中包孕着神秘，最后我俩同入神秘，并合而为一体。”

文化史中所谓精神主义与物质主义，它们时时冲突，并且永远不相融洽，鸥，我们的精神与物质绝不会冲突、不相融的。让我们来建设一种灵肉一致主义，换言之，建设一个和平世界。快，快来，时间不早，时间不待人，我亲爱的人儿，千万别错过这唯一的时机！

星期六上午再见。祝你

高兴

云

三一——寄异云

亲爱的——

你瞧！这叫人怎么能忍受？灵魂生着病，环境又是如是的狼狈，风雨从纱窗里一阵一阵打进来，屋顶上也滴着水。我蜷伏着，颤抖着，恰像一只羽毛尽湿的小鸟，我不能飞，只有失神的等候——等待着那不可知的命运之神。

我正像一个落水的难人，四面汹涌的海浪将我紧紧包围，我的眼发花，我的耳发聋，我的心发跳，正在这种危急的时候，海面上忽然飘来一张菩提叶，那上面坐着的正是你，轻轻的悄悄的来到我的面前，温柔的说道："可怜的灵魂，来吧！我载你到另一个世界。"我惊喜的抬起头来，然而当我认清楚是你时，我怕，我发颤，我不敢就爬上去。我知道我两肩所负荷的苦难太重了，你如何载得起？倘若不幸，连你也带累得沦陷于这无边的苦海，我又何忍？而且我很明白命运之神对于我是多么严重，它岂肯轻易的让我逃遁？因此我只有低头让一个一个白银似的浪花从我身上踏过。唉，我的爱，——你真是何必！世界并不少我这样狼狈的歌者，世界并不稀罕我这残废的战士，你为甚么一定要把我救起，而且你还紧紧的将我搂在怀里，使我听见奇秘的弦歌，使我开始对生命注意！

呵，多谢你，安慰我以美丽的笑靥，爱抚我以柔媚的心光，但是我求你不要再对我遮饰，你正在喘息，你正在扎挣，——而你还是那样从容的唱着摇篮曲，叫我安睡。可怜！我那能不感激你，我那能不因感激你而怨恨我自己？唉！我为什么这样渺小？这样自私？这样卑鄙？拿爱的桂冠把你套住，使你吃尽苦头？——明明是砒霜而加以多量的糖，使你尝到一阵苦一阵甜，最后你将受不了荼毒而至于沦亡。

唉，亲爱的，你正在为我柔歌时，我已忍心悄悄的逃了，从你温柔的怀里逃了，甘心为冷硬的狂浪所淹没。我昏昏沉沉在万流里飘泊，我的心发出忏悔的痛哭，然而同时我听见你招魂的哀歌。

爱人，世界上正缺乏真情的歌唱。人与人之间隔着万重的铜山，因之我虔诚的祈求你尽你的能力去唱，唱出最美丽最温柔的歌调，给人群一些新奇的同感。

我在苦海波心不知飘泊几何岁月，后来我飘到一个孤岛上，那里堆满了贝壳和沙砾，我听着我的生命在沙底呻吟，我看着撒旦站在黑云上狞笑。啊，我为我的末路悲悼，我不由的跪下向神明祈祷，我说："主呵！告诉我，谁藏着玫瑰的香露？谁采撷了智慧之果？……一切一切，我所需要的，你都告诉我！你知道我为追求这些受尽人间的坎坷！……现在我将要回到你的神座下，你可怜我，快些告诉我吧！"

我低着头，闭着眼，虔诚的等候回答，谁想到你又是那样轻轻的悄悄的来了！你热烈的抱住我说：“不要怕，我的爱！……我为追求你，曾跋涉过海底的宫阙，我为追求你，曾跑遍山岳；谁知那里一切都是陌生，一切都是飘渺，那有你美丽的倩影？那有你熟习的声音？于是我夜夜唱着招魂的哀歌，希冀你的回应；最后我是来到这孤岛边，我是找到了你！呵，我的爱，从此我再不能与你分离！”

啊，天！——这时我的口发渴，我的肚子饥饿，我的两臂空虚，——当你将我引到浅草平铺的海滨——我没有固执，我没有避忌，我忘记命运的残苛；我喝你唇上的露珠，我吃你智慧之果，我拥抱你温软的玉躯。那时你教给我以世界的美丽，你指点我以生命的奥义，唉，我还有什么不满足？然而，吾爱，你不要惊奇，我要死——死在你充满灵光漾溢情爱的怀里，如此，我才可以伟大，如此我才能不朽！

我的救主，我的爱，你赐予我的如是深厚，而你反谦和的说我给你的太多太够！

然而我相信这绝不是虚伪，绝不是世人所惯用的技巧，这是伟大的爱所发扬出来的彩霓！——美丽而协和，这是人类世界所稀有的奇迹！

今后人世莫非将有更美丽的歌唱，将有更神秘的微笑吗？我爱，这都是你的力量啊！

前此撒旦的狞笑时常在我心中徘徊，我的灵魂永远是非常狼狈——有时我似跳出尘寰，世界上的法则都从我手里撕碎，我游心于苍冥，我与神祇接近。然而有时我又陷在命运的网里，不能挣扎，不能反抗，这种不安定的心情像忽聚忽散的云影。

吾爱，这样多变幻的灵魂，多么苦恼，我须要一种神怪的力将我维系，然而这事真是不容易。我曾多方面的试验过：我皈依过宗教，我服膺过名利，我膜拜过爱情，而这一切都太拘执太浅薄了，不能和我多变的心神感应，不能满足我饥渴的灵魂，使我常感到不调协，使我常感到孤寂，但是自碰见你，我的世界变了颜色——我了解不朽，我清楚神秘。

亲爱的，让我们似风和云的结合吧。我们永远互相感应，互相融洽，那末，就让世人把我们摒弃，我们也绝对的充实，绝对的无憾。

亲爱的，你知道我是怎样怪癖，在人间我希冀承受每一个人的温情，同时又最怕人们和我亲近。我不需要形式固定的任何东西，我所需要的是适应我幽秘心弦的音浪。我哭，不一定是伤心；我笑，不一定是快乐；这一切外形的表现不能象征我心弦的颤动；有时我的眼泪和我的笑声是一同来的；这种心波，前此只有我自己知道，我自己感着，现在你是将我整个的看透了。你说：

“我握着你的心，
我听你的心音；
忽然轻忽然沉，
忽然热忽然冷，
有时动有时静，——
我知道你最晰清。”

呵！这是何等深刻之言。从此我不敢藐视人群，从此我不敢玩弄一切，因为你已经照彻我的幽秘，我不再倔强，在你面前我将服贴柔顺如一只羔羊。呵，爱的神，你诚然是绝高的智慧，我愿永远生息于你的光辉之下，我也再不彷徨于歧路，我也再不望着前途流泪，一切一切你都给了我，新奇的觉醒——我的爱，我的神……

你的冷鸥

三二——寄冷鸥

我的我，鸥——

不够！不够！还要！还要！注，注，拚命的注，注“你”进“我”里！唉，怎么还不够呢？呀！我真贪心，最自私的人！你记得么？那天你来，我正失掉了我，我将你整个的承受下去，你便沉静的伏在“我”里面发芽，长叶，开花，结果；我身上心上有你的美丽与真诚。

我的亲人，我渴着你，我需你，我要你！我要力量，你领我多爬几个山峰，多跨越几条河流。诚然，自从得着你以后，我变为更强壮些，但同时我更转为懦弱些，因为我恐你走了——这自然是过敏的傻念头，吾爱！

末了，我望你用你的感觉与感情去看一切，去了解一切，千万要丢掉了那使人类愚蔽的理智。

你的异云书于灯下

三三——寄异云

亲爱的异云：

这两天我心情太复杂！是我有生以来所未尝有的复杂，而且又是非常纠纷不容易成为有条理的思想，因此更难以不能达意的言语表现出来了！——这也就是我不能当面对你述说的原因。

异云，让我清楚的具体的告诉你，我个人根本的思想。我是一个富于感情的人，同时也是理智的人，而且更是一个孤僻倨傲成性的人，我需要感情的培植，我需要人的同情，而同时我是一脚跷着向最终的地点观望，一只脚是放在感情的漩涡里，因之，我的两只脚的方向不同，遂至既不能超脱又不能深溺，我是彷徨于歧路，——这就是我悲伤苦闷的根源。

我因为要向最终的地点观望，我就不敢对于眼前的幸福沉入；我常常是走两步退三步，所以我可以算是人间最可怜的人——是人间最没有享受到幸福的人——我真恨天为什么赋与我这种矛盾的天性！

说到我的脾气孤傲——我常常抱着宁为玉碎不甘瓦全的信念，但天下到处都是缺陷，就是这区区愿望也是不能得到，呵，异云，你看，我如何的可怜！

我从前——因为经过许多的挫折，我对于人间已经没有什么希望，除了设法消磨灵魂与肉体之外，我常常布下悲哀凄凉的景，我就站在这种布景之前发挥我悲剧的天才。我未尝希冀在秋天的花园中再获得一朵春天的玫瑰；我也不敢希望在我黯淡的生命中能从新发闪些光芒，我辛苦了半生，我没有找到一点我所要找的东西——以后的岁月更是渺茫，而且我又已经是疲惫的败将，我还那里再来的勇气去寻找我前者所未发见的东西？

然而谁知道竟那么巧，你是轻轻悄悄走到我的面前，你好像落在地窖里的一颗亮星——你的光芒使我惊疑，我不相信这颗星单是可怜我处于幽暗而来照耀，我以为他不过是无意中来到这里玩玩，说不定什么时候他仍然要腾空而去的；但是不幸，我因为惯于现在的光耀而忘了从前的幽黯，而且我是不能再受从前的那种幽暗，因为我惶惴惴唯恐此星一日飞去。我因为怀惧太深，更没有余力来享受眼前的光亮，有时我故意躲到黑暗的角落里，我试试看我离开你以后我能否生存下去，然而几次试验的结果，我知道不行，绝对不行！如果你那一天飞去，我情愿而死，纵不能死，我也情愿当瞎子，我不愿意看见别人在你照耀之下。呵！异云，你对于我是这样的重要，我自然愿意虔诚的祈祷——求你永远的不要离开我。

不过你是怎样需要我呢？我知道你是一个畸零人，人人都看了你的智慧而可敬，都看了你的柔温而爱慕，但是人人不清楚你起伏不定的心波。你是人们玉盘中养的美丽的金鱼，我相信玉盘虽美，你未必甘心被缚束于其中，然而谁又知道你的心呢？——我常常为了你这种的畸零而悲；我觉得我们有些同病，因此我可怜你就是可怜我自己，我爱你就是爱我自己，我希望我们俩能够互相安慰，互相维系。假如你由我这里得不到安慰，我也不能维系你。那末，我即使需要你，需要得发狂了，但是我为了你的幸福，我情愿你放弃我呵！亲爱的异云，只要你是满足了，我不敢顾到我自己。

我每次涉念到你离开我以后——我不敢也不忍生一丝一毫的怨恨，我只想着我自己凄苦的命运——这命运譬如是一个重担，我试着挑，也许我能挪动两步三步，我仍然尽力去挪，等到实在挪不动的时候，我只好让这重担压在我的身上，我僵卧在冰冷的黄土地下，就此收束了我的一生。

我常想一个人为什么要活着？为谁活着？如果我是为某人活着，那末，我纵受多少苦都是有意义的；如果我是为我自己活着，——为自己的吃饭睡觉而活着，那末，我不懂活来活去会活出什么意思来！

呵，异云，什么可以维系我？——除了人间确有需要我活着的人以外——如果我生也不见多，死也不觉少，那还不如死了——我个人的灵魂还可以少受些荼毒。

我很希望我们的前途是光明的——我并不希冀人间的幸福，我只求我奔赴未尽的途程时有一个同伴的人就够了。如果连这一点希冀也得不到，我就愿意这途程尽量的缩短，短到不能再短为止。

呵，异云！我们的结合是根基于彼此伤损的心灵之上，按理我们是不能分离的呢！你愿意使你伤损的心独自的呻吟吗？你不愿意我们彼此抚慰吗？不，绝不呵！异云，你清楚的答复我吧！

当然我也很明白我这种忽冷忽热的心情常常使你难堪——其实呢，我也不曾好受。你知道当你神情黯淡的时候，我是觉得心头阵阵发酸，我几次咽下那咸涩的泪水去，异云，你当时也觉察出来了。你问我是否心头梗着两念的矛盾呵！异云，我不骗你，矛盾也是在所不免，不过事情还不只如是简单。我是在想我现在虽愿捉住你，同时也愿被你捉住，不过我不知道这样的情形能维持我们几何年月？倘使有一天你变了方向，悄悄的走了，我又将奈何？至于我呢，只要你的心灵中能让我占据的时候，我总不走开。

至于以后的生活，我当然也梦想着美满；至于是否能达到目的，一半是看我们彼此的诚心，一半也要看命运，命运我们也许无法支配，但我们确能支配我们自己。亲爱的，你愿怎样支配你自己呢？

我对世界的态度你早就明白，我是向着世界的一切感叹，我是含着泪凝视宇宙万汇的，——这一半是我的根性如此，一半是由于我颠沛坎坷的命运所酿成的。为了你的热情，我愿意逃出前此的苦海，我愿意投在你火般的心怀里，不过有时仍不免流露悲声，那是我的贪心太大，我还没觉得十分满足，——换言之，就是我没有十分捉住你呵！异云，我们为免除这种摸索之苦，愿此后我们更坦白些，更实在些。

在这两年中我们努力的作事读书，以后我们希望能到美丽的意大利、瑞士去游历；即使不能如愿，也当同你到庐山或其他名胜的地方住些时候。那时我们不作讨厌的工作，专门发表我们心灵中的感觉，努力创作，同时有相当的机会，我们也不妨为衣食计，而分出一小部份的时间应付——我们这样互相慰藉着，过完我们的一生吧。我们原是一对同命运的鸟儿，希望我们谁也不拆散我们共同的命运。有快乐分享，比较独乐更快乐些；有痛苦分忧，要比较独苦可以减轻些；让我们是相助的盲跛吧——这话你不是早已说过吗？

异云，这一封信的确是很忠实的表白，希望以后我们谁也不掩饰什么，而且说了就算，千万不可再像从前那种若离若即的情形，使得彼此都不安定。我们已是流过血的生命了，为什么自己还要摧残自己呢？

话虽然还有许多，不过说也说不尽，就此搁笔吧。祝你快乐

冷鸥

三四——寄冷鸥

我唯一的冷鸥，我永久的人呀！

薄暮归途，一望四周苍茫。那孤寂冷静的日儿渐渐从东方爬起，挣扎了许久才慢慢爬起来，正似一个受创伤的灵魂自巉崖间逃出，得着了自由，悠游于澄清的太空中——我的冷鸥，你说那是谁？

每次分别，明知是很暂时的分别，然而总觉无名的压抑难受，想你也是如此。因为这一点，我曾怨恨过人生如何无味；因为这一点，我曾心中流泪——泪，心泪！

而今我不能更加程度的明白我们是如何的不可分离，我们的结合正与生死之不可分是一样。呵，你时常——自然现在不这样了——疑惑我是一朵行云，是一阵飘风，不能久住于你心里的宫殿，那时你是怎样傻呀！

毕竟，我自你的神情中窥出你的自招，你十二万分真诚的承认了我是你的，已是你的。

我希望我们此后有更美丽丰富的生活，一方面我们紧抓着人生的真谛，努力吸收外界的种种；他方面尽量的从事于创作

文艺，把我们曾经在世上所抓着的东西全表现在文艺里。我告诉你，吾爱，不管你是乐观或悲观，你总不能反对“爱”——叔本华不能，哈代也不能。我愿你能沉醉在美甜的梦里——说梦，并非谓一种空虚，乃是一种神妙境地。

冷鸥，我的冷鸥，我在他人面前非常能忍耐冷静，在你美丽的影中我便不能；我那热烈流动不安定的心便全盘露出了，所以你无意间给我一句难受的话，或示我一种不安适的面貌，我便觉得比全世界的压迫还难受多了。我的人儿，请别以为我对你特别刻薄严厉，你当了解我的心态。

我无时不在想你，我祈上苍使我每晚能梦见你！

现在我爱护你，甚至于怕你受了微风的压迫。祝你

高兴

你的异云

三五——寄异云

异云：

不幸，疾罹河鱼[①]。夜来数尽更漏，未能成眠，辗转裀褥，苦乃无艺。今日虽稍瘥，而体弱不支；静卧幽轩，目送行云，神驰于飘渺之间，个中哀乐，诚不足为外人道也！

况寒蝉凄切，秋意已真；伤往忧来，益不知此狼狈之心身，将如何措置矣！念人生数十寒暑耳，但忧患仍频，恒若度日如

① 疾罹河鱼，喻腹泻，因鱼烂先自腹内开始。本于《左传》“河鱼腹疾”语。

年，则此有限之岁月，正难计其久远。境因情迁，情为境移；如是因果，反抗奚益？每一深念，悲来填膺，奈何？奈何？

夜静矣！小院寂寥，促织催眠，而心浪激涌，平之无术；因伸纸濡毫为异云倾吐之。

日来生活如何？伏维眠食清吉，并望努力珍摄为幸！余不一一。

此祝

康健

冷鸥

三六——寄冷鸥

亲爱的：不知为什么一回到学校，心中好似有无限的压迫沉重。而同时又有绝端的虚空渺茫：这种心情，自出世以来，未曾感过。

你教我如今好好为人，往实在的路上走；教我在真实的生活里创出空灵的生活，我焉得感激你呢？呵亲爱的，只恐怕我能力薄弱——薄弱至于接受你的力量都没有。我望着将来，怎么不感到惆怅？鸥，我只怕辜负了你的一番热情，盛意；不过，我们一同去努力生活罢——你的将来，甜蜜的将来，有生机的将来，神秘的将来，就在那刹那间，我好像同时也看见我的含笑的前途；因之，我俩手挽手、心吻心的独立人间，任狂风暴雨如何猖獗，我俩还固立不动。别的明天再写吧。轻轻的问你一声安好！并寄一个香吻。

异云

三七——寄异云

亲爱的：

呵，这是怎样的荼毒！——在这样的天气，陪着那些俗不可耐的自命为大人物的一班人，吃了一顿比吃苦药更难受的饭！在他们高谈阔论的时候，我只是拚命的吸烟，让那白色的烟雾遮住那太逼真的丑像，我的灵魂同时也飘到虚空去，呵，亲爱的！这时我是怎样的渴念着你！

我时常在别人觉得热闹的宴会中，我是感到可怕的孤独，假如不是游心于美妙的幻影中，我简直要窒息而死呢！作一个人是如此不合时宜，而偏偏又得虚事酬应，这可怎么好呢？天！

今天接到你的信，自然又激起我灵河中的波浪。你待我再不能真实了。但我常常如此不能相信，这实在太对你不起，不过，亲爱的，放心吧，我早已想得清楚：无论以后怎样，只要我现在是捉住人生了——并且我要常常捉住人生，纵使最悲凉最哀伤的人生，只要我捉住，我这一生就不算白活。为什么要学笨伯把什么事的任何方式皆要把持得紧紧的，而不知道变化的妙用呢？因此我纵使觉得前途是悲凉的，也应当现在享乐——况且我们的前途也不见得没有更美妙的境界。呵，亲爱的，好好生活下去吧！生活的波浪越多越好，只不要破灭那维持生命的最后的一个幻影。那么我们的前途已有指路的明灯，还有什么不满意？还用得着悲叹穷途吗？

我的病已经好了，只是精神还不大好。

冷鸥

三八——寄冷鸥

我的冷鸥：

我未知何时始可放下思想的重载和感觉的锐敏和情绪的热烈，这三种鬼魔我最怕的是感觉的锐敏——不！锐敏二字还不能象征我的痛苦，亲爱的，我不是曾经告诉你过我此生有个大隐痛？便指这种痛苦。所以“锐敏”还难称恰当，只好改为“怪僻”；那就是说我有许多怪感觉，这些怪感觉不能以言语讲出，即使能，也说不出它们怪僻的所在。

时间真不易过！我从未像今天受到时间的压迫。此刻，我才与那些因不能生存于现世而自杀者深表同情；此刻，我才体会出死的甜美与可爱；此刻，我才更认清我的命运与世界的一切。老实说，亲爱的，若没有你，我也许会去完结我的生之路程了。

你时常说你在人丛或观念中更感着需要我，而我呢？却在静寂孤单时才更觉着渴望你，我们的动机虽则不同，我们的结果是不异的。

做一个人真不容易！尤其是做我们这类的人，做人苦，人间苦，人间原来是苦的！但是请别误会我的意思，我并不像那些想离现世、向着现世浩叹之流，我又不像那些在世上失望，因恋爱名利而失望之流，我说“人间苦”，一面自然想脱离人间，他面却十分明白就是离开人间，别处也没有更高明的地方——那就是说不单人间是痛苦的，时间空间一切都是非常痛苦的。

自从认识你以后，我的隐痛仍然在，不过减轻多了。时间不容易过！我重复的说。亲爱的，你若在我身旁，它是比较容易逝去，你想想我焉能不时时刻刻分分秒秒的渴着你？这时我方顾虑到将来如果不幸你比我先死，我其余的生命又将如何过呢？但我又不愿比你先死，因为你也同样的难受，好了，我们同时死去吧。

昨夜梦中我看见许多鬼怪和许多安琪儿战争，等梦醒时，我的泪不自禁的流满枕边——那纵然是个梦，我也伤心的私自的流着泪。

异云

三九——寄冷鸥

亲爱的冷鸥：

天呀！地呀！神仙呀！鬼魔呀！妖精呀！你们为什么不细心的看管着我的爱，我的冷鸥？她已经几度怀疑我对她爱情的永久性！她瞻视将来，她发现了我以后给她的冷淡与无情！呀，你们这些无用的“不知什么东西”为何不细心看管着我的爱，我的冷鸥呵，愿你们都毁灭！

如果我是像冷鸥所预料的那样无情，愿“无穷”、“永远”、“真理”弃了我；愿“空气”、“虚无”、“泡幻”吞了我！——这是我最后而且所有的话！我的爱，请你牢记心头。

这几天我要做诗十首。

异云你的

四十——寄异云

异云：

我真想赤裸裸毫无掩饰的把我最近的心情报告给你。但是我的思绪太复杂，真有如李后主“剪不断、理还乱”的滋味！

我永远感到心的空虚，但是这时仍然是好现象——最不堪的是麻木的状态。在这种状态中，没有情思，没有灵感，只有无限的压迫似乎塞住毛管每一个孔穴，几乎窒了呼息。呵，这种痛苦是我认为最不容易忍受的。不幸，每一个月中，总有这样的几天，目下就是囿于这种牢狱之中——今天也许是逃去牢狱了：心浪异常澎湃，神经也异常兴奋；念了一本日本厨川白村的《出了象牙之塔》，里头有许多话使我受了很深的刺激，他说“不论好与坏，都应当一直冲上前去，不应当徘徊歧路”。异云，我的一生就缺少这种勇气。我认为坏的，自然不敢往那条路上挪一步；但我认为好的，如果是一般人所诽议的，我也不敢向前挪一步，这是多么怯弱可耻没出息的人！呵，我愿意从今以后对于生命努力去充实。在这一方面我觉得你比我强多了，你能打破一切规则，走你所要走的路，因之你的造诣要比我深了。——但是我相信我的根性并不如现在这样怯弱，缺乏光耀，只可惜我受传统思想的影响太深了，其实，我在一般女子里已经算是比较大胆的了，现在我才知道不够，我还要更大胆些，更看得远些。我热就要热到沸点，冷也要冷到冰点，能这样，才配了解人生；如果是半热半冷的，那只是浅肤的生活，不能象征人类的伟大！呵，伟大其实又值得什么呢？不过，人总是人，当然如出于幽谷而迁于乔木的向上心——就是如此吧，不必再深究下去了，深究下去，白白的自寻苦恼，是不是？异云，你这一个星期的工作如何？我希望你能安定的过下去，我也努力多读书多写文章。星期六我们再见。祝你
高兴

鸥

四一——寄异云

我的异云：

你昨天到学校不晚吗？甚念！

昨夜月色非常清明，我独自坐在屋里，看见摇光影下的藤条，反映着疏密的印痕，横亘纱窗，恰如我波动的心弦。唉，异云，我的心弦正弹着神秘幽微的歌调，我希望有人了解。但是我只听见院里悲瑟的秋风。一阵阵吹过叶丛，那里有和协的回应！呵，我用眼向四境搜寻，但是我找不到可以象征你的东西，最后，我看见一朵奇奥变幻的行云，我想捉住它——简直我认定那是你的化身；然而它是那样的善变，转瞬之间，它化成一股清而轻的烟，随着秋风去了。呵，异云，这夜空庭，孤影独吊，是如何的寂寞呢？但是，我的心并不空虚，这一切的哀感都是外面的侵袭；我相信你是在我的灵宫深处！——那是你永驻的殿堂，所以最后我是含着甜蜜的微笑睡了。我愿梦中能见着你！

今天我很想写东西，不过此刻头有些痛，稍微休息后，就开始写了。

明夜好月色，只可惜我们无法同看——不过月亮反正是一个，何妨请它作个传达心情的使者呢？

星期六三点以后我在家等你，再谈吧！祝你

高兴！

冷鸥

四二——寄冷鸥

鸥鸥：

我又得向你告罪！我立了法律，我破了法律。我同时受了良心的苛责。良心使我难受，一个富有情感与感觉的人，他使你生气“又爱又恨”，这个人的行为是主观极了。而他受惩罚的原因，也是极主观的。鸥，吾爱，你想我是如何的冲突复杂呵！

这几天我更思念你，从前每分每秒钟都想着你，到而今时间虽每天是二十四小时，而我想着你的时候恐怕是四十八小时吧。

鸥，你到——单身的到保定去，我是不放心的。真奇怪，你在城里我现时也不能与你见面，你在保定，我亦不能与你见面，——唉，我为何这样想到你呢？

我在学校很安适，我把它当做一个很美丽设备狠完好的旅馆。同时我又想到将来我的生活——与你同居的生活，我便不自如的安适下去了。吾鸥，你说是不是？

这封信在你的手里时，大概你心中非常高兴，好似放下了一种重载，一面想着你的异云是安适的在学校，一面又念着礼拜六我们再会。唉！我写到此处，不免有些心跳奇喜。

那天晚上我们分离时，我是如何忍含着一眶眼泪的呵！我不敢多看你，只是闭着眼低着头，最后你的洋车往南了，我的仍旧一直往西，我看见你转过头叫我，但我的车被别的车挡住了，我叫你一声，你也许未曾听见，从此我俩便各奔前程，从优美的梦中惊醒，又来到冷酷无味的社会里；当时我竟失了知觉，不知是生还是死，唉，冷鸥，我们是怎样的不能一瞬间的离别呀。

昨晚看日历，知道下周星期二放假，我不禁哈哈大笑，鸥，你想我这大笑里包含着的是否生命的隐痛呢？可怜一个人，为了一天的自由，一天的能与他的爱人聚首，就能使他这般狂笑，你试想想这个人的一生是如何的不自由不快乐啊？我这一阵狂笑，使得别人以为我疯了。唉，外面的世界是冰冷的——冰冷的眼睛，冰冷的声音嘴唇，最后是冰冷的心与态度——我东跑西奔，伸着两只孱弱的手，口里吐出悲声，结果来到你的心门，结果你要了我，可怜我，我曾经一度在“影”诗里歌颂过你了——

我已非昔日之我，
只因为你的关系；
加我以生命之火，
我里面还有个你！

以后我还有首诗写与你——“月”。鸥，我说一句“我爱你”！

祝你

康健愉快

异云

四三——寄异云

亲爱的异云：

心神的不安定，使我觉得时间特别难过；而且这几天我是处在一个举目生疏的环境里，独坐静听窗外秋风，看窗前雁影，我的心是从胸膛里跳了出来，孤零零的，冷森得不知怎样才好！时时刻刻祷祝太阳快点走——我虽明知日子是去而不返——但这样荼毒的时光，我实在不愿爱惜，而且也没有勇气爱惜。

我渴念着远离的你们。呵，异云，我的神经本来有些过敏，我只要想到你们，我的心便立刻跳了起来。我可以幻想出许多可怕的事情来，我恨不得抓住天空的一朵行云，飘我回到北平，回到我寄放心神的你们的身旁。呵，异云！从这一次体验中，我更知道人生在世所最可宝贵的是什么了——不是虚荣，也不是物质，只是合拍的心，融洽的情。以后我什么都不愿要，只要捉住你的心，陶醉在你的热情里，让日月在我头顶上慢慢逝去，让我的躯壳渐渐的衰朽，只要不使我的心孤零，我永远是感谢造物主的！

异云，这三四天我是旅行了一次新沙漠。那些学生虽对我表示十三分的欢迎，但是我所要的不是那些——那些是不能医治我灵魂饥渴的东西。唉，爱人，——异云——你是知道我要的是什么呢！请你用你伟大的同情来抚慰我吧！我实在狼狈到无以复加了！

今天好容易盼到回北平了，无奈倒霉的火车又误了点，今天还不知什么时候可以到北平。你今天下午到我家里，听说我还不曾回来，一定要受一点虚惊吧。异云，我真不明白我怎么越活越没出息，没有勇气；记得前几年我常是过着飘泊的生活，而现在对于这小小的旅行都这样懒惧起来，自然我可以说出相当的理由来，是因为我的心所受的创伤太多了，不能再有支持的力量了——如果再加上一点重量，我自然是担当不住的。

唉，异云，这样一个心神疲弱的人，现在是投在你的怀里，你将为了她更努力的支持了；而且她除了投在你的怀里，任何地方都是不安适的呵！希望你永远温柔的用你的两臂将我环住吧。到处都是冷硬，我实在不能找到更安适的地方。

我在这里等火车，心情非常不耐烦，给你写这封信，还比较松快些。

下午我愿你是坐在我的房里等我的。呵，亲爱的，好好的安慰我吧！

你的鸥

四四——寄冷鸥

亲爱的：

我将怎样形容我的心？——我回到学校的心情。这时我真感到死的美丽，同你一块儿死的可爱。如果不能，我愿时刻不离你的身边，哎，我的心在哭，我有剧烈的变化，我无穷倍的需要你！我祈求上苍今晚能梦见你。亲爱的，如果你梦见我的话，你一定看见我是如何的憔悴，凄惨，无神，沉默，万一你的目光遇到我的目光时，不瞒你的话，眼角边还有未干的泪痕，眼瞳中尚含无限的酸泪，亲爱的，你信不信？我想你是信的！

我举目四望无边的灰色，此时我万分的以为人生即是痛苦，痛苦即是人生。我听见人生的哀歌，这音调越来越悲惨，人生是空虚，寂寞，悲惨，亲爱的，我告诉你，再三的告诉你。但是，我不能离你一步一刻，我相信我为什么今天这般的深深的感到这些一切，其原因自然是我根性如此，其次便因我在城里在你低柔的声音中，在你温暖的怀中，在你同情多情的眼中，在你慈和智慧的心中，我曾住了两天，如今忽然一切都变了，冰冷的目光，冰冷的心，凶厉的声音，以及冲突的环境，鸥，你说我焉得不有一番大变化？我焉得不感到凄冷而流泪叹息几至于自杀？然而人生是免不了这些难受的，明知这种暂时的离别是不要紧的，明知我们前面还有更美丽更合谐的地界，不过，我的冷鸥，你当知道我是如何的脆弱，我是如何的易受刺激。亲爱的，我不能一刻不见你，我知道这最近的一年我的生活没什么变化，你的也如是，一年后，我俩再来努力互相帮助建设我们的理想，所以为要得着更美丽的将来，我更不能不留在北平，纵然受如何的压迫与不满意，我也是十二万分的欣然的承受着。亲爱的，你知道这种心情——那是一定的！

亲爱的，自从认识你以后，家庭对我已经更有些隔膜，大多数的亲友都以为我不对，然而我很清楚我自己，更知道你的心情，我有我的主见，除非天地——不，除非父母将我造过——我的主观是不能稍稍变动一点的。所以在这方面我既然更比昔日孤单受批评，亲爱的，你该不再给我一点儿难受，你当给我以勇气——我知道你是明白的。

天气冷了，我已加上一件夹衣，我一切起居饮食都很留心，我不能使你担忧，我对你有无尽的柔肠，我不敢我不愿轻微的伤害你一点呵！甚至于惊骇你一点！

你的身体不好，你本来就时常摧残自己，我望你十分留心起居饮食一切一切。

叫你一声冷鸥！并祝

高兴

异云

四五——寄异云

异云——亲爱的：

我真不知道怎样安放我的心！

昨夜我是太兴奋了，一直被复杂的思想困苦着，我头疼心酸——今早醒来时，天上还没有太阳，只见凄凉的灰银色的天幕上缀着宵末残月——这个月下呵，我曾向它流过心的泪滴，它似乎不忍离开我，让我醒来时，再见着它——这时，我禁不住伏在枕上哭了。

唉，异云，我是春天的一只杜鹃鸟，在那时候虽然是被玫瑰荼蘼素馨眷爱[①]，但是天呵，现在是秋天了，杜鹃鸟的本身除了为悼春而流的泪和血外，没有别的东西！

而且秋风落叶，甚至于黄花霜枫，它们都是用尽它们的残忍来压迫这可怜的落魄者——失掉春天的杜鹃鸟——而你呢？

---

① 荼蘼（tú mí）素馨，均系花名。

是一只了解愁苦的夜莺，并且你也是被一切苦难所压迫的逃难者。我们是在一个幽默的深夜中恰恰的遇见了。当你发出第一声叹息的时候，我的心就已经感到了痛楚，因此我们便不能再分开，我们发誓要互相慰藉，互相哀怜，但是风姨是多么刻薄，雪花是多么冷淡，她们时时肆口讽刺你。呵！异云，我为了这件于你的伤损，我看见我的心流过血，我现在愿意他们赦免了你而来加于我比讽刺更甚的毒害。唉，异云，真的，我不知道怎样来形容我心里的痛楚！

同时我也知道你为可怜我忍受一切的麻烦，有时你也为我流泪；但是我想来想去，我真对你不住，呵，异云，我现在祷祝皇天给你幸福，纵因此要我死一百次，我也甘愿！

异云呵，我从来没有遇见过对我人格的尊重和清楚更甚于你的人，换一句话说，我自入世以来只有你是唯一认识我而且同情我的人，因此我愿为你受尽一切的苦恼。

再谈吧，你的灵魂的恩人！

冷鸥

四六——寄冷鸥

我的冷鸥：

你的信收到了，我以为你有点不对，有点不明白，——这也许是你经验太多了吧。我告诉你：讲到爱，就没有什么“配不配”“相不相当”“对得起与对不起”诸等名目。要知道，爱是根本的普遍的，无论是上帝与鬼魔，无论上智与下愚，无论是贤与不肖……只要他们一朝被爱——那伟大而神秘的爱——

拉在一处，他们便打成一片，混为一体，还有甚么区别与不同呢？冷鸥，我很知道你是明白的，但你的来笺为何要说些什么“对不起”呢？啊！

新近我起居很舒适，我只担忧你在城中的生活是否如意？唉，何时我们才能时刻不离的住在一块儿？我最深爱的冷鸥。

祝你

心情安宁！

你的异云

四七——寄异云

我的异云！

在我坐在冷清的书斋中碧纱窗前给你写信的时候，你大约正在满含秋意的郊原途上呢？呵，异云，我很深切的看见你那一双多感情而神秘的眸子向云天怅望，你好像要从凝练的白云背后寻视你的冷鸥呢。

唉，爱人，我现在更相信我们是这世界中唯一的伴侣了，因为我们都在追求生命的奥义和空虚背后的光明——那种光明是这世界的一般人所不曾梦想到的境地。我们仿佛是一双永不受羁勒的天马，只知道向我们要追求的奥远的路程狂奔，眼前的一切障碍都在我们手中破碎，仿佛神光的照射鬼魔——那些只能在暗影下藏身的撒旦，现在早已抱头鼠窜，再不敢作祟了。

呵，亲爱的，我一切的痛苦总不是白受，我来人间总不是白来；真的，现在我是捉住我的生命了，我再不会放松它，让它如窃贼般在我面前悄逝。唉，这不是最可赞叹的生命的鲜花

吗？我们好好在我们所创造的神境中享受吧！祝你
精神愉快！

你的鸥

四八——寄冷鸥

心爱的鸥：

两天美妙的梦后，忽然来到这么刻板的环境里，自然使我有无边际的悲苦。我说不出当我俩分离那刹那间我是如何的忍着酸泪，我更说不出世间尚有比这种情况再悲惨更值得一颗血泪的哟！

今日心情较好，但身体却失了健康。我独卧床上，无疑的便想着你了——起初我看见你的心，那颗多创伤的心，从那些心的孔穴里闪出一股白光，白光是如此美净，我便发现了其中有爱情，有真美善。

吾爱，我们相识以前，我的生活全放在艺术的创作里，如今我爱你，我崇拜你，正如我爱我崇拜的艺术一样。可是你当晓得，生活第一，其次才是艺术，所以我爱我崇拜你比艺术更厉害。今后我将用艺术的我来歌颂你，前此我只是用肉体世俗的我来歌颂艺术。

冷鸥，你给我以新生命，推我再进一层生命，我将何以报你？

异云

四九——寄异云

亲爱的云：

我想从此以后你我间的心音更要和协了。一切云翳都消化无踪。我们好好的创造我们未来的生命吧！

异云，我一生永远憧憬于美妙的幻影中，平日颇以没有捉住这幻影的核心为恨，现在你使我弥补了以前的遗憾。我不对你说感谢，因为同时你也已经得到报酬了！

异云，安静的生活下去吧——读书，珍重身体。地上的乐园已在开始建设了；我们应当将全生命加入这种建设中，任它风狂雨暴，也不能捣破我们的和协。呵，全能的主宰，这是他自有创造以来最美最充实的一个建设呢，何幸我们就是这其中的主角。

星期六早些来吧！祝你

快乐康健！

冷鸥

五十——寄冷鸥

不可形容只能深感着的亲亲——冷鸥：

在这种孤寂的空气中，身心俱极倦时，我更想到你：起初想到你现在城里做什么，恐怕你也同样的想着我吧？后来便慢慢想到我们以后的生涯，最后就想到我许多次曾使你伤心的哭过，自然我明知你的泪并不仅为我说了几句冷硬的话而流出，主要的是你心上曾有过无形的伤痕，因此那些如露珠般的酸泪便不自知的泄了出来！唉爱人！我实在有些难受，当我一念及你过去的历史时——你从前的环境是怎样与你的一切都相反对而不合谐！你在狂啸，奔放的追逐你生命的意义，而你的境遇竟如此，到而今我替你想想，都不免要心酸！

写到这里，忽然又好像看见你的狂饮，酩酊大醉；吾鸥，我怕你将来这样——我不放心，我不愿，我不忍，使你稍受一点伤痕！

异云

五一——寄异云

我爱的异云：

今天午后觉得非常疲倦，下课回来就睡下了；但阵阵穿林的秋风唤醒我惊慌的梦魂，睁眼一看，依然紊乱的案头，幽黑的蔚蓝的天容，都给了我非常的打击，什么事也做不下去，只有来给你写信。呵异云！我执着笔在沉沉默想，我仿佛看见你站在学校的草原上张着神秘的眼，在向我这边望，有没有？异云，你忠实的告诉我吧。纵使你那时候是在做别的事，但我相信你的心深处正浮现着我的影子呢。唉，我们原是一对同命鸟，不知何时才被赦免，不再受这别离之苦。

你的心情怎样？希望你安定好好工作。

星期六早些来。祝你

高兴！康健！

你的冷鸥书于窗下

五二——寄冷鸥

我的鸥：

你的信今天还未曾来，大约你是太忙了吧？——也许明天有一封哟！

不停的西风在窗外猖狂，我独自伏在书案上，想了许多人生的悲欢离合，许多人生的问题，我有许多狂热的希冀与追求，我亦有许多个冷刻的观察；使我最难受的是一个人不能自由的发展他的个性，也不能永远抱着他的理想，我不免有“我落在生命的荆棘上，我流血”的感慨呵！

此时我更想着你——你的过去、现在与将来，我有无限无限的辛酸，我要永远抱着你，不愿你孤零零的生活，同时我亦得着了生命的意义与兴趣。吾鸥，你以为如何？

寄一个吻给你！

你的云

五三——寄冷鸥

冷鸥：

今天上午我的信箱里又没有你的信，我不禁有一种空虚满室五脏——我想你的信准会来，那时我心中又将有火焰似的热情。我知你对我永是一致，而我的心情却这般忽冷忽热，变化无常，真够难堪了！但我希望你别误会我，对你始终是“一”的。

诗人昨天已有信来，嘱我代问你好。

异云

五四——寄冷鸥

冷鸥！亲爱的！

昨天我整日不曾把心安放下来，我感到空虚亦感到梗塞，我躺在床上想睡——不能！我坐在书桌前想看书——不能！最后我跑出去乱走，结果只增加了我无限无边说不出的空虚与梗塞。啊鸥！你当知我的心情，今晨起床，心中只有惆怅在哭泣，我无言的从窗隙看见蔚蓝的天，真使我想到你这时恐怕又要在灰尘中奔走了。

唉，冷鸥，我们原是一对同生人，同命人，同死人，尘世的风涛自然不能分开我们的结合，纵使那有威权的“死”也不能加丝毫伤损于我们。唉，冷鸥，你从前的生命不美满，现在希望你别再对昔日悲叹，因为我们这种美满是人间唯一的不能再有的！

这回我有些忙，很想多写几行，无奈上课铃响了，只得就此搁笔，下午我或者有闲，不过邮局此时便要来取信，只好将这封草陋的信寄给你使你稍稍高兴。

冷鸥你好！

你的异云

五五——寄异云

异云，亲爱的！

在星期四一天之内，我收到你三封信，我把每一封看过之后，呆呆的坐在寂静的屋里，我遥望着对面的沙发。呵，异云，我似乎看见你了！你神秘而含情的眼，充满天真热情的唇，都逼真的在我心眼里跳动，这时候，我极想捉住这一切，但当我立起身来，我才知道这完全是我心里的幻觉。唉，异云，亲爱的！我们真是不能分离呢！

我来到世界上什么样的把戏也都尝试过了。从来没有一个了解我的灵魂的人，现在我在无意中遇到你，我们第一次见面，就是基于心灵的认识。异云，你想我是怎样欣幸？我常常为了你的了解我而欢喜到流泪，真的，异云，我常常想天使我认识你，一定是叫你来补偿我前此所受的坎坷。

最初我是世故太深了，不敢自沉于陶醉中，但现在我知道我自己的错误，我真太傻！此后我愿将整个身心交付你，希望你为了我增加生命的勇气，同时我因为你也敢大胆创造一个新的世界了。

悲观虽是我的根性，但是环境也很有关系，现在以及将来我愿我能扩大悲观的范围，为一切不幸者同情，而对于我自己的生活力求充实与美满。

从前我总觉得我是命运手中的泥，现在我知道错了。我要为了你纯洁的爱，用大无畏的精神自造命运。唉，异云！你所赐与我的真不能以量计了。

我常常想到你——尤其是你灵魂的脆弱最易受伤——使我不放心！我希望你此后将一切的苦恼都向我面前倾吐，我愿意替你分担，如果碰到难受的时候，你就飞到我面前来吧。亲爱的，我愿为你而好好的作人，自然我也愿为你牺牲一切，只要我们俩能够互相慰藉互相帮助，走完这一条艰辛的人生旅程，别的阻碍应当合力摧毁它。异云，我自然知道而且相信你也是绝对同情的。

你学校的功课很忙，希望你不要使你的灵魂接受其他的负担，好好注意你的身体。至于我呢？近来已绝对不想摧残自己了。从前我觉得没有前途，所以希望早些结束，现在我是正在努力创造新生命，我又怎能不好好保养？爱人，请你放心罢。

无聊的朋友我也不愿常和他们鬼混，而且我的事情也不少，同时还要努力创作，所以以后我也极力避免无谓的应酬。异云，望你相信我，只要你所劝告我的话，我一定听从——因为你是爱我的。

诗人来信说些什么？星期六三点钟以后我准在家等你。亲爱的，我盼望今夜能在梦中见到你，并且盼望是一个美妙的热烈的梦呢！再谈吧，祝你
高兴，我的爱人！

冷鸥

五六——寄冷鸥

深心更不可分离的冷鸥——

昨夜我的心曾一度的飘泊过，飘泊在无垠的沙漠中，在无

际的荒凉里；不过慢慢的又恢复原状了。现在是比昔日更为充实美满；如今我非常勃勃有生机；这是谁之力量呢？这自然是你的！冷鸥，你真能使我悲使我喜，我在你的指挥下——不，我这小生命在你那广大的生命河中跳跃着。所以我才有这么这么容易受你的影响！

来笺收到了，我没有别的可说，我只怕你当我不在你面前时任意蹂躏身体。冷鸥，现在我相信你不会这样了。

我的心呀充盈了想看见你的念头！

异云书于卧室

五七——寄异云

维系我心灵的云！

暮色苍凉中，一声再会，使我神痴。呆望前途，但见枯树笼烟，归鸦栖遑，不禁哀泪沾襟。念人生如白驹过隙，春华秋月，享受无几，而悲痛惨苦，担荷不尽；身非金石，宁能久持？况名缰利锁，世俗桎梏，复不时诱惑摧残，益令人于邑难禁也[①]！

别后心情，益复无聊；凭几默坐，悲绪万端。唉，吾爱，似此狼狈心身，除投向君温柔之怀抱，尚何计以慰其落寞耶？人间名利，不足鼓起我生命之波浪；世上庸福，不足振兴我颓唐之心怀；只有异云之挚情厚谊，可苏我已僵之灵魂耳！吾爱，君诚上帝遣来弥吾之夙憾者！使吾于极痛惨溃之余，犹能恢复

① 于邑难禁，意即在灰城这地方，难以免俗。

三春活泼之气——如此恩惠，宁不令人感激涕零耶？但愿从此与君努力享受生命之光华与美满，使黯惨之人寰中，开一朵绚烂艳丽之生命花耳！

今日天气凝寒，颇有雪意，拥炉而坐，尚无所苦，唯去君遥远，仍不免惆怅盈怀。

文章已改毕，演说稿亦草成，除授课外，无繁巨之负载，差堪告慰；不谂异云课业忙否[1]？务望节劳自爱，良晤不远，珍重不乙。顺祝

康乐！

冷鸥书于灯下

五八——寄异云

我的爱：

今天你们学校不放假吗？我呆望了一天，你也不来。我在盛筵席上多么无聊寡欢！然而也不能不振起精神对付！唉，异云，你是我生命的光，生命的花，离开你，光便黯淡，花便失色了！

这几天我的心情复杂极了，我感到独自的空虚；假若你要是在我的面前，也可以鼓起我的勇气；现在是数十里的遥隔，心头的你尽管逼真，然而我看不见你含情的慧眼，触不到你温柔的皮肤，我是如何的寒伧可怜呢！不过，我为了省去你的奔波，不来也很好，可是同时又极渴望你来！

---

① 不谂（shěn），不知悉，不知道。

今夜是圣诞节，你们学校一定很热闹；希望你能在这欣悦的聚会中得到一些快乐，并望你的信明天可来。再见吧。我的心。

你的——

五九——寄冷鸥

我的冷鸥——

来信接到。的确尘寰中的一切障碍不能减少我们生命的意义，不能阻隔我们灵魂的接吻，不能分开我们混合的一体。

呵，亲人！我希望你以后别再回忆你昔日生命的伤痕，别再拿一颗眼泪一声叹息去解释宇宙，去笼罩一切，任外间是如何凄风苦雨，我们仍是温暖有生机的啊！

我们有同样的生，同样的死，同样的命，同样的笑，同样的哭，同样的容貌，同样的安慰，同样的心声——唉！同样的身体，同样的呼吸，唉！一切一切都同样！我们同吃，同坐，同行，同游，一切一切都同样！我们是天地的一切，我们是空气，我们和谐的心声，正和空气一般充满着全宇宙！啊，冷鸥，我此刻虽暂和你别离数天，但我无时无刻地不带着你的啊！因为我心中永存着你的模样。

冷鸥，我愿你把你心灵的一切都交给我，我虽是弱者，但担负你的一切我敢自夸是有余的！冷鸥，我的，——你试想从前你是如何对我怀疑？我不怪你的有经验有理智，最可笑的是你那些自苦与用心全变为冤枉的了。我不是别人，我由上天命定而是你的！吾爱，你说是不是？问你安好！

你的云

六十——寄异云

吾爱：

生命的火花实不易捉住！有时闪烁，有时隐晦，我的心竟为它们的变幻莫测所伤害——两日来心绪乱如麻，难剪难理！

天气冷，心境更感到凄寒，我没有很多的欲求，只要我的心能永贴于你的怀抱。啊！吾爱！

现代的人心是牢困于极繁杂的压迫中，我想逃，然而怎样可能呢？异云呵！除了你再没有人能拯救我，能安慰我了。你在我是如何的重要！

你近日怎样生活？我想象你的不安和怅惘恐怕也不下于我吧。真可厌这种太灵敏的感觉，风吹草动，都似乎含着严重的意义；但是，吾爱，请你千万别为我耽心！这是一时的变态，过了这个时期仍然是清风朗日！祝你
愉快！

你的鸥上

六一——寄冷鸥

我的心！

我随手同时闭上两眼去拿信笺，心中打算不管我有多少话给你写，可是我不得不受那些纸张的限制，所以我一摩便摩上

了这三张信笺，这就命定了我只能与你写三张——不多亦不少。三张信自然不多！但我不仅不悲伤，反而满腔欢快，因为我直觉出来我俩的爱情与了解是不能用言语表现出来的！

昨天归校后，稍微翻译点书，今天努力又译成了五千字。吾爱，你在城中人事纷杂，自然不能像我这样的安心写东西；但愿你别想着现今，愿你远想到将来，将来美妙的生活。你试想一个人有了美丽的希望在前面，同时他又确知这个希望定能实现；吾爱，你说这个人到底快乐不快乐？

今天六时从图书馆归寝室后，心里太想念你了，等到吃过了晚饭，这个想念竟成了疯狂；我的四肢发热，我就想去睡觉，因为我可以幻想一切。结果，我去上床，现在给你写成这封信，恐怕能减轻一点相思吧！

唉，冷鸥，我想礼拜五下午来看你，如果能的话；不然，只好等礼拜六了。

希望你有全世界快乐的总量。

你的云

六二——寄异云

亲爱的！

天是冷得令人难受，同时还得在外面奔走。唉，我真觉得倦了！

一个非常美丽的幻影正在向我们招手，无疑的我们都应当注全力向这幻影追逐。我知道这一层对于我们的新生命有绝大的开展，所以除了努力达到目的外，没有更多的任务了。亲爱的，望你静心工作，等到明年榴花照眼时，我们已在万顷波涛中过甜美的生活了！

“人生得意须尽欢，莫使金樽空对月”，的确是好见解。我们也不应使生命在黯淡中悄悄逝去呢。

冷鸥

六三——寄冷鸥

最亲爱最可敬的冷鸥！

前信想早收到，今天又拿着我的血液来给你写这一封，千万请你早早回答我——我要的是你的整个，你的生命，表现在一封写超美丽热烈的信里！

当云魂战颤的狂放的失望的寻求他所不能寻得的东西，爱人，我告诉你，他便对世上一切怀疑着，藐视着，悲观着，不仅这样，他将流出无量的血液，唱出无数的哀歌，最后他便把他完全的幸福去冒险，自愿饮鸩毒而死。如果这样，吾爱，那人的生命岂不像秋天落叶一样的干枯脆弱飘零吗？不过请别误解！这不是他痴愚的原因，也不是他昏醉的原因，这是——我当如何去说呢？请恕我！我既非文学家，又非雄辩家，不能透彻的表出我心里的意思；我既非音乐家，不能用细微的音调使你同样的感着我所感觉的。说也可怜，我又那能有达文骞那样一只手把我那些神秘的思想如他所作的图画那样真诚的表现出来呢[①]？

---

① 达文骞，即达·芬奇，意大利文艺复兴时期的著名画家。

老实说，除了你而外，我可向谁吐出我胸中无穷的蕴意？我怕的是误解臆断，不是责叱嘲笑，今后我只得忠诚的把我自己整个的诉给你听，你，我唯一的人儿，即使我想说一个东西是黑的而说成白的了，你，我十二万分相信，也会领悟我的本心本意——这样我死也是甘心。

今晨我十二点钟才起床，看见屋里的蜘蛛在那里织网，北风簌簌的从破窗隙里吹进，地上尘埃不知积了多厚，恰如蒙古的大沙漠。在这种孤寂的环境中，我太息了多少次，太息我自己不会当人，把自己的一生弄成这样潦倒，但是，只要一想着你，我的忧愁如六月的冰块便全消溶了。所以你的像片成了我屋里独一的饰品，不单如此，简直是我心灵之神，我生命之师。

从冬暖夏凉的学校中初到这样破陋的茅屋，自然稍感不便，不过心中实较在校安适多了。别人知道，必以我为疯狂或傻子。他们是物质世界的健将，这我不得不承认的。可是，至亲爱的冷鸥，不管他们以为我们如何，我们只管我们灵感的指挥：这样也可得无量的安慰了。

因为初来此间，甚么也没有，今天一天未曾一饭一饮，然而时感快乐，这大约是环境变迁的缘故吧。住不多久，或许这地方又要成为至惨的牢狱，可是谁能够预料将来的万一呢？唉！就是上帝自己也不能的哟！

听！这是什么？啊，原来是夜间的敲竹声！已经三更了！月儿有些淡了，星儿也有些偷跑了，我的蜡也流了不少的泪，我不能再写了，明天的事还多，此刻我须休息。匆匆敬问

安好！

你的异云

六四——寄异云

异云——我的爱：

此刻世界都已沉默，没有灯火，没有星光，只有厚如重絮的云朵凝积天空，在这阴黯寂静中，我听见心深处的弦响——呵，它们是慌乱不规则的跳着呢！

不知什么时候，风神将天空厚絮似的云撕破，于是鹅绒般的雪片便向世界飘舞——它们是那样纯洁，那样晶莹，无物可以象征，除了你美妙智慧的眼波。

雪片越飘越多，它们压在我窗前的藤枝上，细细繁响，恍若你平日的悲吟，呵，爱人，这时我心头着了火，如果此刻你是在我的身旁呵，你将看见我又像疯狂又像悲凉的眼神向那寂静阴暗的四周觑视——总而言之，外面的太冷寂，它是伤害了我。爱人，你应知我对你的情感是怎样热烈与整个了。

在你今夜的信里，又给了我一个小小的伤害。你知道，异云！你那信笺上曾溅上我的泪液，我是为你的身心的飘浮而怆伤。你想吧，以一个心神脆弱的青年，在那样愁惨的环境中，对着他自己的生命独自悲歌，是怎样的使人咽不下泪去呢？呵，异云，忧能伤人，况且你又自己太不保重，不饭不饮，身非金石，如何能支持得来呵！我愿你此后思想不必太趋激烈，好好的振作精神吧。

写到这里，我忽见窗前映出一片白光，掀开幔子一看，原来雪已止了，絮云也都散了，一轮冷月，依然斜倚翠屏向人间静望，我想明月雪景，一定很美，有许多时间我没有到陶然亭去了，很希望你明天能同我去玩玩——世界除了雪后很难见到纯洁——固然这也是假的，但是我依然觉得这个假纯洁值得沉醉呢。

夜深了，想你此刻或者已在梦中。祝你
梦入神秘吧。

你的鸥

六五——寄冷鸥

吾爱：

昨夜梦中看见你了，使我惊醒。平常暗淡的屋子，今晨变为光明素白。啊！外边积了不少的雪，破窗边也堆了几寸厚，真想不到一夜的时间世界竟改了面目，处处都是银白色。我起来把地略扫，觉得很疲倦，便靠着窗下的墙壁睡了。哦！谁知道又梦着你了！——但是我的发白了——哦，窗外的雪大片大片的坠下，北风吹它们进了窗，落在我的头上衣上。

吾爱，现在我告诉你我房屋的陈设。这里一共四间房（本来三间，我隔成四间的）。一间自然是我的卧室，其中唯一的陈设便是你的像片了；一间是书屋，我所有的佛经都放在架上，一本外国书都没有；还有一间是空的；其余一间呢？那就怪了！吾爱，那便是我的默想室，你如果来，一定又要说我神怪，好好的几间屋子，又得弄成这样奇秘，你不是常常说我三分像人七分像鬼吗？每当心中有无名的烦恼，我便冷静的入了这室，正如死者入棺一样。这室本来有两窗，我都用厚纸糊上，室内的冷墙全变为漆黑，我便在这冢里消磨我的青春。

今后我将和世界挑战，我的战书已写好了！我对世界始终是怀疑的——爱人，虽则你对我这样真纯——连我自己的存在也是怀疑着！人们看树是树，石是石，水是水，自己是自己；我呢？看树、石、水、自己……不是树、石、水、自己……我太苦了，我感到世事变化无常，一切的移动无归！

空中有鬼，地下有鬼，人的心里也有鬼！它们乱我心曲！呵呵！我命如此！我来向一切革命反抗，屋内屋外的万汇，细听我的战书，不要自误了！

写到这里，雪不下了，红日升起，檐上水滴声哒哒，这样美的天气，吾爱，我们不必太自戕，应当稍微享受点吧。

今天接得你的信。你劝我思想不必过于激烈，激烈只是自伤，只是愚者的举动。你说凡事总要忍耐，“时间”自然可以解决一切问题。是的，是的，时间是唯一的解决者：她使花苞变成花朵，使花朵变成果实，一切都在受它的指挥管束。

连日雨雪霏霏，小巷里的行人很少，我房内也有熊熊的火，但我并不觉温暖，只是阵阵的寒抖。这时，我想着人类的命运，世界的将来，有时我全不能分别我是在人间还是在地下；但是，吾爱，我总知道我是在你的怀抱里。

你，美丽的神灵，在我内心中叫唤我；我夜夜听见你的歌声——呵！神哟！不必躲我，我是诗人，是天上掉在地上的一朵花，请来罢，来到最终的一息间，来到我最后的生命焰中。神哟！我而今发现了你在叫我。我的耳朵呀，你们为什么聋了这么久？昏迷迷的我弃了世界，毫不回顾的弃了它，特意的来与你神灵亲爱。我曾不呼吸过，想着死，我曾不动的盼望死之来临，最终死神却未来，而你哟，黑暗里迸出的光芒，乌云外的一颗明星，残杀中的一点微笑，反来降临在我的心上，不要走，请永远的留在这里，用水浇我生命的嫩芽，使它开花，结果，而为人类牺牲！愿全宇宙都感着你！使过去现在将来都成为不灭之微笑！哦，我曾为你疯过，人们用最柔和的爱来抱我，我凋零了；你即使用最严酷的绳来桎梏我，我也欢喜而卑谦的服从你，我认识你了！有时，你不来，我心中总老现着你的形状，不要走呀！你一隐身全宇宙就得崩溃！我战栗着，喘着气，等你美丽的神灵，请出现吧，请别使人类在徘徊踌躇不定之中而沦亡……

冷鸥——我的亲人儿呀！你想上面的神秘之辞到底是在说谁呢？

我永远是你的异云

六六——寄异云

异云——我生命的寄托者：

今天我看看日历已经三月三号了，虽然前两天曾下过雪，但那已是春之复归的春雪。呵，在这阳光融雪，雨滴茅檐的刹那间，我的心起了极大的变化，我仿佛沉梦初醒，又仿佛长途归来，你想我是怎样的庆幸与惊喜呢？唉！我们相识已经整整一年了，——一年了。在这一年中，我们在人间镂刻上不少的痕迹，我们曾在星月下看过春的倦睡；我们曾在凌晨听过海边的风涛的豪歌；我们也曾互相在迷离的海雾中迷失过；我们也曾在浓艳的玫瑰汁中沉醉过；我们也曾在凄风苦雨的荒庙痛哭过，——呵！这样一段多变化多幽秘的旅途，现在我们是走完了，我们不是初次航海的冒险者了，我们已经看惯海上的风涛，这时候无论海雾如何浓厚，波涛如何猖獗，亦不足动摇我们的目标的分毫了。呵！爱人！前面有一盏光明的灯，前面有一杯幸福的美酒，还有许多青葱的茂林满溢着我们生命的露滴，吾爱！让我们放下人间一切的负荷，尽量的享受和协的果实吧。

吾爱！我曾听见“时间”在静悄中溜过，——它是毫不留意的溜过，在这时候，我们要用全生命去追逐它，不愿有一秒钟把它放过，你知道，吾爱！它走了是永不再回来的呵！即使它还回来，我们已经等不得了；所以吾爱，我们应当好好的生活，好好的享受，不要让时间抛弃了我们。你知道，美丽的春花，是为了我们而含笑的；幽美的月夜，是为了我们而摆设的；我们是一切的主宰。

你的房屋布置得那样理想，别人或者要为你的阴黯而悲伤，但是我呢，不，绝不觉得是可悲的事情。我看见一朵墨绿色的茶花，是开在你的心上，它是多色彩，多幽秘的象征，所以吾爱，我虔诚的膜拜你，你是支配了生命的跃动，你是美化了万汇。

在这紊乱尘迷的世界，我常常失掉我自己，但是为了你的颂赞——就藉着你那伟大锐利的光芒，我照见了狼狈的自我，爱人呵！我是从渺小中超拔了，我从重浊肮脏的躯骸中逃逸了。我看见一朵洁白的云上，托着毫不着迹的灵魂，这时我是一朵花，我是一只鸟，我是一阵清风，我是一颗亮星，但是吾爱！你千万不要忘记这完全是你的赐予呵！倘若那一天我是失掉了你，由你心中摒弃了我的时候，我便成了一颗陨了的星，一朵枯了的花，一阵萧瑟的风，一只僵死的鸟，从此宇宙中将永看不见黑暗中迸出的光芒，残杀中将永无微笑，春天将不再有鸟儿歌唱，所以吾爱，你是掌有宇宙的生杀之权，你是宇宙的神明，同时也是魔鬼。

但是美丽爱人，我早认识你了，你虽然两手握着两样的权威，而你温柔的两眼，已保证了你对人类的和慈与爱护，所以我知道宇宙从此绝不再黯淡了。哦，伟大的爱人！我真诚的为你滴出心的泪滴，你是值得感激和膜拜的呵！

异云——展开你伟大的怀抱，我愿生息在你光明的心胸之下。

你永远的冷鸥

六七——寄冷鸥

我生命的爱人——冷鸥：

的确，流年如逝水，真不待人，转瞬间我俩已相识一年了。在这一年中，你我曾不知流了多少泪，我们的心潮忽然如沸血般的热，忽然如冰雪般的冷；我们的心潮有时如鸿毛之轻，有时又如泰山之重；我们在这一年的短促时间内的往事，真是可歌可泣可赞美可浩叹！

可是天有宿命，我们已渡过了万顷风波的海洋，越过了万仞巉峻的重岭，而今我们已踏上了平坦的大路，路旁满是些爱情的玫瑰。

吾爱，海有枯的时候，山有崩的时候，我们的爱情只是无尽永久的哟。匆匆，余续上。

我是你的异云

六八——寄冷鸥

戴着永远不凋谢的玫瑰爱冠的天使——冷鸥：

我现在用这种称呼来叫你，因为我实在觉得你是配这样称呼的。

我已搬住城中了。以后我想我们天天都可以见面，自然没有甚么写信的机会——即使有，在死板无生机的信中我也不知要写些甚么才好。所以今天我把这几段诗寄给你——歌颂你的诗——当为我们一年来通信的结束吧：——

（其一）

我知美丽的音乐不能分开听，
我知美丽的玫瑰不能分开看，
只要是美你都不能把它分断，
只要一分，花朵也要失去芳馨；
就是那整个的美也得要残形，
乐观的世界也得要变成悲观，
一腔热烈的同情也得会消散：
这就是我心里的不变的圣经——
我的爱人，你既然不嫌我丑陋，
不嫌我褴褛，那就请进我心里；
我有你的宇宙，你有我的宇宙，
我愿在你的心窝上永永长睡——
　　你该不会正当我酣卧的时候，
　　悄悄的离开了我，便将我舍弃？

（其二）

不，我爱，我知道你是决不会的，
因为是你自己闯进我的屋里，
你自己愿意当我生命的天使。
虽说我的泪珠像夏雨的淅沥，
虽说我的呻吟里满了的孤寂，
甚至于在梦里我都毫不有意，
想到像今日能看见你的羽翼，
我早忘了你，你却反把我寻觅——
你，自由之神，难道还有人逼你，
叫你定要来看这样寒伧的我？
这是出于你自己的自由意旨，
我很知道！你带了些什么美果？
　　我有说不出来的渴，渴的要死，
　　呵！我心中真渴，哦！好像是有火！

（其三）

你那玫瑰色的嘴唇我早想尝：
这不是我的好奇心，我的爱人；
只因为我在世上是这样困贫，
我所走的路上毫无一点灯光，
茫茫前途更不知有什么地方；
每分钟，每秒钟，我快要沉沦，
发上，脚上，身上，全涂满了灰尘；

我踌躇，我徘徊，将来真是渺茫；
谁知已坠的星还有复起之日？
久埋土中的乐弦能够再鸣响？
不开花的树木能够结着果实？
呵！爱，你是我心里的鸣鸟——夜莺！
　　我不能再形容你了！你那绝技，
　　不息在我心里吐出美妙之声。

（其四）

你的智慧一切在我心里说话，
叫我不单只爱你还要爱人类，
叫我拿同情的泪充盈了大地，
此后我不再感人生如何狭隘，
因为我已有你——呵！爱，拿来祷拜。
看，我爱，你给我怎样一个地位，
你的存在真添加了我的价值；
从今后我只有胜利没有退败。
这四肢，这胸膛，这两胁，这颗心，
说起真惭愧，一点也没有力量，
甚至于发不出最微弱的呻吟；
呵你来了，使它们变这样强壮，
　　可以发出那载运着你的美音，
　　可以吐出使世人觉悟的歌唱。

异云

○　　○　　○

我将《云鸥的通信》翻到最后一页的时侯，我的心有些沸腾。这一本真情流露的情书，它变成一幅美丽的图画，占据了我整个的心灵，又仿佛一杯玫瑰的浓汁直浇我的心田，但同时我也有些怅惘。

温和的馨风，吹拂着我披额的短发，狂浪的蝶和蜂只缭绕着藤蕊嘤嘤的和鸣！

蔚蓝的青天上浮泛着儿朵行云，春神的俏影撩过树巅，柔丝般的柳条正吻着我火热的两颊呵！好恼人的春色哟！

我手里美丽的书本，不知不觉落在一丛球叶梅上，打得细蕊残花纷纷飘零，唉！我有些羞愧，我有些愤恨，我蹂躏了芳春，然而它是撩乱了我平静的心。

（本篇最初以《云鸥的通信》为题，分别发表于1930年2月14日至4月8日天津《益世报》文艺副刊；后由王礼锡作序，1931年2月上海神州国光社改名《云鸥情书集》出版单行本；再后北平法文版《政治周刊》译成法文，出版单行本）

附：

《云鸥情书集》序

王礼锡

“序”对于一本书的作用，或者是增光，或者是提要，与索隐。

当庐隐将她与李君合著的《云鸥情书集》来要我做序时，我很愕然。庐隐是女作家中的“闻人”，自然用不着我这动辄得咎的人来增什么光。提要吧，这是一部充满了生命的甜与苦的情书，没有什么“非要”可略，自然也没有什么“要”可“提”。至于索隐，照例是与著者隔世的人的工作，在书出版时做索隐，大概是没有这样的先例。

那末，序是无法可做的了，但我终于提笔来写这篇序者，是要来打破千古做序的成例，给著者一个责难，给读者打开一个闷葫芦。

当一个脚色在舞台上扮演一个史实或一个虚构的故事的时候，她的衣冠自然要适应这史实或故事的时代与环境。如果她自己现身在人生舞台参加一幕喜剧或悲剧的表演，何必衣饰上弄些玄虚来眩惑观众。观众尤其很迫切的需要知道这喜剧或悲剧中的真正的主人。于是我就破例来做索隐。

时间是过去一年了。去年的夏天，我住在西山，与其说是养病与避暑，倒不如说是为几个朋友来玩玩的便利，还切近事实一点。

一个阴历十五的下午，我正老僧般的默坐在僧房；不久，我的陋隘的僧房充满了庐隐式的哈哈，叔举的长影，南春与小袁的跳踉，小鹿的跳来跳去的帮助[①]，乐痴了的主人的安排。这一天的晚餐是庐隐出的主意，我买了一个鸡，庐隐对做饭的人教了一会福建清炖鸡的办法，我们骑着驴子倦游归来，正是晚餐时候，鸡是熟了，但是一点味也没有，这一个罪名，换得庐隐一个新的故事。

这一次的客人本是为着看月而来的，有了小鹿和庐隐的场合，自然是特别的热闹，这一晚加上大家的高兴，自然更是造反一般。全旅馆的人都偷偷的来看这一群疯子。

本来自评梅死后，小鹿是几乎每饮必醉，每醉必哭的，这一晚小鹿却没有哭，而哭了又笑了，笑了又哭的却是庐隐。菜完了，我们忽然想起晚饭的鸡，就迫着庐隐述说她的新的故事来将功折罪。庐隐的新的故事，我们本亦略有所闻，但庐隐自己始终没有说过。庐隐在我们提议之后毫不推诿的公开她一封情书，我做宣读者，庐隐像做戏一般的随着读到的地方时哭时笑，旁人也在旁跳叫着做配角。我读完了《云鸥情书集》，就发现了其中的一篇是那晚我所宣读的一篇[②]。

---

① 小鹿，即陆晶清，当时系王礼锡恋人。

② 参见第四十五封寄异云的情书。

据著者的弁言，这本书是绿衣人投送来的，但有了上面这一段忘不了的故事为证，这一套做的衣饰是眩惑不了我的。为要让读者不受眩惑，我终于写了这一篇索隐式的序。

一点小小的感伤追踪着我的回忆而来，使我不能不再说几句无关宏旨的话。

“生命是我自己的，我凭我的高兴去处置它，谁管得着?”庐隐这样很倔强的在这不惯的社会生存着。

庐隐对这社会是不惯，社会对庐隐尤其是不惯；庐隐对社会的不惯，是有她的“谁管得着?”的办法去处理，而社会对庐隐却是冷嘲，热讽，明枪，暗箭作四面的环攻。

这“不惯”，不仅是庐隐个人的问题，是新的与旧的社会的矛盾的表现，加上庐隐的强烈的个性，这矛盾就表现得特别的明显。所以这不仅是“不惯”，而是“不相容”。不惯，慢慢的就会惯了，至于不相容，那便得争斗。

庐隐的“谁管得着”的态度是“不理”的态度，“不理”怕不是解决问题的方法，“不理”是违背了旧社会的秩序，这样的叛徒，是不能在旧社会的秩序下生存的。有了他就没有你，你要站得住，他就得摧毁。

总之，庐隐是够〈有〉勇气了！从《归雁》的主角转到《云鸥情书集》的主角，这样天真的毫不作伪的转变，在目前无论那一方面的阵线中，都很难寻得这样勇敢的分子，虽然这是个人的挣扎，而不是两个队伍的争斗。

这一束情书，就是在挣扎中的创伤的光荣的血所染成，它代表了这一个时代的青年男女们的情感，同时充分暴露了这新时代的矛盾。

庐隐，你如果觉得这篇序是写得太无情趣，不适宜于序一部情书的话，那只怪你自己，谁要你找上这正要借一个酒杯来浇浇块垒的人?

最后，得补足这个缺陷，加上一句吉祥的祝语。一时找不着新的祝语，只好再把今春给你的信中的话来复用一次：

“珍重你抓回了的青春!”

(本篇出自1931年2月上海神州国光社版《云鸥情书集》)

妇女生活的改善

乡村妇女的生活为什么要改善呢？因为现在的一般乡村妇女的生活实在太苦了，一辈子除了操劳作苦以外没有别的事，她们简直没有得到人类应有的生活。她们的生活，仿佛一匹马一头牛的生活，从天刚亮起，一直刻板的劳作到夜，从春天作到冬天，从年轻作到年老，永远是如是。对于身体的健康顾不到；对于子女的教育也顾不到。对于人类正当的娱乐也不曾享受过，而且糊里糊涂好像做梦似的，把青春随随便便的过去了以至于死。她们就没懂得什么是人类的生活啊！

这种情形是很不利于社会国家的，甚至是不利于人类的。因为乡村妇女的生活，只是等于牛马的生活，于是身体失了健康，将来生出许多衰弱的儿女，对于种族问题极有关系。至于不注意儿女的教育，将来的国民，又不免都是些恶劣分子。这些情形，往小里说，有碍于一家一国的健全；往大里说，不也有关于人类的进步吗?！所以改善乡村妇女生活，实在是一件很重要的事情。

乡村妇女的生活，应当改善的种种理由，前面已略说过。现在就根据这些理由，说说改善的各方面。

人类的生活，本来有许多方面，可是归纳起来说，不外精神的，物质的两种：

（一）物质方面。物质方面的生活，不外衣食住的问题。乡村妇女衣食住方面，都十分俭朴，这是一种美德，是应当保存的；不过俭朴勤劳中，不能不注意到以下的两点：

（1）勤劳。乡村妇女，整天整年，如牛马似的操劳，有时因为过分的劳动，使得身体衰弱，将来生下来的小孩子，都是些弱种，所以勤劳，实在是应当注意的一点。

（2）卫生。生活无论怎样简单朴素，若能够时时留心卫生，身体一定可以保持健康；所以关于衣服被褥的清洁，厨房厕所的干净，饮食的谨慎，都是应当注意的。

（二）精神方面。人类的生活，比一切禽兽不同，就因为人类不但有物质的生活，还有精神的生活。乡村妇女应注意的精神生活，约有两点：——

（1）儿童的教育。儿童幼小的时候，好像一缕纯白的丝，染红便红，染黑便黑，这个染红或染黑的权，都在父母，母亲更甚。这时只看母亲的教育怎样了；如果母亲能修养自己，好好教育儿童，将来这个儿童，一定能达到他所希望的那样子，也必能得到极大的安慰了。

（2）正当的娱乐。一个人的生活，如果是整天游手好闲，专寻快乐，那当然是错误。可是一天到晚，一点正当的娱乐都没有，也是不对。因为一个人的精神，不能没有相当的活跃。如果没有娱乐，只是刻板的工作，那种生活，是不完全的。所以正当的娱乐，在人类的生活上，也是很要紧的。

具体办法第一步，就是要组织各种的妇女团体。现在我们先就目前乡村妇女可以办到的说几种：

（1）家庭生活改良会。在一个村子里组织一个大规模的妇女生活改良会，如果村子比较大还可以组织分会，或每十家一个分会也可以；总之，看情形支配好了。各家的妇女都是这会里的会员。每月开一次或两次会，讨论家庭卫生，家庭经济，家政方面种种的问题，就拿所讨论的结果，作为实行的标准。实行的时候，如果觉得还有不妥当的地方，第二次开会可以提出讨论，总以达到改善生活的目的为要。

（2）儿童教育研究会。第一项所说是专指家政方面说的，这一项是指怎样使儿童在怀抱之中，就养成良好习惯的种种方法。及到入学年龄，一定要设法送他们进学校受学校教育。在儿童受学校教育的时候，家庭应当与学校合作，才不至于使儿童从学校得来的教训，到家全丢了，这也是极要紧的一件事。

（3）妇女娱乐会。妇女每一天里，至少要匀出一小时的工夫作一种正当的娱乐。如吹弄各种音乐，或谈讲有趣的故事，或到村野散步，或到风景优美的地方开茶话会，这些娱乐都可以修养人格，陶冶性情，是人类不可少的生活。除了这几件以外，还有许多别种的方法，不过这是比较容易做到的，而且是急要做到的。所以希望乡村有志的妇女急起，努力从事组织，以期达到人类完善的生活，不但是乡村妇女本身的幸福，就是国家社会也要受极大的影响。乡村妇女快些努力吧！

（本篇最初发表于 1930 年 10 月中华平民教育促进会《平民读物》初版）

妇女谈话

缠　　足

缠足，是一种顶坏的风俗，把一双四平八稳的脚，缠成弓形，脚面高起好像骆驼背峰。走起路来扭扭捏捏，既不方便，又不好看。而且有害于身体的健康，妨碍血脉的流通。缠足简直只有害处没有益处。城市的妇女，多半整天不作事情，靠人服侍，而缠足还感到种种的苦痛；何况乡村妇女，每天早晚到地里做粗重的工作，缠足岂不更苦吗？乡村的妇女呵！赶紧起来做放足的运动吧!!

不识字的妇人

有一个乡下人，带着他儿子到外县去做生意，家里只剩下婆媳两人。他们父子二人在外头作生意很好，要找一个人帮忙；又怕外县的人靠不住，打算从本乡找一个人来，恰好店里有个伙计要回去，他们就托他带一封信，里头写着“忙雇一人。”婆媳两人接到这信，一字不识，睁着两对瞎眼，十分着急。

她们忽然想起城隍庙住着一个算命先生，他是认得字的；于是她儿媳妇赶忙拿着信去请教他。那里知道这位算命先生专门认别字，他把“忙雇一人”看成“亡过一人。”于是摇头叹息说：“唉！可怜！可怜！大嫂告诉不得你呢!”那妇人一听急了，忙央求道：“先生是怎么一回事呢？请早说吧!”算命先生说道：“你公公和你丈夫不是在外头作生意吗？不知他两人谁死了，信上只说亡过一人。”那妇人一听，心想不知是谁死了，但两个人一个都死不得，这怎么好呢？不免急得放声大哭。

到了家里，把这话对婆婆说，婆婆也急了，两人抱头痛哭了一场，然后在门前挑起丧幡来，就等着棺材运回来办事。这一天那个伙计又要到外县去，打算去讨个回信，不想走到门口，看见丧幡，吓得也没进去，就忙忙走了，到了店里，把这消息告诉了他们父子二人，也是吓了一跳，不知道那一个死了，因忙着赶回家去，一进门只见婆媳两人都好好的。她们婆媳两人也糊涂了，心想这是怎么回事。后来说明缘故，才晓得是吃了不识字的苦。可见妇女识字是极要紧的，不然，做个睁眼瞎子，不知道要吃多少苦呢！

乡村的母亲们

乡村的儿童，天天和自然的山水，森林，田亩接近，所以多半比城里的儿童活泼壮健。不过乡村的母亲们，忙于耕种和纺织，竟忘记教育子女的责任。随他们放荡，关于整洁，礼貌，种种好习惯，从小就没养成。所以乡村的儿童，都变成肮脏粗野的样子了。

乡村的母亲们，如果希望你们的孩子长大了，是一个整齐诚实健全的人，那么在他们小的时候，就应当注意他们的教育。

起居要有秩序，衣服要整洁，饮食要干净，待人要诚实。除此以外，还要使儿童进学校，学技能，不问是男是女，都要一样的栽培，如此国家才有好国民。乡村的母亲们，你们的责任真大呢！

乡村的母亲们要注意儿童的教育

我们走到乡村里，常常看见一群一队的儿童，都仿佛刚从泥窑里出来，满身满脸都是泥垢，叫人见了真不痛快。但他们一双灵活的眼珠，满含着天真活泼的神气，使我们相信孩子都是好的可爱的，而他们所以变成这样污浊的原因，是母亲没有教育他们，没有养成他们的好习惯。还有些孩子嘴里说着下流话——这些话在他们纯洁的头脑里，未必明白那些话的意思，不过听见大人说，他们就照样的学。所以孩子虽都是好的，可爱的，而因为没有人引导他们到好的地方去，渐渐变成不好的不可爱的了。直到他们大了，不知道做人应当怎样做，并且小时已经养成坏习惯，后来就是有人指正他，也不容易改了。所以乡村的妇女们，对于儿童的教育要非常留意！

迷　信

钱大嫂因为丈夫病了，心里十分焦急，可是她不去请医生来诊治，一天到晚，东庙烧香，西庙拜佛。她丈夫的病愈来愈重，她听说城隍庙的菩萨最灵，她就跑到那里求签，并讨些神前的香灰，用冷水化开给她丈夫喝下去。那晓得她丈夫本是因为吃了不干净的东西泻肚子，怎禁得起这一杯不干净的香灰水，不到半夜已经一命归阴了。钱大嫂抚着丈夫的尸身哭道："皇天菩萨不睁眼，我这样虔诚拜佛许愿，还是不保佑！"唉！这种妇女多么可怜！她不知道生病是要请医生治的，只迷信神佛，结果把她丈夫的命送了。

和　睦

俗语说得好："和气生财。"所以和睦，实在是一种美德。一家人能和睦，就是一家的幸福；一国人能和睦，就是一国最大的幸福；全人类能和睦，就是全人类最大的幸福。一家人和睦，就没有兄弟相争，妯娌姑嫂呕气的种种事情发生，人人一心一计的过日子，精神上自然很舒服很快乐。一国人能和睦，就可以免除许多内战。像现在的中国，常常闹兵祸，就是因为不和睦，今天你打我，明天我打你，打得大家都受灾殃。至于世界种种的战争，也都是起于不和睦，所以能和睦，就享福无限；不能和睦，就受罪没完。

但是和睦的两个字，说起来容易，作起来很难，第一件要自己不愿意的，不加到别人身上；自己愿意的，也要想到别人。大家都能这样做去，自然什么意见都可以化除，大家相亲相爱了。

我们要谋全人类的和睦，不能不先谋一国人的和睦。要谋一国人的和睦，不能不谋一家的和睦。所以一家人和睦，实在是人类和睦的根本。

谋一家的和睦，妇女们要负更大的责任，因为妇女们是主持家政者，一个主妇，很有转移家运的能力。如果是一个贤明的主妇，可以使父母慈爱，子女孝敬，兄弟姊妹相友爱，妯娌姑嫂如骨肉；能如此，这个家庭还怕不兴旺吗?

然而一般乡下妇女，多不明这种道理，常是姑说嫂短，嫂挑姑错，妯娌如仇人，婆媳似冤家。闹得一家门乌烟瘴气，整天好像敌人相见，心里那有一时一刻是平定的，怎么说得上“幸福”二字呢?所以乡村的妇女们，若果要享受家庭的幸福，先要努力家庭的和睦。家庭人既和睦，然后推至国家人类，无处不充满祥和之气了。

恶婆婆

张大嫂在田里分插秧苗，抬头看见李大嫂擦眼抹泪，张大嫂放下秧苗，走过来说：“李大嫂，你为什么事这么委曲?”李大嫂流泪叹息道：

"唉！家有恶婆婆，专门寻找错，自从到她家，没一天好日子过！

三朝新妇下厨房，煮饭砍柴不敢慢，殷勤小心来服侍，还是难讨婆喜欢！

今天嫌我饭太烂，明天说我菜太咸，怒眉恶眼指着我骂，那管新媳妇的羞颜！

小姑脾气太刁钻，闲来只把是非搬，不说嫂嫂长，便诉嫂嫂短，婆婆暴性譬如火，那堪火上将油添，门杠扁担一齐下，打在身上如雨点。

大嫂大嫂听我说，隍下媳妇真难过！"

张大嫂听完了，想起从前自己作媳妇的苦楚，也跟李大嫂差不多，现在算是熬出来了，自己也做了婆婆，想到这里，心中忽觉得十分惭愧，因为她昨夜曾毒打她的媳妇："这实在是太残忍！儿媳妇也是人家的女儿，并且自己也有女儿，将来也免不了要做人家的媳妇，若果真疼爱自己的女儿，就应当疼爱媳妇……"她想到这里，便对李大嫂说："大嫂，你不要伤心了，这是一代一代传下来的坏习惯，我们现在既已受了这个罪，以后我们好好的待我们的媳妇，给他们一个好习惯，使我们的儿女孙〈辈〉不要再受我们这样的苦处吧！"

乡村妇女应注意家庭卫生

人生最苦痛的事情就是身体不健康，无论有什么本事都要因病痛而埋没了，俗语说得好，"留得青山在，不怕没柴烧。"所以只要有了健康的身体，什么艰苦都能挣扎，什么事情都有勇气去干了。

我们要使得一个人有健壮的身体，平日的衣食起居都要注意卫生。家庭是人们衣食起居的唯一处所，那末家庭卫生的重要，也就可想而知了。

家庭卫生可以分下列各方面来说：

（一）饮食的卫生　人不能离开饮食而生活，所以人们对于饮食的卫生不可不注意。饮食的品料只要能滋养人，不必求山珍海味，烹调只要求其容易消化，不必定求新奇。此外最要注意的是不新鲜不清洁的东西决不可吃，至于吃的分量和时候，最好也有一定。这几层如果都能做到，就可免去“病从口入”的危险了。

（二）衣服的卫生　衣服用以保护人的体温，是人生不可少的东西，所以衣服的卫生也是不可不讲究。衣服最要注意的是时时洗换，常放在日光下晒晾，使皮肤的毛细管所排泄出来的秽物，不至再黏在皮肤上，以致塞住毛细管，失掉了排泄作用，血脉因而不流通，一定要生疾病。

（三）住室的卫生　住室的卫生也和饮食衣服的卫生一样的重要。室中空气一定要流通，床帐被褥一定要时常洗换，室内的布置整齐干净，使人住在里头很舒服，不但可以恢复一天到晚操劳的疲倦，还可以少生疾病。

（四）厕所的卫生　厕所在家庭里也是占很重要的地位，谁家能够不用厕所呢？但是厕所是污浊的地方，蚊蝇成群结队飞集在粪尿上，最容易传染病菌，如果不把厕所扫除干净，粪坑用盖盖严，使臭气不至外泄，那真是危险极了。

以上几点都是家庭卫生最重要的事情，主持家政的妇女们所应当注意的，尤其是乡村妇女们所应当注意的。因为我们往往看见许多乡间妇女不懂得家庭卫生，衣服许久不洗换，被褥也是整年不拆洗。饮食也不管生熟冷热，干净不干净，拿起来就吃。住室和厕所，更是不讲究了，小孩子随便在屋里地下大小便。这真是太不卫生了！希望乡村的妇女们，快些改善你们的生活，注意你们的家庭卫生，然后你们才可以享受到家庭的幸福呢。

（本篇最初发表于 1930 年 11 月中华平民教育促进会《平民读物》初版，1932 年 10 月再版）

月夜笛声

这一片荒地，从前是战场。在这战场上，看见过兵士们的肢体，在红色的火焰中横飞；看见过殷黑色的血水，渍成一个小池，一股腥臭的气味，随着风散布在左近的地方；也看见过长着黑毛的野狗，啃着死人的肠肚五脏发出快活的吼叫；也看见过成千成万的老鸦，围着一个将要腐烂的尸体，扯着嗓子哑哑的叫，那声音真是凄惨极了，听了叫人全身的寒毛，都要竖起来。

在这个荒凉牧场的东边角上有三间茅草造成的房子，里面住着的是什么人呢？大家似乎都不很清楚——就是时常看见一个老太婆，有时颤巍巍的站在门口发呆。她的一双眼，总是向西北的云天望着；此外还有一个年轻的女人，脸色永远惨白得好像一朵梨花……至于这一家的来历，简直就没人知的清楚。

在这三间茅屋的周围，都似乎有些神秘的味道。便是那些顽皮的牧童走到这茅屋的门口，大家不知不觉把脚步放慢了，心头好像压着什么似的；尤其是当那老太婆站在门口发呆的时候，他们更像是发现了什么神迹，谁也不敢抬头看她一眼。那老太婆呢，有时对着这群孩子一面苦笑着，一面落泪；那些孩子常常感觉这个老太婆，有些像神话里面所说的奇怪人物，她有无边的法术，因此谁也怕得罪了她。

那一天正是中秋的夜里，月色很明亮的，很温柔的照着这荒凉的广场，便是那些骷髅也都安静的在月光之下休息了。广场的四围，种着几棵白杨树，这时候怔怔的站在那里，好像夜游神悄悄的来窥探人间的善恶似的。

但是离这荒场一里多地的地方，有一所富丽的花园，月色也是一样的明亮，一样的温柔，照着花园。在这小园里的一切都沐浴在月的软光中。果子树的影子，倒映在地下，好像一幅水墨画。很高大的金银花树的藤蔓直爬到屋顶上，吐出清甜的暗香。一切都好像沉在酒里，使人迷离若醉。

在一株古槐树下，坐着一个青年，两手交叉在胸前，抬头对着夜光，默默的望着：两棵［颗］如钻石的泪珠，挂在眼皮上……低声叫了一声哥哥！他眼泪更是禁不住的泻了下来。他哭了许久，似乎有些倦了，他站了起来，走到屋里把墙上挂着的那一管笛子，拿了下来，轻轻的拂了尘土，出了大门，走过一带树林，前面便是一片旷野了，他怔怔的站住了，默默对着那浸在清光里的一片平原，他想起他战死的哥哥了。

他的哥哥是一位英武活泼的青年，在陆军大学毕业，第一次到前敌去，不幸就被敌军打死了；他嫂嫂也因为忧郁得了肺病，不到一年也就死了。这时候只剩他一个人，孤零的活在世界上，虽然他所住的房子的月光要比这平原美丽的多，可是他创伤的心空虚的心呵！也正是一个满了血迹的古老战场呢。

他对着这一片明亮而温柔的月光，听着密草缝里青蛙破碎的鸣声，他的心似乎被一个恶魔撕碎了，碎得一片一片的了。他抖颤着吹着笛子。那声音好像一个呜咽的哭声，又好像在对着苍天哀诉他的苦痛。有时又像在低低的祈祷。这大而冷落的平原，被这凄凉哀怨的笛声充满了。那些深埋黄土的鬼魂，也都被这刺心的声音惊醒。他们化成一阵一阵的旋风，围绕着那吹笛的人，似乎说，朋友！请你吹呵！永远不断的吹呵！我们久埋土中的管弦，已经生了锈，我们被悲愁压迫得失了知觉，多谢你，替我们发泄了！……他心里灵魂似乎听见这样奇怪的声音，因此他越吹越沉痛。正在这个时候，忽见那三间茅屋中的老太婆，轻轻的开了柴门，如鬼影似的悄悄向前挪动，渐渐的来到那吹笛子的青年身边。她大睁着含泪的惊奇的眼，向那青年凝视着。那青年如同受了催眠术似的，一面流着泪，一面不断的吹那笛子。那老妇人不知不觉的跪下了，她合掌向着青年膜拜，在她满了绉纹的脸映照着哭容。但是她的眼泪更流得急了，那吹笛的青年，忘记了这是事实，他以为是真真的看见了他慈祥的母亲。他放下笛子，一把抱住那老妇人痛哭起来；那妇人也忘了眼前华贵的青年是另外一个人，她只以为她每日倚门切望的儿子回来了，谁说他死在战场永不回来了呢！

月光温柔的拂［抚］摩着这一对因怨痛失了心的可怜人，他们痛哭了许久，那老妇人的哭声渐渐低了。她一面颤声说道：儿子回来了！好了，儿子回来了！她说到这句话上不禁发出一种尖锐的笑声，这一声以后她沉默了，永远的沉默了！她怀着满心的欢喜安息了。

第二天早晨，这荒凉的广场上，罩着太阳的时候，有一群人围在那里，有几个人议论这死者太奇怪了，生的时候是那样叫人摸不着头绪，死的时候也是使人不清楚。正在彼此纷纷议论的时候，那个年青惨白色脸的妇人来了，她一面哭一面说：媪媪你死的真苦呵[①]！活活是你的儿子断送了你，他要不去当兵，又怎么会被枪弹打死，他不死你又怎么会落到这样结果呢！

远远的一群人，如怒潮似的涌了过来，口里喊着检验官来了。那一群人分开了一条道，让检验官去验尸。结果是全身无伤，心脏破裂死的。四面看热闹的人才去了种种的疑心。验查官走后，看热闹的人也慢慢散了，只有一块芦席盖着那死尸。

正在这时候，昨夜吹笛的青年，脸色苍白，含着眼泪跑到老妇人的尸旁怔怔的站着。后来那个年轻的妇人来了，他含吐着说[②]：我送给你一百块钱，好好发送这位老太太吧！说着把一百元的钞票，递了过去。那年轻的妇人用很迟疑的眼光望着他，始终不敢伸手去接。她说：先生！你和我家没亲没故的，怎么给我家这许多的钱？那青年道：你收了吧！我和你家虽是没亲没故，但是我和你的婆婆为了同情，大家的灵魂曾经结识过……你便收了，也不算不应该的。那年轻的妇人始终不明白那青年的话，依然怔怔的望着他，那青年放下钞票含着泪走了。那年轻的妇人望着他的影子，只是出神……但她同时心里感到

---

① 媪媪（ǎo），对老年妇人的敬称。

② 含吐，谓吸气、吐气。

一般［股］辛酸，对着那青年的背影滴下泪来……

（本篇最初发表于1930年11月中华平民教育促进会《平民读物》初版，1932年9月再版）

东京小品[①]

一　咖啡店

橙黄色的火云包笼着繁闹的东京市，烈炎飞腾似的太阳，从早晨到黄昏，一直光顾着我的住房；而我的脆弱的神经，仿佛是林丛里的飞萤，喜欢忧郁的青葱，怕那太厉害的阳光，只要太阳来统领了世界，我就变成了冬令的蛰虫，了无生气。这时只有烦躁疲弱无聊占据了我的全意识界；永不见如春波般的灵感荡漾，……呵！压迫下的呻吟，不时打破木然的沉闷。

有时勉强振作，拿一本小说在地席上睡下，打算潜心读两

① 该文以下九篇，发表时间先后不一，有的甚至发表于1931年，但为保持原文的完整性，仍按原篇目顺序编排于此。特此说明。

行，但是看不到几句，上下眼皮便不由自主的合拢了。这样昏昏沉沉挨到黄昏，太阳似乎已经使尽了威风，渐渐的偃旗息鼓回去，海风也凑趣般吹了来，我的麻木的灵魂，陡然惊觉了，“呵！好一个苦闷的时间，好像换过了一个世纪!”在自叹自伤的声音里，我从地席上爬了起来，走到楼下自来水管前，把头脸用冷水冲洗以后，一层遮住心灵的云翳遂向苍茫的暮色飞去，眼前现出鲜明的天地河山，久已凝闭的云海也慢慢掀起波浪，于是过去的印象，和未来的幻影，便一种种的在心幕上开映起来。

忽然一阵非常刺耳的东洋音乐不住的送来耳边，使听神经起了一阵痉挛。唉！这是多么奇异的音调，不像幽谷里多灵韵的风声，不像丛林里清脆婉转的鸣鸟之声，也不像碧海青崖旁的激越澎湃之声……而只是为衣食而奋斗的劳苦挣扎之声。虽然有时声带颤动得非常婉妙，使街上的行人不知不觉停止了脚步，但这只是好奇，也许还含着些不自然的压迫，发出无告的呻吟，使那些久受生之困厄的人们同样的叹息。

这奇异的声音正是从我隔壁的咖啡店里一个粉面朱唇的女郎樱口里发出来的。——那所咖啡店是一座狭小的日本式楼房改造成的，在三四天以前！我就看见一张红纸的广告贴在墙上，上面写着本咖啡店择日开张，从那天起，有时看见泥水匠人来洗刷门面，几个年青精壮的男人布置壁饰和桌椅，一直忙到今天早晨，果然开张了。当我才起来，推开玻璃窗向下看的时候，就见这所咖啡店的门口，两旁放着两张红白夹色纸糊的三角架子，上面各支着一个满缀纸花的华丽的花圈，在门楣上斜插着一支姿势活泼鲜红色的枫树，沿墙根列着几种松柏和桂花的盆裁，右边临街的窗子垂着淡红色的窗帘，衬着那深咖啡色的墙，真有一种说不出的鲜明艳丽。

在那两个花圈的下端，各缀着一张彩色的广告纸，上面除写着本店即日开张，欢迎主顾以外，还有一条写着“本店用女招待”字样，——我看到这里，不禁回想到西长安街一带的饭馆门口那些红绿纸写的雇用女招待的广告了。呵！原来东方的女儿都有招徕主顾的神通！

我正出神的想着，忽听见叮叮噹噹的响声，不免寻声看去，只见街心有两个年青的日本男人，身上披着红红绿绿仿佛袈裟式的半臂，头上顶着像是凉伞似的一个圆东西，手里拿着铙钹，像戏台上的小丑一般，在街心连敲带唱，扭扭捏捏，怪样难描，原来这就是活动的广告。

他们虽然这样辛苦经营，然而从清晨到中午还不见一个顾客光临，门前除却他们自己作出热闹声外，其余依然是冷清清的。

黄昏到了，美丽的阳光斜映在咖啡店的墙隅，淡红色的窗帘被晚凉的海风吹得飘了起来，隐约可见房里有三个年青的女人盘膝跪在地席上，对着一面大菱花镜，细细的擦脸，涂粉，画眉，点胭脂，然后袒开前胸，又厚厚的涂了一层白粉，远远看过去真是“肤如凝脂，领如蝤蛴”，然而近看时就不免有石灰墙和泥塑美人之感了。其中有一个是梳着两条辫子的，比较最年轻也最漂亮，在打扮头脸之后，换了一身藕合色的衣服，腰里拴一条橙黄色白花的腰带，背上驼着一个包袱似的东西，然后款摆着柳条似的腰肢，慢慢下楼来，站在咖啡店的门口，向着来往的行人“巧笑倩兮，美目盼兮”，大施其外交手段。果然没有经过多久，就进去两个穿和服木屐的男人。从此冷清清的咖啡店里骤然笙箫并奏，笑语杂作起来。有时那个穿藕合色衣服的雏儿唱着时髦的爱情曲儿，灯红酒绿，直闹到深夜兀自不散。而我呢，一双眼的上眼皮和下眼皮简直分不开来，也顾不得看个水落石出。总而言之，想钱的钱到手，赏心的开了心，圆满因果，如是而已，只应合十念一声“善哉!”好了，何必神经过敏，发些牢骚，自讨苦趣呢!

（本篇最初发表于1930年12月《妇女杂志》第16卷第12号，后收入《东京小品》集）

二 庙 会

正是秋雨之后，天空的雨点虽然停了，而阴云兀自密布太虚。夜晚时的西方的天，被东京市内的万家灯火照得起了一尺乌灰的绛红色。晚饭后，我们照例要到左近的森林中去散步。这时地上的雨水还不曾干，我们各人都换上破旧的皮鞋，拿着雨伞，踏着泥滑的石子路走去。不久就到了那高矗入云的松林里。林木中间有一座土地庙，平常时都是很清静的闭着山门，今夜却见庙门大开，门口挂着两盏大纸灯笼。上面写着几个蓝色的字——天主社，——庙里面灯火照耀如同白昼，正殿上搭起一个简单的戏台，有几个戴着假面具穿着彩衣的男人——那面具有的像龟精鳖怪，有的像判官小鬼，大约有四五个人，忽坐忽立，指手画脚的在那里扮演，可惜我们语言不通，始终不明白他们演的是什么戏文。看来看去，总感不到什么趣味，于是又到别处去随喜。在一间日本式的房子前，围着高才及肩的矮矮的木栅栏，里面设着个神龛，供奉的大约就是土地爷了。可是我找了许久，也没找见土地爷的法身，只有一个圆形铜制的牌子悬在中间，那上面似乎还刻着几个字，离得远，我也认不出是否写着本土地神位，——反正是一位神明的象征罢了。在那佛龛前面正中的地方悬着一个幡旌似的东西，飘带低低下垂。我们正在仔细揣摩赏鉴的时候，只见一位年纪五十上下的老者走到神龛面前，将那幡旌似的飘带用力扯动，使那上面的铜铃发出零丁之声，然后从钱袋里掏出一个铜钱——不知是十钱的还是五钱的，只见他便向佛龛内一甩，顿时发出铿锵的声响，他合掌向神前三击之后，闭眼凝神，躬身膜拜，约过一分钟，又合掌连击三声，这才慢步离开神龛，心安意得的走去了。

自从这位老者走后，接二连三来了许多人，男的女的，老的少的，——还有尚在娘怀抱里的婴孩也跟着母亲向神前祈祷求福，凡来顶礼的人都向佛龛中舍钱布施。还有一个年纪二十多岁的女人，身上穿着白色的围裙，手中捧着一个木质的饭屉，满满装着白米，向神座前贡献。礼毕，那位道袍秃顶的执事僧将饭屉接过去，那位善心的女施主便满面欣慰的退出。

我们看了这些善男信女礼佛的神气，不由得也满心紧张起来，似乎冥冥之中真有若干神明，他们的权威足以支配昏昧的人群，所以在人生的道途上，只要能逢山开路，见庙烧香，便可获福无穷了。不然，自己劳苦得来的银钱柴米，怎么便肯轻轻易易双手奉给僧道享受呢？神秘的宇宙！不可解释的人心！

我正在发呆思量的时候，不提防同来的建扯了我的衣襟一下，我不禁“呀！”了一声，出窍的魂灵儿这才复了原位，我便问道："怎么？"建含笑道："你在想什么？好像进了梦境，莫非神经病发作了吗？"我被他说得也好笑起来，便一同离开神龛到后面去观光。吓！那地方更是非常热闹，有许多倩装艳服，然而脚着木屐的日本女人，在那里购买零食的也有，吃冰激凌的也有。其中还有几个西装的少女，脚上穿着长统丝袜和皮鞋，——据说这是日本的新女性，也在人丛里挤来挤去，说不定是来参礼的，还是也和我们一样来看热闹的。总之，这个小小的土地庙里，在这个时候是包罗万象的。不过倘使佛有眼睛，瞧见我满脸狐疑，一定要瞪我几眼吧。

迷信——具有伟大的威权，尤其是当一个人在倒霉不得意的时候，或者在心灵失却依据徘徊歧路的时候，神明便成为人心的主宰了。我有时也曾经历过这种无归宿而想像归宿的滋味，然而这在我只像电光一瞥，不能坚持久远的。

说到这里，使我想起童年的时候——我在北平一个教会学校读书，那一个秋天，正遇着耶稣教徒的复兴会，——期间是一来复。在这一来复中，每日三次大祈祷，将平日所作亏心欺人的罪恶向耶稣基督忏悔，如是，以前的一切罪恶便从此洗涤尽净，——那怕你是个杀人放火的强盗，只要能悔罪便可得救，虽然是苦了倒霉钉在十架的耶稣，然而那是上帝的旨意，叫他来舍身救世的，这是耶稣的光荣，人们的福音。——这种无私的教理，当时很能打动我弱小的心弦，我觉得耶稣太伟大了，而且法力无边，凡是人类的困苦艰难，只要求他，便一切都好了。所以当我被他们强迫的跪在礼拜堂里向上帝祈祷时，——我是无情无绪的正要到梦乡去逛逛，恰巧我们的校长朱老太太颤颤巍巍走到我面前也一同跪下，并且抚着我的肩说："呵！可怜的小羊，上帝正是我们的牧羊人，你快些到他的面前去罢，他是仁爱的伟大的呵！”我听了她那热烈诚挚的声音，竟莫明其妙的怕起来了，好像受了催眠术，觉得真有这么一个上帝，在睁着眼看我呢，于是我就在那些因忏悔而痛哭的人们的哭声中流下泪来了。朱老太太更紧紧的把我搂在怀里说道：“不要伤心，上帝是爱你的。只要你虔心的相信他，他无时无刻不在你的左右……”最后她又问我：“你信上帝吗？……好像相信我口袋中有一块手巾吗？”我简直不懂这话的意思，不过这时我的心有些空虚，——想到母亲因为我太顽皮送我到这个学校来寄宿，自然她是不喜欢我的，倘使有个上帝爱我也不错，于是就回答道：“朱校长，我愿意相信上帝在我旁边。”她听了我肯皈依上帝，简直喜欢得跳了起来，一面笑着一面擦着眼泪……从此我便成了耶稣教徒了。不过那年以后，我便离开那个学校，起初还是满心不忘上帝，又过了几年，我脑中上帝的印象便和童年的天真一同失去了。最后我成了个无神论者了。

但是在今晚这样热闹的庙会中，虔信诚心的善男信女使我不知不觉生出无限的感慨，同时又勾起既往迷信上帝的一段事实，觉得大千世界的无量众生，都只是些怯弱可怜的不能自造命运的生物罢了。

在我们回来时，路上依然不少往庙会里去的人，不知不觉又连想到故国的土地庙了，唉！……

（本篇最初发表于1930年12月《妇女杂志》第16卷第12号，后收入《东京小品》集）

三 邻 居

别了，繁华的闹市！当我们离开我们从前的住室门口的时候，恰恰是早晨七点钟。那耀眼的朝阳正照在电车线上，发出灿烂的金光，使人想像到不可忍受的闷热。而我们是搭上市外的电车，驰向那屋舍渐稀的郊野去；渐渐看见陂陀起伏的山上，林木葱茏，绿影婆娑，丛竹上满缀着清晨的露珠，兀自向人闪动。一阵阵的野花香扑到脸上来，使人心神爽快。经过三十分钟，便到我们的目的地。

在许多整饬的矮墙里，几株姣艳的玫瑰迎风袅娜，经过这一带碧绿的矮墙南折，便看见那一座郁郁葱葱的松柏林，穿过树林，就是那些小巧精洁的日本式的房屋掩映于万绿丛中。微风吹拂，树影摩荡，明窗净几间，帘幔低垂，一种幽深静默的趣味，顿使人忘记这正是炎威犹存的残夏呢。

我沿着鹅卵石累成的马路前进，走约百余步，便见斜刺里有一条窄窄的草径，两旁长满了红蓼白荻和狗尾草，草叶上朝露未干，沾衣皆湿。草底鸣虫唧唧，清脆可听。草径尽头一带竹篱，上面攀缘着牵牛茑萝，繁花如锦，清香醉人。就在竹篱内，有一所小小精舍，便是我们的新家了。淡黄色木质的墙壁门窗和米黄色的地席，都是纤尘不染。我们将很简单的家具稍稍布置以后，便很安然的坐下谈天。似乎一个月以来奔波匆忙的心身，此刻才算是安定了。

但我们是怎么的没有受过操持家务的训练呵！虽是一个很简单的厨房，而在我这一切生疏的人看来，真够严重了。怎样煮饭——一碗米应放多少水，煮肉应当放些什么浇料呵！一切都不懂，只好凭想像力一件件的去尝试。这其中最大的难题是到后院井边去提水，老大的铅桶，满满一桶水真够累人的。我正在提着那亮晶晶发光的水桶不知所措的时候，忽见邻院门口走来一个身躯胖大，满面和气的日本女人，——那正是我们头一次拜访的邻居胖太太——我们不知道她姓什么，可是我们赠送她这个绰号，总是很合式的吧。

她走到我们面前，向我们咕哩咕噜说了几句日本话，我们是又聋又哑的外国人，简直一句也不懂，只有瞪着眼向她呆笑。后来她接过我手里的水桶，到井边满满的汲了一桶水，放在我们的新厨房里。她看见我们那些新买来的锅呀、碗呀，上面都微微沾了一点灰尘，她便自动的替我们一件一件洗干净了，又一件件安置得妥妥贴贴，然后她鞠着躬说声サヨうナラ（再见）走了。

据说这位和气的邻居，对中国人特别有感情，她曾经帮中国人作过六七年的事，并且，她曾嫁过一个中国男人，……不过人们谈到她的历史的时候，都带着一种猜度的神气，自然这似乎是一个比较神秘的人儿呢，但无论如何，她是我们的好邻居呵！

她自从认识我们以后，没事便时常过来串门。她来的时候，多半是先到厨房，遇见一堆用过的锅碗放在地板上，或水桶里的水用完了，她就不用吩咐的替我们洗碗打水。有时她还拿着些泡菜，辣椒粉之类零星物件送给我们。这种出乎我们意外的热诚，不禁使我有些赧然。

当我没有到日本以前，在天津大阪公司买船票时，为了一张八扣的优待券，——那是由北平日本公使馆发出来的，——同那个留着小胡子的卖票员捣了许久的麻烦。最后还是拿到天津日本领事馆的公函，他们这才照办了。而买票找钱的时候，只不过一角钱，那位含着狡狯面像的卖票员竟让我们等了半点多钟。当时我曾赌气牺牲这一角钱，头也不回的离开那里。他们这才似乎有些过不去，连忙喊住我们，从桌子的抽屉里拿出一角钱给我们。这样尖酸刻薄的行为，无处不表现岛国细民的小气。真给我一个永世不会忘记的坏印象。

及至我上了长城丸（日本船名）时，那两个日本茶房也似乎带着些欺侮人的神气。比如开饭的时候，他们总先给日本人开，然后才轮到中国人。至于那些同渡的日本人，有几个男人嘴脸之间时时表现着夜郎自大的气概，——自然也由于我国人太不争气的缘故。——那些日本女人呢，个个对于男人低首下心，柔顺如一只小羊。这虽然惹不起我们对她们的愤慨，却使我们有些伤心，“世界上最没有个性的女性呵，你们为什么情愿作男子的奴隶和傀儡呢!”我不禁大声的喊着，可惜她们不懂我的话，大约以为我是个疯子吧。

总之我对于日本人从来没有好感，豺狼虎豹怎样凶狠恶毒，你们是想像得出来的，而我也同样的想像那些日本人呢。

但是不久我便到了东京，并且在东京住了两个礼拜了。我就觉得我太没出息——心眼儿太窄狭，日本人——在我们中国横行的日本人，当然有些可恨，然而在东京我曾遇见过极和蔼忠诚的日本人，他们对我们客气，有礼貌，而且极热心的帮忙，的确的，他们对待一个异国人，实在比我们更有理智更富于同情些。至于作生意的人，无论大小买卖，都是言不二价，童叟无欺，——现在又遇到我们的邻居胖太太，那种慈和忠实的行为，更使我惭愧我的小心眼了。

我们的可爱的邻居，每天当我们煮饭的时候，她就出现在我们的厨房门口。

“奥サン（太太）要水吗?”柔和而熟习的声音每次都激动我对她的感愧。她是怎样无私的人儿呢！有一天晚上，我从街上回来，穿着一件淡青色的绸衫，因为时间已晏，忙着煮饭，也顾不得换衣服，同时又怕弄脏了绸衫，我就找了一块白包袱权作围裙，胡乱的扎在身上，当然这是有些不舒服的。正在这时候，我们的邻居来了。她见了我这种怪样，连忙跑到她自己房里，拿出一件她穿着过于窄小的白围裙送给我，她说：“我现在胖了，不能穿这围裙，送给你很好。”她说时，就亲自替我穿上，前后端详了一阵，含笑学着中国话道：“很好！很好!”

她胖大的身影，穿过遮住前面房屋的树丛，渐渐的看不见了。而我手里拿着炒菜的勺子，竟怔怔的如同失了魂。唉！我接受了她的礼物，竟忘记向她道谢，只因我接受了她的比衣服更可宝贵的仁爱，将我惊吓住了；我深自忏悔，我知道世界上的人类除了一部分为利欲所沈溺的以外，都有着丰富的同情和纯洁的友谊，人类的大部分毕竟是可爱的呵！

我们的邻居，她再也想不到她在一些琐碎的小事中给了我偌大的启示吧。愿以我的至诚向她祝福！

（本篇最初发表于1930年12月《妇女杂志》第16卷第12号，后收入《东京小品》集）

四 沐 浴

说到人，有时真是个怪神秘的动物，总喜欢遮遮掩掩，不大愿意露真相；尤其是女人，无时无刻不戴假面具，不管老少肥瘠，脸上需要脂粉的涂抹，身上需要衣服的装扮，所以要想赏鉴人体美，是很不容易的。

有些艺术团体，因为画图需要模特儿，不但要化钱，而且还找不到好的，——多半是些贫穷的妇女，看白花花的洋钱面上，才不惜向人间现示色相，而她们那种不自然的姿势和被物质压迫的苦相，常常给看的人一种恶感，什么人体美，简直是怪肉麻的丑像。

至于那些上流社会的小姐太太们，若是要想从她们里面发见人体美，只有从细纱软绸中隐约的曲线里去想像了。在西洋有时还可以看见半裸体的舞女，然而那个也还有些人工的装点，说不上赤裸裸的。至于我们礼教森严的中国，那就更不用提了。明明是曲线丰富的女人身体，而束腰扎胸，把个人弄得成了泥塑木雕的偶像了。所以我从来也不曾梦想赏鉴各式各样的人体美。

但是，当我来到东京的第二天，那时正是炎热的盛夏，全身被汗水沸湿，加之在船上闷上好几天，这时要是不洗澡，简直不能忍受下去。然而说到洗澡，不由得我蹙起双眉，为难起来。

洗澡，本是平常已极的事情，何至于如此严重？然而日本人的习惯有些别致，男人女人对于身体的秘密性简直没有。在大街上，可以看见穿着极薄极短的衫裤的男人和赤足的女人。有时从玻璃窗内可以看见赤身露体的女人，若无其事似的，向街上过路的人们注视。

他们的洗澡堂，男女都在一处，虽然当中有一堵板壁隔断了，然而许多女人脱得赤条条的在一个汤池里沐浴，这在我却真是有生以来破题儿第一遭的经验。这不能算不是一个大难关吧。

“去洗澡吧，天气真热!”我首先焦急着这么提议。好吧，拿了澡布，大家预备走的时候，我不由得又踌躇起来。

“呵，陈先生，难道日本就没有单间的洗澡房吗?”我向领导我们的陈先生问了。

“有，可是必须到大旅馆去开个房间，那里有西式盆汤，不过每次总要三四元呢。”

“三四元!”我惊奇的喊着，“这除非是资本家，我们那里洗得起。算了，还是去洗公共盆汤吧。”

陈先生在我决定去向以后，便用安慰似的口吻向我道：“不要紧的，我们初来时也觉着不惯，现在也好了。而且非常便宜，每人只用五分钱。”

我们一路谈着，没有多远就到了。他们进了左边门的男汤池去。我呢，也只得推开女汤池这边的门，呵，真是奇观，十几个女人，都是一丝不挂的在屋里。我一面脱鞋，一面踌躇，但是既到了这里，又不能作唐明皇光着眼看杨太真沐浴，只得勉强脱了上身的衣服，然后慢慢的脱衬裙袜子，……先后总费了五分钟，这才都脱完了。急忙拿着一块大的洗澡毛巾，连遮带掩的跳进温热的汤池里，深深的沈在里面，只露出一个头来。

差不多泡了一刻钟，这才出来，找定了一个角落，用肥皂乱擦了一遍，又跳到池子里洗了洗，就算完事大吉。等到把衣服穿起时，我不禁嘘了一口长气，严紧的心脉才渐渐的舒畅了。于是悠然自得的慢慢穿袜子。同时抬眼看着那些浴罢微带娇慵的女人们，她们是多么自然的，对着亮晶晶的壁镜理发擦脸，抹粉涂脂，这时候她们依然是一丝不挂，并且她们忽而起立，忽而坐下，忽而一条腿竖起来半跪着，各式各样的姿势，无不运用自如。我在旁边竟得饱览无余。这时我觉得人体美有时候真值得歌颂，——那细腻的皮肤，丰美的曲线，圆润的足趾，无处不表现着天然的艺术。不过有几个鸡皮鹤发的老太婆，满身都是瘪皱的，那还是披上一件衣服遮丑些。

我一面赏鉴，一面已将袜子穿好，总不好意思再坐着呆看。只得拿了手巾和换下来的衣服，离开这现示女人色相的地方了。

在回家的路上，我的神经似乎有些兴奋，我想到人间种种的束缚，种种的虚伪，据说这些是历来的圣人给我们的礼赐——尤其严重的是男女之大防，然而日本人似乎是个例外。究竟谁是更幸福些呢？

（本篇最初发表于1930年12月《妇女杂志》第16卷第12号，后收入《东京小品》集）

五　樱花树头

春天到了，人人都兴高采烈盼望看樱花，尤其是一个初到日本留学的青年，他们更是渴慕着名闻世界的蓬莱樱花，那红艳如天际火云，灿烂如黄昏晚霞的色泽真足使人迷恋呢。

在一个黄昏里，那位丰姿翩翩的青年，抱着书包，懒洋洋的走回寓所，正在门口脱鞋的时候，只见那位房东西川老太婆迎了出来行了一叩首的敬礼后便说道："陈樣（日本对人之尊称）回来了，楼上有位客人在等候你呢！"那位青年陈樣应了一声，便匆匆跑上楼去，果见有一人坐在矮几旁翻《东方杂志》呢，听见陈樣的脚步声便回过头叫道：

"老陈！今天回来得怎么这样晚呢？"

"老张，你几时来的？我今天因为和一个朋友打了两盘球，所以回来迟些。有什么事？我们有好久不见了。"

那位老张是个矮胖子，说话有点土腔，他用劲的说道：

"没有……什么大事，……只是……现在天气很，——好！樱花有的都开了，昨天一个日本朋友——提起来，你大概也认得——就是长泽一郎，他家里有两棵大樱花已开得很好……他请我们明天一早到他家里去看花，你去不？"

"哦，这么一回事呀！那当然奉陪。"

老张跟着又嘻嘻笑道："他家还有……很好看的漂亮姑娘呢！"

"你这个东西，真太不正经了。"老陈说。

"怎么太不正经呀！"老张满脸正色的说。

"得了！得了！那是人家的女眷，你开什么玩笑，不怕长泽一郎恼你！"老陈又说。

老张露着轻薄的神色笑道：

"日本的女儿，生来就是替男人开……心的呀！在他们德川时代，那一个将军不是把酒与女人看成两件消遣品呢？你不要发痴了，要想替日本女人树贞节坊，那真是太开玩笑了!”

老陈一面蹙眉一面摇头道：“咳！这是怎么说，老张简直愈变愈下流了……正经的说吧，明天我们怎么样去法?”

老张眯着眼想了想道：“明早七点钟我来找你同去好了。”

“好吧!”老陈道：“你今天在这里吃晚饭吧!”

“不!”老张站起来说：“我还要去……看一个朋友，……不打搅你了，明天会吧?”

“明天会!”老陈把老张送到门口回来，吃了晚饭，看了几页书，又写了两封家信就去睡了。

第二天七点钟时，老张果然跑来了。他们穿好衣服便一同到长泽一郎家里去，走到门口已看见两棵大樱花树，高出墙头，那上面花蕊异常稠密，现在只开了一小部分，但是已经很动人了。他们敲了两下门，长泽一郎已迎了出来，请他们在一间六铺席的客堂里坐下。不久，有一个十四五岁的女郎托着一个花漆的茶盘，里面放着三盏新茶，中间还有一把细磁的小巧茶壶放在他们围坐着的那张小矮几上，一面恭恭敬敬的说了一声“诸位请用茶。”那声音娇柔极了，不禁使老陈抬起头来，只见那女孩头上盘着松松的坠马髻，一张长圆形的脸上，安置着一个端正小巧的鼻子，鼻梁两旁一双日本人特有的水秀细长的眼睛，两片如花瓣的唇含着驯良的微笑——老陈心里暗暗的想道：“这个女孩倒不错”，只因初次见面不好意思有什么表示。但是老张却张大了眼睛，看着那女孩嘻嘻的笑道：“呵！这位贵娘的相貌真漂亮!”

长泽一郎道：“多谢张樣夸奖，这是我的小舍妹，今年才十四岁，年纪还小呢，她还有一个阿姊比她大四岁……”长泽一郎得意扬扬的夸说她的妹子，同时又看了陈様一眼，向老张笑了笑。老张便向他挤眉弄眼的暗传消息。

长泽一郎敬过茶后便站起来道："我们可以到外面去看樱花吧！"

他们三个一同到了长泽一郎的小花园里，那是一个颇小而布置得有趣的花园，有玫瑰茶花的小花畦，在花畦旁还有几棵［颗］假山石。长泽一郎同老张走到假山后面去了，这里只剩下老陈。他站在樱花树下，仰着头向上看时，只听见一阵推开玻璃窗的声音，跟着楼窗旁露出一个十八九岁少女的艳影。她身上穿着一件淡绿色大花朵的和服，腰间系了一根藕合色的带子，背上背着一个绣花包袱，那面庞儿和适才看见的那个小女孩有些相像，但是比她更艳丽些。有一枝樱花正伸在玻璃窗旁，那女郎便伸出纤细而白嫩的手摘了一朵半开的樱花，放在鼻边嗅了嗅，同时低头向老陈嫣然一笑。这真使老陈受宠若惊，连忙低下头装作没理会般。但是觉得那一霎那的印象竟一时抹不掉，不由自主的又抬起头来，而那个拈花微笑的女孩似乎害羞了，别转头去吃吃的笑，这些做作更使老陈灵魂儿飞上半天去了。不过老陈是一个很有操守的青年，而且他去年暑假才同他的爱人结婚，——这一个诱惑其势来得太凶，使老陈不敢兜揽，赶紧悬崖勒马，离开这小危险的处所，去找老张他们。

走到假山后，正见他们两人坐在一张长凳上，见他来了，长泽一郎连忙站起来让坐，一面含笑说道："陈様看过樱花了吗？觉得怎么样？"

老陈应道："果然很美丽，尤其远看更好，不过没有梅花香味浓厚。"

“是的，樱花的好看只在它那如荼如火的富丽，再过几天我们可以到上野公园去看，那里樱花非常多，要是都开了，倒很有看头呢。”长泽一郎非常热烈的说着。

“那么很好，那一天先生有工夫，我们再来相约吧。我们打搅了一早晨，现在可要告别了。”

“陈様事情很忙吧！那么我们再会吧！”

“再会！”老张老陈说着就离开了长泽一郎家里。在路上的时候，老张嬉皮笑脸的向老陈说道：

“名花美人两争艳，到底是那一个更动心些呢?”老陈被他这一奚落不觉红了脸道：“你满嘴里胡说些什么?”

“得了！别装腔吧！刚才我们走出门的时候，还看见人家美目流盼的在送你呢！你念过词没有——若问行人去那边，眉眼盈盈处。真算是为你们写真了。”

老陈急得连颈都红了道：“你真是无中生有，越说越离奇，我现在还要到图书馆去，没工夫和你斗口，改日闲了，再同你慢慢的算帐呢！”

“好吧！改天我也正要和你谈谈呢，那么这就分手——好好的当心你的桃花运！”老张狡狯的笑着往另一条路上去了。老陈就到图书馆里看了两点多钟的书，在外面吃过午饭后才回到寓所，正好他的妻子的信到了，他非常高兴拆开读后，便急急的写回信，写到正中，忽然间停住笔，早晨那一出剧景又浮上在心头，但是最后他只归罪于老张的爱开玩笑，一切都只是偶然的值不得什么。这么一想，他的心才安定下来，把其余的半封信续完，又看了些时候的书，就把这天混过去了。第二天是星期一，老早便起来到学校去，走到半路的时候，他忽然想起他到学校去的那条路是要经过长泽一郎的门口的，当他走到长泽一郎家的围墙时，那两棵樱花树枝在温暖的春风里微微向他点头，似乎在说“早安呵，先生!”这不禁使他站着了。正在这时候，那楼窗上又露出一张熟识的女郎笑靥来，那女郎向他微微点着头，同时伸手折了一枝盛开的樱花含笑的扔了下来，正掉在老陈的脚旁，老陈踌躇了一下，便检了起来说了一声“谢谢”，又急急的走了。隐隐还听见女郎关玻璃窗的声音。老陈一路走一路捉摸，这果真是偶然吗？但是怎么这样巧，有意吗？太唐突人了。不过老张曾说过日本女人是特别驯良是特别没有身分的，也许是有意吧？管她呢，有意也吧［罢］，无意也吧［罢］，纵使“小姑居处本无郎”，而“使君自有妇”……或者是我神经过敏，那倒冤枉了人家，不过魔由自招，我明天以后换条路走好了。

过了三四天，老张又来找他，一进门便嚷道：

“老陈！你真是红鸾星照命呵，恭喜恭喜!”

“喂！老张，你真没来由，我那里又有什么红鸾星照命，你不知道我已经结过婚吗?”

“自然！你结婚的时候还请我喝过喜酒，我无论如何不会把这件事忘了，可是谁叫你长得这么漂亮，人家一定要打你的主意，再三央告我作个媒，你想我受人之托怎好不忠人之事呢!”

“难道您不会告诉他我已经结过婚了吗?”老陈焦急的说。

“唉！我怎么没有说过啊，不过人家说你们中国人有的是三房四妾，结过婚，再结一个又有什么要紧。只要分开两处住，不是也很好的吗?”老张说了这一番话，老陈更有些不耐烦了，便道：“老张，您这个人的思想竟是越来越落伍，这个三妻四妾的风气还应当保持到我们这种时代来吗？难道你还主张不要爱情的婚姻吗？你知道爱情是要有专一的美德的啊！”

“老陈，你慢慢的，先别急得脸红筋暴，作媒只管作，允不允还在你。其实我早就知道这事一定是碰钉子的，不过我要你相信我一向的话——日本女人是太没个性，没身分的，你总以为我刻薄，就拿你这回事说吧，长泽一郎为什么要请你看樱花，就是想叫你和他的妹妹见面。他很知道青年人是最易动情的，所以他让他妹妹向你卖尽风情，要使这婚事易于成功……”

“哦！原来如此啊！怪道呢！……”

“你现在明白了吧！”老张插言道：“日本人家里只要有女儿，他便逢人就宣传这个女儿怎样漂亮，怎样贤慧，好像买卖人宣传他的货品一样，惟恐销不出去。尤其是他们觉得嫁给中国留学生是一个最好的机会，因为留学生家里多半有钱，而且将来回国后很容易得到相当的地位，并且中国女人也比较自由舒服。有了这些优点，他情愿把女儿给中国人作妾，而不愿为本国人的妻。所以留学生不和日本女人发生关系的可以说是很难得，而他们对于女人的贞操又根本没有这个观念。日本女人的性的解放在世界上可算首屈一指了，并且和她们发生关系之后，只要不生小孩，你便可以一点责任不负的走开，而那个女孩依然可以光明正大的嫁人。其实呢，讲到贞操本应男女两方面共同遵守才公平。如像我们中国人，专责备女人的贞操而男子眠花宿柳养情妇都不足为怪，倘使那个女孩失去处女的贞洁便终身要为人所轻视，再休想抬头，这种残酷的不平等的习惯当然应当打破。不过像日本女人那样毫没有处女神圣的情感和尊严，也是太可怕的。唷！我是来作媒的，谁知道打开话匣子便不知说到那里去了。怎么样，你是绝对否认的，是不是?”

“当然否认！那还成问题吗?”

“那么我的喜酒是喝不成了。好吧，让我给他一个回话，免得人家盼望着。”

“对了！你快些去吧!”

老张走后，老陈独自睡在地席上看着玻璃窗上静默的阳光，不禁把这件出乎意料的滑稽剧从头到尾想了一遍，心头不免有些不痛快。女权的学说尽管像海潮般涌了起来，其实只是为人类的历史装些好看的幌子，谁曾受到实惠?——尤其是日本女人，到如今还只幽囚在十八层的地狱里呵！难怪社会永远呈露着畸形的病态了！……

(本篇最初发表于1931年5月《妇女杂志》第17卷第5号，后收入《东京小品》集)

六　那个怯弱的女人

我们隔壁的那所房子，已经空了六七天了。当我们每天打开窗子晒阳光时，总有意无意的往隔壁看看。有时我们并且讨论到未来的邻居，自然我们希望有中国人来住，似乎可以壮些胆子，同时也热闹些。

在一天的下午，我们正坐在窗前读小说，忽见一个将近三十岁的男子经过我们的窗口，到后边去找那位古铜色面容而身体胖大的女仆说道：

“哦！大婶，那所房子每月要多少房租啊?”

“先生！你说是那临街的第二家吗？每月十六元。”

“是的，十六元，倒不贵，房主人在这里住吗？”

“你看那所有着绿顶白色墙的房子，便是房主人的家；不过他们现在都出去了。让我引你去看看吧！”

那个男人同着女仆看过以后，便回去了。那女仆经过我们的窗口，我不觉好奇的问道：

“方才租房子的那个男人是谁？日本人吗？”

“哦！是中国人，姓柯……他们夫妇两个。……”

“他们已决定搬来吗？”

“是的，他们明天下午就搬来了。”

我不禁向建微笑道：“是中国人多好呵！真的，从前在国内时，我不觉得中国人可爱，可是到了这里，我真渴望多看见几个中国人！……”

“对了！我也有这个感想；不知怎么的他们那副轻视的狡猾的眼光，使人看了再也不会舒服。”

“但是，建，那个中国人的样子，也不很可爱呢，尤其是他那撅起的一张嘴唇，和两颊上的横肉，使我有点害怕。倘使是那位温和的陈先生搬来住，又是多么好！建，我真感觉得此地的朋友太少了，是不是？”

“不错！我们这里简直没有什么朋友，不过慢慢的自然就会有的，比如隔壁那家将来一定可以成为我们的朋友！……”

“建，不知他的太太是那一种人？我希望她和我们谈得来。”

“对了！不知道他的太太又是什么样子？不过明天下午就可以见到了。”

说到这里，建依旧用心看他的小说；我呢，只是望着前面绿森森的丛林，幻想这未来的邻居。但是那些太没有事实的根据了，至终也不曾有一个明了的模型在我脑子里。

第二天的下午，他们果然搬来了，汽车夫扛着沉重的箱笼，喘着放在地席上，发出邪许的呼声。此外还有两个男人说话和布置东西的声音。但是还不曾听见有女人的声音，我悄悄从竹篱缝里望过去，只看见那个姓柯的男人，身上穿了一件灰色的绒布衬衫，鼻梁上架了一副罗克式的眼镜，额前的头发蓬蓬的盖到眼皮，他不时用手往上梳掠，那嘴唇依然撅着，两颊上一道道的横肉，依然惹人害怕。

“建，奇怪，怎么他的太太还不来呢?”我转回房里对建这样说。建正在看书，似乎不很注意我的话，只“哦”了声道：“还没来吗?”

我见建的神气是不愿意我打搅他，便独自走开了。藉口晒太阳，我便坐到窗口，正对着隔壁那面的竹篱笆。我只怔怔的盼望柯太太快来。不久，居然看见门前走进一个二十多岁的少妇；穿着一件紫色地子上面有花条的短旗袍，脚上穿的是一双黑色高跟皮鞋，剪了发，向两边分梳着。身材很矮小，样子也长得平常，不过比柯先生要算强点。她手里提了一个白花布的包袱，走了进来。她的影子在我眼前撩过去以后，陡然有个很强烈的印象黏在我的脑膜上，一时也抹不掉。——这便是她那双不自然的脚峰，和她那种移动呆板直撅的步法，仿佛是一个装着高脚走路的，木硬无生气。这真够使人不痛快。同时在她那脸上，近俗而简单的表情里，证明她只是一个平凡得可以的女人，很难引起谁对她发生什么好感，我这时真是非常的扫兴!

建，他现在放了书走过来了。他含笑说：

“隐，你在思索什么？……隔壁的那个女人来了吗？”

“来是来了，但是呵；……”

“但是怎么样？是不是样子很难惹？还是过分的俗不可耐呢？”

我摇头应道：“难惹倒不见得，也许还是一个老好人。然而离我的想像太远了，我相信我永不会喜欢她的。真的！建，你相信吗？我有一种可以自傲的本领，我能在见任〈何〉人的第一面时，便已料定那人和我将来的友谊是怎样的。我举不出什么了不起的理由；不过最后事实总可以证明我的直觉是对的。”

建听了我的话，不回答什么，只笑笑，仍回到他自己的屋子里去了。

我的心怏怏的，有一点思乡病。我想只要我能回到那些说得来的朋友面前，便满足了。我不需要更认识什么新朋友，邻居与我何干？我再也不愿关心这新来的一对，仿佛那房子还是空着呢！

几天平平安安的日子过去了。大家倒能各自满意。忽然有一天，大约是星期一吧，我因为星期日去看朋友，回来很迟；半夜里肚子疼起来，星期一早晨便没有起床。建为了要买些东西，到市内去了。家里只剩我独自一个，静悄悄的正是好睡。陡然一个大闹声，把我从梦里惊醒，竟自出了一身冷汗。我正在心跳着呢，那闹声又起来了。先是砰磅砰磅的响，仿佛两个东西在扑跌；后来就听见一个人被捶击的声音，同时有女人尖锐的哭喊声：

“哴唷！你打死人了！打死人了！”

呀！这是怎样可怕的一个暴动呢？我的心更跳得急，汗珠儿沿着两颊流下来，全身打颤。我想，“打人……打死人了!”唉！这是多么严重的事情？然而我没有胆量目击这个野蛮的举动。但隔壁女人的哭喊声更加凄厉了。怎么办呢？我听出是那个柯先生在打他矮小的妻了。不问谁是有理，但是女人总打不过男人；我不觉有些愤怒了。大声叫道：“野蛮的东西！住手！在这里打女人，太不顾国家体面了呀！……”但是他们的打闹哭喊声竟压过我这微弱的呼喊。我正在想从被里跳起来的时候，建正好回来了。我便叫道：“隔壁在打架，你快去看看吧!”建一面踌躇，一面自言自语道：“这算是干什么的呢?”我不理他，又接着催道：“你快去呀！你听，那女人又在哭喊‘打死人了！……’”建被我再三催促，只得应道：“我到后面找那个女仆一同去吧！我也是奈何不了他们。”

不久就听见那个老女仆的声音道：“柯様！这是为什么？不能，不能，你不可以这样打你的太太!”捶击的声音停了，只有那女人呜咽悲凉的高声哭着。后来仿佛听见建在劝解柯先生，——叫柯先生到外面散散步去。——他们两人走了。那女人依然不住声的哭。这时那女仆走到我们这边来了，她满面不平的道：“柯様不对！……他的太太真可怜！……你们中国也是随便打自己的妻子吗?”

“不!”我含羞的说道：“这不是中国上等人能作出来的行为，他大约是疯子吧!”老女仆叹息着走了。

隔壁的哭声依然继续着。使得我又烦躁又苦闷。掀开棉被，坐起来，披上一件大衣，把头发拢拢，就跑到隔壁去。只见那位柯太太睡在四铺地席的屋里，身上盖着一床红绿道的花棉被，两泪交流的哭着。我坐在她身旁劝道：“柯太太，不要伤心了！

你们夫妻间有什么不了的事呢？”

“哝唷！黄樣，你不知道，我真是一个苦命的人呵！我的历史太悲惨了，你们是写小说的人，请你们替我写写。哝！我是被人骗了哟！”

她无头无尾的说了这一套，我简直如堕入五里雾中，只怔怔的望着她，后来我就问她道：

“难道你家里没有人吗？怎么他们不给你作主？”

“唉！黄樣，我家里有父亲，母亲，还有哥哥嫂嫂，人是很多的。不过这其中有一个缘故，就是我小的时候我父亲替我定下了亲；那是我们县里一个土财主的独子。他有钱，又是独子，所以他的父母不免太纵容了他，从小就不好生读书，到大了更是吃喝嫖赌不成材料。那时候我正在中学读书，知识一天一天开了。渐渐对于这种婚姻不满意。到我中学毕业的时候，我就打算到外面来升学。同时我非常不满意我的婚姻，要请求取消婚约。而我父亲认为这个婚姻对于我是很幸福的，就极力反对。后来我的两个堂房侄儿，他们都是受过新思潮洗礼的，对于我这种提议倒非常表同情。并且答应帮助我，不久他们到日本来留学，我也就随后来了。那时日本的生活，比现在低得多，所以他们每月帮我三四十块钱，我倒也能安心读书。

“但是不久我的两个侄儿都不在东京了。一个回国服务，一个到九洲［州］进学校去了。只剩下我一个人在东京，那时我是住在女生寄宿舍里。当我侄儿临走的时候，他便托付了一位同乡照应我，就是柯先生，所以我们便常常见面，并且我有什么疑难事，总是去请教他，请他帮忙。而他也非常殷勤的照顾我。唉！黄樣！你想我一个天真烂漫的女孩，那里有什么经验？

那里猜到人心是那样险诈？……

“在我们认识了几个月之后，一天，他到寄宿舍来看我，并且约我到井之头公园去玩。我想同个朋友出去逛逛公园，也是很平常的事，没有理由拒绝人家，所以我就和他同去了。我们在井之头公园的森林里的长椅上坐下，那里是非常寂静，没有什么游人来往，而柯先生就在这种时候开始向我表示他对我的爱情。——唉！说的那些肉麻话，到现在想来，真要脸红。但在那个时候，我纯洁的童心里是分别不出什么的，只觉得承他这样的热爱，是应当有所还报的。当他要求和我接吻时，我就对他说：‘我一个人跑到日本来读书，现在学业还没有成就，那能提到婚姻上去？即使要提到这个问题，也还要我慢慢想一想；就是你，也应当仔细思索思索。’他听了这话，就说道：‘我们认识已经半年了，我认为对你已十分了解，难道你还不了解我吗？……’那时他仍然要求和我接吻，我说你一定要吻就吻我的手吧；而他还是坚持不肯。唉，你想我一个弱女子，怎么强得过他，最后是被他占了胜利。从此以后，他向我追求得更加厉害。又过了几天，他约我到日光去看瀑布，我就问他：‘当天可以回来吗？’他说：‘可以的，’因此我毫不迟疑的便同他去了。谁知在日光玩到将近黄昏时，他还是不肯回来，看看天都快黑了，他才说：‘现在已没有火车了，我们只好在这里过夜吧！’我当时不免埋怨他，但他却作出种种哀求可怜的样子，并且说：‘倘使我再拒绝他的爱，他立即跳下瀑布去。’唉！这些恐吓欺骗的话，当时我都认为是爱情的保障，后来我就说：‘我就算答应你，也应当经过正当的手续呵！’他于是就发表他对于婚姻制度的意见，极力毁诋婚姻制度的坏习，结局他就提议我们只要两情相爱，随时可以营共同生活。我就说：‘倘使你将来负了我呢?’他听了这话立即发誓赌咒，并且还要到铁铺里去买两把钢刀，各人拿一把，倘使将来谁背叛了爱情，就用这刀取掉谁的生命。我见这种信誓旦旦的热烈情形，简单［直］不能再有所反对了。我就说：‘只要你是真心爱我，那到用不着要刀弄枪的，不必买了吧！’他说，‘只要你允许了我，我就一切遵命。’

“这一夜我们就找了一家旅馆住下，在那里我们私自结了婚。我处女的尊严，和未来的光明，就在沈醉的一霎那中失掉了。”

“唉！黄樣……”

柯太太述说到这里，又禁不住哭了。她呜咽着说：“从那夜以后，我便在泪中过日子了！因为当我同他从日光回来的时候，他仍叫我回女生寄宿舍去，我就反对他说：‘那不能够，我们既已结了婚，我就不能再回寄宿舍去过那含愧疚心的生活。’他听了这话，就变了脸说：‘你知道我只是一个学生，虽然每月有七八十元的官费，但我还须供给我兄弟的费用。’在这种情形之下，我不免气愤道：‘柯泰南，你是个男子汉，娶了妻子能不负养活的责任吗？当时求婚的时候，你不是说我以后的一切事都由你负责吗?’他被我问得无言可答，便拿起帽子走了，一去三四天不回来，后来由他的朋友出来调停，才约定在他没有毕业的时期，我们的家庭经济由两方彼此分担——在那时节我侄儿还每月寄钱来，所以我也就应允了。在这种条件之下，我们便组织了家庭。唉！这只是变形的人间地狱呵，在我们私自结婚的三个月后，我家里知道这事，就写信给我，叫我和柯泰南非履行结婚的手续不可。同时又寄了一笔款作为结婚时的费用；由我的侄儿亲自来和柯办交涉。柯被迫无法，才勉强行过结婚礼。在这事发生以后，他对我更坏了。先是骂，后来便打起来了。唳！我头一个小孩怎么死的呵？就是因为在我怀孕八个月的时候，他把我打掉了的。现在我又已怀孕两个月了，他又是这样将我毒打。你看我手臂上的伤痕！”

柯太太说到这里，果然将那紫红的手臂伸给我看。我禁不住一阵心酸，也陪她哭起来。而她还在继续的说道：“唉！还有多少的苦楚，我实在没心肠细说。你们看了今天的情形，也可以推想到的。总之，柯泰南的心太毒，到现在我才明白了，他并不是真心想同我结婚，只不过拿我耍耍罢了！”

“既是这样，你何以不自己想办法呢？”我这样对她说了。

她哭道：“可怜我自己一个钱也没有！”

我就更进一步的对她说道：“你是不是真觉得这种生活再不能维持下去？”

她说，“你想他这种狠毒，我又怎么能和他相处到老？”

“那么，我可要说一句不客气的话了，”我说，“你既是在国内受过相当的教育，自谋生计当然也不是绝对不可能，你就应当为了你自身的幸福，和中国女权的前途，具绝大的勇气，和这恶魔的环境奋斗，干脆找个出路。”

她似乎被我的话感动了，她说：“是的，我也这样想过，我还有一个堂房的姊姊，她在京都，我想明天先到京都去，然后再和柯泰南慢慢的说话！”

我握住她的手道：“对了！你这个办法很好！在现在的时代，一个受教育有自活能力的女人，再去忍受从前那种无可奈何的侮辱，那真太没出息了。我想你也不是没有思想的女人，纵使离婚又有什么关系？倘使你是决定了，有什么用着我帮忙的地方，我当尽力！……”

说到这里，建和柯泰南由外面散步回来了。我不便再说下去，就告辞走了。

这一天下午，我看见柯太太独自出去了，直到夜深才回来。第二天我趁柯泰南不在家时，走过去看她，果然看见地席上摆着捆好的行李和箱笼，我就问道：“你吃了饭吗？”

她说：“吃过了，早晨剩的一碗粥，我随便吃了几口。唉！气得我也不想吃什么！”

我说：“你也用不着自己戕贼身体，好好的实行你的主张便了。你几时走？”

她正伏在桌上写行李上的小牌子，听见我问她，便抬头答道：“我打算明天乘早车走！”

“你有路费吗？”我问她。

“有了，从这里到京都用不了多少钱，我身上还有十来块钱。”

“希望你此后好好努力自己的事业，开辟一个新前途，并希望我们能常通消息。”我对她说到这里，只见有一个男人来找她，——那是柯泰南的朋友，他听见他们夫妻决裂，特来慰问的。我知道再在那里不便，就辞了回来。

第二天我同建去看一个朋友，回来的时候，已经下午七点了。走过隔壁房子的门外，忽听有四五个人在谈话，而那个捆好了行李，决定今早到京都去的柯太太，也还是谈话会中之一员。我不免低声对建说，“奇怪，她今天怎么又不走了？”

建说："一定他们又讲和了！"

"我可不能相信有这样的事！并不是两个小孩子吵一顿嘴，隔了会儿又好了！"我反对建的话。但是建冷笑道："女孩儿有什么胆量？有什么独立性？并且说实在话，男人离婚再结婚还可以找到很好的女子，女人要是离婚再嫁可就难了！"

建的话何尝不是实情，不过当时我总不服气，我说："从前也许是这样，可是现在的时代不是从前的时代呵！纵使一辈子独身，也没有什么关系，总强似受这种的活罪。哼！我不瞒你说，要是我，宁愿给人家去当一个佣人，却不甘心受他的这种凌辱而求得一碗饭吃。"

"你是一个例外；倘使她也像你这么有志气，也不至于被人那样欺负了。"

"得了，不说吧！"我拦住建的话道："我们且去听听他们开的什么谈判。"

似乎是柯先生的声音，说道："要叫我想办法，第一种就是我们干脆离婚。第二种就是她暂时回国去；每月生活费，由我寄日金廿元，直到她分娩两个月以后为止。至于以后的问题，到那时后再从长计议。第三种就是仍旧维持现在的样子，同住下去，不过有一个条件，我的经济状况只是如此，我不能有丰富的供给，因此她不许和我麻烦。这三种办法随她选一种好了。"

但是没有听见柯太太回答什么，都是另外诸个男人的声音，说道："离婚这种办法，我认为你们还不到这地步。照我的意思，还是第二种比较稳当些。因为现在你们的感情虽不好，也许将来会好，所以暂时隔离，未尝没有益处，不知柯太太的意思以为怎样？……”

“你们既然这样说，我就先回国好了。只是盘费至少要一百多块钱才能到家，这要他替我筹出来。”

这是柯太太的声音，我不禁㖞了一声。建接着说：“是不是女人没有独立性？她现在是让步了，也许将来更让一步，依旧含着苦痛生活下去呢！……”

我也不敢多说什么了，因为我也实在不敢相信柯太太作得出非常的举动来，我只得自己解嘲道：“管她三七二十一，真是吹绉一池春水，干卿底事？……我们去睡了吧。”

他们的谈判直到夜深才散。第二天我见着柯太太，我真有些气不过，不免讥讽她道：“怎么昨天没有走成呢？柯太太，我还认为你已到了京都呢！”她被我这么一问，不免红着脸说：“我已定规月底走！……”

“哦，月底走！对了，一切的事情都得慢慢的预备，是不是？”她真羞得抬不起头来，我心想饶了她吧，这只是一个怯弱的女人罢了。

果然建的话真应验了，已经过了两个多月，她还依然没走。“唉！这种女性！”我最后发出这样叹息了，建却含着胜利的笑。……

（本篇最初发表于1931年6月《妇女杂志》第17卷第6号，后收入《东京小品》集）

七　柳岛之一瞥

我到东京以后，每天除了上日文课以外，其余的时间多半化在漫游上。并不是一定自命作家，到处采风问俗；只是为了满足我的好奇心，同时又因为我最近的三四年里，困守在旧都的灰城中，生活太单调，难得有东来的机会，来了自然要尽量的享受了。

人间有许多秘密的生活，我常抱有采取各种秘密的野心。但据我想像最秘密而且最足以引起我好奇心的，莫过于娼妓的生活。自然这是因为我没有逛妓女的资格，在那些惯于章台走马的王孙公子们看来[①]，那又算得什么呢？

在国内时，我就常常梦想：那一天化装成男子，到妓馆去看看她们轻颦浅笑的态度，和纸迷金醉的生活，也许可以从那里发见些新的人生。不过，我的身材太矮小，装男子不够格，又因为中国社会太顽固，不幸被人们发见，不一定疑神疑鬼的加上些什么不堪的推测。我存了这个怀惧，绝对不敢轻试。——在日本的漫游中，我又想起这些有趣的探求来。有一天早晨，正是星期日，补习日文的先生有事不来上课，我同建坐在六铺席的书房间，秋天可爱的太阳，晒在我们微感凉意的身上；我们非常舒适的看着窗外的风景。在这个时候，那位喜欢游逛的陆先生从后面房子里出来，他两手插在磨光了的斜纹布的裤袋里，拖着木屐，走近我们书房的窗户外，向我们用日

---

① 章台走马，指经常出入妓院。

语问了早安，并且说道：“今天天气太好了，你们又打算到那里去玩吗?”

“对了，我们很想出去，不过这附近的几处名胜，我们都走遍了，最好再发现些新的；陆樣，请你替我们作领导，好不好?”建回答说。

陆樣“哦”了一声，随即仰起头来，向那经验丰富的脑子里，搜寻所谓好玩的地方，而我忽然心里一动，便提议道：“陆樣，你带我们去看看日本娼妓生活吧!”

“好呀!”他说：“不过她们非到四点钟以后是不作生意的，现在去太早了。”

“那不要紧，我们先到郊外散步，回来吃午饭，等到三点钟再由家里出发，不就正合式了吗?”我说。建听见我这话，他似乎有些诧异，他不说什么，只悄悄的瞟了我一眼。我不禁说道：“怎么，建，你觉得我去不好吗?”建还不曾回答，而陆樣先说道：“那有什么关系，你们写小说的人，什么地方都应当去看看才好。”建微笑道：“我并没有反对什么，她自己神经过敏了!”我们听了这话也只好一笑算了。

午饭后，我换了一件西式的短裙和薄绸的上衣。外面罩上一件西式的夹大衣，我不愿意使她们认出我是中国人。日本近代的新妇女，多半是穿西装的。我这样一打扮，她们绝对看不出我本来的面目。同时，陆樣也穿上他那件蓝地白花点的和服，更可以混充日本人了。据陆樣说日本上等的官妓，多半是在新宿这一带，但她们那里门禁森严，女人不容易进去。不如到柳岛去。那里虽是下等娼妓的聚合所，但要看她们生活的黑暗面，还是那里看得逼真些。我们都同意到柳岛去。我的手表上的短针正指在三点钟的时候，我们就从家里出发，到市外电车站搭车，——柳岛离我们的住所很远，我们坐了一段市外电车，到新宿又换了两次的市内电车才到柳岛。那地方似乎是东京最冷落的所在，当电车停在最后一站——柳岛驿——的时候，我们便下了车。当前有一座白石的桥梁，我们经过石桥，沿着荒凉的河边前进，远远看见几根高矗云霄的烟筒，据说那便是纱厂。在河边接连都是些简陋的房屋，多半是工人们的住家。那时候时间还早，工人们都不曾下工。街上冷冷落落的只有几个下女般的妇人，在街市上来往的走着。我虽仔细留心，但也不曾看见过一个与众不同的女人。我们由河岸转湾［弯］，来到一条比较热闹的街市，除了几家店铺和水果摊外，我们又看见几家门额上挂着“待合室”牌子的房屋。那些房屋的门都开着，由外面看进去，都有一面高大的穿衣镜，但是里面静静的不见人影。我不懂什么叫作“待合室”，便去问陆様。他说，这种“待合室”专为一般嫖客，在外面钓上了妓女之后，便邀着到那里去开房间。我们正在谈论着，忽见对面走来一个姿容妖艳的女人，脸上涂着极厚的白粉，鲜红的嘴唇，细湾［弯］的眉梢，头上梳的是蟠龙髻；穿着一件藕荷色绣着凤鸟的和服，前胸袒露着，同头项一样的僵白，真仿佛是大理石雕刻的假人，一些也没有肉色的鲜活。她用手提着衣襟的下幅，姗姗的走来。陆様忙道：“你们看，这便是妓女了。”我便问他怎么看得出来。他说：“你们看见她用手提着衣襟吗？她穿的是结婚时的礼服，因为她们天天要和人结婚，所以天天都要穿这种礼服，这就是她们的标帜了。”

“这倒新鲜！”我和建不约而同的这样说了。

穿过这条街，便来到那座“龟江神社”的石牌楼前面。陆樣告诉我们这座神社是妓女们烧香的地方，同时也是她们和嫖客勾诱的场合。我们走到里面，果见正当中有一座庙，神龛前还点着红蜡和高香，有几个艳装的女人在那里虔诚顶礼呢。庙的四面布置成一个花园的形式，有紫藤花架，有花池，也有石鼓形的石凳。我们坐在石凳上休息，见来往的行人渐渐多起来，不久工厂放哨了，工人们三五成群从这里走过。太阳也已下了山，天色变成淡灰，我们就到附近中国料理店吃了两碗乔［荞］麦面，那时候已快七点半了。陆樣说：“正是时候了，我们去看吧。”我不知为什么有些胆怯起来，我说：“她们看见了我，不会和我麻烦吗?”陆樣说：“不要紧，我们不到里面去，只在门口看看也就够了。”我虽不很满意这种办法，可是我也真没胆子冲进去，只好照陆樣的提议作了。我们绕了好几条街，好容易才找到目的地，一共约有五六条街吧，都是一式的白木日本式的楼房，陆樣和建在前面开路，我像怕猫的老鼠般，悄悄怯怯的跟在他俩的后面。才走进那胡同，就看见许多阶级的男人，——有穿洋服的绅士，有穿和服的浪游者；还有穿制服的学生，和穿短衫的小贩。人人脸上流溢着欲望的光炎，含笑的走来走去。我正不明白那些妓女都躲在什么地方，这时我已来到第一家的门口了。那纸隔扇的木门还关着。但再一仔细看，每一个门上都有两块长方形的空隙处，就在那里露出一个白石灰般的脸，和血红的唇的女人的头。谁能知道这时她们眼里是射的那种光？她们门口的电灯特别的阴暗，陡然在那淡弱的光线下，看见了她们故意作出的娇媚和淫荡的表情的脸；禁不住我的寒毛根根竖了起来。我不相信这是所谓人间，我仿佛曾经经历过一个可怕的梦境：我觉得被两个鬼卒牵到地狱里来。在一处满是脓血腥臭的院子里，摆列着无数株艳丽的名花，这些花的后面，都藏着一个缺鼻烂眼，全身毒疮溃烂的女人。她们流着泪向我望着，似乎要向我诉说什么；我吓得闭了眼不敢抬头。忽然那两个鬼卒，又把我带出这个院子！在我回头再看时，那无数株名花不见踪影，只有成群男的女的骷髅，僵立在那里。"呀！"我为惊怕发出惨厉的呼号，建连忙回头问道："隐，你怎么了？……快看，那个男人被她拖进去了。"这时我神志已渐清楚，果然向建手所指的那个门看去，只见一个穿西服的男人，用手摸着那空隙处露出来的脸，便听那女人低声喊道："请，哥哥……洋哥哥来玩玩吧！"那个男人一笑，木门开了一条缝，一双纤细的女人的手伸了出来，把那个男人拖了进去。于是木门关上，那个空隙处的纸帘也放下来了，里面的电灯也灭了。……

我们离开这条胡同，又进了第二条胡同，一片"请呵，哥哥来玩玩"的声音，在空气中震荡。假使我是个男人，也许要觉得这娇媚的呼声里，藏着可以满足我欲望的快乐，因此而魂不守舍的跟着她们这声音进去的吧。但是实际我是个女人，竟使那些娇媚的呼声，变了色彩。我仿佛听见她们在哭诉她们的屈辱和悲惨的命运。自然这不过是我的神经作用。其实呢，她们是在媚笑，是在挑逗，引动男人迷荡的心。最后她们得到所要求的代价了。男人们如梦初醒的走出那座木门，她们重新在那里招徕第二个主顾。我们已走过五条胡同了。当我们来到第六条胡同口的时候，看见第二家门口走出一个穿短衫的小贩。他手里提着一根白木棍，笑迷迷的，似乎还在那里回味什么迷人的经过似的。他走过我们身边时，向我看了一眼，脸上露出惊诧的表情，我连忙低头走开。但是最后我还逃不了挨骂。当我走到一个没人照顾的半老妓女的门口时，她正伸着头在叫“来呵！可爱的哥哥，让我们快乐快乐吧！”一面她伸出手来要拉陆様的衣袖。我不禁“呀”了一声，——当然我是怕陆様真被她拖进去，那真太没意思了。可是她被我这一声惊叫，也吓了一跳，等到仔细认清我是个女人时，她竟恼羞成怒的骂起我来。好在我的日本文不好，也听不清她到底说些什么？我只叫建快走，我逃出了这条胡同，便问陆様道：“她到底说些什么？”陆様道：“她说你是个摩登女人，不守妇女清规，也跑到这个地方来逛，并且说你有胆子进去吗？”这一番话，说来她还是存着忠厚呢！我当然不愿怪她，不过这一来我可不敢再到里边去了。而陆様和建似乎还想再看看。他们说：“没关系，我们既来了，就要看个清楚。”可是我极力反对，他们只好随我回来了。在归途上，我问陆様对于这一次漫游的感想，他说：“当我头一次看到这种生活时，的确心里有些不舒服；不过看过几次之后，也就没有什么了。”建他是初次看，自然没有陆様那种镇静，不过他也不像我那样神经过敏。我从那里回来以后，差不多一个月里头每一闭眼就看见那些可怕的灰白脸，听见含着罪恶的“哥哥！来玩”的声音。这虽然只是一瞥，但在心幕上已经留下不可磨灭的印象了！

（本篇最初发表于1931年7月《妇女杂志》第17卷第7号，后收入《东京小品》集）

八　井之头公园

自从我们搬到市外以来，天气渐渐冷［凉］快了。当那些将要枯黄的毛豆叶子，和白色的小野菊，一丛丛由草堆里钻出头来，还有小朵的黄色紫色的野花，在凉劲的秋风中抖颤，景象是最容易勾起人们的秋思，使人兴“帘卷西风人比黄花瘦”的感慨。

这种心情是包含着怅惘，同时也有兴奋，很难平心静气的躲在单调的书房里工作。而且窗外蔚蓝色的天空，和淡金色的秋阳，还有挟了桂花香的冷风，这一切都含着极强的挑拨人们心弦的力量，我们很难勉强继续死板的工作了。吃过午饭以后，建便提议到附近吉祥寺的公园去看枫景；在三点十分的时候，我们已到了那里。从电车轨道绕过，就是一条石子大马路，前面有一座高耸的木牌坊，上面写着几个很大的汉字：“井之头恩赐公园。”过了牌坊，便见马路旁树木浓密，绿荫沉沉，陡然有一种幽秘的意味萦缠着我们的心情，使人想像到深山的古林中，一个披着黄金色柔发赤足娇靥而拖着丝质白色的长袍的仙女，举着短笛在白毛如雪的羊群中远眺沉思。或是孤独的诗人，抱着满腔的诗思，徘徊于这浓绿森翠的帷幔下歌颂自然。我们自己慢步其中，简直不能相信这仅仅是一个人间的公园而已。

走过这一带的森林，前面露出一条鹅卵石堆成的斜坡路，旁边植着修剪整齐的冬青树，阵阵的青草香从风里吹过来。我们慢慢的散着步，只觉心神爽疏，尘虑都消。下了斜坡，陡见面前立着一所小巧的日本式茶馆，里面陈设着白色的坐垫和红漆的矮几，两旁柜台上摆着水果及各种的零食。

“呵，这个地方多么眼熟呀!”我不禁失声喊了出来。于是潜伏于心底的印象，如蛰虫经过春雷的震撼惊醒起来。唉，这时我简直被那种感怀往事的情绪所激动了，我的双眼怔住了，胸膈间充塞着怅惘，心脉紧急的搏动着，眼前分明的现出那些曾被流年蹂躏过的往事。

唉！往事！只是不堪回首的往事哟！

那一群骄傲于幸福的少女们，正憬憧于未来的希望中，享乐于眼前的风光里；当她将由学校毕业的那一年夏天，曾随着她们的师长，带着欢乐的心情渡过日本海，来访蓬莱的名胜。那时候恰是暮春的天气，温和的杨柳风，和到处花开如锦的景色，更使她们乐游忘倦了。当她们由上野公园看过樱花的残妆后，便回到东京市内，第二天清晨便乘电车到井之头公园里来，为了奔走的疲倦也曾到这所小茶馆休息过——大家团团围着矮几坐下，酌着日本的清茶，嚼着各式的甜点心；有几个在高谈阔论，有几个在低歌宛转；她们真如初出谷的雏莺，只觉到处都是生机。的确，她们是被按在幸福之神的两臂中，充满了青春的爱娇和快乐活泼的心情：这是多么值得艳羡的人生呵！

但是，谁能相信今天在这里低徊感叹的我，也正是当年幸福者之一呢！哦，流年，残刻的流年哟！它带走了我的青春，它蹂躏了我的欢乐，而今旧地重游，当年的幸福都变成可诅咒的回忆了！

[illegible]！这仅仅是七年后的今天呀，这短短的七年中，我走的是什么样的人生的路？我迎接的是那一种神明？唉！我攀援过

陡峭的崖壁，我曾被陨坠于险恶的幽谷；虽是恶作剧的运命之神，它又将我由死地救活，使我更忍受由心头滴血的痛苦，它要我吮干自己的血，如像喝玫瑰酒汁般。幸福之神，它遗弃我，正像遗弃他的仇人一样。这时我禁不住流出辛酸的泪滴，连忙躲开这激动情感的地方，向前面野草丛中，花径不扫的密松林里走去。忽然听见一阵悲恻的唏嘘，我仿佛望到张着黑翅的秋神，徘徊于密叶背后；立时那些枝柯，都抖颤起来，草底下的促织和纺车儿也都凄凄切切奏着哀乐；我也禁不住全身发冷，不敢再向前去，便在路旁的长木凳上坐了。我用凝涩的眼光，向密遮的矮树丛隙睁视，不时看见那潺湲的碧水，经过一阵秋风后水面上涌起一层细微的波纹来，两个少女乘着一只小划子在波心摇着画桨，低低的唱着歌。我看到这里，又无端伤感起来，觉得喉头梗塞，不知不觉叹道："故国不堪回首呵！"同时那北海的绿漪清波便浮现在眼前。那些携了情侣的男男女女，恐怕也正摇着画桨指点眼前倩丽的秋景低语款款吧！况且又是菊茂蟹肥的时候，长安市上正不少欢乐的宴聚；这被摒弃在异国的飘泊者，当然再也没有人想起她了。不过她却晨夕常怀着祖国，希望得些国内的好消息呢。并且她的神经又是怎样的过敏呵，她竟会想到树叶凋落的北平市，凄风吹着，冷雨洒着那些穷苦无告的同胞正向阴黯的苍穹哭号。唉！破碎紊乱的祖国呵，北海的风光能掩盖那凄凉的气象吗？来今雨轩的灯红酒绿能够安慰忧惧的人心吗？这一切我都深深地怀念着呵！

连环不断的忧思占据了我整个的心灵，眼底的景色我竟无心享受了。我忙忙辞别了曾经二度拜访过的井之头公园。虽然如少女酡颜的枫叶，我还不曾看过，而它所给我灵魂的礼赠已经太多了；真的，太多了哟！

（本篇最初发表于1931年2月25日《北平晨报》副刊《学园》第16号，7月又刊载于《妇女杂志》第17卷第7号，后收入《东京小品》集）

九 烈士夫人①

异国的生涯，使我时时感到陌生和飘泊。自从迁到市外以来，陈样和我们隔得太远，就连这唯一的朋友也很难有见面的机会。我同建只好终日幽囚在几张席子的日本式的房屋里读书写文章——当然这也是我们的本分生活，一向所企求的，还有什么不满足；不过人总是群居的动物，不能长久过这种单调的生活而不感到不满意。

在一天早饭后，我们正在那临着草原的窗子前站着，——这一带的风景本不坏，远远有滴翠的群峰，稍近有万株矗立的松柯，草原上虽仅仅长些蓼荻同野菊，但色彩也极鲜明，不过天天看，也感不到什么趣味。我们正发出无聊的叹息时，忽见从松林后面转出一位中年以上的女人。她穿着黑色白花纹的和

① 从烈士夫人的回忆中，可见著名的黄花岗烈士喻培伦鲜为人知的另一侧面。由于对英烈的丰功伟业未继续深访细查，一部扶桑之恋的长篇素材，从庐隐手上流失。孙中山对喻培伦的爱国精神称赞有加，曾亲自接见，与之共餐，并以“大喻”“小喻”呼其兄弟。后追赠其为“大将军”，抚恤亲属，修专祠，以缅怀先烈。章太炎曾为之作传。其弟为兄编《喻培伦大将军年谱》。

服，拖着木屐往我们的住所的方向走来，渐渐近了，我们认出正是那位嫁给中国人的柯太太。唉！这真仿佛是那稀有而陡然发现的空谷足音，使我们惊喜了，我同建含笑的向她点头。

来到我们屋门口，她脱了木屐上来了，我们请她在矮几旁的垫子上坐下，她温和的说：

“怎么，你们住得惯吗?”

“还算好，只是太寂寞些。”我有些怅然的说。

“真的，”建接着说：“这四周都是日本人，我们和他们言语不通，很难发生什么关系。”

柯太太似乎很了解我们的苦闷，在她沉思以后，便替我们出了以下的一条计策。她说：“我方才想起在这后面西川方里住着一位老太婆，她从前曾嫁给一个四川人，她对于中国人非常好，并且她会煮中国菜，也懂得几句中国话。她原是在一个中国人家里帮忙，现在她因身体不好，暂且在这里休息。我可以去找她来，替你们介绍，以后有事情尽可请她帮忙。”

“那真好极了，就是又要麻烦柯太太了!”我说。

“哦，那没有什么，黄様太客气了，”柯太太一面谦逊着，一面站起来，穿了她的木屐，绕过我们的小院子，往后面那所屋里去。我同建很高兴的把坐垫放好，我又到厨房打开瓦斯管，烧上一壶开水。一切都安派好了，恰好柯太太领着那位老太婆进来，——她是一个古铜色面孔而满嘴装着金牙的硕胖的老女人，她那些外表上自然引不起任何人的美感，不过当她慈和同情的眼神射在我们身上时，便不知不觉想同她亲近起来。我们请她坐下，她非常谦恭伏在席上向我们问候。我们虽不能直接了解她的言辞，但那种态度已够使我们清楚她的和霭与厚意了。

我们请柯太太当翻译随意的谈着。

在这一次的会见之后，我们的厨房里和院子中便时常看见她那硕大而和霭的身影。当然，我对于煮饭洗衣服是特别的生手，所以饭锅里发出焦臭的气味，和不曾拧干的衣服，从晒竿上往下流水等一类的事情是常有的；每当这种时候，全亏了那位老太婆来解围。

那一天上午因为忙着读一本新买来的日语文法，煮饭的时候完全“心不在焉”，直到焦臭的气味一阵阵冲到鼻管时，我才连忙放下书，然而一锅的白米饭，除了表面还有几颗淡黄色的米粒可以辨认，其余的简直成了焦炭。我正在不知所措的时候，那位老太婆也为着这种浓重的焦臭气味赶了来。她不说什么，立刻先把瓦斯管关闭，然后把饭锅里的饭完全倾在铅筒里，把锅拿到井边刷洗干净；这才从新放上米，小心的烧起来。直到我们开始吃的时候，她才含笑的走了。

我们在异国陌生的环境里，居然遇到这样热肠无私的好人，使我们忘记了国籍，以及一切的不和谐，常想同她亲近。她的住室只和我们隔着一个小院子。当我们来到小院子里汲水时，便能看见她站在后窗前向我们微笑；有时她也来帮我，抬那笨重的铅筒，有时闲了，她便请我们到她房里去坐，于是她从橱里拿出各式各种的糖食来请我们吃，并教我们那些糖食的名辞；我们也教她些中国话。就在这种情形之下，大家渐渐也能各抒所怀了。

在一个星期六的下午，建同我都不到学校去。天气有些阴，阵阵初秋的凉风吹动院子里的小松树，发出竦竦的响声。我们觉得有些烦闷，但又不想出去，我便提议到附近点心铺里买些食品，请那位老太婆来吃茶；既可解闷，又应酬了她。建也赞成这个提议。

不久我们三个人已团团围坐在地席上的一张小矮几旁，喝着中国的香片茶。谈话的时候，我们便问到她的身世，——我们自从和她相识以来，虽然已经一个多月了，而我们还不知道她的姓名，平常只以“ォバサン”（伯母之意）相称。当这个问题发出以后，她宁静的心不知不觉受了撩拨，在她充满青春余辉的眸子中宣示了她一向深藏的秘密。

“我姓斋滕，名叫半子，”她这样的告诉我们以后，忽然由地席上站了起来，一面向我〈们〉鞠躬道：“请二位稍等一等，我去取些东西给你们看。”她匆匆的去了。建同我都不约而同的感到一种新奇的期待，我们互相沉默的猜想着等候她。约莫过了十分钟她回来了，手里拿着一个淡灰色绵绸的小包，放在我们的小茶几上。于是我们从新围着矮几坐下，她珍重的将那绵绸包袱打开，只见里面有许多张的照片，她先拣了一张四寸半身的照像递给我们看，一面叹息着道：“这是我二十三年前的小照①，光阴比流水还快，唉，现在已这般老了。你们看我那时是多么有生机？实在的，我那时有着青春的娇媚——虽然现在是老了！”我听了她的话，心里也不免充满无限的惆惘，默然的看着她青春时的小照。我仿佛看见可怕的流光的锤子，在捣毁一

① 这次约谈于1931年秋，“二十三年前”即1908年，这一年，斋滕半子和喻培伦开始同居，喻为她拍了小照。另一张则是秘密结婚照。编者查到烈士照片，确实“英姿焕发”、气概不凡。喻培伦当时在日本帝国大学官费专攻化学和摄影术。这一年加入同盟会，为该会制造弹药。1910年因刺杀摄政王案败露回国，此后直至牺牲再未回日本，只留下许多家书和诗词。

切青春的艺术。现在的她和从前的她简直相差太远了，除了脸的轮廓还依稀保有旧时的样子，其余的一切都已经被流光伤害了。那照片中的她，是一个细弱的身材，明媚的目睛，温柔的表情，的确可以使一般青年沉醉的，我正在呆呆的痴想时，她又另递给我一张两人的合影：除了年青的她以外，身旁还站着一个英姿焕发的中国青年。

“这位是谁?”建很质直的问她。

“哦，那位吗？就是我已死去的丈夫呵!”她答着话时，两颊上露出可怕的惨白色，同时她的眼圈红着。我同建不敢多向她看，连忙想用别的话混过去，但是她握着我的手，悲切的说道：“唉，他是你们贵国一个可钦佩的好青年呢，他抱着绝大的志愿，最后他是作了黄花岗七十二个烈士中的一个，——他死的时候仅仅二十四岁呢[①]，也正是我们同居后的第三年……”

老太婆说到这些事上，似乎受不住悲伤回忆的压迫。她低下头抚着那些像片，同时又在那些像片堆里找出一张六寸的照像递给我们看道：“你看这个小孩怎样?”我拿过照片一看，只见是个十五六岁的男孩，穿着学生装，含笑的站在那里，一双英敏的眼眸很和那位烈士相像，因此我一点不迟疑的说道：“这就是你们的少爷吗?”她点头微笑道：“是的，他很有他父亲的气概咧。”

“他现在多大了，在什么地方住，怎么我们不曾见过呢?”

“唉!”她叹了一口气道：“他今年二十一岁了，已经进了大学，但是，”说到这里，她的眼皮垂下来了，鼻端不住的掀动，

---

① 据《喻培伦大将军年谱》，喻培伦于 1886 年正月廿八日生，到 1911 年 4 月 27 日起义战到弹尽，壮烈牺牲，时年实足“二十四岁”。

似乎正在那里咽她的辛酸泪液；这使我觉得窘迫了，连忙装作拿开水对茶，走出去了！建也明白我的用意，站起来到外面屋子里去拿点心；过了些时，我们才从新坐下，请她喝茶，吃糖果，她向我们叹口气道："我相信你们是很同情我的，所以我情愿将我的历史告诉你们：

"我家里的环境，一向都不很宽裕，所以在我十八岁的时候，我便到东京来找点职业作。后来遇到一个朋友，他介绍我在一个中国人的家里当使女，每月有十五块钱的工资，同时吃饭住房子都不成问题。这是对于我很合宜的，所以就答应下来。及至到了那里，才知道那是两个中国学生合组［租］的贷家[①]，他们没有家眷，每天到大学里去听讲，下午才回来。事情很简单，这更使我觉得满意，于是就这样答应下来。我从此每天为他们收拾房间，煮饭洗衣服，此外有的是空闲的时间，我便自己把从前在高等学校所读过的书温习温习，有时也看些杂志，遇到不明白的地方，常去请求那两位中国学生替我解释。他们对于我的勤勉，似乎都很为感动，在星期日没有什么事情的时候，便和我谈论日本的妇女问题，等等。这两个青年中有一位姓余的，他是四川人[②]，对我更觉亲切。渐渐的我们两人中间就发生了恋爱，不久便在东京私自结了婚。我们自从结婚后，的确过着很甜蜜的生活；所使我们觉得美中不满足的，就是我的家族不承认这个婚姻，因此我们只能过着秘密的结婚生活。两

① 两个中国留学生，正是喻氏同胞兄弟喻培伦和喻培棣。住处取名"鸿居"，以激励不忘国耻、愤发图强的鸿鹄大志。

② 喻氏兄弟于1905年离开四川内江家乡，留学东京，先后加入同盟会，从事革命活动。

年后我便怀了孕，而余君便在那一年的暑假回国。[①] 回国以后，正碰到中国革命党预备起事的时期，他为了爱祖国，不顾一切的加入工作，所以暑假后他就不曾回日本来。过了半年多，便接到黄花岗七十二烈士遭难的消息，而他的噩耗也同时传了来。[②] 唉！可怜我的小孩，也就在他死的那一个月中诞生了。唉！这个可怜的一生下来就没有父亲的小孩，叫我怎样安排？而且我的家族既不承认我和余君的婚姻，那末这个小孩简直就算是个私生子，绝不容我把他养在身边。我没有办法，恰好我的妹子和妹夫来看我，见了这种为难，就把孩子带回去作为她的孩子了。从此以后，我的孩子便姓了我妹夫的姓，与我断绝母子关系；而我呢，仍在外面帮人家作事，不知不觉已过了二十多年。……”

“呵，原来她还是烈士夫人呢！”建悄悄的对我说。

“可不是吗？……但她的境遇也就够可怜了。”我说。

建和我都不免为她叹息，她似乎很感激我们对她的同情，紧紧握着我的手，好久才说道：“你们真好呵！”一面含笑将绸包收起告辞走了。

过了两个月，天气渐渐冷了，每天自己作饭洗碗够使人麻烦的，我便和建商议请那位烈士夫人帮帮我们。但我们经济很

---

① 1910 年，就在这一年暑假，喻培伦因刺杀摄政王案败露，被校方通缉，即奉命回国，专为起义制造弹药千余枚，被革命党人誉为“炸弹大王”。

② 遭难消息由唯一知情人喻培棣传来。1911 年 4 月起义前夕，喻培棣见其兄为革命献身之志已决，坚持要同赴战场，喻培伦执意要他留下：“如弟兄俱死，父难以支持照应。我头可断，汝必留！”

穷，只能每月出一半的价钱，不知道她肯不肯就近帮帮忙，因此我便去找柯太太请她代我们接洽。

那时柯太太正坐在回廊晒太阳，见我们来了，便让我们也坐在那里谈话，于是我便把来意告诉她。柯太太笑了笑道："这正太不巧，……不然的话那个老太婆为人极忠厚，绝不会不帮你们的。不过现在她正预备嫁人，恐怕没有工夫吧！"

"呀，嫁人吗？"我不禁陡然的惊叫起来道："这真是想不到的事，她现在将近五十岁的人，怎么忽然间又思起凡来呢？"

柯太太听了这话也不禁笑了起来，但同时又叹了一口气道："自然，她也有她的苦痛，照我看来，以为她既已守了二十多年寡，断不至再嫁了。不过，她从前的结婚始终是不曾公布的，她娘家父母仍认为她没有结婚，并且余先生家里她势不能回去。而她的年纪渐渐老上来，孤孤单单一个无依无靠的人，将来死了都找不到归宿，所以她现在决定嫁了。"

"嫁给什么人？"建问。

"一个日本老商人，今年有五十岁吧！"

"倒也是个办法！"建含笑的说。

他这句话不知为什么惹得我们全笑起来。我们谈到这里，便告辞回去。在路上恰好遇见那位烈士夫人，据说她本月就要结婚，但她脸上依然憔悴颓败，再也看不出将要结婚的喜悦来。

真的，人们都传说，"她是为了找死所而结婚呢！"呵！妇女们原来还有这种特别的苦痛！……

（本篇最初发表于1931年9月《妇女杂志》第17卷第9号，后收入《东京小品》集）

附：

忆庐隐

——《东京小品》代序

李唯建

回忆是件多么神秘的事！我每想一手将它掩去，说过去的已经过去了，又何必作茧自缚，抓着已逝生命的片段拚命的回想，发痴的细嚼，而得着的只是一阵紧压，一股辛酸，和一腔热泪，但它却像巨灵般的闪到我的头上，阴影立刻罩着我，使我想逃也不能；于是人生的悲剧一幕幕的映在我眼前了。

庐隐！庐隐！谁又能料到，料到这陡然的灾难使我们生死契阔了呢？这一切这一切使我何能相信，何能相信是人生应演的一幕，是你我结合的归宿呢？我振起精神，咬着牙说这并非上帝的意旨，他伟大者决不是这样安排的，但我纵对自己说了千万遍，而我的隐又到那里去了呢？这悲哀使我相信，因为太令人痛心了；却又使我怀疑，因为好像是不应当有的。就在这若信若疑，若有若无，若生若死中，我流泪，有时连泪都无法流；只得臆造一座天堂，指着说这便是她去了的地方。我真不知从清晨到黄昏想了些什么。有人说我疯了，但我不承认；因为如果我真疯了，又何能这样昼夜不停呆呆的伤心，明知这是亘古难挽的劫难，终身洗不掉的伤痕。如果说我不曾疯，那似乎又不对；因我确失了常态，变成另一人了。这一切这一切除了我自己知道，旁人那能体会得万一。庐隐！庐隐！我多叫你几声，只叫出了我的酸泪，此外是已往的回忆一齐兜上心头。我在这世上抖颤的立着，坐着睡着，任凭朋友的安慰，自己的狂放，终摆不掉这毒蛇似的一螫。

幻想是不可靠的，理想更是昙花一现，我们原来是要互相提携共同走尽这凄惨荒凉的人生之道，我们本未料到死神这般早临，它一掌推翻我们心心相印的希冀，一脚踢碎我们美丽的梦境。唉！我们太会幻想白昼做梦了，所以这打击令人伤心得厉害。不过假若我们没有丰富的幻想，我们这几年来的甜蜜从今早已幻灭，就靠这点过份的希冀，我们才尝到人生的意味。这次的厄难，我这脆弱的心头担受不起，但也得勉强撑捋下来，同时你临终时的一颗多感的心自然使得我这次的永诀更是无穷的凄凉无限的伤心。

去了！去了！你永远去了！一切美丽的生活，高超的企盼都如晚霞般的去了！去了！果真去了，留下这个易于感伤彷徨无归的我和失了母爱一在天南一在地北的两女。啊，庐隐！你何尝就愿这样去的，你如真有灵，也必是个凄惨的鬼，半夜里在荒郊和着森冷的晚风长啸吐出你的哀音。

前几日，在北地的女儿来信，劝我不必再想念你了；我感谢她体贴我的好意，但不禁哽咽起来，她又问我近来好否，我回答她说我们除了恋想那位慈慧的母亲，那一个不是好的？啊，这种滋味，恐怕你这饱经忧患深知愁味的庐隐也未必能体会出来。

生与死原来只是一线之差，在这一点差别里，我们就感到严重的心情，在这两大界域间芸芸众生过着熙攘的生活。我也是众生之一，如一只小虫早晨从地隙里爬出，当正午人们忙着工作时，我也忙着我的生活，等夕阳斜照树梢，我又钻进地隙里，孤另另的将疲劳的四肢长躺在冷硬的土上，苏了口气，细细回味自己的遭遇。这槁木死灰的生命早知其必有幻化的一大，然而一想到自己的责任和你在病中的叮咛，我又丢不掉这点残生，仍在人丛中蠢动。

我的生活弄成了一条狭道，漆黑黑无光亮，我顺着它走去，走到更远的地方，远到人迹罕至。这种生的压迫好似有千钧之重，古人说久生之苦，确非虚语！人固然畏死，但久生亦何有乐趣。我的隐，我就此把这口气断了，飘入黑沉沉的世界，与你畅谈此次变故的经过，使你得到些安慰，好不好？但上帝不要我死，偏偏保着我这口气。我便想到他为何定要你去，但百思不得其解，忽然想起杨骆白（Robert Young）说的一句话："上帝所爱的人都死得早，"心中这才宽舒了些。

深夜，秋风在窗边呻吟。寒蛩在阶前叹息，你的影子悄然而来；当我顾到世俗的希望时，你的影子又悄然而去了。我反复思索，不信你就这样完了，因为你来世间，来得匆匆，去也匆匆。曼殊大师所谓"人间花草太匆匆，春未尽时花已空，"而今我更知其中滋味，不时反复吟咏。

梦中我曾一度在天堂里看见你，你仍对我温存，只不如昔日那般世俗。原来你已渡过了人间，超越了尘寰，给我以永恒的伟大和不朽的生命。永恒的伟大！不朽的生命！呵，这些又是幻影，你们别再来诱惑我，使我感到幻灭的惆怅辛酸的难过。

庐隐！我的确有些矛盾了，一面尽沉溺在过去的伤感中，一面又感到已往的甜蜜——这不得不说是回忆这魔鬼的法术，使我一阵冷一阵热，终日在昏沉里过去；使我忽而悲从中来，忽而如未经世故的孩子狂笑起来。的确这是反常，这是神经变态，这是世纪末的象征。我是一个狂人，狂到任何事物都得尝点滋味；于是我的生活变成奔放的，而这生命的小船在狂风暴雨中失去了它的舵，它的帆，东飘西荡，随波逐流，谁能预料它将碰着什么样的礁不？——沉沦，沉沦海底，永无复生之日，去听海吼，看青葱的荇藻，与白骨沙砾为伍。

这是你给我的生活，给我的结果，不论你本心是否如此，但这是实情，不论是你与世脱离的一瞬间如何劝我努力——这种努力正如醉汉挥着拳头与空虚斗武。我埋头努力，埋头挥拳，自以为得着满怀的战胜品，其实等我抬头一看，毫无所获。你劝我努力，隐，这劝法可以蒙蔽一般高傲的聪明人，于我却不适合。难道你不知我对生命的真相和人间的事业的见解吗？难道你怕我过于忧伤，而用这“努力”两字将我的全部希望寄托着这样消磨了我的一生吗？难道你曾深知努力的结果，也想使我得到同样的收获吗？这些这些我全怀疑，欺人的大言，骗不了我。

不能努力，就这句话！你纵说得如何动听如何眩［绚］烂，但我这双又大又圆的眼睛直望透一切的后背，显出逼真的现象，庐隐，你当我是个世上虚荣所能动心的人吗？不过我何尝不知你的用意，无奈我的寄托是在我俩共同的精神上，这精神一旦涣散，我的一切也涣散了，还有什么能维系我的兴趣呢？

回忆不断的袭来。我想到我俩的初识，北方的春天，如荼如火的风光，树枝上成累的红和紫，鸟鸣嘤嘤。呵，真够留恋了。更有那西山的景色，北海的微波，圆明的古迹，颐和的水榭。黄昏池畔絮语，深夜促膝谈心；明月下携手共徘徊，高岗上仰卧细数那数不尽的星。何况我颠沛流离，忧患频仍，寄居寓所，病中恹恹一息，你那颗拂照温暖的心，热烘烘贴着我的僵体。这瞬瞬的追忆不时掠过我的心上，如利刃般将我割成无数的块。

难忘的是蓬莱的秋色，翠微的山峰，森森的松柏，一流涧水环绕我们的茅庐，院中的桂花吐出醉人的芳馨，席地上成堆的书卷，我们痛吟古人的名作，细谈我们的情书，明窗净几，各自抒写心胸，发为灿烂的文章。夜深矣，一轮明月当空，我吟出“冷月葬诗魂”的句子，你当时说我在人间过于纤巧，也许不是寿征，生怕永别。你便偎着我的腮说“你满意我不?”我不曾明白答覆，只说我遥想故国，感到惆怅。唉，庐隐，你怕我的诗魂将葬于冷月中，而今我则依然，你呢，却已变为异物了。

你记得西子湖畔的情景，那些快意的散步，酒家的沉醉，轻舟溜过残桥，灵隐的钟声，玉泉的观鱼，九溪的跋涉，十八涧的迂曲。你更记得我们的穷困，几至食不饱衣不暖，然而我们未曾诅咒生命，甘愿度这种精神愉快的日子。严冬的大雪，纷纷飘下，一切都在冷静中，湖上游人寥落，黛色的山峰被浓雾所遮，但我们破陋的屋内有的是春光。炉里添了煤，熊熊的火焰照着我俩的脸，显出沉默的微笑。

海上的繁华打不破我们的美梦。外界势力愈大，我们的精神愈团结。这时你的生活确很忙，我也很忙；我们没有以前那样潇洒。这三年来有的是甜有的是苦，有的是无味有的是刺激；可我们心里有一盏爱的明灯，任狂风怒号，这盏灯是不灭的。

谁说不灭？而今它自己灭了！一个极平常的病使你竟至不起。唉，我的隐，你竟至不起，不回头的扔下了我们。当你那夜略感痛时，我正在书斋里为生活而忙，心虽乱如麻，但只要你的痛稍杀，我又闭上门独自去工作了。这夜我在楼下蜷卧在一张沙发上，时时听到楼上你发出的呻吟，我马上起来，颠［踮］着脚尖走到你的门边窥看动静。站了一晌，等你稍安后，我又到楼下蜷卧着。这样一夜不曾瞌［阖］上眼，天亮了，我走到你的床沿，问你好些了吗？你点点头，那种苍白的脸色使我难过，只好坐下来安慰你。可是三四小时后，你的痛有加无已，在昏忙中我答应你的要求，嘱医生施了一下手术，以为这样就平安无事了，谁知滔天大祸即在眼前？

此后四个整夜我不断被你的呻吟搅得睡不着，眼看天上发黑，跟着夜阑人静，不久听见路人的足音，看见东方涌上朝阳。我虽刻刻守候着，无奈你的病状日重一日，在一个黄昏，我决意另寻良医。从医生的眼睛里我看见一个黑影逼近我，但我仍抱一线希望，将你送到他的医院去。在诊察的时间，他表示惊骇和无能为力的神态，后来说你的子宫破了。我的两腿一软，再也站不起。我的眼里涌出泪来，央求他为你设法，他说非开刀不可，并且百分之九十五是无望的。

慌忙中我们将你送到另一医院，当你躺在手术室的床上，我牵着大的女儿宝宝轻轻走到你身边，各人和你吻了一下，我再也忍不住这一股泪了，立刻转身，生怕你看出我脸上的绝望。

离开手术室，我和宝宝坐在底层楼客厅的沙发上，我浑身发抖，为你祷告，我问宝宝信不信上帝，她回答说信。我又问她：“像妈妈这种人上帝是不是爱的？是不是赐福的？是不是应当早死的？宝宝？”

大约经过两小时，壁上的钟正指着半夜两点，我听见楼梯上有脚步声，便冲上前去探问消息。那几位施手术的医生说幸而不曾就这样断了气。这真是个好消息，使我发狂。我到病房去看你，你向我略略表示认识的神气，看见你太衰弱太昏迷了，我便溜到楼下去，又紧紧的抱着宝宝。但你那清脆的“我要喝水”的呼声继续传到我耳里，真是摧伤了我的心肝啊！

最后我愿将我的血献给你，但医生说我的神经有些变态，护士说我每隔数分钟就问你有无寒热，这些完全表示我已不能自主了。于是出高价寻了个女人将她的血注射进你的病体，果然大有起色，但在一个美丽的春天早晨，你要看你的两个女儿，我知不妙，我们的缘分似乎已到了止境。我极力镇静的安慰你，又替你讲人生的意义这类大题目，希望你心里舒适些，纵然死，也死的比较和平。

你的气喘使我难过到了极点，我跪在床头又为你虔心祈祷，我的泪无从压抑，只好立起来走到窗边向外呆望，幻想一位羽衣翩跹的道士飘然而来，从囊中探出一粒丸药投在你的嘴里给了你一份新生命，蓦然间，我听见“唯建，你在看什么？”的声音，我回答“看窗外的景色。”话还不曾说完，喉咙已感梗塞，便借故有事要出去。不久你又叫护士要我进屋——呵，这真是最后一面了。你咽气时，双臂抱着我的颈子，一面抽气，一面说道，“宝宝，你好好跟着李先生——以后不再叫李先生，应当叫爸爸！囡囡，你长大好好孝顺父亲！唯建，我们的缘份完了，你得努力，你的印象我一起带走！”天哪！这就是永别了吗？

唉，庐隐，我的印象你带走了；我呢，何尝没有把你的声音，容貌和灵魂珍藏在心里。用宗教仪式和心情，将你静静的放在地下，在坟前我想以后还是出家罢，便倒在碑前流我未尽的泪。曼殊大师的“袈裟和泪伏碑前”似乎正为我写的啊！

你悄悄的躺在地下，头下［上］有白杨萧萧，碑旁有虫声啾啾，这是死还是睡？或是化成一颗露珠，一只飞萤？但无论你变作什么，我总相信你有永生。庐隐，你知愁肠百转中的我实在无力支持，请从天上洒下一点生之勇气，只要我还在，能保着这副灵魂，这副灵魂未散，仍有一种感情，一缕心思，在这感情与心思中我永远记着你。

我的话说不完，我的心变成一流小溪，潺潺不息的往东流着，等到流入大海，它就要沉默了，正如你曾说过，“沉默比什么都伟大，”在此沉默中我们互相契合。

日月星辰照耀着，春夏秋冬转递着，我望着时间发痴，于无可奈何中收住我这哀音罢。

李唯建。十月廿六日上海

（本篇最初发表于庐隐逝世周年 1935 年 5 月号《文学月刊》，9 月作为代序收入北新书局初版《东京小品》集）